Juri
Rytchëu

Traum
im Polarnebel

Zu diesem Buch

Von Enmyn, der Tschuktschensiedlung an der Nordostküste Sibiriens, bis zur nächsten Krankenstation sind es dreißig Tage Fußmarsch durch die Polarkälte der Tundra. Dem schwerverletzten und halb ohnmächtigen Kanadier John MacLennan bleibt nichts anderes übrig, als sich drei »wilden und ungewaschenen« Tschuktschen anzuvertrauen, die ihn auf einem Hundeschlitten zum Arzt bringen wollen.
Unterwegs befällt ihn der Wundbrand. In letzter Not kann ihm die Schamanin Kelena die Finger beider Hände amputieren und rettet ihm so das Leben. Als er zur Küste zurückkehrt, ist sein Schiff, das dort auf ihn warten sollte, längst in See gestochen.
Widerwillig und der Verzweiflung nahe, richtet er sich auf einen Winter im eisigsten Winkel Asiens unter den Tschuktschen ein. Mühsam gewinnt er das Vertrauen seiner neuen Landsleute und gründet eine Familie. MacLennan wird zum Lygorawetljan, zum »echten Menschen«, wie sich die Tschuktschen selber nennen, und aus einem Winter ein ganzes Leben.

Der Autor

Juri Rytchëu wurde 1930 als Jägerssohn in der Siedlung Uellen auf der Tschuktschenhalbinsel im äußersten Nordosten Sibiriens geboren. Der erste Schriftsteller dieses Volkes mit zwölftausend Menschen wurde in seinen Romanen und Erzählungen aus dem Legendenkreis der Tschuktschen zu einem berufenen Zeugen einer bedrohten Kultur und eines vergessenen Volkes.
Von Juri Rytchëu sind im Unionsverlag »Wenn die Wale fortziehen« und »Teryky« lieferbar.

Juri
Rytchëu

Traum im Polarnebel

Aus dem Russischen von
Arno Specht

Unionsverlag
Zürich

Die russische Originalausgabe erschien 1968 unter dem Titel
СОН В НАУАЛЕ ТУМАНА

Unionsverlag Taschenbuch 34
Erste Auflage 1993

Rieterstrasse 18, CH-8059 Zürich, Telefon 01-281 14 00
Übernahme der Übersetzung mit freundlicher Genehmigung
des Verlags Volk und Welt, Berlin

Umschlaggestaltung: Heinz Unternährer, Zürich
Foto: Wang Xiaohuida
Druck und Bindung: Clausen & Bosse, Leck
ISBN 3-293-20034-6

6 7 8 9 - 99 98 97 96

I

Am Morgen des 4. September hörten die Einwohner der Siedlung Enmyn an der Eismeerküste ein Krachen, das anders klang als das Krachen von berstendem Eis, rollenden Schneelawinen oder herabstürzendem Gestein am Felsenkap von Enmyn.

Im Tschottagin streifte Toko gerade die weiße Kamleika über. Als er behutsam in die weiten Ärmel fuhr, mahnte ihn der scharfe, fremdartige Geruch des Gewebes, den Kittel erst einmal gründlich im kalten Wind auszulüften, ehe er ihn zur Fuchsjagd anzog.

Nach dem ohrenbetäubenden Krachen fuhr er schnell mit dem Kopf durch den Ausschnitt und sprang mit einem Satz ins Freie.

Dort, wo das Schiff der Weißen lag, verzog sich langsam eine Wolke. Eissplitter knackten unter Tokos Sohlen.

Aus allen zwanzig Jarangas strömten die Menschen. Schweigend, den Blick auf das Schiff gerichtet, standen sie da und grübelten über die Ursache des seltsamen Krachens nach.

»Sie wollten wohl das Eis an der Bordwand sprengen«, meinte Armol.

»Das denke ich auch«, stimmte ihm Toko zu, und beide Jäger liefen schnell zu dem im Eise festgefrorenen Schiff.

Die Wolke über dem Schiff hatte sich verzogen. In der Morgendämmerung sah man unter dem Bugspriet ein kleines Loch im Eis. Immer öfter stieß man gegen Eisbrocken, die dicht um das Schiff verstreut waren.

Vom Deck vernahm man erregte Stimmen; längliche Schatten huschten hinter den gelblich erleuchteten Bullaugen hin und her.

Toko und Armol verlangsamten den Schritt. Bald hatten die anderen sie eingeholt.

»Blut!« rief Toko, über die Spuren gebeugt, die zum Eisloch an der Bordwand führten.

»Blut!« riefen auch die anderen und betrachteten die dunklen Flecken auf dem Eis und dem Decksaufbau.

Langgezogen wie das Heulen eines angeschossenen Wolfes drang ein Schrei aus dem vereisten hölzernen Schiffsrumpf.

»Ein Unglück auf dem Schiff!« sagte Toko und war mit einem Satz an Deck.

Er öffnete leise die Kajütentür und sah in der Mitte des Raumes dichtgedrängt die weißen Seeleute stehen. Der Dunst ihres Atems hing unter der niedrigen Decke. Blecherne, mit Seehundtran gefüllte Funzeln gaben nur schwaches Licht.

Als mit Toko Frostluft in die Kajüte drang, schrie ein langer Seemann mit einem bunten Schal um den Hals zornig auf ihn ein. Wenn auch Toko die Sprache der Weißen nicht kannte, begriff er doch, daß man ihn hier nicht haben wollte. Er spürte hinter seinem Rücken die erhobene Faust und schlüpfte aus der Kajüte.

Auf die fragenden Blicke der Enmyner, die schweigend an der Bordwand standen, konnte Toko nur mit dem Kopf schütteln, dann schloß er sich der Menge an.

Vor zehn Tagen hatte das Schiff Enmyn angelaufen. Es war wohl zu weit nach Norden, hinter die Straße zwischen der Wrangelinsel und dem Kontinent, vorgestoßen und hatte dann versucht, vor den Eisfeldern auszureißen, die sich um ihren Winterplatz langsam zusammenzogen. Aber das Eis hatte das Schiff in die Enge getrieben und an die felsige Küste von Enmyn gedrückt.

Die Weißen waren von Bord gegangen, niedergeschlagen und erschöpft. Im Unterschied zu ihren Vorgängern hatten sie in keiner der zwanzig Jarangas, die sie nacheinander aufsuchten, nach Fellen, Fischbein oder Walroßzähnen gefragt, sondern nur nach warmer Kleidung und Rentierfleisch. Da kein Rentierfleisch vorhanden war, nahmen sie auch mit Walroßleber vorlieb.

Zwar zahlten sie für die Bekleidung nur wenig, doch waren ihre Tauschgegenstände, Nähnadeln, Äxte, Sägen und Kochkessel, von guter Qualität und sehr begehrt.

Der Kapitän, einen Backenbart im knochigen rauhen Gesicht, sprach mit Orwo, der früher auf einem Walfischschoner gefahren war und einige Zeit in Amerika gelebt hatte. Er erkundigte sich nach dem Weg zur Irwytgyrstraße und blickte dabei sorgenvoll auf das dichte Eis, das bis an den Horizont reichte.

Orwo, dem der Kapitän leid tat, versuchte ihm klarzumachen, daß schon wiederholt starker Südwind das Eis von der Küste zurückgetrieben habe, und zwar nicht nur zu Beginn des Winters, sondern auch in den dunklen Tagen, in denen die Sonne jenseits des Horizonts umherwanderte und sich nicht getraute, ihr Antlitz dem Frost auszusetzen.

An der leeren Pfeife saugend, seufzte der Kapitän.

Seit zwei Tagen wehte der Wind von Süden und trug von den Gipfeln Schnee an den Rand des Ufereises. Nicht weit vom Schiff zog sich zur offenen See eine breite offene Fahrrinne hin.

Ermutigt blieben die Seeleute an Bord, um den günstigsten Augenblick der Ausfahrt nicht zu verpassen.

Solch ein Wind trieb das Eis jenseits des Kaps Enmyn leicht auseinander, so daß man vom Rand des Ufereises Robben schlagen konnte, um seinen Vorrat für den Sommer aufzufüllen.

Schon in der Morgendämmerung hatten sich die Jäger auf den Weg gemacht, um den Anbruch des kurzen Tages nicht zu versäumen. Heimgekehrt mit reicher Beute, saß man jetzt in den Tschottaginen am hellen Feuer und stimmte gesättigt Lieder an. Bis zu dem vom Eis gefesselten Schiff hallten die dumpfen Schläge der Jarjars.

Der Winter versprach ruhig zu werden. Bis obenhin waren die Fleischgruben gefüllt mit den umsichtig in Fell zusammengerollten Kymgyts und den erlegten Robben, denen man nur das Fell abgezogen und die Flossen abgehackt hatte. In diesem Sommer war die Jagd der Einwohner von Enmyn ertragreich und der Tauschhandel rege gewesen. Tabak und Tee waren so reichlich vorhanden, daß sogar Orwo, der den wirklichen Preis der Erzeugnisse der Weißen kannte, dem verarmten Kapitän mitunter großzügig eine Prise Tabak anbot.

Mit dem Kopf auf das Schiff weisend, trat Orwo zu Toko und sagte leise: »Sie hätten noch warten sollen. Wir bekommen Südwind.«

»Es stöhnte jemand. Ich bin hingegangen, aber sie haben mich weggejagt.«

»Vielleicht nicht mal weggejagt?« mutmaßte Orwo. »Der weiße Mann sagt Freundliches oft so, als schimpfe er.«

»Wollen wir noch einmal an Bord gehen?« fragte Toko.

»Warte«, hielt ihn Orwo zurück. »Man wird uns rufen,

wenn man unsere Hilfe braucht, wir wollen sie nicht aufdrängen. Die Weißen pflegen eine Art Versammlung oder Gericht abzuhalten. In Schwarz gekleidet sitzen sie beisammen, küssen ein aufgeschlagenes Buch und halten Rat, wer mit dem Strick erwürgt und wer in ein finsteres Haus gesperrt werden soll. Ich habe es in Nome gesehen.«

»So strenge Strafen haben sie!« entsetzte sich Armol.

»Ebenso groß ist auch ihre Schuld«, erwiderte Orwo seufzend.

Lautes Stöhnen schreckte die Versammelten auf. In der erleuchteten Türöffnung erschien der Kapitän, musterte die graue Menschenmenge und rief nach Orwo.

»Yes! It's me!« antwortete Orwo bereitwillig und stelzte über die breite Bohle, die als Fallreep diente.

Er betrat die Messe und sah sich um. Auf einer niedrigen Pritsche entdeckte er einen jungen Mann mit verbundenen Händen, die auf einer blutigen Decke lagen. Es war John, dessen Name sich in der Sprache der Bewohner von Enmyn wie »Son« anhörte.

Er lag mit geschlossenen Augen da und stöhnte. Schweißnaß klebte das blonde Haar an seiner Stirn. Die zarten Nasenflügel vibrierten, als nähmen sie Wohlgerüche wahr. Tiefe Schatten verdunkelten die Augenpartie wie eine Schneeblende.

»John paff!« sagte der Kapitän, auf den Verletzten und dessen Hände deutend.

Auch ohne Erklärungen des Kapitäns konnte sich Orwo denken, was vorgefallen war. Die ungeduldigen Seeleute hatten die Eisbarriere, die das Schiff vom offenen Fahrwasser trennte, sprengen wollen. Orwo kannte das aus seiner Fahrenszeit: Man bohrte Löcher in das Eis, steckte Patronen mit Papphülsen hinein und entzündete eine dünne Schnur, an der ein schnelles Feuer entlanglief.

Das Eis barst, so daß die Splitter in den Himmel flogen. Manchmal glückte es, doch heute hatte es vergeblich gekracht: In der Eisdecke zeigte sich nicht der kleinste Riß.

»Man hätte warten sollen«, bemerkte Orwo. »Vielleicht treibt der Wind das Eis vom Ufer fort.«

Der Kapitän nickte und bedeutete denen, die dicht um den Verletzten herumstanden, auseinanderzugehen. Orwo trat an den Liegenden heran. Die Arme, oder besser gesagt, die Hände hatten etwas abbekommen.

»Orwo!« rief der Kapitän.

Als sich der Alte umwandte, sah er auf dem Tisch eine kleine Flasche aus Metall.

»Ich besitze noch siebzig Dollar. Hier...«, sagte der Kapitän und legte eine Handvoll zerknüllter Geldscheine auf den Tisch. Wenn Orwo auch wußte, daß Scheine den gleichen Wert hatten wie Metallgeld, so schätzte er sie doch nicht sehr.

»John muß in ein Krankenhaus gebracht werden, sonst stirbt er.«

»Das Krankenhaus ist weit«, seufzte Orwo. »Kann sein, daß es John bis Anadyr nicht schafft.«

»Das ist aber die einzige Möglichkeit. Man muß dem Jungen helfen.« Der Kapitän zuckte die Achseln.

»Helfen muß man«, stimmte Orwo zu. »Ich werde mit meinen Kameraden reden.« Immer noch drängte sich die Menge an der Bordwand. Im Osten, hinter den spitzen Zacken ferner Eisbänke, glühte das Morgenrot, ohne das Licht der Sternbilder auszulöschen, die mit gleicher Helligkeit wie in der Nacht am Himmel standen. Langsam ging Orwo die vereiste Bohle hinab.

»Was ist geschehen?« fragte Toko als erster.

»Sons beide Hände sind verletzt«, gab Orwo Auskunft. »Es geht ihm schlecht. Man muß ihn nach Anadyr bringen.«

»Wohin?« fragte Armol, als habe er nicht recht gehört.

»Nach Anadyr«, wiederholte Orwo. »Da gibt es beim Kreisvorstand einen russischen Doktor.«

»Wer soll ihn so weit bringen?« zweifelte Toko. »Und wenn er unterwegs stirbt?«

»Sterben kann er auch hier«, meinte Orwo. »Sie haben nichts, womit sie uns bezahlen können, außer dieser Flasche voll bösen Wassers, das einen fröhlich und närrisch macht, und der Handvoll Papiergeld«, fügte er nach kurzem Schweigen hinzu.

Wortlos blickten die Männer auf die Spitzen ihrer Stiefel aus Rentierfell. Durch die dünne Holzwand der Kajüte konnte man das Stöhnen des Verletzten hören.

»Was geht er uns an?« brach Armol das Schweigen. »Ein Fremder, ein Weißer! Sollen sie doch sehen, wie sie fertig werden. Wir haben ihn nicht verletzt und haben nichts damit zu tun.«

»Was Armol sagt, stimmt«, bestätigte Toko. »Was haben wir schon von ihnen? Nicht einmal Tabak besitzen sie. Bis wir die Hunde nach Anadyr und zurück gehetzt haben, vergeht fast ein voller Mond. Und wieviel Futter dabei draufgeht! Wir können nicht auf die Jagd gehen; und wer soll die zu Hause Gebliebenen ernähren?«

»Du hast recht, Toko«, sagte Orwo.

Die Beine gespreizt, stand er in Gedanken versunken da. Die Männer hatten recht: Warum sollten sie einem weißen Mann helfen, der seine eigenen Schamanen und sein eigenes Land hatte?

Wer hatte ihm, Orwo, geholfen, als ihn in Alaska der Husten krümmte? Und wer, als er Müllgruben durchstöbern mußte und sich mit den Hunden um Speisereste raufte? Auf dem Schiff war es ihm nicht besser ergangen. Niemals durfte er mit den anderen zusammensitzen.

Nachdem sie Mittag gegessen hatten, brachten sie ihm einen Eimer, gefüllt mit einem Gemisch aus Knochen, Fleisch, Süßem, Bitterem und Saurem. Dann sahen sie ihm beim Essen zu und lachten über ihn. Als die Matrosen einen Eisbären auf treibender Scholle abschossen und das Junge an Bord nahmen, kümmerten sie sich mehr um das Tier als um den Menschen Orwo, der Robben geschlagen, Wale gefangen und ebenso große weiße Bären gejagt hatte.

Das Stöhnen wurde lauter. Im wachsenden Tageslicht zeichnete sich das im Eise festsitzende Schiff mit seinem verschneiten Deck, den Eiszapfen in der Takelage und den eisblumenbedeckten gelblich schimmernden Bullaugen deutlicher ab.

»Laßt uns nach Hause gehen«, sagte Orwo, wandte sich vom Schiff ab und schlug als erster den Weg zu den Jarangas ein. Die anderen folgten. Das Knirschen des Schnees unter ihren Sohlen aus Walroßhaut übertönte das Stöhnen des Verletzten.

Doch die Männer hatten kaum das Ufer erreicht, als sie den Kapitän nach Orwo rufen hörten.

In der frostigen Dämmerung tauchte er neben ihnen auf und bat sie zu warten. Er wollte mit ihnen reden. Als er den Alten am Ärmel faßte und mit sich ziehen wollte, schüttelte ihn Orwo ab und sagte würdevoll: »Wir gehen zu dritt . . . Toko, Armol und ich.«

»Gut, gut«, nickte der Kapitän und trottete mit ihnen zum Schiff zurück.

Offenbar hatte man den Verletzten woanders untergebracht; er befand sich nicht mehr in der Messe. An seinem Platz erblickte Orwo drei Winchesterbüchsen, einen Zinkbehälter mit Patronen und eine große stählerne Schrotsäge.

»Diese Winchesterbüchsen gehören euch, wenn ihr ihn nach Anadyr fahrt und ein Papier von dort mitbringt, daß ihr ihn heil und unversehrt abgeliefert habt«, erklärte der Kapitän.

Toko, der noch nie im Leben so gute Waffen gesehen hatte und selbst nur eine schlechte Flinte besaß, stürzte zu den Büchsen. Das war ein unerhört hoher Preis: drei Winchesterbüchsen für eine Fahrt von einem Monat.

»Gibt er uns die Gewehre sofort?« fragte er.

»Ich werde es gleich erfahren«, antwortete Orwo.

Darauf entspann sich ein langer Wortwechsel zwischen ihm und dem Kapitän.

»Jetzt will er uns nur eine Winchester geben, die anderen beiden nach unserer Rückkehr«, übersetzte Orwo.

»Und wenn er uns betrügt?« warf Toko ein.

»Dann sind wir die Dummen«, sagte Armol und spuckte aus.

Mißbilligend blickte der Kapitän zuerst auf ihn und dann auf das Klümpchen Spucke in der Ecke.

Toko stieß den Kameraden in die Seite. »In einer Holzjaranga spuckt man nicht«, flüsterte er.

Der Kapitän nahm eine der Büchsen und drückte sie Orwo mit sanfter Gewalt in die Hand, die beiden anderen übergab er Armol und Toko, nachdem er die Magazine entfernt hatte.

Dann wandte er sich bedeutungsvoll mit ein paar Worten an Orwo, der sofort übersetzte.

»Der Kapitän bürgt mit seinem Kopf dafür, daß die Winchesterbüchsen und das Schiff auf uns warten, bis wir zurück sind. Als Pfand läßt er uns die Nester für die Patronen.«

»Wir sind einverstanden«, sagte Toko, nachdem er sich durch einen Blick mit Armol verständigt hatte.

Die drei verließen die Kajüte und stiegen über das Fallreep aufs Eis hinunter. In Erwartung weiterer Nachrichten kam die Menge näher an die Bordwand und blieb dann schweigend in der Kälte stehen.

Als Orwo, Armol und Toko aber wortlos an ihnen vorbei zu ihren Jarangas gingen, folgten sie ihnen schweigend und entfernten sich immer weiter von dem eisbedeckten Schiff.

»Wir hätten ihn noch um ein kleines Holzboot bitten können«, bedauerte Armol.

»Beklage dich nicht. Man hat uns einen guten Preis gezahlt«, meinte Orwo verständig. »Etwas anderes wäre es, eine kleine Jaranga aus Stoff von ihnen zu erbitten. Der Verletzte ist nicht gewohnt, in der Tundra zu übernachten. Außerdem ist ein Stoffzelt eine gute Sache. Vielleicht dürfen wir es nachher behalten, wir könnten dann Kamleikas daraus machen.«

Als Toko den Tschottagin betrat, nahm seine Frau, die schon alles wußte, aus einem Ledersack gerade die Bekleidungsstücke für weite Reisen heraus: das weite Oberkleid aus Rentierfell mit Kapuze, die doppelten Hosen, drei Paar Stiefel aus Rentierfell, Fausthandschuhe, die ockergefärbte hirschlederne Kamleika, die mit dichtem, reifabweisendem Marderfell besetzte Pelzmütze und als Unterlage ein Bärenfell.

Toko holte den Winterrentierschlitten mit Kufen aus Birkenholz vom Dach, legte den langen Zugriemen aus Walroßhaut zurecht und ging, die in der Siedlung umherstreunenden Schlittenhunde einzufangen.

2

Wenn John auch keinen Augenblick das Bewußtsein verlor, so ließ ihn der furchtbare Schmerz in den Händen doch die Welt wie durch einen dichten, wehenden Schleier des Leidens sehen.

Jede Bewegung erinnerte ihn an das Feuerwerk, das vor wenigen Stunden vor ihm aufgeflammt war.

Nachdem er aber einen Krug Kaffee mit Kondensmilch geleert hatte, fühlte er sich merklich wohler und stellte überrascht fest, daß er mehr denn je vom glücklichen Ausgang seiner ersten Arktisreise überzeugt war.

Er trat aus der engen, verräucherten Messe ins Freie und atmete tief die Frostluft ein. Fast liebevoll blickte er auf die öde Felsenküste, auf der sich als dunkle Punkte die Hütten der Tschuktschen abzeichneten, beglückt und froh darüber, daß er, John MacLennan, weit weg von dieser entsetzlichen Gegend geboren war. Mitleid mit den Unglücklichen regte sich in ihm beim flüchtigen Blick auf die dichtgedrängt stehenden Behausungen und die kaum erkennbaren kleinen Rauchsäulen über ihnen.

John MacLennan war der Sohn eines Bibliothekars aus der Hafenstadt Port Hope am Ontariosee. Sein Vaterhaus stand an einer Straße, die zum Hafen führte, wo seine kleine Yacht »Good Luck« in den Wellen schaukelte. Doch nicht das Boot, sondern Bücher riefen MacLennan, den Jüngeren, zur See: Kiplings Gedichte und befahrener Seeleute vage Schilderungen über ferne Länder, über nächtliche Stürme und Küsten, die noch kein zivilisierter Mensch betreten hatte.

Allen elterlichen Ermahnungen und flehenden Blicken seiner Braut Jeannie, der reizenden kleinen Lehrerin, zum Trotz ging John auf große Fahrt. Per Eisenbahn durchquerte er den Kontinent und wechselte von Vancouver nach Nome hinüber, dessen geräumigen Hafen Walfischfänger, Handelsschiffe der Hudson's Bay Company, notdürftig für arktische Gewässer hergerichtete unförmige Pötte und schneeweiße Yachten aus den Vereinigten Staaten füllten.

In einer Hafenkneipe lernte John MacLennan bald seinen künftigen Chef, Hugh Grover, aus Winnipeg, also fast einen Landsmann, kennen, der Eigner eines Handelsschoners war. Schon in frühester Jugend hatte ihn die See in ihren Bann geschlagen. Dazu beigetragen hatten viele Geschichten seines Onkels, der als Seemann die Hudson-Bay befahren hatte. Als dieser beim Rasenmähen vom Schlag getroffen starb, stellte sich heraus, daß er Hugh Grover zum Alleinerben eingesetzt hatte.

Von den wenigsten Mitgliedern der buntgemischten Schiffsbesatzung wußte man, woher sie kamen. John nahm sofort eine privilegierte Stellung unter ihnen ein. Obwohl dem Kapitän offiziell kein Gehilfe zustand, ernannte man ihn dazu, und er wurde Hugh Grovers bester Freund. Alles verlief nach Wunsch. Auf ihrer Fahrt an der Eismeerküste entlang, an der sie des öfteren kurz Station machten, um mit den Eingeborenen zu handeln, träumten Hugh und John davon, als erste bis zur Mündung des fernen sibirischen Stromes Kolyma vorzustoßen. Das wäre eine Sensation in der Seefahrt der russischen Arktis gewesen, und die Namen John MacLennans und Hugh Grovers würden wie die Franklins, Frobishers, Hudsons und anderer Weißer, die die lautlose schneebedeckte Weite besiegt hatten, auf der Landkarte verewigt werden.

In ihrem Streben nach Entdeckerruhm überhörten Hugh und John das Murren der Besatzung und vergaßen den Kalender, der unerbittlich die Tage des kurzen Polarsommers zählte.

Jenseits der Longstraße, nahe der Kolymamündung, deren Strömung ihnen immer wieder von der Brandung zerfaserte Taigastämme entgegentrieb, tauchte am Horizont ein scheinbar harmloser, im Eismeergebiet jedoch sehr gefährlicher, schmaler weißer Streifen auf.

Angesichts der drohenden Gefahr legte Grover hart das Ruder um und machte kehrt.

Gegen Abend, als der weiße Streifen zu einem deutlich auszumachenden Eisfeld wurde, befahl der Kapitän, die Segel zu setzen, und rief John unten im Maschinenraum zu, das Äußerste aus dem alten Motor herauszuholen.

Drei Tage lang mühten sie sich ohne Rast und Ruh, dem unaufhaltsam näherrückenden Eisfeld zu entkommen.

In der Abenddämmerung, wenn die Eisschollen den Blicken der Seeleute entschwunden waren, faßten sie die Hoffnung, daß sie dem Weißen Tod an ihren Fersen entronnen seien. Doch in der ersten blassen Morgendämmerung leuchtete das Eis schon heller als der Himmel. Bedrückt horchten die Seeleute auf das ferne Krachen und Rascheln der sich reibenden Eisschollen.

Wenig später hatte das Eis die »Belinda« eingeholt. Ohne landen oder den Kurs ändern zu können, trieb das Schiff jetzt mit dem Eisfeld. Weder Motor noch Segel bestimmten die Geschwindigkeit, mit der sich die »Belinda« fortbewegte, sondern einzig und allein der Nordostwind, der das Eisgemengsel zur Beringstraße trieb. Zwar krachte der Schiffsrumpf, widerstand jedoch noch immer dem Druck der Schollen.

Die einzige, von Tag zu Tag wachsende Hoffnung blieb, daß das Eis die »Belinda« durch die Beringstraße in das offene Fahrwasser der Beringsee schob. Als aber nur noch vierundzwanzig Stunden flotter Fahrt das Schiff vom ersehnten Ziel trennten, setzte sich das Eis in Sichtweite des Kap Enmyn fest und drückte die »Belinda« an den Rand des Ufereises.

»Hier müssen wir überwintern«, sagte der Kapitän düster. »Sicher nicht als erste und auch nicht als letzte. Gut, daß die Küste bewohnt ist.«

Doch die Verhandlungen mit den Eingeborenen kamen nur mühsam in Gang. Die Wilden konnten nicht begreifen, daß es auf dem Schiff keine Tauschobjekte mehr geben sollte, daß alles für Polarfüchse und Walroßzähne, die den Stauraum füllten, draufgegangen war.

Unter ihnen fand sich ein Mann, der etwas Englisch sprach: eine Art Ältester oder Führer, dem die Hüttenbewohner aber deswegen keine sichtbare Ehrerbietung entgegenbrachten. Anscheinend beruhte sein Ansehen auf anderen Tugenden. Sein Name war Orwo, im Unterschied zu den anderen Namen leicht auszusprechen, nicht wie der von Orwos Tochter, Tynarachtyna, an dem sich John die Zunge zerbrach.

Orwo war es auch, der die Vermutung ausgesprochen hatte, der Südwind werde das Eis von der Küste abdrängen und damit den Weg zur Beringstraße öffnen.

Schon vor zwei Tagen hatten sich erste Anzeichen für einen Wetterumschlag eingestellt: Das Eis geriet in Bewegung, und in der ersehnten Richtung bildete sich eine lange, fast an die »Belinda« heranreichende breite Fahrrinne.

Nach kurzer Beratung entschloß man sich, den verbleibenden Damm durch Sprengung zu beseitigen.

Nach dem Frühstück ging John MacLennan zu den Sprenglöchern, die die Matrosen in das Eis geschlagen hatten. Nachdem er einige Zeit an der Bordwand die aufgehende Sonne bewundert hatte, begab er sich mit Sprengstoff und Zündschnur bedächtig zu den Sprenglöchern, in die er die dicken Patronen legte. Als er sie zugescharrt und sicherheitshalber festgestampft hatte, setzte er an der ausgezogenen Zündschnur den Hauptstrang in Brand. Zischend lief ein bläuliches Flämmchen auf die Sprengladung zu.

John ging zum Schiff zurück, setzte sich auf einen Eisbrocken und zählte die Sekunden. Die erste Detonation krachte. Entgegen seiner Erwartung klang sie dumpf und schwach. Dennoch spürte John ein kraftloses Beben in dem scheinbar für ewig an die Felsenküste geschmiedeten Eisfeld. Nach den drei folgenden stärkeren Detonationen regneten Eispuder und Eissplitter auf John herab.

Gespannt wartete er auf die fünfte Detonation. Zu gern hätte er gewußt, ob die Rinne nun breiter geworden war. Doch vor der fünften Detonation war nicht viel zu erwarten.

Die vorgeschriebenen Sekunden und weitere verstrichen, ohne daß es krachte.

Vorsichtig hob John den Kopf aus der Deckung. Kein Rauch, kein Flämmchen zeigte sich. Nach einer Weile ging er langsam auf den Spalt zu, in der Annahme, die vorausgegangenen Detonationen hätten die Zündschnur verschüttet und gelöscht. Die Rinne war so schmal wie vorher. Anscheinend hatte der Sprengstoff nicht gewirkt. Nach den vier Ladungen zeigte sich nur eine kleine Vertiefung im Eis, das nirgends bis auf den Grund durchschlagen war.

Eisbrocken und Schnee bedeckten die fünfte Patrone.

Nur das leicht qualmende Ende der angebrannten Zündschnur ragte heraus. Unbedacht ließ sich John auf die Knie nieder, um den Schnee über der Patrone wegzuscharren, die im selben Augenblick detonierte.

Ein Feuerschein, grell wie das Polarlicht, blendete John. Der Luftdruck preßte sein Trommelfell nach innen. Er fiel hin und blieb liegen, bis ein heftiger Schmerz in Gesicht und Händen ihn bis ins Mark durchdrang. Er schrie auf, schrie, ohne seine Stimme zu hören, die Arme mit den blutigen Handschuhfetzen, den zerrissenen Fingern und bläulichweißen Sehnen, von denen in dicken Tropfen das warme Blut in den Schnee fiel, von sich gestreckt.

Die Matrosen, die an Deck Zeuge des Unfalls geworden waren, stürzten zu dem Verunglückten. In weit ausholenden Sprüngen überholte sie der Kapitän.

»Was hast du angerichtet, Junge!« rief er, während er John behutsam aufzurichten versuchte. »So helft mir doch und stützt ihn!« schrie er die Matrosen an.

Unschlüssig kamen die Seeleute näher. Ängstlich blickten sie auf die Reste der Zündschnur und die Fetzen der Dynamitpatrone.

»Keine Angst!« röchelte John. »Sämtliche Ladungen sind detoniert.«

Als man ihn zum Schiff trug, spürte er, wie mit dem strömenden Blut das Leben aus ihm wich. Ein seltsames, erschreckendes Gefühl.

»Stillt mein Blut!« bat er, als man ihn auf den kleinen Diwan in der Messe bettete.

Einer der Matrosen kam darauf, ihm mit einem Stück Tauwerk die Arme abzubinden. Die Blutung kam zum Stillstand. John fühlte, wie es seinen Körper feurig durchrieselte. Ein heißer Strom pulste in Handgelenken und

Zehen; sein Mund füllte sich mit Speichel, der nach Eisen schmeckte und Übelkeit erregte.

»Muß ich sterben?« fragte der Verletzte den Kapitän, der am Kopfende des Lagers nervös an seinem Backenbart zupfte.

»Nicht doch, John«, erwiderte er. »Ich werde alles tun, um dich zu retten. Man wird dich ins Krankenhaus nach Anadyr bringen. Da gibt es einen Arzt.«

»Und sie werden auf mich warten?« fragte John flehend.

»Wie kannst du einem Freund solch eine Frage stellen?« empörte sich Hugh. »Im übrigen kleben wir an dieser Küste, daß wir, selbst wenn wir wollten, keinen Zoll von ihr wegkämen. Wenn wir offenes Fahrwasser bis Nome hätten«, fügte er bekümmert hinzu, »lägst du schon in drei Tagen im Hospital. Ich gebe dir mein Ehrenwort, daß wir auf dich warten.«

»Ich danke dir, Hugh«, seufzte John erleichtert. »Du warst mir immer ein echter Freund.«

In dem männlichen Antlitz des Kapitäns las er so viel freundschaftliche Anteilnahme und Sorge, daß er die Schmerzen und das Fieber in seinem Körper leichter ertrug.

»Die Tschuktschen bringen dich mit dem Hundeschlitten nach Anadyr. Ich sorge dafür, daß sie dich gut behandeln.«

»Werden sie mir auch nichts tun?« erkundigte sich John.

»Wer?« fragte Hugh, der die Frage nicht verstanden hatte.

»Na, diese Wilden, die Tschuktschen«, antwortete John. »Ich finde sie wenig vertrauenerweckend. Ein unsympathisches Völkchen. Dreckig und unwissend.«

»Sie sind zuverlässig«, beruhigte Hugh den Freund, »besonders wenn man sie gut bezahlt.«

»Spare nicht an ihnen, Hugh«, sagte John flehend. »Gib ihnen alles, worum sie bitten ... In Port Hope rechnen wir miteinander ab.«

»Was soll das!« schalt Hugh. »Was gibt es unter Freunden für Abrechnungen!«

Als Toko eintrat, scheuchte ihn der Kapitän mit einem Anschnauzer auf Deck zurück.

»Du solltest nicht so barsch mit ihnen verfahren, Hugh. Sei freundlicher zu ihnen«, meinte John.

Der Kapitän gab ihm recht, und verlegen befahl er, Orwo zu rufen.

Von dem, was der Kapitän mit Orwo besprach, konnte John kaum etwas verstehen, denn der Tschuktsche sprach ein fast unverständliches Englisch.

Als John die Augen schloß, überkam ihn Brechreiz, den er jedoch zurückdrängte, bis Orwo gegangen war, um sich vor ihm keine Blöße zu geben.

Auf Befehl des Kapitäns, John in eine andere Kajüte zu verlegen und die Messe aufzuräumen, trugen die Matrosen den Verletzten fort und schleppten Kleidung für die weite Reise heran.

Behutsam streiften sie ihm die alten Sachen ab und zogen ihm zuerst ein neues Wollhemd an, warme Tuchhosen, doppeltgestrickte Socken und darüber die Winterpelzbekleidung, die John erst vor kurzem von den Tschuktschen erstanden hatte. Hugh brachte Johns Seemannskiste und einen großen Sack mit Verpflegung.

»Hier sind Kaffee, Zwieback, Zucker, Konserven, Kondensmilch und eine Feldflasche mit Whisky«, zählte Hugh sachlich auf. »In der Kiste liegen Wäsche zum

Wechseln, deine Papiere, Briefe und Fotos deiner Angehörigen.«

»Ich danke dir, Hugh«, sagte der Verletzte, gequält lächelnd. »Die Kiste hätte ich nicht gebraucht, weil ich doch nicht lange in Anadyr bleiben werde.«

»Du wirst Geld und Papiere brauchen«, erklärte Hugh entschieden, »denn die Russen sind ungeheuer pedantisch. Außerdem sind sie scharf auf Dollars. Du wirst für die Behandlung bezahlen müssen.«

»Du hast recht, Hugh«, erwiderte John. »Ich werde nie vergessen, wie du mir in dieser schweren Stunde gütig zur Seite gestanden hast. Du bist mir teurer geworden als Bruder, Vater und Mutter.«

Kapitän Grover, der im allgemeinen keineswegs empfindsam war, zog sein Taschentuch und wischte sich die Augen. Er war aufrichtig bewegt, denn er mochte den Jungen, auf den er in Nome aufmerksam geworden war. Schon in der Hafenkneipe hatte er erkannt, daß ihm John auf der weiten Fahrt in die Arktis das einsame Dasein unter den Grobianen und ausgemachten Strolchen seiner Besatzung als guter Kamerad erträglich machen konnte.

In langen Reden hatte er John klargemacht, wie naiv dessen Ansichten über diese grausame Welt wären, in der jeder einen warmen Platz und möglichst fetten Anteil an der Beute zu ergattern suchte. Als die Besatzung einmal mit List ein paar Frauen an Bord gelockt hatte, redete er dem empörten John freundschaftlich zu, Verständnis für die Elenden zu haben, die kein anderes Vergnügen kannten, als sich am Ende der Reise für ihren Beuteanteil zu betrinken oder sich auf langer, anstrengender Fahrt durch »Liebe« zu zerstreuen.

Reisefertig lag John auf dem Rücken und dachte, wieviel Güte und Mitgefühl doch in diesem Manne steckten, den er zunächst für einen Zyniker und skrupellosen Geschäftsmann gehalten hatte. Hugh hatte zweifellos in manchem, wenn nicht sogar in vielem recht. Aber er war zu offen und zu gerade. Er, der so verächtlich über die Tschuktschen gesprochen hatte, war jetzt auf ihre Hilfe angewiesen. Zwar würde er sie gut bezahlen, aber wieviel leichteren Herzens würde er, John, sich auf den weiten, unbekannten Weg in die fremde russische Stadt machen, wenn es nur ein Quentchen Vertrauen zwischen den Wilden und den Männern der »Belinda« gegeben hätte.

3

An der Bordwand der »Belinda« hielten drei Gespanne. Ihre Lenker trieben die eisenbeschlagenen Bremsstöcke in das Eis und begaben sich auf Einladung des Kapitäns an Deck.

In der aufgeräumten Messe führte der Kapitän die drei Tschuktschen höflich zum Tisch, auf dem drei große rumgefüllte Silberbecher standen.

Halb aufgerichtet lag John auf dem Diwan. Im Overall mit einer Kapuze aus Rentierfell, den Pelzhosen, den rentierledernen Stiefeln und der iltisfellbesetzten Mütze mit Ohrenklappen unterschied er sich wenig von den Lenkern.

Grover reichte jedem einen Becher, gab das Zeichen, ihn auf einen Zug zu leeren, und wandte sich dann mit folgenden Worten an die drei Tschuktschen: »Man vertraut euch das Leben eines weißen Mannes an. Ihr habt John MacLennan heil und unversehrt in der russischen Stadt Anadyr abzuliefern, zu warten, bis er geheilt ist, und ihn dann an diesen Ort zurückzubringen. Ihr wißt, wie wertvoll uns das Leben unseres Freundes ist«, fuhr der Kapitän mit einer

Kopfbewegung auf John fort, »und ihr haftet mit eurem Kopf dafür, daß ihm nichts zustößt.« In freundlicherem Ton schloß er: »Aber wenn alles klargeht, werdet ihr reich belohnt. Sie haben mich verstanden, Orwo, jetzt übersetzen Sie Ihren Kameraden meine Worte.«

Während Orwo übersetzte, musterte Toko den Verletzten. Ihm mißfielen seine kalten Augen, die durch einen hindurchzusehen schienen, als stände niemand vor ihnen.

Durchbohrt von Johns Blick, fühlte Toko eine seltsame Kälte im Magen, die selbst der feurige Rum nicht vertrieb.

Mit folgenden Worten übersetzte Orwo Kapitän Grovers Ansprache: »Verflucht sei die Stunde, in der ich mich darauf eingelassen habe! Eingewickelt hat er mich, der Fuchs! Die Winchestergewehre haben mich geblendet. Was sollen wir jetzt tun? Wir werden ihn hinfahren müssen. Wie eine hungrige Laus ist er. Wenn ihm etwas geschieht, geht es uns schlecht... Was meint ihr, sollen wir fahren?« fragte Orwo, an Armol gewandt.

Armol, der der Übersetzung nur mit halbem Ohr gefolgt war und nur die letzte Frage verstanden hatte, nickte schweigend.

»Ich habe noch nie eine richtige Winchesterbüchse besessen«, sagte Toko nach einigem Zögern.

Behutsam trugen sie den Verletzten aus der Kajüte und betteten ihn auf einen der Hundeschlitten, auf dem sie eine kleine Überdachung aus Rentierfell errichtet hatten. Die beiden anderen beluden sie mit Proviant, Hundefutter, Johns Seemannskiste und Reservekleidung.

Toko band außerdem eine Stoffjaranga auf seinen Schlitten, für den Fall, daß man in der Tundra übernachten mußte.

Ihr Aufbruch verzögerte sich, weil sich jeder einzelne Matrose verpflichtet fühlte, einige Abschiedsworte zu murmeln. Kapitän Grovers Abschied aber zog sich so lange hin, bis dem Scheidenden Tränen die Wangen herunterliefen. Seltsam sah ein weinender Mann aus!

Während Toko auf die kalten Augen starrte, die in Tränen schwammen, regte sich Mitleid, gemischt mit Triumph, in seiner Seele. John, der den Blick auffing, wandte sich zornig ab und streifte mit den riesigen Handschuhen aus Rentierfell die Tränen von den Wimpern. Dabei verzog er schmerzhaft das Gesicht.

Orwo schrie die Hunde an, und langsam setzten sich die Schlitten in Bewegung. Die weißen Männer liefen, laute Abschiedsworte rufend, hinterher. John wurde das Herz schwer; immer tiefer ließ er den Kopf hängen, bis der flauschige Besatz seiner warmen Mütze aus Rentierfell vollends sein Gesicht verdeckte.

Schiff und Eis hinter sich lassend, fuhren die Schlitten landeinwärts. Auf der Höhe der Jarangas bremste Toko sein Gespann leicht und blickte auf seine Frau, die vor dem Eingang stand und den Gespannen nachsah. Abschied nehmend begegneten sich ihre Blicke. Toko erinnerte sich an den Abschied der weißen Seeleute und dachte bekümmert, daß es nicht übel wäre, sich Wange an Wange von seiner Frau zu verabschieden, ihren vertrauten Geruch wahrzunehmen, um während der langen Reise zum unbekannten Anadyr an ihn denken zu können.

Sie überquerten jetzt die Lagune. Da es nur wenig geschneit hatte, erstreckte sich blankes Eis von dem einen Ufer der Lagune zum anderen. Um nicht auszugleiten, suchten die Hunde Schneewehen auf, die Gespannführer aber lenkten sie auf das Eis zurück, auf dem die Schlitten, wie von selber gleitend, an die eingespannten Hunde heranfuhren.

Toko blickte zurück auf die im frühen Dunkel der verschneiten Weite sich auflösenden Jarangas und den vertrauten Felsen am Horizont. Unablässig behielt er seine Jaranga im Auge, die er selbst errichtet und zu deren Bau er Treibholz unter den Felsen gesammelt hatte. Dann hatte er warten müssen, bis er bei der Teilung der Beute seinen Teil Walroßhaut zur Dachbedeckung erhielt. Angesammelten Seehundstran in Säcken aus Robbenfell und Riemen aus Walroßhaut hatte er seinen Freunden, den Rentierzüchtern, als Gegengabe für die Felle im Schlafraum der Jaranga geliefert. Nicht nur, daß seine Jaranga denen der anderen in keiner Weise nachstand, erschien sie Toko und Pylmau sogar noch schöner und wohnlicher, weil es ihre eigene Behausung war. Erst seit drei Jahren verheiratet, war es ihnen, als seien sie schon ein Leben lang beisammen, so leicht errieten sie gegenseitig ihre Wünsche, auch ohne Worte und Erklärungen.

Jetzt verschwand die heimatliche Jaranga am leeren Horizont. Keine Spur mehr in der eintönigen Weite, die auf Lebewesen und Behausungen hingedeutet hätte.

Tokos Schlitten bildete den Schluß. An der Spitze des Zuges bahnte Armol den Weg für Orwos Schlitten, der den Kranken beförderte. Um den Verletzten vor dem von den Hundepfoten aufgewirbelten Schnee zu schützen und zu verhüten, daß der Wind sich unter den Rand seiner Pelzmütze setzte, hatten sie die kleine Fellüberdachung vorne geschlossen, so daß John nur nach hinten einen Ausblick hatte.

Schmerz und Müdigkeit trübten die blauen Augen des weißen Mannes, die auf die Hunde des folgenden Gespanns gerichtet waren. Vielleicht war es auch der Kummer darüber, daß er von den Kameraden getrennt, allein auf die weite Reise gehen mußte. Wer wußte, was in diesem Kopf mit dem hellen Haarschopf – scheinbar schon früh ergraut – vorging. Wie kam es nur, daß seine Augen so kalt blickten!

John spürte den unverwandten Blick des Eingeborenen. Wie seltsam schmal seine Augen waren. Wie konnte man die Welt erkennen durch so enge Schlitze, ähnlich dem in Großmutters Sparbüchse? Blickte man aber tiefer in sie hinein, glaubte man, in einen bodenlosen Abgrund zu schauen, ewig finster und rätselhaft. Was für Gedanken mochten diesen jungen Tschuktschen im Augenblick bewegen?

Auf der glatten Eisfläche der Lagune rumpelte der Schlitten nicht mehr, und der Schmerz in den Händen ließ nach. Lange noch sah John die Masten der »Belinda«, zwei dunkle Striche am verblassenden Himmel, die ihn mit einer vertrauten Welt verbanden. Dort aber, wohin die Hundegespanne liefen, lagen Ungewißheit und die Hoffnung auf Überleben.

Als die Masten verschwanden, fühlte John so eine Leere im Kopf, als sei ihm das Hirn beim Schaukeln der Narten über die aufeinandergetürmten Eisschollen zwischen Schiff und Küste abhanden gekommen. In seinem Unterbewußtsein aber lauerte die Angst, Angst vor der ungeheuren Weite, vor der Kälte, die ihm bereits unter den Pelzoverall kroch, und vor den Schlittenlenkern mit den unergründlich dunklen Augen. Unter ihren ständigen Blicken hatte er das Gefühl, als bewege er sich in einem geschlossenen Kreis, um den ein Abgrund gähnte.

Was mochte von seinen Händen und Fingern noch übrig sein? Von Zeit zu Zeit versuchte er, sie zu bewegen. Dabei schienen sie ihm unversehrt zu sein. Seltsamerweise aber spürte er Schmerzen bis an die Ellenbogen und Oberarme, obwohl sie nicht einen Kratzer abbekommen hatten. Er versuchte, sich von seinen Schmerzen abzulenken und an alles mögliche zu denken, um das Selbstgefühl nicht zu verlieren. Unheimlich, wie dieser Raum den Menschen verschlang, ihn körperlich und geistig in nichts auflöste.

Um den endlosen Raum wenigstens nicht sehen zu müssen, schloß John die Augen und lehnte sich gegen die gefalteten Rentierfelle in seinem Rücken. Im Schlaf versuchte er, der drückenden Umwelt, den düsteren Gedanken und den Schmerzen in beiden Händen zu entfliehen.

Armol bremste seinen Schlitten und hielt. Das hieß, daß jetzt die Reihe an Toko war, die Spitze zu übernehmen.

Toko schrie auf die Hunde ein und überholte die anderen Schlitten. Im Pulverschnee, den erst Mitte des Winters orkanartige eisige Stürme feststampfen und mit rauher Hand glätten würden, hatten es die Hunde schwer, die bisweilen mit eisverkrustetem Fell bis an den Bauch in den lockeren Schneewehen versanken.

An Steigungen und tiefen Schneewehen, an denen Toko absprang und, sich ans Schlittenhorn klammernd, nebenherlief, wurde ihm so warm, daß er den Pelzoverall samt Kapuze abwarf, so daß Reif sein Haar überzog.

Dann wieder ließ er sich mit solcher Wucht auf den Schlitten fallen, daß die Walroßriemen, die die aus Holz geschnitzten Teile zusammenhielten, knarrten und der Leithund vorwurfsvoll den Kopf umwandte.

Dick eingemummt, so daß man keine inneren Regungen hätte feststellen können, weil nichts mehr von seinem Gesicht zu sehen war, dachte Orwo angestrengt über seine Handlungsweise in den letzten Stunden nach. Dabei gelangte er zu der Erkenntnis, aus verwerflicher Gier falsch gehandelt zu haben.

Zweifellos waren die Winchesterbüchsen, die ihnen Kapitän Grover versprochen hatte, schön, aber waren sie nicht auch ohne sie ausgekommen, wie Orwos Vorfahren ohne Tabak, Tee, ohne das böse, närrisch machende Wasser und die Nadeln aus Stahl? Sie hatten sich damit begnügt, mit Pfeil und Bogen zu jagen.

All die neuen Dinge, die die weißen Männer an die Küste der Tschuktschen brachten, machten das Leben nur schwieriger. Bitterkeit war in ihrem süßen Zucker. Was aber konnte man dagegen tun? Zwar hatte er in den ungeheuer großen Siedlungen der weißen Männer gelebt, doch eine Antwort auf die Frage hatte er nicht finden können, er, der nur schmutzige Hafenkneipen und Abfallgruben kennengelernt hatte.

Ihm war jene Welt zuwider, aber wer konnte sich dafür verbürgen, daß den Weißen die Lebensweise der Tschuktschen gefiel? Jeder lebte auf seine Weise, und es hatte keinen Sinn, den anderen ummodeln und seine Sitten und Gebräuche ändern zu wollen. Wenn man die Nase nicht in anderer Leute Lebensweise steckte, sondern nur zum gegenseitigen Vorteil handelte, gäbe es keinen Zwist. Ein Unglück, wenn sich der weiße Mann in das Leben der Eismeerküstenbewohner mischte... Solche Gedanken nahmen ihm die Ruhe. Weshalb nur hatte er sich bereit erklärt, diesen Krüppel zu fahren? Er war aschfahl und hatte einen bösen Blick.

Im Osten wurde es heller, nur noch die hellsten Sterne leuchteten. Vor dem Hintergrund kahler gezackter Gipfel am blauen Himmel zeichnete sich ein Gebirgsrücken ab, hinter dem das nach Anadyr führende große Tal lag. Drohend glänzten seine zerklüfteten Gipfel in den Strahlen der jenseits des Horizonts unsichtbar dahinschleichenden Sonne.

Orwo reckte den Kopf aus dem Pelz und rief: »Laß uns halten, Toko, und die Kufen mit Eis überziehen.«

Als Toko den Schlitten bremste, blieben der Leithund und danach auch die anderen Zugtiere stehen.

John öffnete die Augen, das rhythmische Wiegen des Schlittens auf der ebenen Eisfläche hatte aufgehört.

Wieder begegnete sein Blick dem des Tschuktschen auf dem folgenden Gespann. Erstaunt stellte er fest, daß sich dessen Äußeres verändert hatte, der Schnitt seiner Kleidung und selbst sein Blick. John fand keine Erklärung dafür, bis Toko näher kam und ihm klar wurde, daß die Reihenfolge der Gespanne gewechselt hatte. Dabei dachte er, wie wenig sich diese Männer doch voneinander unterschieden und daß er lernen müsse, sie auseinanderzuhalten.

Toko wechselte ein paar Worte mit seinen Gefährten und blickte dann auf John, der so etwas wie ein Lächeln in dem gebräunten Gesicht des Tschuktschen zu entdecken glaubte, dessen Haut an den Bezug eines alten Ledersessels erinnerte. Er versuchte, das Lächeln mühsam mit frostkalten Lippen zu erwidern.

»Seht, wie er lacht!« rief Toko überrascht, mit dem Finger auf den Verletzten deutend.

»Warum nicht?« meinte Orwo. »Er ist doch auch ein Mensch. Sein Lächeln zeigt, daß es nicht zu schlecht um ihn steht. Vielleicht gelingt es uns tatsächlich, ihn lebend nach Anadyr und zurück zu bringen und die Gewehre dafür zu kriegen.«

»Ja, wir müssen behutsam mit ihm umgehen«, sagte Armol. »Vielleicht ist es Zeit, ihn zu füttern. Frag ihn doch, Orwo!«

Sich auf die Lippen beißend, deutete Orwo zuerst auf seinen und dann auf Johns Mund.

Auf Johns zustimmendes Nicken – er hatte zwar keinen Hunger, doch es war Lunchzeit – ging Orwo zum Schlitten mit Johns persönlichen Vorräten. Die anderen Gespannlenker aber drehten ihre Schlitten um und bearbeiteten die Kufen so lange mit feuchten Fellstücken, bis eine neue Gleitfläche durch die sich bildende Eisschicht entstanden war. Das nötige Wasser dazu entnahmen sie flachen schottischen Whiskyflaschen, die sie unter den Pelzen auf dem nackten Leib trugen, und ließen es aus dem Mund auf die Felle rieseln. War der Wasservorrat erschöpft, füllten sie ihre Flaschen mit Schnee und ließen sie in den weiten Ausschnitt ihrer Pelze gleiten.

Bei der Vorstellung, daß das eiskalte Glas den nackten Körper berührte, schauderte John.

Inzwischen brachte Orwo den von Kapitän Grover sorgfältig gefüllten Vorratssack und öffnete ihn. Durch Zeichen bat er John, etwas auszusuchen. John entschied sich für ein Butterbrot mit Pökelfleisch und ein Stück Zucker.

Armol und Toko, die ihre Arbeit beendet hatten, traten näher und verfolgten gespannt die Fütterung des weißen Mannes.

»Was er für Zähne hat!« begeisterte sich Armol. »Weiß und scharf wie ein Hermelin.«

»Ja«, meinte Toko. »Wenn man so einem zwischen die Zähne gerät, kommt man nicht wieder los.«

»So einer zerbeißt nicht nur Knochen, sondern auch Eisen«, fügte Armol hinzu.

John verging der Appetit – er fühlte sich schwach und beschämt.

»Ihr solltet weggehen«, bedeutete Orwo leise den Kameraden. »Ihr habt wohl noch keinen Menschen essen sehen? Er schämt sich vor uns.«

»Auch gut«, fügte sich Toko. »Komm, wir gehen«, rief er dem Kameraden zu. »Lassen wir den weißen Mann essen.«

John warf Orwo einen dankbaren Blick zu. »Thank you!« sagte er und schluckte den letzten Bissen hinunter.

»Yes! Yes!« nickte Orwo. »Es geht weiter«, fuhr er auf tschuktschisch fort. »Bis zur Nacht müssen wir den Gebirgszug erreicht haben. Bei Ilmotsch werden wir im Warmen übernachten und uns an Rentierfleisch satt essen.«

Plötzlich verspürte John unerträglichen Durst. Vom trockenen kalten Lunch waren ihm Mund und Kehle wie ausgedörrt.

»Trinken«, sagte er, wobei er Schluckbewegungen andeutete und den Kopf zurückwarf.

Sofort faßte Orwo in den Ausschnitt nach der gleichen kleinen Flasche, wie sie seine Kameraden in Gebrauch hatten, entfernte mit den Zähnen den Pfropfen – einen schmutzigen Stoffetzen – und hielt sie dem Verletzten bereitwillig hin.

John verzog das Gesicht und kniff die Augen zusammen, ehe er den Flaschenhals an die Lippen setzte und keuchend mit gierigen Schlucken das warme Wasser trank. Dabei mußte er alle Willenskraft aufbieten, nicht daran zu denken, daß diese Wärme vom Körper des alten Gespannlenkers stammte. Als er die Flasche absetzte, sah er Orwos breites und flaches Gesicht lächelnd vor sich, das dem stilisierten Porträt des Eskimos im Nationalen Universitätsmuseum in Toronto überraschend ähnlich sah.

Auch John lächelte dankbar. Etwas regte sich in ihm, das seinem Lächeln alles Gekünstelte und Konventionelle nahm und es aufrichtig und herzlich machte.

Die Lenker nahmen ihre Plätze wieder ein, und die Hunde zogen die Gespanne auf das Gebirge zu, das einen breiten Streifen des Horizonts mit seinen gezackten Gipfeln bedeckte und unerbittlich näher kam. Immer stärker, wie von unsichtbarer Riesenkraft verdichtet, leuchtete ringsum das Blau.

Blau schimmerten der endlose Schnee, blau die Hügel, die Anhöhen und Schneewehen und auch der Himmel mit seinen hellblinkenden Sternen und die Schlittenspuren, Hunde, Zugriemen und Tokos iltisfellumrahmtes Gesicht.

4

In der einbrechenden Dunkelheit, die alle Geräusche dämpfte, im rhythmischen Geschaukel der Hundeschlitten und bei dem anheimelnden Knarren der Riemen träumte John vor sich hin. Er dachte an die Heimat im letzten Herbst mit dem flammend bunten Ahornlaub, und längst Vergessenes erhielt Symbolkraft und erfüllte ihn mit ungeahntem Glück.

Ein schmaler Graspfad führte in eine schattige Gartenecke, die sich trotz kärglichen Baumbestandes stolz »Städtischer Park« nannte. Im Gras stand eine buntbemalte Schaukel, auf der John und Jeannie, allen abfälligen Bemerkungen der Kinder hütenden Mütter zum Trotz, so gern schaukelten. Wenn sie den Kindern schließlich ihren Platz räumen mußten, legten sie sich ins Gras und beobachteten stundenlang die sich tummelnden Eichhörnchen.

Der Klang eines Hornes rief sie dann in die Wirklichkeit zurück. Der Vater hatte in eine Seemuschel geblasen, um die Hausgenossen zum Dinner zu sammeln.

Als der Weg merklich bergauf ging, stiegen die Lenker ab, um die Kräfte der Zugtiere zu schonen. Jetzt bildete Toko wieder den Schluß der Karawane. Die Hand am Schlittenhorn, ging er neben seinem Gefährt her. Gern hätte er sich, als er im tiefen Schnee des Hanges versank, wenigstens mit einem Fuß auf die Kufen gestellt, um das klopfende Herz mit tiefen Atemzügen zu beruhigen.

Beim Anblick des träumenden weißen Mannes im bequemen Schlittenbett beschlich Toko dumpfe Gereiztheit. Er kämpfte gegen dieses Gefühl nicht an, er sagte sich auch nicht, daß da ein unglücklicher, kranker Mann auf dem Schlitten ruhte und daß sein Leben in ihrer Hand lag. Müde, hungrig und gereizt sah er in ihm nur die Ursache aller Mühsal. Toko dachte an die kräftigen weißen Zähne, die krachend den harten Zwieback zerbissen, an die weiße Kehle, durch die er gierig das Wasser geschluckt hatte, an die kalten blauen Augen und die Andeutung eines Lächelns... Doch alles verdrängte der Glanz der Winchesterbüchse, die sein Leben würdig wie das eines echten Mannes machen würde. Kein Wild würde ihm mehr entgehen, und er brauchte sich nicht mehr zu schämen. Mit einer guten Winchesterbüchse konnte man den Polarfuchs in der Tundra erlegen. Für ein scharfes Auge war es leicht, in den verschneiten Weiten den Polarfuchs auszumachen, der eine Mäusespur verfolgte. Mit einer Winchesterbüchse würde er bis zum Frühjahr drei Dutzend Polarfüchse erbeuten, sie gründlich gegerbt in den kalten, trockenen Wind gehängt haben, der ihr weißes Fell noch weißer und flaumiger machte.

Wenn dann das Eis zurückwich und in der Ferne die Segelschiffe der weißen Männer auftauchten, konnte man im Hochgefühl der hinter einem herwehenden weißen

Schwänze ruhig zum Ufer hinabgehen. Wenn sich der Händler dann mit gierigen Augen in die Fuchsfelle verkrallt hatte, konnte man genug Tabak verlangen und eine Tabakspfeife, ein Messer und Glasperlen für die Frau.

Vielleicht aber wartete man überhaupt nicht auf die Ankunft eines Schiffes, sondern machte sich mit dem Hundeschlitten auf den weiten Weg nach Irwytgyr, zur alten Siedlung Uellen. Händler Carpenter, der dort wohnte, war fast zu einem Menschen geworden: Er hatte eine Eskimofrau geheiratet und Kinder mit ihr gezeugt. Er handelte gut und gerecht und versuchte nicht, einem Mann aus der Tundra unnötiges Zeug aufzuschwatzen.

Ja, eine Winchesterbüchse war eine gute Sache. Dafür lohnte es sich, mit dem weißen Mann in die Ferne zu fahren, um ihn nach Anadyr zu bringen.

In der zunehmenden Dunkelheit konnte John Tokos erhitztes, erschöpftes Gesicht, umrahmt von der dichten Iltisfellmütze, kaum noch erkennen. Armol, der an der Spitze fuhr, feuerte schreiend und mit der Peitsche knallend die Hunde an. Mühsam und keuchend stimmte von Zeit zu Zeit Orwo, für John unsichtbar, in die Rufe ein.

Obwohl es immer noch bergauf ging, stürmten die Hunde plötzlich los. Unter dem Gewicht des aufsitzenden Orwo spannten sich knirschend die Riemen. Immer schneller wurde die Fahrt.

In der Schneewolke, die der Bremsstock zwischen den Kufen aufwirbelte, flitzte Armol vorbei. Obgleich er mit voller Kraft bremste, stürmten die Hunde weiter, als hätten sie keinen langen Tagesmarsch durch die verschneite Tundra hinter sich.

Man hörte Menschenstimmen. Ein Unbekannter in einem langen Kasack aus grobgegerbtem Rentierleder eilte Orwo zu Hilfe, klammerte sich an die Schlittenhörner und bremste das Gefährt, bis er vor einer Jaranga hielt, die aus dem Nichts aufgetaucht schien.

Den Schmerz verbeißend, reckte John den Kopf aus der Deckung und schaute sich neugierig um. Die Jarangas sahen ganz anders aus als die Bauten an der Küste; sie waren kleiner und ohne Holzwände. Das aus zahlreichen kurzgeschorenen Rentierfellen zusammengenähte Dach ging unmittelbar in die Wände über. An seinen Rändern war es mit großen Steinen beschwert und zur Sicherheit mit festgestampftem Schnee umgeben. Die langen hölzernen Stangen, die das Gerüst der Jaranga bildeten, ragten aus der Mitte des Daches, über dem anheimelnd Rauch aufstieg.

Das Nomadenlager der Rentiertschuktschen, von dem John schon gehört hatte – einen von ihnen hatte er in Enmyn sogar zu Gesicht bekommen –, war erreicht. Jener Tschuktsche hatte sich nicht entschließen können, an Deck zu gehen, und hatte das Treiben der weißen Männer lieber aus der Ferne beobachtet. Obwohl er weder aus seiner Neugierde noch aus seiner Verwunderung einen Hehl machte, schien er etwas ängstlich zu sein.

Anders diese Rentierleute. Nachdem sie ein paar Worte mit den Ankömmlingen gewechselt hatten, umringten sie Orwos Schlitten und betrachteten den Verletzten.

»Sitzt da wie ein erfrorener Rabe«, sagte einer.

»Und diese Wolle im Gesicht.«

»Wie weiß sein Schnurrbart ist!«

»Das ist doch Reif.«

»Eingemummelt wie ein altes Weib.«

»Macht, daß ihr fortkommt!« schrie Orwo die Aufdringlichsten an.

John, der kein Wort verstand, spürte, daß man sich über ihn lustig machte.

Haß stieg wie eine dunkle Wolke in ihm auf. Er dehnte die vom langen Sitzen steif gewordenen Muskeln, richtete sich auf und stellte sich auf die Beine. Daß er sich ohne fremde Hilfe bewegen konnte, hätte ihn fast zu einem Freudenruf veranlaßt. Doch er beherrschte sich, lächelte nur triumphierend und machte mit vor Schwäche zitternden Beinen einige unsichere Schritte.

»Sieh da, er geht!« rief Toko überrascht.

Als er John in die Augen blickte, sah er in ihrem kalten Blau ein warmes Licht, wie das einer Tranlampe, die, in den Uferfels gehauen, Jägern und Wanderern durch die Schollenberge den Weg zur Küste weist.

Es war der Blick eines Menschen, der erschöpft das lang ersehnte Ufer erreicht und die Brust dehnt, weil er wieder festen Boden unter den Füßen hat ... es war der Blick eines Menschen, der zum erstenmal wieder Freude empfindet.

Toko lächelte ihm zu.

Die bandagierten Hände vorgestreckt, folgte ihm John zum Eingang der Jaranga, der so niedrig war, daß sie sich tief bücken mußten. Schon von weitem hatte er den anheimelnden Geruch des warmen Rauches wahrgenommen. Die Hütte war mit ihrem Dunst von Wärme und Rauch wider Erwarten wenig verräuchert. Der Rauch erhob sich über der Feuerstelle, ballte sich unter der kuppelartigen Felldecke und entwich dann durch eine Öffnung, die den Blick auf den dunklen Abendhimmel freigab.

Im Inneren der Behausung hieß ihn Orwo auf einem niedrigen Sitz, einer langen, mit Rentierfellen bedeckten Bohle, Platz nehmen. Der Sitz war unbequem, und John rückte mehrmals hin und her, um eine bequemere Stellung zu finden.

Unweit vom Eingang der geräumigen Jaranga brannte

ein helles Feuer, das den Raum gut erleuchtete. In einem großen rußgeschwärzten Kessel, der anscheinend aus Übersee stammte, brodelte über der Feuerstelle eine Suppe. Trotz des scharfen Rauchgeruchs nahm der ausgehungerte John den Duft gekochten Fleisches wahr.

Zwei Frauen, bis an die Hüften nackt, hantierten beim Schein der Flammen. Mit ihren schmalen glänzenden Schultern, der entblößten Brust und dem langen, ins Gesicht fallenden, zottligen schwarzen Haar erinnerten sie an Nixen. Sie trugen weiche Fellhosen und ebenfalls aus Fell gefertigte, bestickte Schuhe.

Mit einem erschreckten Blick auf John begannen die Tschuktschenfrauen zu tuscheln. Sicherlich war von dem seltsamen Gast die Rede, den sie von Zeit zu Zeit prüfend musterten. Ringsumher an den Wänden lagen Säcke aus Rentierleder, offensichtlich zur Aufbewahrung von Nahrungsmitteln, hölzerne Gefäße und Ballen mit Rentierfellen. In einer Ecke sah man einen Haufen frisch abgezogener Rentierläufe, von denen noch die Sehnen herabhingen, und einen enthäuteten Rentierkopf, wohl zur Mahlzeit bestimmt, mit trüben, glasigen Augen.

Angeekelt wandte sich John ab. Im dünnen Rauch der Feuerstelle hingen Rentierschinken an den Querbalken unter der Decke.

Hinter seinem Rücken befand sich der durch Rentierfelle abgeteilte quadratische Schlafraum; bis auf eine erloschene Tranlampe war er leer.

Neugierige erschienen am Eingang, zuerst die Kinder. Ohne die winzigen Knopfnasen und olivschimmernden kleinen Augen hätte man sie in ihren Pelzen und pelzverbrämten Kapuzen für Bälle halten können. Immer wieder drängten die Erwachsenen sie zurück, vor allem Frauen, die den Kopf durch den Eingang steckten und die Hausfrau irgend etwas fragten. Dabei hatten sie aber nur John im Auge, den sie im Schein des Feuers betrachteten.

Von draußen hörte man Männerstimmen. Orwo, Armol und Toko traten ein, gefolgt von fremden Männern, vermutlich den Bewohnern des Nomadenlagers. Während Toko den Sack mit Johns Lebensmittelvorräten auf dem Rücken schleppte, trug Orwo dessen Seemannskiste.

»Wir werden hier schlafen«, wandte sich Orwo an John. »Wind kommt den Berg herunter, es gibt schlechtes Wetter.«

»Ich muß mal hinaus«, murmelte John.

Zunächst verstand Orwo den Sinn seiner Worte nicht, so daß John sie mehrmals wiederholen mußte.

»Da ist nichts zu übersetzen, ich verstehe, was er meint«, sagte Toko und bedeutete John, ihm zu folgen.

Gemeinsam standen sie in der Stille unter dem sternenübersäten unermeßlichen Himmelsgewölbe. John hätte nie gedacht, daß Sterne so groß und strahlend sein konnten. In ihm von Kindheit an vertrauten Bildern geordnet, leuchteten sie vom Firmament. Den Blick zum Himmel gerichtet, bemühte sich John, Tokos kalte Finger nicht zu beachten. Er grübelte darüber nach, um hier zu überleben, müsse er sich überwinden und lernen, sich in den Geisteszustand dieses Wilden zu versetzen, der mit einer so einfachen Sache wie der eines Hosenknopfes nicht fertig wurde.

Toko, der halblaut vor sich hin redete, schien zu fluchen. Doch John brauchte gar nicht hinzuhören, denn er verstand ihn sowieso nicht.

Endlich hatte es Toko geschafft. Wozu die vielen Knöpfe, wo ein einziger ausreichte, dachte er. Wahrlich, die Weißen waren knauserig, wo sie großzügig sein konnten, und verschwenderisch, wo es nicht angebracht schien. Toko machte Johns Pelzmantel zu und blickte zu seinem Träger auf. Mit zurückgeworfenem Kopf starrte dieser zu den Sternen empor, die sich in seinen kalten Augen spiegelten. Seltsam traurig sah er aus, als hätte er sich in einen anderen verwandelt, während Toko an seinen Knöpfen hantierte. Rätselhaft wie ein Schamane erschien er Toko, der ihm beunruhigt einen leichten Stoß versetzte.

Der weiße Mann fuhr zusammen, und Leben kehrte in seine Augen zurück. Die wenigen Worte, die er an Toko richtete, hörten sich an wie ein Dank.

Wieder in der Hütte, forderte Orwo John auf, die Schlafkammer aufzusuchen, deren Vorderwand, eine Felldecke, bereits herabgelassen war, so daß John hineinkriechen mußte.

Eine Tranlampe erleuchtete hell und gleichmäßig den Raum. Vor ihr hockte eine Frau, die mit einem taktstockähnlichen Stab von Zeit zu Zeit die Flamme richtete. Toko half John, sich bequem zu betten, und streifte ihm die Oberkleidung ab. Angenehme Wärme herrschte im Schlafgemach. In den zerschmetterten Händen spürte er kaum noch Schmerzen. Weh tat es nur noch irgendwo im Innern der Knochen, und wenn man nicht darauf achtete, so konnte man es auch vergessen.

Hinter der Fellwand hörte man Stimmen und die Tritte weicher Pelzstiefel auf festgestampftem Boden. Zwischen den Vorhang schob sich ein Gesicht, in dem John nur mit Mühe den alten Orwo erkannte; später gesellte sich Armol dazu. Dann erschien der Mann, der die Reisenden empfangen hatte. Bald danach saß vor John von einer Ecke des Raumes zur anderen eine Galerie von Zottelköpfen. Lebhaft durcheinanderredend, wandten sie sich an Toko und von Zeit zu Zeit durch Orwos Vermittlung auch an John, der ihre Fragen nach seinem Befinden einsilbig beantwortete. Sein Blick folgte gereizt den vielen Köpfen, die kein Auge von ihm ließen. Sie kamen ihm vor wie ein neunköpfiges Ungeheuer.

Bohrender Hunger steigerte noch seine Gereiztheit. Schließlich bat er Orwo, ihm aus dem Sack etwas zu essen zu reichen.

»Nicht so hastig!« meinte Orwo ruhig. »Gleich werden wir richtige Speise haben.«

Er verschwand, und im Spalt des Vorhangs erschien ein dampfender, fleischgefüllter langer Holztrog, aus dem es so lecker roch, daß John das Wasser im Munde zusammenlief und er krampfhaft schluckte.

Orwo, der hinter dem Trog auftauchte, stieß einen triumphierenden Ruf aus und erteilte Toko im Befehlston wohl Anweisungen zur Fütterung des weißen Mannes.

Jedenfalls nahm Toko ein großes Knochenstück aus der Schüssel und hielt es John vors Gesicht. Als John bei der Berührung mit dem weichen Fleisch zurückfuhr, sah ihn Toko überrascht und fragend an.

»Son!« rief er nach kurzem Überlegen, hielt das Fleisch mit den Zähnen fest und trennte ein Stück davon ab, daß das Messer fast seine Nasenspitze streifte. Dabei schmatzte er laut, um zu zeigen, wie gut es schmeckte.

Orwo aber, der entweder wußte oder erriet, daß der weiße Mann auf andere Weise aß, schnitt das Fleisch in der Schüssel in kleine Stücke, spießte mit seinem Messer einen Bissen auf und führte ihn John an den Mund. Die Fütterung begann.

Da das Fleisch zwar saftig und zart, aber ungesalzen war, versuchte ihnen John nach einigen Bissen begreiflich zu machen, daß die Hausfrau wohl das Salz vergessen hätte, worauf Orwo jedoch nur knapp und entschieden erwiderte: »Salz ist nicht da!«

Jetzt öffnete Toko Johns Seesack und förderte mit seiner Hilfe einen kleinen Leinenbeutel mit dem kostbaren weißen Pulver zutage.

Gewissenhaft salzte Orwo das für John bestimmte Fleisch und danach auch die Bouillon, mit der das üppige Mahl schloß.

Nach dem Essen begann die Vorbereitung für die Nacht, zu der die Hausfrau zusammengerollte Rentierfelle heranschleppte. John erhielt den Platz an der Rückwand, neben der Tranlampe. Unweit von ihm legte sich Toko nieder. Durch die Tranlampe und den Dunst des warmen Fleisches wurde es schwül im Schlafraum, und Toko entblößte sich bis an die Hüften, indem er das Fellunterkleid geschickt abwarf. Nachdem er später noch die Unterhosen ausgezogen hatte, war er bis auf ein von der fürsorglichen Hausfrau gereichtes Rentierfell, das er um die Hüften schlang, nackt. Als die anderen Männer seinem Beispiel folgten, bat auch John, ihm behilflich zu sein, wenigstens sein weißes Fellhemd und die Fellhosen abzulegen, die Toko dann als Kopfunterlage hinter ihn packte.

John lehnte sich mit geschlossenen Augen zurück. In der behaglichen Wärme, die seinen Körper durchströmte, erschien ihm die Reise jetzt nicht mehr so entsetzlich, wie er sie sich vorgestellt hatte.

Auf dem Rücken ausgestreckt, lauschte er dem monotonen Geräusch der leise geführten Gespräche um ihn herum, das einschläfernd wie eine leichte Meeresbrandung oder das Rauschen eines Baches wirkte.

Bevor er fest einschlief, sah er im Geist Hughs gütiges, vertrautes Gesicht, das seltsamerweise aber nach Rentiertschuktschenart bartlos und glatt war. Doch ehe er sich darüber wundern konnte, schlief er schon tief.

5

Bedächtig stopfte Orwo den winzig kleinen Kopf seiner Tabakpfeife, tat einen tiefen Zug und reichte sie Ilmotsch, seinem Gastgeber.

Dieser nahm das Mundstück behutsam zwischen die fast geschlossenen Zähne, als wolle er nicht ein Quentchen des kostbaren Rauches ungenutzt entweichen lassen.

Armol, der das Tun der beiden Männer aufmerksam verfolgte, wagte nicht, um einen Zug zu bitten.

»Drei Tage lang werdet ihr bis zum Paß hochklettern müssen«, brummte Ilmotsch zwischen den Zähnen hindurch. »Drei Tage und Nächte in eisigem Wind, ohne Unterkunft, ohne Holz und ohne tiefen Schnee. Nahrung könnt ihr nicht mitnehmen; ihr und die Hunde werdet hungern.«

Der alte sog den Tabaksaft vom Mundstück und reichte die Pfeife endlich Armol, der sie umklammerte und den ihm zustehenden tiefen Zug tat.

Als Toko an der Reihe war, fuhr Ilmotsch, ohne die Stimme zu heben, fort: »Ihr müßt nun den weißen Mann nach Anadyr bringen, dagegen ist nichts zu machen. Kehrt ihr um, erzürnt ihr den Kapitän, und wenn der Weiße stirbt, weiß niemand, was euch erwartet. Auf jeden Fall ist es eine schwere Arbeit, die ihr euch aufgeladen habt.«

Mit einem Seitenblick auf den schlafenden John meinte Orwo seufzend: »Die Gier hatte mich gepackt. Drei Gewehre kann man nicht einmal in fünf Jahren verdienen, denn Fischbein ist nicht gefragt, die Bezahlung schlecht. Die Weißen wollen immer nur Füchse haben. Wie du weißt, erlegt man aber an unseren Küsten den Polarfuchs am besten von der See her, wenn er den Eisbären folgt und die Reste ihrer Mahlzeiten aufliest. Fallen kann man auf dem Eis nicht stellen, denn sie treiben mit ab.«

»Ein Gewehr ist eine gute Sache«, meinte Ilmotsch und blickte begehrlich auf die erloschene Pfeife. Orwo, der den Blick auffing, griff erneut nach dem Tabakbeutel.

Toko beobachtete den schlafenden John. Mit geschlossenen Augen wirkte er nicht mehr abstoßend, sondern wie ein gewöhnlicher, schlafender Mann mit hellen Haaren, hinter dessen geschlossenen Lidern unergründliche Traumbilder die Pupillen zittern machten.

»Wir geben euch Proviant mit«, sagte Ilmotsch, während er gespannt beobachtete, wie Orwo Tabak in den Pfeifenkopf stopfte. »Beim ersten Schneesturm im Herbst sind viele Rentiere umgekommen. Wir haben Fleisch in Hülle und Fülle. Wenn die Straße gut ist, werdet ihr vielleicht sogar den Paß leicht überwinden können. Von da aber geht es nur noch bergab ins Tal, wo schon die Kereken und krummbeinigen Kaaramkyt umherziehen.«

»Die auf Rentieren reiten?« erkundigte sich Armol.

Ilmotsch nickte. »Ein Bettelvolk, das nur auf Fressen aus ist. Es ist eine Mühsal, durch ihre Lager zu fahren«, fuhr der Alte fort. »Sie geben einem nichts zu essen, und ihre Jarangas sind kalt.«

Alle schwiegen. Der zur Nacht aufgekommene Sturm bewegte klatschend die Felle der Jaranga.

»Es stürmt von den Bergen«, bemerkte Ilmotsch. »Morgen früh sind wir eingeschneit.«

Mit angehaltenem Atem lauschten sie dem Brausen des Sturmes.

Die Tranlampe erlosch. Nach getaner Hausarbeit legten sich auch die Frauen zur Ruhe. Nackt krochen sie unter ihre Decken aus Rentierfell.

Ilmotsch saugte an der leeren Pfeife und gab sie dann Orwo zurück.

»Laßt uns schlafen gehen«, sagte er.

Beunruhigt erwachte John mitten in der Nacht. Im ersten Augenblick wußte er nicht, wo er sich befand. Eben noch im Traum hatte er im Keller seines Elternhauses in der Vorfreude auf gemütliche Stunden am Kamin Holz gespalten. Der Holzhaufen wuchs und drohte ihn unter sich zu begraben. Arme und Schultern schmerzten, John blickte zwar auf die willkürlich getürmten Kloben, spaltete jedoch weiter, bis der hölzerne Berg über ihm zusammenbrach. Als er sich unter großen Anstrengungen befreien wollte, erwachte er.

Zunächst glaubte er, in seiner Kajüte auf der »Belinda« zu sein, doch brachten ihn seine immer stärker schmerzenden Hände in die Wirklichkeit zurück.

Draußen tobte der Sturm, er hämmerte gegen die Wände aus Rentierfell und drohte die so zerbrechlich wirkende Behausung auseinanderzureißen und in die unendliche Weite der Tundra zu tragen. Fest im Boden verankert, blieb sie aber, wenn auch zitternd und stöhnend, an ihrem Platz. Vermutlich war es einer jener furchtbaren Schneestürme, wie ihn Polarforscher in den Reisebeschreibungen geschildert haben und von denen auch er schon in der Hafenkneipe von Vancouver und später in Nome gehört hatte.

Bei den heftigen Windstößen glaubte John deutlich zu spüren, wie sich die Behausung vom Erdboden löste und jeden Augenblick mit dem Hurrikan davonzufliegen drohte.

Doch die Tschuktschen schliefen weiter, ungeachtet des Lärms draußen, der ihr Schnarchen übertönte.

Von Hitze, Durst und Lärm gequält, wälzte sich John auf seinem Lager. Stechende Schmerzen, die über die Ellenbogen bis in die Schultern ausstrahlten und mit dem Pulsschlag in den Schläfen hämmerten, erinnerten ihn an seine versehrten Hände.

Die stickige Luft empfand er fast gegenständlich als etwas Flüssiges, das den Körper einhüllte und das Atmen erschwerte.

Vorsichtig kroch John über nackte Körper hinweg zur Vorderwand des Schlafraumes, bis seine Stirn den herabhängenden Vorhang berührte. Gierig atmete er die kalte Luft des Tschottagin, der nach feuchten Fellen roch.

Hier war das Brausen des Sturmes noch stärker vernehmbar. Winzige Schneeflocken wehten ihm durch die Ritzen der Wände ins Gesicht. Das Kriechen durch den dunklen Schlafraum hatte ihn viel Kraft gekostet; er fühlte sich wie zerschlagen. Hitze durchflutete seinen Körper und drang ihm bis ins Mark der Knochen. Die kalte Luft mäßigte seinen unerträglichen Durst. So legte er den Kopf zwischen den Vorhang und schlummerte unter dem Heulen des Sturmes wieder ein. Es war kein tiefer Schlaf, eher ein Dämmerzustand, von kurzem Erwachen unterbrochen. Die rauhen Zungen der Hunde, die immer wieder sein Gesicht beleckten, und ein bis ins Mark dringender, stechender Schmerz weckten ihn.

Gegen Morgen wurde der Durst so unerträglich, daß John sich entschloß, zur dünnen Schneeschicht zu kriechen, die den Fußboden der Jaranga bedeckte. Langsam zog er den Körper nach und beugte sich über das hölzerne Kopfende. Im Dunkeln spürte er immer deutlicher die sich nähernde Kälte des Schnees; fast glaubte er ihn zusehen, doch war es nur der Widerschein des Schneesturms, der in den Rauchabzug der Jaranga blies.

Als John das Gleichgewicht verlor und auf die zerschmetterten Hände fiel, brüllte er vor Schmerz, der wie eine Flamme in ihm aufloderte.

Aus dem Schlaf gerissen, stürzte Toko zu dem Verletzten und half ihm an seinen Platz zurück.

Die Schläfer regten sich. Eine Frau schlüpfte unter ihrer Pelzdecke hervor und entzündete ein Feuer, nachdem sie – man wußte nicht, wie – ein freies Plätzchen zwischen den vielen ausgestreckten Beinen und Leibern gefunden hatte.

John, dessen Schmerzen in der Ruhelage nachließen, beobachtete, wie geschickt die eingeborene Tochter des Prometheus im Halbdunkel der Kammer das Ende eines Stabes in der Vertiefung eines Brettes rotieren ließ. Nach kurzer Zeit sprühten Funken, und ein bläuliches Flämmchen züngelte, das, zum trangetränkten Häufchen Moos in der Lampe getragen, lustig zu flackern begann.

Mit Rentierhaaren bedeckt, kamen die Insassen der Behausung unter ihren Felldecken hervor. Sie fuhren sich mit den Händen flüchtig übers Gesicht und zogen sich sofort an. Der alte Ilmotsch verließ, gefolgt von Orwo, Toko und einer Frau, die Hütte.

John, der allein neben der flackernden Tranlampe blieb, rief nach Orwo, um der unerträglichen Einsamkeit zu entrinnen.

Der Alte steckte den Kopf durch den Fellvorhang und blickte den Verletzten fragend an.

»Bring Wasser«, bat John.

Doch Toko brachte das Wasser, das er ihm in einem Zinngefäß – einer Schöpfkelle ohne Stiel – behutsam an die Lippen setzte und in den geöffneten Mund laufen ließ, wobei er ihn freundlich und teilnahmsvoll ansah.

John warf den Kopf zurück und bedankte sich. Toko nickte lächelnd und deutete dabei auf Johns verbundene Hände.

Der Kranke verzog schmerzhaft das Gesicht. Toko wollte noch etwas sagen, doch da er weder Englisch konnte noch in der Gestik Meister war, klopfte er ihm nur ermunternd auf die Schulter.

Den ganzen Tag über lag John in der Schlafkammer. Nach dem reichlichen Frühstück hatte man den Vorhang angehoben, so daß er das Tun und Treiben in der Jaranga verfolgen konnte.

Von Kopf bis Fuß eingeschneite Rentierhirten betraten abwechselnd die Hütte, gefolgt von einem Schwall des Schneesturms, der jedesmal die Flamme der nie verlöschenden Feuerstelle auflodern ließ. Johns Reisegefährten, die auch eine Zeitlang verschwunden waren, kehrten mit besorgten Gesichtern zurück. Umständlich säuberten sie ihre Fellkleidung vom Schnee und blickten dabei voll Mitgefühl auf John.

Gegen Abend erreichte der Sturm seinen Höhepunkt. Einmal erzitterte sogar die Jaranga in ihren Grundfesten: Eine Halterung hatte sich anscheinend gelöst. Schreiend stürzten die Männer ins Freie, ihr erregtes Gebrüll übertönte selbst das Brausen des Sturmes.

Vor dem Abendessen wählte der Eigentümer der Jaranga einige abgezogene Rentierläufe aus einem Haufen und verteilte sie wohlwollend an seine Gäste. Unter lebhaften Beifallsbezeugungen zogen diese ihre Jagdmesser und machten sich an die Arbeit. Von den Knochen schabten sie Fleischreste und Sehnen, die sie schmatzend verzehrten.

Dann machten sie sich vorsichtig daran, den Knochen zu spalten. Toko, der als erster damit fertig wurde, zog das rosafarbene Mark aus den Knochensplittern, biß die Hälfte ab und überließ John das restliche Stück, indem er es ihm einfach in den Mund steckte. Da sich der überraschte John nicht so schnell abwenden konnte, blieb ihm nichts übrig, als den Bissen hinunterzuschlucken, der sich jedoch nicht nur als eßbar, sondern sogar als schmackhaft erwies.

Jetzt bemühten sich alle reihum, John zu bewirten, indem sie ihm die dicksten und rosigsten Stücke anboten. Orwo rückte näher heran und brachte das Gespräch auf das Wetter. Der gewaltige Sturm habe wahrscheinlich das Eis von der Enmyner Küste losgerissen, meinte er.

Wenn die überraschende Nachricht stimmte, war für die »Belinda« der Weg zur Beringstraße frei. Das einzige, was Hugh Grover jetzt festhalten würde, war seine, Johns, Abwesenheit. Was für ein Jammer! Wenn er einfach umkehrte? Sie hatten doch höchstens ein Fünftel des Weges zurückgelegt. Wenn sie umkehrten, konnte er mit der »Belinda« bei guter Fahrt in drei Tagen Nome und das Lazarett erreichen.

»Wir müssen sofort umkehren, Orwo!« sagte John aufgeregt. Als der Alte nach mehrmaligen Wiederholungen endlich verstanden hatte, zog er ein langes Gesicht. John schloß, daß er um seine Belohnung bangte.

»Ihr bekommt alles, was Hugh versprochen hat, und sogar noch mehr. Ich gebe euch noch mehr«, beschwor er den Alten.

John erregte sich so, daß ihm eine Hitzewelle den Atem nahm und ihm Tränen in die Augen trieb.

»Wir werden es überlegen«, antwortete Orwo ausweichend. »Zeit genug haben wir, bis der Sturm sich gelegt hat.«

Orwo hatte auf tschuktschisch geantwortet, sich dann

aber besonnen und ins Englische übergehend erklärt, daß sie selbstverständlich umkehren würden, wenn sich das Eis von der Küste gelöst habe. An Johns Augenausdruck erkannte er, daß der Junge litt, nicht unter der Nachricht, daß das Eis aufgebrochen sei, sondern weil das eingetreten war, was sie am meisten befürchtet hatten: das Schwarzwerden des Blutes. Bei Menschen mit erfrorenen Gliedmaßen kommt es häufig vor; Tage später schwärzen sich die versehrten Hautteile, wie von unsichtbarem Feuer verbrannt, das bald den Menschen verzehrt, seine Eingeweide zerfrißt und schnell zum Tode führt.

Die einzige Rettung war, den schwarz verfärbten Körperteil abzutrennen. Orwo hatte schon viele Menschen gesehen, die Finger, Füße und Hände auf diese Art verloren hatten, waren doch Erfrierungen im hohen Norden etwas Alltägliches. Meistens führten die Betroffenen kleinere Operationen eigenhändig aus und retteten sich so das Leben. Doch zum Abhacken von ganzen Händen, Füßen oder gar Beinen konnte sich nur ein echter Enenyljyn mit großen, von Generation zu Generation vererbten Erfahrungen entschließen.

»Sein Blut beginnt sich zu schwärzen«, sagte Orwo, der Ilmotsch auf Johns entzündete Augen aufmerksam machte, halblaut, als könne ihn der Kanadier verstehen.

Wortlos legte Ilmotsch John die breite rauhe Hand auf die Stirn und sagte: »Wie ein Teekessel, der über dem Feuer hängt.«

John wurde zornig. Hielt man ihn etwa für geistesgestört, weil er zum Schiff zurückwollte? Begriffen sie denn nicht, daß es besser für ihn war, drei Tage lang zu Schiff nach Nome zu fahren, als wer weiß wie lange auf dem Hundeschlitten durchgeschüttelt zu werden, bis zu diesem legendären Anadyr, das es möglicherweise überhaupt nicht gab.

Wütend und hastig versuchte er, Orwo diesen Umstand zu erklären, doch in eigene Gedanken versponnen, hörte ihn der Alte nicht.

Mindestens drei Tage würde der Schneesturm noch dauern, Zeit genug, daß das schwarze Blut zum Herzen des weißen Mannes stieg und ihn verzehrte, ihn, der in seine, Orwos, und seiner Kameraden Hände gegeben war. Wenn John starb, kehrten sie besser nicht an die Küste zurück, denn die Weißen waren imstande, aus Rache für den Tod ihres Stammesgenossen die ganze Siedlung zu vernichten. So war es vor einigen Jahren geschehen, als die Kneschanzen einen Seemann töteten, der ein minderjähriges Mädchen entehrt und vergewaltigt hatte. In Ufernähe hatten die Weißen vom Schiff aus mit ihren Gewehren das Feuer auf die Jarangas eröffnet. Alles, was nicht hinter die Lagune flüchten konnte, kam durch die Kugeln ums Leben. Dann waren die Seeleute an Land gegangen, hatten die verlassenen Jarangas ausgeräumt und zum Abschied in Brand gesteckt. Und das alles wegen eines getöteten Weißen.

Haßerfüllt schaute Orwo den Kranken an. Unter diesem Blick fuhr John zusammen, denn noch nie hatte ihn jemand so angesehen.

»Die Büchsen werden euch gehören«, wiederholte er mit trockenen Lippen. Sein Gehirn umnebelte sich, das Bewußtsein schwand. Mit letzter Kraft mühte er sich, Orwo in die Augen zu blicken. »Ihr bekommt eine hohe Belohnung«, stieß er hervor und drehte sich auf die Seite.

»Ein Unglück«, sagte Orwo, in den Tschottagin zurückgekehrt. »Der Brand hat bei ihm eingesetzt.«

»Was sollen wir tun?« fragte Armol erschreckt.

»Ich weiß es nicht«, antwortete Orwo dumpf. »Wir werden warten, bis er gestorben ist, und zurückkehren, wenn das Schiff fort ist.«

Schweigend erhob sich Toko und ging zu dem Kranken, der immer noch auf der Seite lag. Mit halb geschlossenen Augen murmelte er in seiner Sprache etwas vor sich hin, vor allem das Wort Mam. Wahrscheinlich rief er nach seiner Mutter.

Toko bettete ihn bequemer. Für eine Sekunde öffnete der Kranke die Augen, erkannte ihn jedoch nicht.

Schwer und pfeifend kam der Atem aus dem weitgeöffneten Mund. Selbst aus einiger Entfernung spürte man noch seine Hitze.

Toko ging zu den abseits sitzenden Männern zurück. Mit zitternder Hand stopfte sich Orwo die Tabakpfeife.

»Man muß ihn retten«, sagte Toko.

»Das geht nur, wenn man das schwarze Fleisch abschneidet«, erwiderte Orwo.

»Sei's drum«, sagte Toko zögernd. »So bleibt er wenigstens am Leben. Besser, wir bringen ihn ohne Hände zurück als tot.«

Orwo tat einen hastigen Zug. »Und was wirst du den Weißen entgegnen, wenn sie behaupten, man hätte das schwarze Fleisch nicht abzutrennen brauchen?« erwiderte Orwo erregt. »Wie willst du sie überzeugen? Du weißt nicht, was das für ein Volk ist. Sie sind von vornherein im Recht, ein Mensch anderer Hautfarbe aber ist immer im Unrecht.«

»Was sollen wir aber sonst tun?« fragte Armol.

»Wenn wir einfach vergessen, wer er ist, und so tun, als sei das Unglück einem von uns zugestoßen?« schlug Ilmotsch zögernd vor.

»Wir müssen ihn doch zurückbringen!« Orwo wurde

laut. »Wie soll ich dem Kapitän unter die Augen treten, wenn ich ihm einen Krüppel zurückbringe?«

»Der weiße Mann lebt nicht nur von der Jagd«, entgegnete Toko.

»Wir sollten Kelena rufen«, meinte Ilmotsch nachdenklich. »Sie versteht es, das schwarze Fleisch abzutrennen. Sie hat es schon einmal bei Mynor getan. Du kennst ihn doch«, wandte er sich an Orwo.

»Ja«, nickte der. »Mynor geht jetzt auf den Knien.«

»Kelena hat ihm die Beine abgetrennt«, sagte Ilmotsch mit einem Anflug von Stolz. »Sie möge uns auch diesmal helfen.«

»Steckt immer noch die Kraft in ihr, mit denen da oben zu verhandeln?« fragte Orwo und blickte zum Abzug der Jaranga.

»Mehr denn je«, bestätigte Ilmotsch. »Wenn sie aus dem Schulterblatt des Rentiers weissagt, ist es, als offenbare sich ihr die nackte Wahrheit. Große Kräfte sind in ihr.«

Hilfesuchend, Furcht und Verwirrung im Blick, sah Orwo auf seine Reisegefährten. Noch nie hatten Toko und Armol den Alten so gesehen.

»Wird schon alles gutgehen«, tröstete sich Toko. »Die Hauptsache ist, wir bringen ihn lebend zurück. Lebend ist besser als tot. Wir werden ihnen erklären, wie es gekommen ist, und uns verteidigen.«

»Vielleicht hast du recht«, stimmte Orwo mit halbem Herzen zu. »Ruft Kelena«, wandte er sich an Ilmotsch.

6

Den Ärmel ihres Kerkers zurückschlagend, entblößte Kelena einen Teil ihrer welken, wie ein Lederbeutel herabhängenden Brust. Zur besseren Beleuchtung befahl sie, noch ein paar Tranlampen in den Schlafraum zu bringen. Widerspruchslos gehorchten die Männer. Dann breiteten sie einen gründlich gewaschenen Lederteppich aus. Ganz in seine Arbeit vertieft, schärfte Orwo die von der Schamanin mitgebrachten Messer.

Kelena näherte sich dem Kranken. Ihr Gesicht war länglich und hager. Wie Fußpfade in bergiger Tundra verlor sich ihre Tätowierung in den tiefen Runzeln. Aus ihren breiten Nasenlöchern wuchsen Borsten. Doch das Ungewöhnlichste waren ihre Augen und Hände. Staunend starrte Toko auf diese Finger, in denen solche Kraft wohnen sollte. Ein gelbliches Feuer brannte in ihren Augen, als sei eine leuchtende Tranlampe hinter ihnen verborgen. Wenn die Schamanin den Blick auf eine dunkle Ecke richtete, so war es, als erhellte sie sich wie vom Licht einer kleinen Fackel.

Trotz ihrer Häßlichkeit flößte sie weder Furcht noch Abscheu ein. Es lag wohl an der Kraft und Sicherheit, die von ihrer hohen, hageren Gestalt ausging, daß man unwillkürlich Zutrauen zu der gütigen Frau faßte und fest auf ihre Hilfe baute. »Man muß einen Hund schlachten, um den Menschen zu retten«, wandte sie sich leise und entschieden an Ilmotsch.

»Nimm einen von Orwo«, sagte dieser.

»Wir haben noch eine weite Reise vor uns«, entgegnete Orwo.

»Hol einen jungen Hund aus meiner Jaranga, Armol«, befahl Kelena.

Während Armol den Hund holte, rückte man den Kranken in die Mitte des Schlafraums und stellte die Tranlampen auf hohe Untersätze, damit das Licht der Lampen schräg nach unten fiel. Auf einem gebleichten Robbenfell breitete Kelena ihre Instrumente aus: scharfgeschliffene Messer, Nadeln und Knochen, fest gezwirnte Fäden aus Rentiersehne, Flicken aus Fell und lange Streifen gegerbten, sauberen, weichen Rentierleders.

Armol, den zappelnden kleinen Hund im Arm, trat ein.

»Ilmotsch und Orwo, ihr werdet mir behilflich sein«, befahl Kelena. »Man muß den Hund erstechen.«

Während sich Ilmotsch mit dem Hund abgab, half Orwo der Schamanin, die festen Binden um Johns Hände zu lösen.

»Ihr Jungen bleibt in der Nähe. Ich werde euch brauchen«, sagte Kelena. »Wenn er schreit und sich loszureißen versucht, werft euch auf ihn, und haltet ihn fest.«

»Gut«, nickte Toko, dessen Kehle wie ausgetrocknet war.

Kelena warf den Kerker ab. Außer einer schmalen ledernen Leibbinde hatte sie jetzt nichts mehr an. Mit den Zähnen entkorkte sie eine kleine Flasche, kostete den Inhalt vorsichtig mit der Zungenspitze, öffnete die zusammengepreßten Lippen des Kranken und ließ die Flüssigkeit in seinen Mund laufen. Als John zuckte und sich aufzurichten versuchte, hielt sie ihn nieder, indem sie ihm das Knie gegen die Brust stemmte.

Nach einiger Zeit beruhigte er sich, sogar sein Atem ging gleichmäßiger.

Sorgfältig prüfte die Schamanin jetzt die geschliffenen Klingen, spie auf jede einzelne, verrieb den Speichel mit der Handfläche und schien zufrieden. Den Blick nach oben gerichtet, verharrte sie eine Zeitlang mit geschlossenen Augen, Beschwörungsformeln murmelnd. Es schien dem erstaunten Toko, als spreche sie in der Sprache der Weißen, wohl weil es ein weißer Mann war, den zu heilen sie sich anschickte.

Als Kelena ihre Vorbereitungen beendet hatte, löste sie behutsam Johns Verbände. Wo die Binden angetrocknet waren und sich schwer lösten, feuchtete sie die Schamanin mit frischem Hundeblut an. Fader Eiergeruch erfüllte den Schlafraum, als die geschwärzte Haut zum Vorschein kam. Der Atem der Umstehenden ging kurz und stoßweise. Was sich ihren Blicken bot, war kaum noch der Überrest menschlicher Hände. Fetzen von Pelzhandschuhen, zerschmetterte Fingerreihen, Hautfetzen und Knochen bildeten eine einzige Masse. Unfähig, den Anblick zu ertragen, wandte sich Toko ab.

»Mehr Blut, mehr Blut!« sagte die Schamanin dabei. »Möge das Blut des jungen Hundes deine Wunden umspülen und dir seine Kraft und Stärke verleihen.«

Widerstrebend wandte Toko seinen Blick wieder dem Tun Kelenas zu. Nachdem die Schamanin die zerschmetterten Hände mit Hundeblut bespült hatte, ergriff sie das Messer und operierte so gewandt und sicher, als hätte sie nicht Menschenhände, sondern Seehundflossen oder Rentierläufe unter den Händen. Rasch glitt die Klinge über die Gelenke und trennte, herabhängende große Hautfetzen zurücklassend, die Knochen ab. Nach beendeter Amputation warf sie die Knochenreste beiseite und griff zur Nadel, in die sie eine Rentiersehne fädelte. Eine glatte, hübsche Naht zog sich die fingerlose Hand entlang, an der kleine Blutstropfen den Weg der Nadel nachzeichneten.

Schweiß trat der Schamanin auf die Stirn. Ungeduldig wischte sie ihn von Zeit zu Zeit weg. Als sie mit der einen Hand fertig war, machte sie sich an die andere.

Da geschah, was alle befürchtet hatten: John kam wieder zu Bewußtsein. Zuerst starrte er verständnislos auf die Schamanin, die sich mit dem Messer in der Hand über ihn neigte. Gleich darauf verzog sich sein Gesicht vor Angst und Ekel, er stieß einen Schrei aus und versuchte, sich loszureißen.

»Haltet ihn!« rief Kelena. »Haltet ihn fest!«

Toko und Armol warfen sich auf den Bedauernswerten. Der Weiße aber war flink und kräftig; mehrmals gelang es ihm, Armol und Toko abzuschütteln. Doch was konnte ein Handloser auf die Dauer schon gegen sie ausrichten, zumal ihnen jetzt Orwo und Ilmotsch zu Hilfe kamen?

»Er darf jetzt nicht den Arm bewegen«, sagte die Schamanin. »Du, Armol, hältst seinen Arm fest, ihr anderen sorgt dafür, daß er sich nicht rührt.«

Endlich gelang es ihnen, John so fest niederzudrücken, daß er kein Glied mehr rühren konnte. Toko, der fast über ihm lag, spürte seinen heißen Atem.

Schreck stand in Johns großen blauen Augen. Wie aus einem überlaufenden blauen See rannen dicke Tränen über sein Gesicht und versickerten hinter den Ohren im welligen blonden Haar.

John stieß erregte Worte hervor, sie hörten sich an wie Flehen, Angst, Versprechungen, Schmerz und Zorn.

Ohne ein einziges Wort zu verstehen, antwortete Toko: »Halte noch aus. Alles wird gut. Die Frau rettet dir das Leben, fürchte sie nicht . . . Dein Schmerz tut auch mir weh, aber man muß ihn ertragen, um des Lebens willen ertragen. Du willst doch dein Land, deine Mutter und deine Verwandten wiedersehen, bestimmt hast du auch eine Frau. Du wirst lebend zu ihnen zurückkehren. Daß du keine Hände mehr hast, ist kein Unglück. Beim weißen Volk gibt es viel Arbeit, für die man keine Hände braucht. Solche Arbeit wirst du tun. Ihr seid doch so erfinderisch, daß euch bestimmt etwas einfallen wird, was man anstelle der Hände anbringen kann. Sieh nur, wie weit euch euer Verstand gebracht hat: Feuerschiffe, groß wie Bergriesen, fahren über die Meere. Das Feuer habt ihr in Gefäße gesperrt, wo es in blauer geräuschvoller Flamme brennt. Ihr habt Gewehre erfunden, allerlei Speise in Blechdosen . . . Alles wird gut . . . Son . . .«

Auf den Befehl der Schamanin, ihn fester zu halten, weil sie zu nähen anfange, preßte sich Toko noch enger an John. »Kelena kann nähen«, fuhr er fort, um die Stimme des Kranken zu übertönen. »Sie macht dir eine Naht, so schön, daß du vor deinen Freunden damit prahlen kannst. Die Fäden aus Rentiersehnen sind stark und reißen nicht . . . Zucke nicht; sie ist gleich fertig. Wenn der Schneesturm nachläßt, kehren wir um. Nach fast zwei Tagen werden wir in Enmyn sein, und du siehst deine Freunde wieder. Das Eis ist fort, die Straße ist frei. Und ihr segelt heim . . . Ein Weilchen halte noch aus. Auch mir fällt es schwer, dir in die Augen zu sehen . . .«

Entweder hatte John das Bewußtsein wieder verloren oder eingesehen, daß Widerstand zwecklos war; jedenfalls ließ er sich mühelos festhalten. Durch die Wimpern seiner halbgeschlossenen Augen, an denen zitternd Tränen hingen, beobachtete John seine Peiniger. Als das entsetzliche Weib mit dem scharfgeschliffenen Messer in der Hand in sein Blickfeld kam, glaubte er, er werde gefressen. Erzählungen über Kannibalen, Wilde, die ihre Beute auf glühenden Kohlen brieten, fielen ihm ein. Er spürte bereits den Geruch von geröstetem Fleisch und angesengten Bartstoppeln.

Zappelnd und schreiend bemühte er sich, mit den Zähnen Tokos schweißbedecktes dunkles Gesicht zu erreichen, dieses Blutrünstigen, der ihm zu essen und zu trinken gegeben, für ihn gesorgt hatte und sich dann plötzlich über ihn wälzte und ihn festhielt, damit sich die anderen einen guten Bissen von ihm, dem Weißen, abschneiden konnten.

Doch die Kräfte waren zu ungleich. Wie ein Stein lag Toko auf ihm, unglaublich, wie schwer ein so schmächtiger junger Mann sein konnte. Als John erkannte, daß Widerstand nutzlos war, überkam ihn ein solches Mitleid mit sich selbst, daß er die Tränen nicht mehr zurückhielt. Sie rollten über seine fieberheißen Wangen und machten ihm sein Elend und seine ausweglose Lage erst richtig bewußt. Noch nie war er so hilflos gewesen, außer vielleicht in ferner Kindheit, in einem Leben, von dem er für immer getrennt war. Doch ging es ihm jetzt nicht um Erlebtes und das, was noch vor ihm lag, sondern darum, daß es ihm nicht beschieden sein sollte, als Bezwinger des Eismeeres vor die Seinen zu treten. Alle Freuden dieser Welt würden andere genießen, Männer, von denen in diesem Augenblick keiner an den Tod dachte, wie auch Hugh Grover, der einzige Freund vielleicht, der noch auf seine Rückkehr hoffte. Der arme liebe Hugh, er fror jetzt auf seinem vereisten, kleinen Schiff, das nur so stark und widerstandsfähig schien, und wartete auf den Freund.

John war es, als hätte sich statt eines Menschen ein nach Schweiß, Tran und weiß Gott was noch stinkender Felsbrocken auf ihn gewälzt.

Übelkeit stieg in ihm auf. Das dumpfer gewordene Schmerzgefühl verlagerte sich zum Herzen. Vielleicht war er bereits tot, und alles, was mit ihm geschah, war bedeutungslos. Wie ihn der Grabstein auf seiner letzten Ruhestätte drückte! John schloß die Augen, um das widerwärtige, fett- und schweißglänzende Gesicht über sich nicht mehr sehen zu müssen. Plötzlich spürte er, wie es lebhafter um ihn wurde. Sie unternahmen etwas mit seinen Händen, aber was?

»Was macht ihr mit mir?« rief er. »Laßt mich! Ihr werdet euch dafür verantworten müssen!«

»Halte noch aus«, hörte er Orwo sagen. »Es dauert nicht mehr lange.«

»Was macht ihr mit mir?« brüllte John aus vollem Halse.

»Hände machen wir dir!« brüllte Orwo zurück. »Wir schneiden dir das schwarze Fleisch ab und retten dir das Leben!«

»O Gott!« stöhnte John. »Meine Hände! Meine Hände!«

Er spürte nicht, wie ihm die Schamanin die Handflächen mit weichen Streifen gegerbten Rentierfells verband. Plötzlich wurde ihm klar, daß diese Wilden ihm die Finger abgeschnitten hatten, um zu verhindern, daß der Wundbrand weiter um sich griff. Was für eine Barbarei! Ein guter Chirurg hätte ihm wenigstens zwei oder drei Finger an jeder Hand erhalten ... Diese hier aber ... Und wenn ihm die alte Hexe beide Hände abgehackt hatte?

Als John die Augen öffnete, sah er Toko neben sich. Aufmerksam betrachtete der Tschuktsche den Kranken.

»Er ist zu sich gekommen!« sagte Kelena erfreut. »Er schaut sich um.«

»Was habt ihr mit mir gemacht?« wandte sich John mit leiser Stimme an Orwo.

»Dir das Leben gerettet«, antwortete der Alte müde.

»Dein Fleisch war schwarz geworden. Der Tod war dir schon ganz nah. Du hättest für immer die Augen zugemacht. Der einzige Ausweg war, das schwarze Fleisch mit dem geschwärzten Blut zu entfernen. Sie hat es getan«, schloß Orwo und deutete dabei auf die Schamanin, die sich mit müden Bewegungen eine riesige bauchige Pfeife stopfte.

»Mein Gott! Was fang' ich bloß ohne Hände an!« klagte John und brach, ohne die Anwesenden zu beachten, in Tränen aus.

Kelena wischte sich an einem feuchten Lappen das Blut von den Händen, strich sich über das zerzauste Haar und blickte lächelnd auf den jammernden John.

»Worüber jammert er?« fragte sie.

»Er weint um seine Hände«, erwiderte der Alte.

»Das verstehe ich«, nickte die Schamanin.

Sie ging zu John und fuhr ihm sanft übers Haar.

Als er sich umwandte, sah er in das abstoßende Gesicht der über ihn geneigten alten Frau. Ihre Haut sah aus, als sei sie in starkem Feuer versengt. Aus ihren Triefaugen strahlte Zärtlichkeit. Diese Mischung von Zärtlichem und Häßlichem entsetzte John.

Beim Versuch, die Alte von sich zu stoßen, verlor er das Bewußtsein und sank auf die ausgebreiteten Felle zurück.

Sie bettete ihn bequem und sagte: »Er wird lange schlafen.«

Nachdem Kelena die Instrumente in einem besonderen Lederbeutel verstaut hatte, legte sie den Hundekadaver und die amputierten Teile auf einem Stück Rentierhaut zusammen.

Sie blickte in die Runde und schnaufte befriedigt.

»Du wirst mir behilflich sein, Orwo«, sagte sie.

Zu Knäueln zusammengerollt lagen im Tschottagin die Hunde. Schnee stäubte durch den Rauchabzug und flimmerte matt und geheimnisvoll.

Als Kelena den Stein hob, der die Rentierhaut vor dem Eingang beschwerte, fuhr der Wind den Hunden durch das Fell, setzte sich hinter den Rentiervorhang und riß ihn der Alten aus der Hand. Orwo eilte ihr zu Hilfe.

Im Freien erfaßte der Sturmwind die beiden. Orwo lief hinter der Alten her, die sich vom Wind wer weiß wohin treiben ließ. Er fürchtete schon, daß sie sich zu weit von der Jaranga entfernten, als die Schamanin auf einen aus dem Schnee ragenden Felsbrocken stieg und wie angewurzelt stehenblieb. Schon bald formte sich im Sturm ein Trichter um die einem Götzenbild gleichende Gestalt. Beschwörungen flüsternd, verharrte die Alte auf dem Fels. Dann scharrte sie eine tiefe Grube in den Schnee, in die sie den Hundekadaver und die amputierten Finger des weißen Mannes legte.

»Hände und Knochen . . .«, murmelte Kelena. »Nichts als Hände und Knochen. Der weiße Mann kehrt in sein Land zurück. Vielleicht machen sie ihm neue Hände; die aber, die hier liegenbleiben, mögen unseren Leuten keinen Schaden bringen. Wir Menschen der Tundra leben anders als der, dessen Knochen hier bleiben. Sie werden im Schnee ruhen, bis die Sonne sie im Frühling ausgräbt und die klugen Raben mit ihnen tun, was sie zu tun haben . . .«

»Und jetzt sprich mir nach«, sagte sie zu Orwo.

»Du, der du uns nicht siehst, aber hörst! Laß den Zorn dieses weißen Menschen wie den Schneesturm im Frühling an uns vorüberziehen. Wir haben ihm das Leben gerettet. Belehre ihn, und gib ihm Verständnis ein für uns.«

Während Orwo den Spruch der Alten wiederholte,

fuhr der Sturm ihm in den Hals, füllte ihn mit Schnee und nahm ihm den Atem. Speiend wiederholte Orwo jedoch getreulich jedes Wort.

Alle Beschwörungen, die Orwo kannte, bestanden aus fremden, dem Korjakischen, der Eskimosprache oder gar dem Ewenkischen entlehnten Worten, die kein gewöhnlicher Mensch verstand, auch wenn sie ihm gehörten oder ihm von einem Schamanen verliehen worden waren. Seltsamerweise aber gebrauchte die Schamanin Worte der eigenen Sprache, selbst in dem Augenblick, in dem sie die Überreste der Hände des weißen Mannes im Schnee vergrub.

Nach beendeter Zeremonie stampfte die Alte den Schneehügel fest und ging in umgekehrter Richtung davon. Lang und hager durchschnitt sie die Mauer des Sturms, stetig und gleichmäßig ausschreitend. Orwo folgte ihr, erstaunt über die Kräfte der Alten.

»Was haben euch die weißen Männer versprochen?« erkundigte sich Kelena, während sie sich im Tschottagin vom Schnee säuberte. Orwo zählte das ihnen Zugesagte auf, meinte jedoch, sie würden nichts erhalten, weil sie den Jungen nicht nach Anadyr gebracht hätten.

»Ja«, sagte Kelena nachdenklich. »Uns wird der weiße Mann niemals verstehen.«

7

Gegen Mitternacht legte sich der Sturm. Beim Erwachen hörte John weder das Heulen des Sturmes noch das Knistern des Schnees auf dem Dach der Jaranga. Still war es hinter der Trennwand aus Rentierfell, hinter der die Bewohner schliefen.

John genoß die Stille, sein wiedergekehrtes seelisches Gleichgewicht und die ihm nach und nach zuströmenden Kräfte. Er fühlte sich genesen. Die Arzneien der alten Kelena hatten das postoperative Fieber gebannt.

Im Schlafraum wurde es lebhaft. Eine Frau ging zur Tranlampe, ließ mit energischem Griff das Feuerhölzchen rotieren, und bald darauf erleuchtete die gleichmäßige Flamme des Mooses auf dem Rentiertalg die fellbehangene Schlafkammer.

»Nach dem Essen brechen wir auf«, meldete Orwo aufgeräumt.

»Wir müssen uns beeilen, an die Küste zu kommen, bevor der Wind das Eis ans Ufer zurücktreibt. Gewöhnlich ist bei diesem Wind aber das Meer bis an die amerikanische Küste offen ... Zu Unrecht hast du Kelena gestern gekränkt. Sie hat für dich getan, was sie konnte, und mehr. An deiner Linken sind zwei Finger und an der Rechten die Hälfte des kleinen Fingers und ein Stummel des Mittelfingers übriggeblieben. Du bist also nicht ganz ohne Hände.«

Mit Tokos Hilfe zog sich John die Kleider über und ging hinaus ins Freie. Die Frostluft benahm ihm fast den Atem, unwillkürlich schloß er die Augen vor dem blendenden Weiß, obwohl die Sonne nicht schien, sondern wie an jedem winterlichen Polartag nur als milchigweißer Streifen über dem Rand des Zackengebirges am Horizont lag.

Der Hausherr hatte schon die Rentierherde zusammengetrieben. Erschreckt waren die gehörnten Tiere beim Nahen des Menschen geflüchtet, denn die Rentiere der Tschuktschen sind keineswegs zahm. Mit einem Lasso hatte der Hausherr einen gutgenährten Bock gefangen und zu sich herangezogen. Zwei junge Männer stürzten sich auf das Tier, warfen es zu Boden und stießen ihm das

Messer in die Kehle. In einem ledernen Gefäß fing eine Frau das ausströmende Blut auf. Nach kurzer Zeit schon war das Tier enthäutet.

Auf einem Hundeschlitten brachten Knaben klares Flußeis. Die Frauen hängten einen riesigen Kessel über das Feuer und entzündeten eine zweite Feuerstelle. Behutsam öffnete Orwo, der beim Häuten geholfen hatte, den Leib des Bocks und tat das Gekröse in den Kessel. Eine der Frauen goß das Blut dazu und verrührte alles mit ihren Händen, bis an die Ellenbogen im blutigen Gemisch.

Trotz des starken Frostes trugen die Männer keine Kopfbedeckung, und die Frauen hatten der Beweglichkeit halber ihre Kerker bis auf die Hüften gleiten lassen, so daß ihr Oberkörper nackt war.

Als Futter für die Hunde wurden noch weitere, weniger fette Rentiere geschlachtet. Nachdem die Zurüstungen beendet und die Hundeschlitten reisefertig gemacht waren, gingen alle in den Tschottagin zurück, aus dem jetzt die Hunde vertrieben worden waren, und setzten sich in Erwartung des Mahles nah ans Feuer.

Wie gewöhnlich hatte man die Seemannskiste und den Leinensack mit den Lebensmittelvorräten vor John aufgebaut und auf seine Bitte ihren Inhalt auf dem niedrigen Holztisch ausgebreitet. Neugierig betrachteten die Hüttenbewohner die fremden, seltsamen Dinge: Stückzukker, Zwiebacke, hart wie kleine weiße Bretter, und Blechbüchsen mit konservierter Nahrung.

John bat, die alte Kelena zu rufen.

Die Schamanin erschien und nahm ihm gegenüber Platz.

»Sie möge nehmen, was ihr gefällt«, sagte John.

Während Orwo übersetzte, blickte die Alte dem weißen Mann fest ins Auge und strich ihm über das blonde Haar.

»Gib mir, was du für richtig hältst«, meinte sie. »Für meine Arbeit gibt es keine Bezahlung, denn ein Menschenleben ist weder käuflich noch verkäuflich. Man überlebt oder stirbt. So ist es nun einmal. Jeder muß das Leben des anderen retten. Du bist zwar ein anderer Mensch, der nicht mit uns leben kann, weil er nicht imstande ist, sich selbst und seine Nachkommen zu erhalten. Unter den Deinen aber scheinst du nicht der Geringste zu sein, denn deine Augen sind stolz und klug. Wohl hast du deine Hände verloren, dafür aber den Verstand behalten. Wenn er dir dazu verhilft, in eurem Land zu überleben, dann habe ich eine gute Tat begangen. Uns Schamanen ist geboten, Gutes zu tun: Menschen zu heilen, das Wetter vorauszusagen und die bösen Kräfte zu bannen. Unser Leben ist schwer und ohne viel Freude, es sei denn, ein Mensch wird wieder gesund, oder die Narginen bescheren uns gutes Wetter, einen warmen Frühling und milden Winter. Werde glücklich, junger weißer Mann. Du bist zu uns Tundraleuten gekommen wie ein Braunbär zu Eisbären.«

Orwo übersetzte Kelenas Worte ins Englische, so gut es ging.

Aufmerksam hörte John zu und bedeutete dann der Alten, sie möge ein Päckchen Tee, Nadeln und Zucker nehmen.

Kelena nahm die Geschenke mit Würde an.

»Böses, närrisch machendes Wasser«, erklärte Orwo, Whisky einschenkend, und kippte den Inhalt seiner Tasse in den weit geöffneten Mund. Die anderen folgten seinem Beispiel.

Toko hielt John seine eigene Tasse hin.

Man trug gekochtes Fleisch und den blutigen Brei auf, den John, angeregt durch den Whisky, genau wie seine

Reisegefährten zu sich nehmen wollte. Der Inhaber der Jaranga brachte einen beinernen Löffel, den er mit einer Rentiersehne geschickt an Johns Armstumpf befestigte.

Trotz eines leicht bitteren Geschmacks erwies sich der Blutbrei als genießbar. Mit jedem Löffel fühlte der Genesende Sättigung und neue Kraft in sich einziehen. Als das Fleisch und das frische Knochenmark an die Reihe kamen, war John bereits übersatt. Seine Reisegefährten aber verdrückten noch mehrere Riesenstücke Rentierfleisch, bis bergeweise abgenagte Knochen übrigblieben. Anschließend leerten sie noch einen riesigen Kessel mit starkem Tee. Zucker allerdings verwandten sie so sparsam, daß Johns Augen sich vor Staunen weiteten. Kelena nahm nach etwa einem halben Dutzend Tassen Tee das winzige kleine Stück Zucker aus dem Mund, das sie vorher abgebissen hatte, und wickelte es sorgfältig in ein Läppchen.

»Da, nimm!« rief John und reichte der Schamanin zwei Stücke Zucker aus seinen Vorräten.

Die Hunde, die sich während des Schneesturms ausgeruht hatten, liefen so schnell, daß die Schlittenkarawane das Nomadenlager im schützenden Tal am Fuße der Gebirgsrücken bald weit hinter sich ließ. Lange noch blickte John in der blauen Dämmerung auf den Rauch über den Jarangas zurück. Ein unbekanntes Gefühl regte sich in seiner Seele: War es Dankbarkeit über die Teilnahme und Fürsorge der Menschen, die Freude auf das Wiedersehen mit Hugh Grover oder das Bewußtsein, im letzten Moment der Knochenhand des Todes entkommen zu sein?

Toko, der seitlich auf dem Schlitten hockte, freute sich ebenfalls über die Rückkehr in die heimatliche Siedlung. Selbst wenn ihnen der Kapitän die Belohnung verweigerte ... zum Teufel mit den Winchesterbüchsen! Es hätte schlimmer kommen können, viel schlimmer, wenn John gestorben wäre; unterwegs oder nachdem sie ihm die Finger abgenommen hatten. Dann hätten sie den Weg in die heimatliche Siedlung vergessen, einen anderen Ort oder gar ein Versteck in der Tundra für sich suchen müssen. Die Tundrabewohner lebten zwar im Wohlstand, besonders wenn man eine so große Herde wie Ilmotsch besaß: Ihre Nahrung lief in nächster Umgebung der Hütte umher. Die einzige Sorge war, daß sich die Herde nicht im Schneesturm zerstreute oder von Wölfen gefressen wurde. Aber immer wieder den Standort wechseln! Kaum hatte man sich an einen Platz gewöhnt, mußte man schon wieder den Schlitten wenden und sich den nächsten suchen. Als Toko das Dasein der Nomaden mit dem der Seetierjäger verglich, kam er zu dem Schluß, daß das Leben der letzteren glücklicher sei, wenn auch keine vierbeinige Nahrung neben den Jarangas der Küstenbewohner weidete. Wie schön war es, stets die gleiche, unveränderte Linie des Horizonts vor Augen zu haben, wenn man frühmorgens vor die Jaranga trat.

Am schönsten war eine Fahrt nach dem Schneesturm, wenn die müde, erschöpfte Natur auszuruhen schien und von Horizont zu Horizont nichts als das Gleiten der Kufen, das Gehechel der Schlittenhunde oder die Stimmen der Menschen zu hören waren, die sich erst verloren, wenn sie gegen die eisigen Felsen und die Schneewehen prallten.

Der Frost hatte nachgelassen. Spucke erreichte den Schnee, ohne unterwegs zu harten Klümpchen zu frieren. Man konnte lange auf dem Schlitten hocken und mußte sich nicht immer wieder durch einen Lauf erwärmen.

Nach einem Tagesmarsch, in dem sie ungefähr die

Hälfte der Entfernung bis Enmyn zurückgelegt hatten, gab Orwo das Zeichen zum Rasten, damit Menschen und Hunde neue Kraft schöpfen konnten.

Am Ufer eines schneeverwehten Flusses schlugen sie das mitgeführte Segeltuchzelt auf; es bot so wenig Raum, daß man nur eng aneinandergedrückt darin liegen konnte. Doch John, für den es eigentlich bestimmt war, bestand darauf, daß alle vier es benutzten.

Wie durch ein Wunder fand Orwo trockene Zweige zum Feuermachen, so daß jeder zur Nacht eine stark mit Whisky angereicherte Tasse Tee haben konnte.

»Ich bin jetzt wieder genauso gesund wie ihr und will nicht bevorzugt werden«, erklärte John, als Toko ihm aus sämtlichen Rentierfellen, die er auf dem Schlitten fand, ein üppiges Lager baute.

»Gefällt euch dieses Leben?« wandte er sich an Orwo, nachdem sie sich niedergelegt hatten.

»Welches Leben?« fragte der Alte verständnislos.

»Das Leben, das ihr hier in Schnee und Eis führt«, setzte John hinzu. »Es gibt doch Länder, in denen es sich angenehmer lebt: Sie sind heller, reicher an Tieren und haben keine so fürchterlichen Schneestürme, wie wir hier einen erlebt haben. Einen Schneesturm steht man ja noch durch, zur Not auch zwei oder drei, aber immer neue, ein ganzes Leben lang? Das ist unerträglich! Du hast doch andere Länder gesehen. Hat es dir da nicht gefallen? He?«

»Das schon«, erwiderte der Alte unschlüssig.

»Na siehst du. Eure Gegend ist eben unwohnlicher.«

»Mag sein«, räumte Orwo ein und legte sich zum Schlafen zurecht. John aber hatte anscheinend das Bedürfnis, sich für das erzwungene Schweigen der letzten Tage zu entschädigen.

»Na also«, fuhr er fort. »Den ganzen amerikanischen

Kontinent haben Menschen aus anderen Ländern besiedelt, die auf der Suche nach einem besseren Leben und einem besseren Land riesige Entfernungen überwanden.«

»Wir brauchen das nicht«, erwiderte Orwo, »weil wir im besten Land der Erde leben. Das beste ist es darum, weil es außer uns niemand haben will. Unsere Nachbarn, die Eskimos, haben sie von der Küste vertrieben, weil man dort Gold fand.«

»Vielleicht habt ihr recht, und die Tschuktschen und Eskimos sind der Vernichtung durch die Weißen und Turkvölker nur darum entgangen, weil sie in den schlechtesten Ländern wohnten.«

Das Gespräch mit John hatte Orwo munter gemacht. Schlaflos wälzte er sich von einer Seite auf die andere. Nachdem er sich überzeugt hatte, daß auch Toko und Armol nicht schliefen, richtete er an John die Frage, die ihn am meisten bewegte und an Bedeutung alle noch so tiefsinnigen Erörterungen Johns übertraf: die Frage, ob ihnen der Kapitän die zugesagte Belohnung geben würde.

»Warum sollte er nicht?« wunderte sich der Weiße.

»Weil wir dich nicht nach Anadyr gebracht haben und weil das, was der russische Doktor machen sollte, die Schamanin Kelena gemacht hat.«

»Das ist unwichtig«, wehrte John ab. »Ein Wort von mir genügt, und Hugh gibt euch nicht nur das Versprochene, sondern noch mehr.«

»Hört ihr!« stieß der Alte hervor. »Er sagt, daß er uns voll bezahlen wird.«

»Dann bekomme ich also eine neue Winchesterbüchse!« rief Toko.

»So ist es«, bestätigte Orwo.

John lächelte nachsichtig über die Erregung seiner Reisegefährten. Wie wenig gehörte dazu, diese Wilden glücklich zu machen! Eine alte Winchesterbüchse, die man in seiner Welt auf den Schrotthaufen warf.

In der Aufregung über Johns Zusage, daß sie die volle Belohnung erhalten würden, fanden die Gespräche in dem engen Zelt kein Ende. Orwo versprach, John so schnell wie möglich zum Schiff zu bringen.

John schlief in dieser Nacht wenig.

Sobald er die Augen schloß, sah er im Geist die »Belinda« vor den dunklen Felsen von Enmyn, Hughs gütiges, männliches Gesicht und die Kameraden, die statt des barbarischen Kauderwelschs, bei dem man Anfang und Ende der Worte nicht unterscheiden konnte, das vertraute Englisch sprachen.

Ein schmaler roter Streifen am Horizont verkündete den anbrechenden Morgen. Nach kurzem Imbiß machten sich die Reisenden auf den Weg zur Küste.

Um die Hunde für die lange pausenlose Fahrt zu schonen, liefen die Lenker neben ihren Schlitten her.

Beim Aufflammen des Nordlichts erreichte der Zug das Südufer der Lagune. Von hier konnte man horchend bereits Stimmen, dumpfes Gebell und Kindergeschrei unterscheiden.

Ohne angetrieben zu werden, liefen die Hunde, die die heimatliche Behausung witterten. Armol und Orwo überholend, setzte sich Toko mit John an die Spitze und trieb die Hunde, die zu seiner Jaranga abbiegen wollten, mit lauten Rufen zur Küste, wo unter den Felsen die »Belinda« gelegen hatte. Vom Hundegekläff geweckt, stürzten die Bewohner aus den Jarangas. Sie liefen hinter dem Schlitten her und riefen den beiden etwas zu, das diese jedoch bei der rasenden Fahrt nicht hörten.

Bewegt und glücklich blickte John während der Fahrt an der Küste entlang auf die offene eisfreie See. Vom Orkan leergefegt, gab sie die Fahrt frei in die Welt.

Aber der Platz, an dem die »Belinda« gelegen hatte, war leer. Als Toko das Gespann zum Stehen brachte, wies John ungeduldig nach vorn, in das Dunkel unter den Felsen. Vorsichtig ließ Toko die Hunde anziehen, um nicht vom hohen Rand des Ufereises abzugleiten.

John starrte in die Dunkelheit, bis ihm die Augen schmerzten, und suchte die vertrauten Umrisse des Schiffes. Er bat und flehte.

Johns Freude verwandelte sich in Sorge und Furcht. Was mochte der »Belinda« zugestoßen sein? War sie schiffbrüchig geworden? Dann hätten doch bestimmt einige die Havarie überlebt.

Tastend bewegten sich die Hunde, die die offene See witterten, nach vorn. Jetzt vernahm man die Rufe der Tschuktschen, die hinter ihnen herliefen.

»Kehrt um!« riefen sie. »Das Schiff ist schon lange ausgelaufen. Ihr findet da nichts mehr! Kehrt um!«

Gespannt blickte Toko auf John. Doch der Weiße, der die Tschuktschensprache nicht verstand, starrte weiter verzweifelt in das leere Dunkel der offenen See. Als er schließlich Tokos Blick begegnete, fuhr er zusammen.

»Ist das wahr?« fragte er Orwo, der sie eingeholt hatte.

»Ja«, erwiderte der Alte und hielt den Kopf gesenkt. »Schon am ersten Tag, an dem das Meer eisfrei war, sind sie abgesegelt; sie hatten es so eilig, daß sie nicht einmal ans Ufer gekommen sind, um sich zu verabschieden.«

»Das ist unmöglich! Das kann nicht sein!« rief John. »Hugh, o Hugh!« jammerte er, der See zugewandt. »Warum sagst du nichts? Hast du mich im Stich gelassen? O Gott, das kann nicht sein!«

Verzweifelt sprang er vom Schlitten und lief zum Rand des Ufereises.

»Haltet ihn, er fällt ins Wasser!« rief Orwo erschreckt.

Toko holte den Weißen ein und umfaßte ihn von hinten. John versuchte sich loszureißen, doch Toko umklammerte ihn fest.

»Hol mich ab, Hugh! Verlaßt mich nicht! Laßt mich nicht unter diesen Wilden!« rief er. »O H-u-u-gh!«

Erschöpft sank er auf die Knie und ließ sich vornüberfallen. Schluchzen schüttelte seinen Körper, und aus seiner Kehle drang tierähnliches langgezogenes Geheul.

Unbeweglich und schweigend blickten die Tschuktschen auf das Bild des Jammers, den von seinen Stammesgenossen betrogenen weißen Mann, bis dessen Klagen verstummten und er reglos auf dem Eis liegenblieb.

Es wurde so still, daß man meinte, die farbigen Draperien des Nordlichts rascheln zu hören. Langsam näherte sich Toko dem Verzweifelten, der mit aufgerissenen Augen ins Weite starrte. Es mutete an, als sähe er ferne Dinge, die Toko und seine Landsleute und Stammesgenossen niemals zu Gesicht bekommen würden. Mit Schaum vorm Mund und dem Gesichtsausdruck eines uralten Menschen lag er da. Toko schien es, als sei sogar Johns Haar, das unter der Pelzmütze hervorquoll, ergraut.

»Führ ihn in die Jaranga«, flüsterte Orwo.

Als Toko John unterfassen wollte, um ihm auf die Beine zu helfen, erhob sich dieser überraschenderweise langsam von selbst und humpelte, von Toko gestützt, auf die sich im flackernden Nordlicht dunkel gegen den Schnee abzeichnenden Jarangas zu.

Auch die anderen Männer entfernten sich von der See, bis ihre Silhouetten mit den niedrigen, wie mit der Erde verwachsenen Jarangas verschmolzen.

Mit kaum vernehmbarem Rascheln zogen, weder vom Wind noch von den Wellen getrieben, die Eisfelder heran, um die vom Orkan geöffnete schmale Fahrrinne wieder zu schließen.

8

John MacLennan hatte sich in Tokos Jaranga einquartiert. Anfangs schlief er gemeinsam mit den anderen in der Schlafkammer, als Toko aber sah, wie unangenehm dem weißen Mann ihre unmittelbare Nachbarschaft war, teilte er im Tschottagin einen kleinen Verschlag für ihn ab, ein Mittelding zwischen Hundehütte und Kammer. Sogar ein Bett hatte er ihm aus grobgehobelten Brettern gebaut, die er auf die Wirbelsäule eines Wales legte und mit Rentierfellen bedeckte. Aber es war kalt in der Behausung, und wenn es in stürmischen Nächten unerträglich darin wurde, kroch John beschämt in die Schlafkammer, wo er sich neben die Tranlampe legte und seine eiskalten Stümpfe der Flamme entgegenhielt.

Immer von neuem erstaunt, betrachtete er die kunstgerechten Wundnähte. Als sich nach einiger Zeit die Fäden aus Rentiersehnen lösten, blieben auf der weißen Haut nur ihre gleichmäßig perforierten Linien zurück. Der kleine Finger der linken Hand war fast unversehrt, und der Mittelfinger hatte nur den Nagel eingebüßt.

An der Rechten bewegte sich der versehrte kleine Finger, der einsam den halben verbliebenen Mittelfinger überragte.

Anfangs heulte John beim Anblick seiner verstümmelten Hände, mit der Zeit aber gewöhnte er sich an sie, und die Tränen des Selbstmitleids blieben aus.

John hatte sich eine einfache, doch für ihn sehr wichtige Regel eingeprägt. Sie lautete: Wenn du überleben willst, dann iß, wo es etwas zu essen gibt. Morgen schon können die Vorräte erschöpft sein, dann nagen die Bewohner der Jaranga an halbverfaulten Riemen, kratzen die Fleischgruben aus und schaben die Tran- und Fleischreste von den Wandungen der Holzfässer.

Ohne auf den befremdeten Blick des Hausherrn zu achten, stopfte sich John ganze Brocken halbgares Seehundfleisch in den Mund und trank gierig die mit Blut gekochte Brühe.

Tokos Frau, Pylmau, benahm sich dem Weißen gegenüber zurückhaltend. Jedenfalls zeigte sie nicht so unverhohlen ihre Neugier wie die übrigen Einwohner von Enmyn, die, wie um John zu necken, in Wirklichkeit aber ohne jeden Hintergedanken, ihm die Decke fortzogen, um ihm beim Umziehen zuzugucken.

Pylmau war eine junge Frau von strotzender Gesundheit, mit rötlich glänzender Haut, den ganzen Tag mit Hausfrauenarbeiten beschäftigt: Sie kochte das Essen, zerstieß in einem steinernen Mörser Seehundsspeck und bearbeitete die Felle, die sie in einem Kübel mit abgestandenem Urin weichte und dann auf dem Schnee ausspannte. Sie hatte sich um die Behausung, die Hunde und das Kind zu kümmern, das sie ständig auf dem Rücken trug und nur auf den Schoß nahm, um es zu füttern und mit einem neuen Stück Moos zu windeln.

Toko ging schon früh am Morgen auf die Jagd. Eigentlich war es noch Nacht, wenn der Jäger auf dem Eis war, um beim flüchtigen Schimmer des Tageslichts im dunklen Eiswasser den Seehund auszumachen und zu erlegen.

Neugierig beobachtete John Tokos Jagdvorbereitungen. Sein Jagdkittel aus dem groben hellgrauen Leinen eines Mehlsackes, der stets im Vorraum, dem Tschottagin, hing, roch nach eisigem Wind und salzigem Meereis, frisch wie der kommende Schneesturm.

In einem Futteral aus gebleichtem Seehundsfell stand daneben das wertvollste Stück der Jaranga, eine alte Winchesterbüchse, Kaliber 30, mit sorgfältig gehobeltem Schaft und fest eingestelltem Visier. Neben dem Gewehr lag der Akyn, ein birnenförmiges Holz mit spitzem Haken an einem langen Lederriemen, mit dem man das erlegte Wild aus den Eislöchern zog. An der Wand lehnten zwei Stöcke: der eine mit scharfer Eisenspitze, um die Festigkeit des Eises zu prüfen, der andere mit einem gewöhnlichen Schneeteiler. Und schließlich ein Paar Schneereifen, die John anfangs für Tennisschläger hielt.

Außer diesen Ausrüstungsgegenständen, die Tòko allmorgendlich in bestimmter Reihenfolge anlegte, nahm er noch viele weitere, anscheinend unentbehrliche Dinge mit, deren Zweck John unverständlich war: winzige Nachbildungen von Seetieren, Riemenstücke und beinerne Knöpfe.

Die Figuren schienen einen gewissen Zusammenhang mit Gegenständen zu haben, mit denen Toko an versteckten Stellen der Jaranga stundenlang flüsternd Zwiesprache hielt. Worum es ging, konnte John nur ahnen. Auch als er langsam das Tschuktschische verstand, blieb ihm der Sinn der allegorischen Reden, Beschwörungen und Gebete verborgen. Es waren persönliche, herzliche Zwiegespräche mit den Göttern, nur den unmittelbar Beteiligten verständlich, in die sich kein Dritter einmischen durfte.

Während Toko seine Jagdausrüstung zurechtlegte, bereitete Pylmau das Frühstück, das in guten Zeiten, bei vollen Fleischgruben, aus gefrorenem kleingestoßenem

Fleisch und Brocken gekochten Seehundfleisches vom Tage zuvor bestand. Dazu trank man mehrere Krüge Ziegeltee, den Toko mit scharfem Messer auf einem sauberen Brett schabte.

Da das Essen in einer langen Holzschüssel von zweifelhafter Sauberkeit gereicht wurde, benutzte John anfangs seinen eigenen Zinnteller. Mit der Zeit jedoch kam er dahinter, daß es ratsamer war, aus dem gemeinschaftlichen Trog zu essen, weil es auf Schnelligkeit und kräftige Zähne ankam.

Zum Schluß zog sich Toko den Leinenkittel über, nahm in jede Hand eines der Stücke und machte sich mit weit ausholenden Schritten in Richtung des Horizonts auf den Weg, wo er allmählich mit der tiefblauen Morgendämmerung verschmolz.

Gewöhnlich stand John zu dieser Zeit vor der Jaranga und blickte seinem Ernährer nach, bis dieser hinter dem Ufereis verschwunden war.

In die Jaranga zurückgekehrt, hockte er sich neben die glimmende Tranlampe und träumte vor sich hin. Um das frühere Leben zu vergessen, suchte er die Gedanken an die fernen Freunde, die grünen Gärten von Port Hope und die lauen Wasser des Ontario zu verscheuchen. Schadenfroh über sich selbst lachend, gestand er sich ein, daß er schon genauso war wie die Wilden um ihn herum, die in erster Linie auf Essen, Wärme und Schlaf bedacht waren. In bösem Triumph sah er festgewurzelte Gewohnheiten wie eine nutzlos gewordene Schale allmählich von sich abfallen. Schon bald überkam ihn kein Unbehagen mehr bei dem Gedanken, weder Zähne geputzt noch sich gewaschen zu haben, und längst hatte er die durch Schmutz und Schweiß mürbe gewordene Unterwäsche durch Rentierfelle ersetzt.

In der ersten Zeit empörte sich John bei Tokos Anblick, der nackt in den Schlafraum kroch und sein Glied nur zum Schein mit einem Fetzen Rentierfell bedeckte.

Pylmau aber lief im dünnen Hüftumhang umher, mit nackten starken Brüsten, die leicht wippten.

John gewöhnte sich rasch daran. Längst hätte auch er sich wie der Hausherr ausgezogen, doch seine helle Hautfarbe hinderte ihn daran. Beim Anblick der rötlichen Behaarung auf seiner Brust hatte Pylmau einen überraschten Ruf ausgestoßen, so daß John erschrocken war. Die Behaarung und die helle Farbe seines Körpers, die die Eingeborenen für Mißbildungen hielten, waren bei den Frauen von Enmyn lange Zeit beliebtes Gesprächsthema.

Trotz winterlicher Kürze wurde John der Tag lang. Um Pylmau behilflich zu sein, beschäftigte er sich von Zeit zu Zeit mit dem Kind, sang ihm halbvergessene Wiegenlieder vor und erzählte ihm sogar Märchen.

Bei gutem Wetter spannte er sich vor den Schlitten aus Walroßzähnen und Querhölzern, setzte den Kleinen darauf und fuhr mit ihm über die Lagune, um einen Abstecher zu den benachbarten Jarangas zu machen.

Alles in allem zählte die Siedlung zwölf Jarangas, deren Bewohner eng miteinander verwandt waren. Die meisten Frauen stammten aus entfernten Siedlungen; es gab sogar Eskimofrauen vom Kap Deshnjow unter ihnen. Allerdings unterschieden sie sich wenig von den Tschuktschenfrauen, und man mußte schon die Tschuktschensprache beherrschen, um sie an der Aussprache zu erkennen.

Besonders gern machte er bei Orwo Station. Während die alte Tscheiwuna den kleinen Jako in ihre Obhut nahm, forderte Orwo ihn auf, ihm gegenüber Platz zu nehmen, und stopfte ihm die Pfeife mit einem kostbaren Gemisch von Tabakresten und Sägemehl. Die Männer rauchten und unterhielten sich. Gewöhnlich stellte Orwo Fragen über Bräuche und Glaubensbekenntnisse der weißen Menschen, die John ausführlich beantwortete. Seinerseits bemühte sich John, zu klären, wem die Tschuktschen untertan waren und welche Götter sie verehrten. Vielleicht hatte er Orwo nicht richtig verstanden, oder aber es gab tatsächlich keine Obrigkeit; jedenfalls konnte John bei den Tschuktschen weder Behörden noch eine Hierarchie, ja nicht einmal einen Führer entdecken. Jeder lebte für sich, alle wichtigen Fragen in der Siedlung wurden ohne besondere Dispute zweckmäßig und vernünftig gelöst. Jeder achtete die Meinung des anderen Siedlungsgenossen. In vielen Streitfragen zog man Orwo zu Rate, dessen Autorität ausschließlich auf seiner Erfahrung beruhte, denn der Alte war weder reich noch besonders kräftig, und seine Jaranga schien sogar ärmlicher zu sein als die der anderen.

Gegen Mittag rief Pylmau ihren Untermieter und fütterte ihn. Ein kleiner Streifen Sonne hinter dem fernen Gebirgszug verkündete auf der Höhe des Winters die Mittagszeit. Der Schnee färbte sich rosa, der Frost und die eisigen Winde ließen nach.

In der Schlafkammer war es jetzt nicht mehr sehr warm; nur eine einzige Tranlampe brannte, und auch die nur mit halber Flamme, weil man mit Tran haushalten mußte. Im Halbdunkel aber brachte es Pylmau fertig, Streifen von Kopalchen – gefrorene Rollen von Walroßfleisch – in eine trogartige Holzschüssel zu schnitzeln, ohne sich in die Finger zu schneiden. Der angefaulte Speck im Kopalchen schimmerte grünlich, und John brauchte lange, bis er sich an diese Nahrung gewöhnt hatte. Dann aber fand er den Geschmack des angefaulten Fettes sogar pikant.

Der Abend dämmerte jetzt früh. In der Stille ringsum waren die menschlichen Schritte von weit her zu vernehmen. Das Knirschen des Schnees unter Johns Sohlen weckte die Hunde, die erschöpft bei 40 Grad Frost dagelegen hatten. Der flackernde Schein der Tranlampen im Tschottagin fiel durch die offene Tür auf den Schnee.

Der Mond ging auf. Schatten lagen in den Fußspuren und krochen hinter das Packeis. Wenn sich dann am unendlichen Horizont der erste Jäger zeigte, bedeckten die vielfarbigen Bänder des Polarlichts bereits die nördliche Hälfte des sternenübersäten Firmaments. Geheimnisvoll bewegten sich im ewigen Schweigen seine klaren Farben.

Ein seltsames Gefühl überkam John in solchen Augenblicken, ihm war, als spiele in unerreichbarer Ferne eine Orgel, deren Töne er zwar nicht hörte, deren bewegte, gigantische Farbensymphonie jedoch erhebende und tiefe Gefühle in ihm auslöste wie einst die Musik.

Tränen traten ihm in die Augen, seine Seele wurde still, und Gedanken der Güte und Brüderlichkeit erfüllten ihn. Verklärt ging er in die Jaranga zurück, wo er Jako und Pylmau freundlich musterte. Jetzt erschien ihm die junge Frau sehr anziehend, und er brachte sie mit ungewohnten Blicken und ihr unverständlichen Reden in Verwirrung.

»Du hast etwas an dir«, sagte John. »Und dein Name, ›aufziehender Nebel‹, kann neben Unwetter auch eine Veränderung zum Besseren bedeuten. Wenn man dich waschen, dir ein Kleid und statt der ausgetretenen Rentierstiefel Schuhe anziehen würde, würdest du gar nicht übel, sondern sogar reizend aussehen.«

Nicht jedesmal kehrten die Jäger mit Beute heim. Wie

die Frauen lernte John schon von weitem erkennen, ob sie erlegtes Wild hinter sich herschleiften oder leicht und unbeladen daherkamen. Doch äußerte niemand laut seine Vermutungen, bevor der Nahende nicht deutlich zu erkennen war.

Es hatte diesen Winter mehrere vom Glück begünstigte Tage gegeben, an denen jeder Jäger Beute heimgebracht hatte; einige sogar ganze Ketten von Seehunden, die lange Blutspuren auf dem Schnee hinterließen.

Als Pylmau sich vergewissert hatte, daß Toko einen Seehund hinter sich herzog, schöpfte sie Wasser in eine alte, verbeulte Kelle, wobei sie ein kleines Stück Eis mit zu fassen suchte, und ging ihrem Manne feierlich entgegen.

Die Spitze seines Stockes tief in die Schneedecke stoßend, kam Toko mit festem, ruhigem Schritt auf die Jaranga zu. Einen halben Meter vor ihrem Eingang blieb er stehen und schnallte das Jagdgeschirr ab, mit dem er seine Beute gezogen hatte. Von der Last befreit, griff er nach der Kelle, trank aber nicht, sondern feuchtete zuerst die Schnauze des erlegten Seehundes an, als wolle er ihn nach langem, ermüdendem Weg mit einem Trunk erfrischen.

Dann erst setzte er die Kelle an die Lippen und trank lange und genießerisch. Doch so durstig er auch war, ließ er ein paar Tropfen zurück, die er zur See hin verschüttete, als Dank an die Götter, die ihm so reiche Beute beschert hatten.

Nach dieser Zeremonie verwandelte sich Toko aus einer bedeutungsvollen Persönlichkeit in den, der er immer war, und beantwortete ausführlich die Fragen der Wartenden über Eisverhältnisse, Windrichtung und Strömungen im Eismeer.

Inzwischen half John Pylmau, den Seehund in die Jaranga zu schleifen, wo sie ihn zum Auftauen für mehrere Stunden auf ein Seehundfell legten.

Mit einem Stück Rentiergeweih klopfte Toko den Schnee von seiner Kleidung, hängte den Leinenkittel sorgfältig an seinen Platz, zog den Lauf seiner Winchesterbüchse durch und rollte ihren Riemen ordentlich ein. Erst nachdem alle Kleidungsstücke von Schnee gesäubert waren, kroch Toko in Pelzstiefeln und Pelzoberkleid in die stark geheizte Schlafkammer, wo er sich ganz auszog.

Das Abendessen begann. Zuerst erschien eine mit gesäuertem Grün gefüllte Holzschüssel, die im Nu geleert war. Doch schon folgten allerlei gefrorene Seehunddelikatessen wie Nieren, Leber und steinhart gefrorenes, kleingestoßenes Seehundfleisch. Alles wurde, wie John fand, in ungeheuren Mengen verschlungen. Als Hauptgericht gab es gekochtes Fleisch in riesigen Stücken. In der Schüssel dampfend, füllte es den Schlafraum mit leckeren Gerüchen, die über den Tschottagin durch das Rauchloch entwichen und den Appetit der Hunde weckten.

Schon bald wunderte sich John nicht mehr über die zum Abendessen verschlungenen Mengen, sondern hielt seinerseits ohne Schwierigkeiten selbst mit Toko mit, der den ganzen Tag auf dem Packeis des Eismeeres verbracht hatte.

Nach dem Essen streckte sich Toko auf einem Rentierfell aus, spielte mit dem kleinen Jako, rauchte oder sah schweigend dem Tun seiner Frau zu.

Mit gestrecktem Zeigefinger tastete Pylmau den Seehund ab. War er so weit aufgetaut, daß er ausgenommen werden konnte, zückte sie ihr großes Frauenmesser mit der breiten, scharfgeschliffenen Klinge und zog ihm nach einigen Einschnitten, mit denen sie wohl die Schnittlinien andeutete, das Fell mitsamt der Speckschicht ab. Dann machte sie sich ans Zerlegen. In der ersten Zeit wandte sich John, den der abgezogene Seehund an einen nackten menschlichen Körper erinnerte, voll Grausen ab. Nach dem Enthäuten öffnete Pylmau die Bauchhöhle und trennte die Gliedmaßen vom Rumpf. Sie war mit der Anatomie des Tieres so vertraut, daß die scharfe Klinge des Frauenmessers niemals gegen einen Knochen stieß.

Hatte es längere Zeit kein frisches Fleisch gegeben, so veranstalteten die Bewohner nach erfolgreicher Jagd wechselseitig Gastmahle, bei denen man alles Fleisch von den Knochen nagte und sich zum Schluß den Bauch bis zum Platzen mit schmackhafter, dicker Brühe füllte.

Häufig hörte man während des Zerlegens der Beute im Tschottagin leise Tritte, mit denen sich den Wirtsleuten ein Besucher ankündigte. Wenig später steckte jemand seinen zottigen Kopf durch den Vorhang der Schlafkammer. Gewöhnlich war es eine Frau. Ein Gespräch über nichtige Dinge begann, mitunter nur gewöhnlicher Klatsch, ohne den die Frauen selbst in diesen Breitengraden nicht auszukommen schienen. Beim Abschied drückte Pylmau der anderen Frau jedesmal ein ordentliches Stück Fleisch und Speck in die Hand. Manchmal stellten sich des Abends so viele Gäste in Tokos Jaranga ein, daß von dem Seehund nur kümmerliche Reste, kaum für zwei, drei Mahlzeiten ausreichend, übrigblieben.

Doch der Brauch war gerecht und großzügig. Niemals kam es Toko oder Pylmau in den Sinn, die Gäste mit leeren Händen ziehen zu lassen. John versuchte, seinen Wirtsleuten klarzumachen, daß sie auch weniger geben könnten, wenn es sich schon nicht ganz vermeiden ließe.

»Gib dem Hungrigen zu essen, wenn du kannst«, entgegnete Toko, »denn jeder Mensch möchte satt sein.«

»Aber der Mensch kann nicht von der Hand in den

Mund leben«, erwiderte John, »er muß auch etwas für später zurücklegen.«

»Wenn ich kein Glück habe und mit leeren Händen heimkehre, brauche ich mich nicht zu schämen und kann zu denen gehen, denen ich zu essen gegeben habe«, antwortete Toko.

Zum Schlafen legten sie sich wahllos nebeneinander auf Rentierfelle, den Kopf dem Eingang der Schlafkammer zugekehrt. Als Kopfkissen diente ihnen eine lange, glattgehobelte Bohle. Lange Zeit taten John die Ohren weh, bis er sich daran gewöhnt hatte, statt auf der Seite auf dem Rücken zu liegen. Als letzte legte sich Pylmau zur Ruhe. Sie senkte die Flamme der Tranlampe und stillte den kleinen Jako zur Nacht. Dabei sang sie ein Liedchen, zu dessen einfacher Melodie sie sich im Takt wiegte.

Die Tranlampe erlosch, das Wiegenlied verklang, Johns Gedanken begannen zu schweifen, bis er in tiefen, traumlosen Schlaf versank.

9

In seiner Kammer hatte er sich so eingerichtet, daß es zu seiner Überraschung wie in einer Kajüte aussah. Daraufhin bat er Toko, eine bullaugenartige Öffnung in die Wandung zu schneiden. Toko, der Verständnis zeigte, erfüllte die Bitte des weißen Mannes und überzog das Ganze dann mit durchsichtiger Walroßblase, mit der man gewöhnlich Jarjars bezog.

Orwo besuchte John täglich. Er fertigte lederne Besätze an für dessen Handstümpfe. Da sich Seehundleder als nicht hart genug erwies, nahm er Walroßhaut dazu, an der er Halter für verschiedene Werkzeuge befestigte. So konnte John einigermaßen geschickt mit dem Messer hantieren und mit einer kleinen dreizackigen Gabel das Essen von der Schüssel spießen.

Ein ausgedienter Hundeschlitten diente ihm als Tisch, auf dem er die bescheidene Habe seines vergangenen Lebens ausbreitete, unter anderem mehrere Paar von seiner Mutter gestrickter dicker Wollsocken. Er führte sie mit seinen Stümpfen ans Gesicht und spürte nicht den Geruch des Matrosenschweißes. Für ihn bedeuteten die Socken Heimat. Die Vision des Wohnsalons tauchte auf, der flakkernde Schein verglühender Kohlen im Kamin, das Schimmern des seidenbezogenen schweren Sessels, der Geruch von Parfüm und Puder, das bläulich-graue Haar der Mutter, ihre Hände mit den gepflegten Fingernägeln. Unter seinen Sachen befand sich auch ein Wandbarometer, ein Geschenk des Bruders, und eine Uhr mit massivem Deckel, die schon lange nicht mehr ging. Seltsamerweise hatte John in Enmyn nie das Bedürfnis nach einer Zeiteinteilung verspürt, die über den Wechsel von Tag und Nacht hinausging. Vorsichtig faßte er mit seinen Haltevorrichtungen die Zeiger, zog die Uhr auf und hielt sie ans Ohr. Das Gehwerk tickte laut und tönend; wie ein Widerhall aus vergangener Zeit klang das leise, singende Federn der Unruh. Mochte sich das Leben in Port Hope auch verändert haben, in Johns Gedächtnis war alles bei der alten vertrauten Lebensweise geblieben.

Unter den vielen, jetzt überflüssigen Dingen befanden sich auch mehrere Bleistifte und ein fast unbenutzter, ledergebundener Notizblock, den John mit seinen Abenteuern zu füllen gedacht hatte. Später hatte er sie dann im »Daily Toronto Star« und vielleicht sogar in Buchform veröffentlichen wollen, ähnlich den Büchern hinter den Glasvitrinen der Universitätsbibliothek in Harthouse.

John lächelte abschätzig, er griff mit seinen Haltevorrichtungen den Block und blies die Blätter auseinander. Auf der ersten Seite fand er eine flüchtige Bleistiftnotiz:

»An Alkohol werde ich mich nie gewöhnen. Es ist etwas Furchtbares und Minderwertiges: Großmäuligkeit, Selbstüberhebung und Zynismus. Betrachtet man einen Zecher am nächsten Morgen, so will es einem nicht in den Kopf, daß man selbst genauso ausgesehen und geglaubt hat, so sein zu müssen und nicht anders ... Und diese Frau, die heute früh mein Hotelzimmer verließ, wer war sie? Ob sie ihren richtigen Namen genannt hatte ...? Sie weinte, ich hätte sie im Schlaf Jeannie genannt.« An dieser Stelle blickte sich John um, als könne ihm jemand über die Schulter sehen. Er faßte die Seite und riß sie heraus. Das Blatt flatterte zu Boden. Als sich John gerade danach bückte, zwängte sich Orwo, der niemals anzuklopfen pflegte, in die Kajüte.

»Tyetyk!« rief er.

»Jetti«, antwortete John brummig.

»Tyetyk!« wiederholte Orwo, hob das Blatt flink vom Boden auf und legte es behutsam auf den Tisch.

»Geschriebene Sprache!« sagte der Alte ehrfurchtsvoll.

»Es ist zu nichts mehr nütze«, erwiderte John. »Ich wollte es eben fortwerfen.«

»Fortwerfen?« fragte der Alte aufs äußerste überrascht. »Geschriebene Worte fortwerfen? Warum?«

»Weil ich sie nicht mehr brauche«, erklärte John, der sich seinerseits über Orwos Verhalten wunderte.

Der Alte blickte John von der Seite an. Er hatte geglaubt, die weißen Menschen brachten nur ihre geheimsten und wichtigsten Worte zu Papier, um sie zu erhalten, und nicht, um sie für immer zu verlieren. Genau wie der Schamane seine Beschwörungen, Zaubersprüche und bedeutsamen Worte für schwierige Fälle auswendig lernte.

»Wenn du sie nicht brauchst, dann erlaube, daß ich sie nehme«, bat Orwo zögernd.

»Was willst du damit?« Der Weiße lächelte. »Du wirst sie ja doch nicht lesen können.«

»Mag sein«, erwiderte der Alte bescheiden. »Doch denke ich, daß man geschriebene Worte nicht einfach nehmen und fortwerfen darf. Ich halte es für Sünde.«

Etwas Ungewöhnliches schwang in Orwos Stimme. Verdutzt blickte John den Alten an. »Schön, nimm dir das Papier«, sagte er nach einigem Zögern.

Orwo glättete das zerknüllte Blatt und betrachtete es dann aufmerksam Zeile für Zeile. Der Gesichtsausdruck des alten Mannes überraschte John. Es schien, als lese Orwo und begreife dabei jedes Wort.

»Du magst recht haben«, sagte John und griff nach dem Blatt. »Es schickt sich nicht, Geschriebenes wegzuwerfen. Gib mir das Papier zurück. Ich schreib' dir ein anderes, wenn du unbedingt etwas Geschriebenes haben möchtest.«

»Es sei, wie du willst«, sagte Orwo bereitwillig und gab das Blatt zurück.

Während John die Seite mühsam in den Notizblock zurücklegte, durchfuhr ihn der Gedanke, daß er niemals mehr ein Wort zu Papier bringen würde, weil er keine Finger mehr hatte.

»Wir werden dir auch Halter für Bleistifte machen«, entschied Orwo, der Johns verzweifelten Blick aufgefangen hatte.

»Meinst du, daß etwas dabei herauskommt?« zweifelte John.

»Du hast gelernt, mit der kleinen Harpune zu essen, Messer zu gebrauchen und dich allein an- und auszuziehen«, zählte der Alte auf. »Vielleicht lernst du auch schreiben.«

John warf einen Blick auf den Bleistift und den Block. »Wenn mir das gelingt«, sagte er erregt, »dann schreibe ich dir Wörter auf, die es tatsächlich wert sind, bewahrt zu werden.«

Orwo schob nicht gern etwas lange hinaus; so brachte er schon am nächsten Tag lederne Halter an, die er am Stumpf von Johns rechter Hand befestigte.

»Wozu so viele?« John lächelte dankbar.

»Was nicht taugt, nehmen wir wieder ab«, erwiderte der Alte.

Unter Johns Anleitung spitzte er mehrere Bleistifte, von denen er einen in den ledernen Halter steckte. Der Notizblock lag bereits geöffnet auf dem Tisch. John holte aus und zog einen Strich. Er wurde krumm, der Bleistift glitt ab, und die Spitze brach.

Aufmerksam beobachtete Orwo das Tun des weißen Mannes. Er zog den Bleistift aus dem Halter, betrachtete die Vorrichtung und erklärte: »Das müssen wir anders machen. So sieht es aus, als wolltest du dich mit einem Spieß rasieren. Man muß den Bleistift kürzen und den Halter an der Handfläche befestigen, als wäre er ein Finger.«

Enttäuscht über den Mißerfolg, hörte John dem Alten nur mit halbem Ohr zu. Ein unbestimmter Haß regte sich in ihm. Er verwünschte seine Phantasie, die ihm sein künftiges Leben deutlich vor Augen führte: Er schrieb mit den vom guten Orwo angefertigten Vorrichtungen im Hörsaal der Universität. Alle Blicke waren mitleidig und teilnahmsvoll, möglicherweise aber auch verächtlich, auf ihn gerichtet.

Bei diesen Gedanken gab es ihm einen Stich. Er wandte sich ab, um Fassung zu gewinnen.

In seiner jetzigen Lage genügte für das, was er mitzuteilen hatte, die einfache menschliche Rede. Sie war unkomplizierter und zweckmäßiger. Lächerlich wäre es zum Beispiel, Pylmau einen Liebesbrief zu schreiben, auf den sie ihm dann mit rosafarbenem parfümiertem Papier antwortete! Bei der Vorstellung, Pylmau mit einem Briefumschlag in der Hand zu sehen, mußte er lächeln.

»Wir sollten es lassen«, sagte er. »Richtiger wäre es, wieder schießen zu lernen.«

»Das stimmt«, räumte Orwo ein. »Es wird einfacher sein, als neue Worte schreiben zu lernen. Aber vielleicht versuchen wir es trotzdem.«

»Sag doch selbst, Orwo«, meinte John, »was hätte ich hier davon? Vielleicht habe ich gar nicht die Absicht, in die Welt zurückzukehren, in der man schreibt und liest; und was nützt es mir bei euch, schreiben und lesen zu können?«

»Jetzt vielleicht noch nicht«, meinte Orwo. »Doch wird wohl die Zeit kommen, da auch unsere Menschen das Gespräch auf dem Papier brauchen werden und unsere Sprache dann Schriftzeichen benötigt wie die eure.«

»Das werdet ihr nicht erleben«, erwiderte John unwirsch. »Wozu auch? Was hat das für einen Sinn? Bei eurer Lebensweise ist es überflüssig, schreiben und lesen zu können, noch braucht ihr Bücher. Lebt, wie ihr immer gelebt habt, es ist wohl die beste und gerechteste Lebensform... Wenn du mich auch vielleicht nicht ganz verstehst, eines möchte ich dir trotzdem sagen: Je näher ein Mensch der Natur ist, desto freier und sauberer denkt und handelt er. Als ich an der Universität in Toronto war – das ist eine große Schule, in der man auch mit viel überflüssigem Wissen vollgestopft wird –, vertrat ein Freund die Meinung, die Entstehung des Menschen sei eine Fehlevolution, denn nur der Mensch brächte Disharmonie und Chaos in das biologische Gleichgewicht der Natur . . .«

»Entschuldige, Orwo«, unterbrach sich John. »Ich sehe, daß du nichts davon begreifst. Eins sage ich dir: Je mehr ihr euch vom weißen Menschen und seinen Lebensgewohnheiten fernhaltet, desto besser für euch.«

»Vielleicht hast du recht, vielleicht aber auch nicht«, entgegnete Orwo mit der ihm eigenen Offenheit. »Du siehst, das Gewehr, mit dem du wieder schießen willst, haben die weißen Menschen erfunden«, fügte er hinzu.

Eines Tages machten sich dann Orwo, Toko und John mit der Winchesterbüchse auf den Weg zum Rand des Ufereises.

Bald schon waren die Jarangas ihren Blicken entschwunden, und vor ihnen lag, so weit das Auge reichte, die eisbedeckte See. An ihrem Rand ragten die bis zu zehn Meter hohen, bizarren Gebilde des Packeises empor. Hier und da schimmerten bläulich die Bruchstücke von Eisbergen.

Auf den Vorsprüngen der dunklen felsigen Steilküste am Horizont, die von vereisten Wasserfällen durchzogen und von der Brandung ausgehöhlt war, lasteten lawinenträchtige Schneemassen.

Die abschüssigen Ufer gingen in sanft abfallende Hügel über. Auf einem dieser Hügel ragten im Erdreich verankerte Walfischkiefer aus der schneeigen Einöde hervor.

»Was ist das?« fragte John und deutete auf die dunklen Knochen.

»Das Grab der Weißen Frau«, erwiderte Orwo.

»Der Weißen Frau?« wunderte sich John.

»Der nicht ganz weißen«, verbesserte sich der Alte.

»Man nannte sie so, weil sie an der Küste des Eis- und Schneemeeres geboren war und dort lebte.«

»Man sagt, alle Küstenbewohner seien ihre Kinder«, fügte Toko hinzu.

Nachdem sie ein Stück über das Meereis gegangen waren, machten sie halt, um drei Zielscheiben zu errichten: eine kleiner als die andere.

Orwo bearbeitete einen herangewälzten Eisblock mit seinem Jagdmesser, so daß eine mit Schießscharte versehene Platte mit einer Auflage für die Winchesterbüchse entstand. Toko ging in Anschlag, um das Gewehr zu erproben. Schon beim ersten Schuß zerfiel die kleine Zielscheibe in Stücke.

»Gut«, meinte er befriedigt und winkte John heran. »Jetzt bist du an der Reihe«, sagte er.

Neben vielen anderen Vorrichtungen hatte Orwo am ledernen Handüberzug eine kleine Schlinge befestigt, mit der John den Abzugshahn der Winchesterbüchse fassen konnte. Die Füße gegen das Eis gestemmt, legte sich John hinter den Eisblock und zielte. Obwohl er auf der »Belinda« als guter Schütze galt, klopfte sein Herz jetzt so stark, als ob es in einem leeren Brustkasten dröhnte. Bei jedem Herzschlag tanzte das Korn. John setzte ab und atmete tief durch. Dabei fing er Orwos teilnahmsvollen, ermunternden Blick auf.

Ruhiger geworden, legte er erneut an. Der Schuß krachte. Vor Anstrengung tränten dem Schützen die Augen, so daß er eine Zeitlang nichts erkennen konnte.

»Halte die Schultern still«, vernahm er Orwos ruhige Stimme.

»Der Schuß lag ein bißchen zu hoch«, ergänzte Toko. »Du hast gut gezielt, aber mit der Schulter gezuckt.«

Toko gab mit dem Finger den Abstand an, um den die

Kugel die Scheibe verfehlt hatte. Obwohl es zweifelhaft war, daß er das bei der Entfernung mit bloßem Auge hatte feststellen können, glaubte ihm John und zielte das nächste Mal ruhiger.

Der Aufschlag zeigte an, daß die Kugel im Ziel saß.

»Ein Seehund wäre erlegt!« rief Toko erfreut.

Eine Welle von Glück durchströmte John: Er konnte schießen! In den Augen dieser Wilden war er nicht mehr länger ein Schmarotzer. Er konnte sich selbständig Nahrung beschaffen und nicht nur Pylmau, sondern auch Toko, Orwo und dem hinterhältigen Lästermaul Armol offen ins Auge sehen.

»Soll ich es noch einmal versuchen?« fragte er Toko.

»Wir müssen Patronen sparen«, meinte Orwo und nahm die Winchesterbüchse an sich. »Wenn im Sommer die Schiffe der weißen Männer kommen, wirst du dir ein eigenes Gewehr beschaffen.«

Zuversichtlich und festen Schritts machte sich John mit den anderen auf den Heimweg. Jetzt fühlte er sich als vollwertiger Mensch. Vielleicht war es überhaupt überflüssig, von einer Rückkehr zu den Stammesgenossen zu träumen. Wie Toko, Orwo, Armol und die anderen Einwohner von Enmyn würde er ein Selbstversorger werden, dessen Lebensgefühl vom Sättigungsgrad bestimmt wurde. Eines Tages würde er eine Stammesangehörige zur Frau nehmen und ein Rudel Kinder mit ihr zeugen, für die er Nahrung und Kleidung heranzuschaffen hätte und die bei erfolgloser Jagd in der dunklen, kalten Schlafkammer dahinsiechen würden. Sitten und Gebräuche des Stammes und vielleicht sogar ihren Geister- und Götterglauben würde er annehmen. Niemals mehr würde ihn das Grün des Waldes erfreuen, niemals mehr das Wasser der Flüsse umspülen und nie mehr der Anblick eines schönen Mädchens ihm den Atem verschlagen. Aussehen würde er wie ein Tschuktsche, und seine geistige Verfassung würde sich kaum von der der in diesen eisigen Breiten hausenden Tiere unterscheiden.

Wer konnte sagen, welches Leben das wahre Leben für den Menschen war. Ob es das in der im Augenblick so gut wie unerreichbaren Welt war, in die Hugh jetzt zurückkehrte und dabei den Landsmann, dem er Freundschaft und Treue geschworen hatte, im Stich ließ? Oder das Leben, mit dem er, John, durch den Unglücksfall in Berührung gekommen war, ein Dasein, das ihn zuweilen vergessen ließ, kein vollwertiger Mensch mehr zu sein. Ob es ihn beglücken würde, als ein Veränderter die Heimat wiederzusehen und immer wieder Worte des Trostes und Mitgefühls hören zu müssen ... die dem Krüppel galten?

Die Tage waren mit Arbeit ausgefüllt. Von der Jagd heimgekehrt, gingen Orwo und Toko mit John zur packeisbedeckten See, damit er sich im Schießen übte. Eine nach der anderen zersplitterten die Zielscheiben aus Eis, und das Knallen der Schüsse durchbrach die winterliche Stille. Mit jedem Treffer wuchs Johns Selbstvertrauen.

Abends hockte er vor dem wackligen Tisch und versuchte zu schreiben. Wenn die Buchstaben auch riesengroß wurden und ineinanderflossen, waren es doch schon Schriftzeichen und kein sinnloses Gekrakel.

Als er Jeannies Namen fertiggebracht hatte, rief er begeistert in den Tschottagin: »Sieh mal, Toko, was ich gemacht habe!«

Toko, der besorgt hinter dem Vorhang auftauchte, betrachtete das Stück Papier mit dem ungelenk hingekrakelten Namen der Geliebten.

Nur langsam begriff er, worum es ging. An ihrer Welt gemessen, hatte John zweifellos viel erreicht. Das wichtigste aber war, daß der Weiße schießen gelernt hatte und also nicht Hungers sterben würde.

In der Freude über seine Rückkehr ins Leben beschäftigte sich John mehr und mehr mit dem Gedanken, für immer in Enmyn zu bleiben, so zu werden wie Toko und Orwo. Ohne die Sorgen und Komplikationen der zivilisierten Welt, aus der ihn der Unfall hierher verschlagen hatte. Wenn sich John in die Lage seiner neuen Freunde versetzte und sich und seinesgleichen mit ihren Augen sah, kamen ihm Zweifel. Vielleicht war hier das wahre, menschenwürdige Dasein.

Orwo kam, um die abgerissene Schlaufe zur Betätigung des Abzugshahnes zu reparieren. Sie saßen in Johns Kajüte, und Orwo nähte, ganz in die Arbeit vertieft, die Schlaufe an den ledernen Besatz des Stumpfes.

»Orwo«, sagte John leise, »was würdest du dazu sagen, wenn ich für immer bei euch bleiben wollte?«

»Wir würden uns über einen solchen Bruder freuen«, erwiderte der alte Mann, ohne zu überlegen.

Seine rasche Antwort ließ erkennen, daß er die Frage nicht ernst nahm.

»Ich meine es aber ernst, Orwo«, sagte John. »Ich möchte wissen, wie du darüber denkst, und deinen Rat hören.«

Der Alte beugte sich über Johns Hand und durchbiß den Faden.

»Was soll ich dir darauf antworten«, meinte er nachdenklich. »Die Möwen leben mit den Möwen, die Raben mit den Raben und das Walroß ebenfalls mit seinesgleichen. So will es die Natur. Der Mensch ist zwar kein Tier... Aber du wirst es nicht leicht haben, denn du wirst so einer werden müssen wie wir... Du mußt nicht nur schießen, fischen, dich kleiden wie wir, sondern auch alles so ansehen wie wir, oder du überlebst hier nicht. Warum fragst du?«

»Mir gefällt euer Leben«, antwortete John. »Es ist ein wirkliches, menschenwürdiges Leben. Deshalb will ich bei euch bleiben. Was werden deine Stammesgenossen dazu sagen?«

Orwo schwieg. Doch sein Gesichtsausdruck ließ erkennen, daß er fieberhaft überlegte und mit widerstreitenden Gefühlen kämpfte.

»Ich freue mich, daß du gut über unser Volk gesprochen hast«, erwiderte er schließlich. »Doch ich sage dir noch einmal: Es wird schwer für dich ... Wenn wir dich auch gern in unsere Familie aufnehmen, bedenke, du hast Angehörige, die auf dich warten. Und noch eins, Son. Dir erscheint unser Leben leicht, weil wir Glück bei der Frühjahrsjagd hatten, im Sommer reichlich Walrosse erlegt haben und mehrere Jahre lang von Krankheiten verschont geblieben sind. Die Menschen sind satt und froh. Deshalb meinst du, unser Leben sei immer so. Selbst die Witterung ist günstig. Ich kann mich nicht erinnern, einen so ruhigen, milden Winter wie diesen je erlebt zu haben. Stell dir aber unser Leben vor, wenn wir nach einer schlechten Herbstjagd keine Vorräte anlegen konnten und ein strenger, stürmischer Winter das Meer so stark vereisen läßt, daß der Seehund nirgendwo seinen Kopf herausstecken kann. Dann kommt der Hunger, und mit dem Hunger kommen die Krankheiten. Die Menschen sterben wie die Fliegen im Frühfrost. Dann wirst du die Abfälle aus den Fleischgruben, verfaultes Fleisch essen und Seehundriemen kochen, nur um dir irgendwie den Bauch zu füllen. Noch einmal sage ich dir: Wir haben dich liebgewonnen, Son, aber unser Leben hältst du nicht durch.«

John dachte lange über Orwos letzte Worte nach. Wenn Orwo ihn schon nicht für voll nahm, wie würde es ihm dann erst zu Hause, in Port Hope, ergehen?

Doch eines Tages sagte Orwo wie nebenbei: »Wenn es dir bei uns gefällt; es eilt ja nicht, du kannst bleiben.«

10

Es kam eine Zeit, in der für John unerklärliche Dinge geschahen. Mitten in der Nacht oder frühmorgens sprang Toko von seinem Lager aus Rentierfell auf und ging hinaus ins Freie, wo man im Schnee bereits Schritte vernahm, die sich zur Küste hin entfernten. Je länger die Tage wurden, um so häufiger war Toko abwesend. Mitunter blieb er bis zum Untergang der Sonne fort, die spät hinter den dunklen Felsen der westlichen Vorgebirge verschwand.

»Wohin geht er?« fragte John eines Tages Tokos Frau.

»Mit den Göttern reden«, erwiderte Pylmau schlicht, als redete sie von den nächsten Nachbarn, mit denen man sich zwanglos unterhalten konnte.

»Und worüber reden sie?«

»Das zu wissen schickt sich nicht für eine Frau«, meinte Pylmau. »Doch denke ich, daß sie über Seehunde, Walrosse und das Wetter reden.«

»Das sind wichtige Themen«, bemerkte John.

Den besorgten und verschlossenen Toko mochte John nicht fragen.

An den übrigen Tagen gingen sie auf die Jagd. Die zeitig aufgehende Sonne verkürzte schnell die langen Schatten der hochgetürmten Eisschollen und Uferfelsen. Um nicht schneeblind zu werden, benutzten Toko und John eigenartige Brillen: mit schmalen Sehschlitzen versehene dünne Lederstreifen, die zwar den Rundblick behinderten, dafür aber gut gegen das tückische Sonnenlicht schützten. John war in wenigen Tagen so sonnenverbrannt, daß sich seine Hautfarbe kaum noch von der Tokos unterschied.

»Ich bin jetzt fast wie du«, sagte er.

»Das ist richtig«, stimmte Toko mit innerer Genugtuung zu. Son, wie John in der Siedlung hieß, dieser bedauernswerte hilflose Mensch, der nicht die geringste Ahnung vom Leben eines echten Mannes hatte, begann tatsächlich ein richtiger Mensch zu werden. Sogar seine Gangart hatte er geändert: Federnd setzte er jetzt die Füße so, daß er nicht mehr ausglitt. Und Schnee aß er auch nicht mehr wie in den ersten Tagen. Er wußte, daß es besser war, bis zur Heimkehr durchzuhalten, denn Schnee verstärkte nur den Durst. Nicht lange mehr, und John würde sich in nichts mehr von einem richtigen Menschen unterscheiden. Dann konnte man ihn nicht nur auf die Jagd, sondern auch zu den feierlichen Opferzeremonien mitnehmen, zu denen Toko morgens ging. Bald würde die höchste Götterverehrung stattfinden, bei der man die ledernen Baidaren von den hohen Gestellen, auf denen sie überwintert hatten, an die See tragen und im Schnee vergraben würde, damit ihre ausgetrocknete Walroßhaut wieder geschmeidig würde. An diesem Morgen beschenkte man alle Götter und begrüßte sie mit feierlichen Worten. Den Männern schienen neue Kräfte zuzuströmen, denn die Zeit nahte, in der die Walrosse im Meer auftauchten, und ihre Jagd erforderte viel Kraft. Vielleicht würde man tagelang auf der See treiben und über Eisschollen klettern müssen, um die Beute zu zerlegen, sich auszuruhen und sich über einem Tranfeuer das Essen zu-

zubereiten ... Eigentlich müßte man Son jetzt schon zur Opferung mitnehmen können, aber Orwo meinte, es wäre noch zu früh ...

Toko lehrte John die Kunst des Jagens, und Pylmau verbesserte seine Aussprache. Ihr Lachen bei diesen Korrekturen verschönte sie und machte sie so bezaubernd, daß John mit aller Kraft gegen männliche Emotionen anzukämpfen hatte. Hinzu kam, daß Pylmau in der Schlafkammer nichts als einen schmalen Lendenschurz an ihrem mahagonidunklen Körper mit der vollen, noch straffen Brust trug. John vermied es, im Schlafraum mit ihr allein zu sein. Des Nachts aber hörte er Seufzer und schweres Atmen ... Spielte sich doch alles in seiner Reichweite ab.

Er versuchte an Jeannie zu denken, sich an alle, selbst die geringfügigsten Einzelheiten zu erinnern, doch immer wieder stand statt der blonden Jeannie Pylmaus lächelndes Gesicht mit den vollen Lippen und weißen Zähnen vor ihm.

Der Tag, an dem die höchste Kulthandlung begangen werden sollte, brach an. Am Abend zuvor waren Toko und John spät von der See heimgekehrt. Jeder hatte drei Seehunde hinter sich hergeschleppt und war vom langen, schweren Weg erschöpft: Immer wieder hatten sie Seen getauten Süßwassers umgehen müssen, die Füße waren im angetauten Schnee versunken, und Wasser war in ihre niedrigen Pelzstiefel gedrungen.

Als John frühmorgens aufwachte, flüsterte Toko ihm zu: »Bleib liegen, und ruh dich aus. Ich werde lange weg sein.«

Während Pylmau verschlafen an der Tranlampe hantierte und das Fleisch vom Vortage wärmte, drehte sich John noch einmal auf die andere Seite und schlief wieder ein. Als er dann endgültig erwachte, knetete Pylmau völlig nackt bei drei helleuchtenden Tranlampen ein Fell durch, gegen dessen Innenseite sie die Fersen stemmte. Durch halbgeschlossene Lider beobachtete John ihr Tun. Im Licht der Tranlampe schimmerte ihre dunkle Haut sonnengebräunt. Wenn Jeannie von der Sonne verbrannt war, hob sich ihr weißer Busen, wenn sie ihm entgegenkam, sogar noch im Dunkeln ab. Pylmaus Haut dagegen schimmerte gleichmäßig und mattdunkel. Johns Verlangen, diese Haut zu streicheln, ihre Wärme zu spüren, wurde so heftig, daß es ihm fast körperlichen Schmerz verursachte und er aufstöhnte.

Pylmau unterbrach ihre Arbeit und blickte zu ihm hinüber. Doch er hielt die Lider fest geschlossen und stellte sich schlafend. Unter der Berührung von Pylmaus Hand aber schlug er die Augen auf.

»Geht es dir schlecht?« fragte sie besorgt.

Unfähig zu antworten, blinzelte John nur.

»Ich weiß, daß es dir schlechtgeht«, fuhr Pylmau fort. »Selten schläfst du ruhig. Immer redest du in deiner Sprache und rufst nach jemandem. Ich weiß, wie dir zumute ist. Oh, als Toko mich zur Frau nahm und hierherbrachte, ging es mir genauso schlecht: als hätte man mir das Herz aus dem Leib gerissen und in der Heimat zurückgelassen ...«

»Du bist nicht von hier?« fragte John.

»Nein, ich komme von weit her, von einer anderen Küste. Eines Tages erschienen Leute aus Enmyn in unserer Siedlung, Toko war auch dabei. Wir schauten uns an, und er rief mich in die Tundra, wo das Gras so weich ist. Als sie sich wieder auf den Weg machten, sagte ich den Eltern, daß ich mit Toko ginge. Seitdem lebe ich hier. Viel hab' ich getrauert und geweint im ersten Jahr.«

»Aber du ... aber dir ...«, stotterte John. Er wollte fragen, ob sie Toko liebe, wußte aber nicht, was »lieben« auf tschuktschisch hieß.

»Ist dir wohl mit Toko?« fragte er schließlich.

»O ja!« antwortete sie, ohne zu zögern. »So ein Mensch! Gut, zärtlich und stark ist er. Selbst in dunklen Winternächten, in Finsternis und Kälte ringsum, fühle ich mich in seiner Nähe sehr wohl. Und unser Sohn, Jako, wie ein kleiner runder Mond ist er.« Zärtlich blickte Pylmau in die Ecke, wo der Kleine leise atmend schlief.

Immer noch ruhte Pylmaus Hand auf Johns Stirn. Ihr Körper strömte leichten Schweißgeruch aus. Mit halbgeschlossenen Augen wiegte sie leicht das Haupt.

Wenige Sekunden noch, und es würde etwas Furchtbares, nie Wiedergutzumachendes geschehen. Mit einem Ruck schüttelte John Pylmaus Hand ab, richtete sich auf, zog die Kleider über und verschwand im Tschottagin.

Verständnislos blickte ihm Pylmau nach. »Son!« rief sie leise. Doch sie hörte nur noch die Außentür klappen.

Der Junge kann sich nur schwer an das fremde Leben, die fremde Sprache und das Essen gewöhnen, dachte sie ... Wie konnte er trotz allem ein guter Mensch sein, obwohl er ein Weißer war? Pylmau hatte eine ganze Zeit gebraucht, bis sie sich an seine helle Haut und den rötlichen Bart, der ihm das halbe Gesicht verdeckte, gewöhnt hatte. Seltsamerweise wuchs ihm sogar auf der Brust ein Bart, und noch dazu ein krauser.

Häufig starrte sie morgens, bevor die beiden Männer aus ihren letzten, genußvollen Schlafminuten erwachten, wie gebannt bald auf den einen, bald auf den anderen. Dabei regte sich tief in ihr der tolle Gedanke, weshalb sie nicht die Frau zweier Männer sein konnte. Gab es nicht auch Männer mit zwei Frauen? Lebte nicht Orwo schon viele Jahre mit Tscheiwuna und Weemneut zusammen, so lange, daß man sich die beiden Frauen kaum noch ohne einander vorstellen konnte? Immer beieinander, waren sie sich nicht nur in der Stimme, sondern auch äußerlich ähnlich geworden. Dort in der Siedlung, aus der Pylmau stammte, waren Männer mit zwei Frauen keine Seltenheit. Im Gegenteil, der Rentierzüchter Teki, ein Freund des Vaters, hatte sogar drei Frauen. Aber so würde es wohl immer bleiben: Was dem Mann erlaubt war, war der Frau verboten.

Seufzend und verbissen machte sich Pylmau daran, das ungegerbte Rentierfell weiter mit ihren schwieligen Hakken zu bearbeiten.

Männerstimmen zwischen dem klaren Himmel und der verschneiten Erde durchbrachen jäh die Stille des frühen Morgens. Langsam näherte sich John der Gruppe, die sich bei den heiligen Walfischkiefern am Rande der Siedlung versammelt hatte. Der im Nachtfrost verharschte Schnee sprang klirrend unter seinen Tritten. Darunter aber spürte man eine weiche, nachgiebige Schicht, die einen beladenen Hundeschlitten nicht mehr trug.

Von den hohen Gestellen gehoben, lagen die Baidaren kieloben im Schnee. John bewunderte die Bauart dieser Boote aus Holz, Walroßhaut und Seehundsfellriemen, die ohne ein einziges Metallteil, weder Nagel noch Schraube, gefertigt waren. Drei Mann vermochten ein solches Boot, das ein halbes Dutzend Männer oder zwei bis drei erlegte Walrosse befördern konnte, hochzuheben und fortzubewegen. Doch bei aller Bewunderung schauderte John bei dem Gedanken, daß sich diese Konstruktion aus zerbrechlichem Holz und Leder zwischen treibenden Eisschollen bewegte, von der eine einzige genügte, die Bordwand zu durchschlagen.

Beim Näherkommen entdeckte er Armol, der einen hölzernen, schüsselartigen Gegenstand in den Händen hielt. Dann sah er ähnliche Schüsseln auch bei anderen Männern, nur daß die einen wie Untersätze aussahen, die anderen aber winzige Holznäpfe waren. Die Hunde strichen erstaunlich ruhig, ohne Gebell und Geknurr, um die Männer herum, als wüßten sie um die Bedeutung der heiligen Handlung.

Den alten Orwo hatte John kaum wiedererkannt in seinem hellbraunen Rauhlederkittel, der über und über mit Troddeln aus weißem Rentierhaar – befestigt an bunten Gewebsstreifen – verziert war, dünnen Lederriemen, an deren Ende Glasperlen, Glöckchen, Kupfer- und Silbermünzen hingen. Auf dem Rücken des Alten baumelte ein schneeweißer Hermelin mit schwarzem Schwanzende.

Das Gesicht der See zugewandt, richtete Orwo wohl eine Ansprache an die Götter, denn die Anwesenden hörten ihm nicht zu, sondern führten von Zeit zu Zeit Gespräche untereinander. Als er geendet hatte, ergriff er von dem Nächststehenden die Schüssel oder den Napf und entnahm damit eine Handvoll geheiligter Speise, die nach Osten, Norden und Westen verstreut, behutsam von den Hunden aufgenommen wurde. Dann folgten sie dem Alten ohne einen Laut.

Orwo umschritt jede der drei Baidaren im Schnee. Lange verharrte er murmelnd an ihrem Bug, wobei er mit den Händen ihre ausgetrocknete Walroßhaut berührte. Obwohl er von Zeit zu Zeit die Stimme hob, verstand John nicht ein einziges Wort. Anscheinend sprach er nicht tschuktschisch, sondern eine andere Sprache.

Stolz und artig folgten die ebenfalls anwesenden Knaben der Prozession um die Baidaren. Der weite Himmel, die dunklen, in der Ferne bläulich schimmernden Felsen und die Stille, in der sich alles auf das Gebet zu konzentrieren schien, überraschten und beeindruckten den weißen Mann tief. Wehmütig dachte er an den sonntäglichen Gottesdienst in der Kirche von Port Hope, an die festlich gekleideten Andächtigen und die zu Herzen gehende Orgelmusik.

John glaubte von Jugend an weder an Gott, noch ging er in die Kirche. Der Vater hatte ihn gelehrt, daß jeder das Recht habe, nach seinem Geschmack zu leben, er den anderen dabei aber nicht behindern dürfe. Obwohl seine Eltern die Messe besuchten, war der Junge ziemlich überzeugt, daß der Vater auch nicht an Gott glaubte und die Sonntagsmesse nur besuchte, weil es Brauch war.

Hier, an der Eismeerküste jedoch, verlangte es John plötzlich, in das Halbdunkel des Domes zu treten und statt des unendlichen Himmels das Gewölbe zu sehen und den Staub, der regenbogenfarbig im Sonnenlicht tanzte, das durch die Butzenscheiben fiel.

Nach dem Gespräch mit den Göttern wandte sich Orwo den Männern zu. Mit hochgeschürzten Kitteln machten die Jungen die Runde bei denen, die die Schüsseln mit den Opfergaben hielten, und stürmten dann mit gefüllten Schößen Hals über Kopf zu ihren Jarangas, um Mütter und Schwestern mit den Resten des Göttermahls zu erfreuen.

Toko hatte John erblickt und richtete, mit dem Kopf auf den weißen Mann weisend, einige Worte an Orwo, der John zu sich heranwinkte.

»Bald lassen wir die Baidaren zu Wasser«, sagte der Alte froh und bewegt. »Schau dorthin«, fuhr er fort und deutete auf das verschneite, mit Packeis bedeckte Meer. »Siehst du den dunklen Streifen dort am Himmel? Da spiegelt sich das offene Wasser. Wenn es auch noch lange hin ist, wird der gute Südwind eines Tages wehen, und das Meer wird Enmyn wieder näher sein.«

»Und dann wird dich ein Schiff abholen«, fügte Toko hinzu.

»Bevor das Schiff aber kommt, werde ich mit euch jagen gehen und vielleicht sogar ein Walroß erlegen«, meinte John vergnügt.

Neugierig blickte er in die Schüssel einer der Männer, die sie umringten. Doch zu seiner Enttäuschung unterschied sich die Speise der Götter in nichts von der menschlichen. Wie diese bestand sie aus kleingeschnittenem Rentier- und Seehundfleisch, sauber gewürfeltem Speck und Kräutern.

Orwo füllte seine runzlige Hand mit der Gabe der Götter und reichte sie John. »Jetzt bringen wir die Baidaren an die Küste und decken sie fest mit Schnee zu«, sagte er laut schmatzend. »Die Sonne wird den Schnee auf den Booten allmählich tauen, und das Schneewasser wird ihre Außenhaut anfeuchten, so daß diese zäh und schmiegsam wird. Und wenn die Baidaren klar sind, zieht sich das Eis von unserer Küste zurück.«

»Wer aber sagt euch, wann ihr die Baidaren zu Wasser lassen müßt? Gestern, heute oder morgen?« fragte John.

»Sehr einfach«, erwiderte Orwo und lächelte über die naive Frage. »Nachdem sich an der Sonnenseite des unterspülten Uferstücks dünne Eisnadeln gezeigt haben, müssen noch genau sechs Tage vergehen.«

»Und wenn es im Herbst noch keine Schneehaufen gibt, woher wißt ihr dann, wann es Zeit ist, die Seefahrt einzustellen?« forschte John weiter.

»Das weiß doch jedes Kind«, lachte der Alte. »Wenn das Sternbild der Einsamen Mädchen schräg über dem Pestschannaja-Fluß steht.«

Um vor den Tschuktschen nicht als vollkommen begriffsstutzig dazustehen, nickte John, obwohl er nichts verstanden hatte.

Während er mit Toko zu den Jarangas ging, dachte er, daß das Volk der Tschuktschen keineswegs so einfältig sei, wie er angenommen hatte: Es besaß einen eigenen Kalender und eigene Vorstellungen über die Bewegung der Himmelskörper. Sein medizinisch-chirurgisches Können war sogar über jedes Lob erhaben. John lächelte jetzt bei dem Gedanken an das Mißtrauen, das er der Schamanin entgegengebracht hatte, als sie ihn vor dem sicheren Tod errettete, bei dem Gedanken, daß er Toko einmal mit Armol verwechselt hatte und daß ihm alle Tschuktschen gleich auszusehen schienen. Nein, sie besaßen eine eigene, ihren harten Lebensbedingungen angepaßte Kultur und hatten sich in einer Umgebung, in der ein Raubtier zugrunde gehen konnte, beste menschliche Eigenschaften bewahrt.

John stellte sich Toko anders gekleidet und unter anderen Lebensbedingungen vor, zum Beispiel, wie er in der katholischen Kirche von Port Hope saß, angetan mit einem Velvetjackett, Hosen, Schuhen und weißem Kragen. Über dieses komische Bild aber mußte er lächeln.

»Ist dir fröhlich zumute?« fragte Toko.

»Sag mal«, wandte sich John an den Frager, »könntest du auch an einem anderen Ort leben?«

»An welchem anderen Ort?«

»In dem Land zum Beispiel, aus dem ich stamme!«

Toko zögerte. Die Frage war ernsthaft gestellt, und die Antwort wollte überlegt sein.

»Wenn es nicht anders ginge«, sagte er dann. »Wenn es keinen Ausweg gäbe... Vielleicht würde ich es aber nicht überleben.«

»Wieso?« entgegnete John. »Ich lebe doch auch in eurem Land.«

»Aber in der Hoffnung heimzukehren«, erwiderte Toko. »Ein Schiff wird dich in dein warmes Heimatland zurückbringen, zu deinen Eltern und deinen Verwandten. Dein Leben bei uns wird dir später wie ein Traum erscheinen ... ein Traum, an den man sich nur undeutlich erinnert. Ein Traum wie im aufziehenden Nebel.«

»Ein Traum wie im aufziehenden Nebel?« wiederholte John. »Nein, nie werde ich vergessen, was ich hier erlebt habe«, fuhr er nach kurzem Überlegen fort. »Ich wollte dich sowieso fragen, wie du darüber denkst, wenn ich für immer bei euch, in eurem Land bliebe?«

»Du könntest schon bei uns leben«, meinte Toko nachdenklich, »aber du hast die Hoffnung heimzukehren. Vielleicht kehrst du später einmal zu uns zurück. Wir brauchen die Freundschaft mit den Weißen, sie wissen und können mehr als wir und haben Dinge erdacht, die dem Menschen das Leben erleichtern.«

»Ich fürchte, der Verkehr mit den Weißen bringt eurem Volk nur Schlechtes«, erwiderte John barsch.

»Aber ich verkehre doch schon die ganze Zeit mit dir, ohne Schlechtes von dir erfahren zu haben«, erwiderte Toko lächelnd.

Ein helles Feuer brannte im Tschottagin. Pylmau hatte Schnee geschmolzen und reichte John das Wasser zum Waschen. Mit den beiden hölzernen Haltern, die ihm als Finger dienten, ergriff er ein sauberes weißes Tuch, tauchte es in das Schneewasser und fuhr sich damit ein paarmal übers Gesicht. Das gleiche tat Toko, der die Gewohnheit von seinem weißen Freund übernommen hatte.

Nach dem Waschen machten sich die Männer an das Frühstück.

11

»Wir brauchen Walroßhaut«, mahnte Pylmau die Männer immer häufiger. »Ich habe nichts mehr für Sohlen. Ihr werdet barfuß laufen müssen, wenn ihr kein Walroß erlegt.«

Die Jäger gingen zum Rand des Ufereises. Aber der ersehnte Südwind hatte eine andere Richtung genommen, und das Eis umklammerte die felsige Küste wie eh und je.

Entenschwärme zogen über die ferne Landzunge.

Schon früh weckte Toko John zur Entenjagd. Sie frühstückten kaltes Seehundfleisch, und für den Weg tat ihnen Pylmau mehrere Stücke gekochtes Robbenfleisch in den Ledersack.

»Wieso nehmen wir heute Wegzehrung mit, wo wir doch immer mit leerem Vorratsbeutel auf das Meer gehen?« fragte John überrascht.

»Das ist bei uns so Brauch«, erwiderte Toko. »Zur Entenjagd nehmen wir Mundvorrat mit, auf dem Meer aber ist es Sünde.«

»Machen euch nicht einige Bräuche das Leben nur schwer?« fragte John, während er Toko die Hunde anschirren half.

»Einige Regeln im Leben stören zwar den einzelnen, nützen aber allen«, erwiderte Toko.

Auf dem Weg an der Küste entlang sahen John und Toko an den Spuren im Schnee, daß sie nicht als einzige ausgefahren waren. An der Meerenge von Pylchin holten sie dann die anderen Hundeschlitten ein.

Armol hatte seine jüngeren Brüder mitgenommen. Sie hielten das Eplykytet auf dem Schoß und ordneten die

Walroßzahnsplitter. Lächelnd musterten sie den mit zwei dieser Vorrichtungen behangenen weißen Mann.

»He, Toko. Wie soll er denn das Eplykytet in den Schwarm werfen?« rief Armol von seinem Schlitten.

»Er wird es schon schaffen«, meinte Toko. »Er hat es ja auf dem Eis der Lagune probiert.«

Tatsächlich hatte sich John vor ein paar Tagen unter Tokos Anleitung in der Kunst des Werfens geübt, die ihm weit schwieriger erschien als das Schießen mit der Winchesterbüchse. Der erste Versuch wäre für Toko beinah böse ausgegangen: Die Eplykytete, die sich vorzeitig von Johns Stumpf lösten, sausten um Haaresbreite an Tokos Kopf vorbei. Ein anderes Mal traf John sich sogar selber. Da er bezweifelte, das widerspenstige Fanggerät jemals meistern zu lernen, wollte er auf die Entenjagd verzichten. Doch in einem Ton, der keinen Widerspruch duldete, erklärte Toko: »Ein richtiger Mann muß auch das können.«

»Ich werde diese Knochenstücke sowieso nicht mit nach Port Hope nehmen; da besitze ich eine gute Schrotflinte!« rief John und schüttelte ärgerlich sein Eplykytet.

»Einen Vogel mit dem Gewehr abzuschießen ist keine Kunst«, entgegnete Toko, »aber versuch es mal hiermit.«

Geduldig zeigte er ihm noch einmal, wie man das Bündel Walroßzähne an langen Schnüren aus dünner Seehundshaut über dem Kopf herumwirbeln ließ, bis sein Schüler das Eplykytet in die gewünschte Richtung schnellen lernte.

An manchen Stellen der geröllbedeckten Lagune war der Schnee bereits verschwunden. Aus der Ferne nahmen sich die dunklen Taustellen wie Flicken auf weißem Leinen aus. Auf einen dieser Flicken ließen sich die Jäger nieder und beobachteten die von der gegenüberliegenden Seite der Lagune anfliegenden Entenschwärme.

Toko wählte als Standort einen trockenen Geröllhügel und führte das Gespann an die Küste, damit die Hunde nicht die Enten bemerkten und durch Gebell verscheuchten. Unweit von Toko hatte Armol mit seinen Brüdern Posten bezogen.

»Wenn sich der Schwarm nähert, muß man flach und bewegungslos am Boden liegen«, belehrte Toko den Gefährten. »Aufstehen darf man erst, wenn die Enten über unsere Köpfe fliegen.«

Von Jagdleidenschaft ergriffen, nickte John nur. Während sie die Horizontlinie beobachteten, unterhielten sie sich leise. Entenschwärme strichen links und rechts an ihnen vorüber.

»Wollen wir nicht den Platz wechseln?« schlug John vor.

»Hab Geduld, die Enten kommen auch zu uns«, meinte Toko ruhig.

Ihre Geduld wurde belohnt: Ein riesiger Schwarm kam mit immer lauterem Flügelrauschen herangeflogen, so daß sich John an die Niagarafälle versetzt fühlte.

Tieffliegend verteilte sich der Schwarm über die mit getautem Süßwasser bedeckte Lagune und glich in seiner dunklen Farbe und seiner Dichte eher einer dahinrasenden Orkanwolke als einem Vogelschwarm.

John und Toko preßten sich an das kalte Geröll.

An der Küste stiegen die Enten plötzlich steil in die Höhe, doch spürte man noch immer den von Tausenden von Schwingen verursachten Luftwirbel. Die Eplykytete flogen in die Höhe, doch nicht zwei, sondern vier. Die anderen zwei gehörten Armol, der mit einem seiner Brüder plötzlich neben ihnen stand. Drei Enten fielen, in die dünnen Strippen verwickelt, wie ein Stein auf das Ufereis.

John stürzte zu der Stelle, wurde jedoch von Armol und Toko überholt.

Höhnisch lächelnd hielt Armol John dessen Eplykytet hin. »Daneben«, sagte er.

Armols Verhalten machte John verlegen. In seiner Gegenwart fühlte er sich seltsam unsicher und ertappte sich ihm gegenüber dabei, daß in seinem Verhalten eine gewisse Unterwürfigkeit, wenn nicht gar Schuldbewußtsein lag.

So sagte er auch diesmal zaghaft: »Ich habe es noch nicht heraus.«

»Es fällt dem weißen Mann schwer, unsere Arbeit zu tun«, sagte Armol, während er zwei Vögel mit den Flügeln aneinanderband.

Der zweite Schwarm übertraf noch den ersten, so daß er sogar die Sonne über der Landzunge verdunkelte. Diesmal war auch John das Jagdglück hold: Ein großer, fetter Enterich hatte sich in seinem Eplykytet verfangen.

»Der Erfolg hat sich eingestellt«, lobte Toko zurückhaltend.

»Er hat Glück gehabt«, sagte Armol.

Bei diesen Entenscharen hätte man das Eplykytet allerdings auch mit geschlossenen Augen werfen können.

Als die Sonne im Westen stand, hatten Toko und John etwa drei Dutzend Enten erlegt.

Freudig erregt durch den Erfolg, versprach John dem Gefährten, aus Kanada sofort eine Schrotflinte zu schikken. »Ein Schuß in diesen Haufen, und du hast einen vollbeladenen Schlitten«, meinte er.

»Ich werde darauf warten«, erwiderte Toko nicht sehr zuversichtlich. »Es wird Zeit aufzubrechen.«

Auf dem ausgefahrenen Weg machte es sich Toko auf dem Schlitten bequem und stimmte ein Lied ein. Schon früher hatte John Tschuktschenlieder gehört, hatte aber ihren schwermütigen, melancholischen Weisen nichts abgewinnen können. Sie schienen ihm monoton, als hätten alle die gleiche Melodie. Da es keinen Text gab, konnte man die Gefühle nur ahnen, die den Sänger bewegten.

Tagsüber war der Schnee leicht getaut und matschig geworden und bot den Kufen erheblichen Widerstand. Die Hunde hatten es schwer. Immer wieder mußten John und Toko absteigen und sich mit ins Geschirr legen.

Als aber in der Ferne die Walfischkiefer auftauchten, festigte sich die Spur, und man konnte sich wieder auf dem Schlitten ausruhen.

»Wieso nennt ihr eure Urmutter Weiße Frau?« erkundigte sich John, dem einfiel, daß der Überlieferung nach unter jenen Walfischkiefern die Begründerin des Tschuktschenvolkes begraben lag.

»Man hat sie eben so genannt«, erwiderte Toko.

»Und was bedeuten die Walfischkiefer auf ihrem Grab?«

»Sie hat doch nicht nur Menschen, sondern auch Wale geboren«, antwortete Toko, als handle es sich um etwas Selbstverständliches.

»Wale?« fragte John überrascht. Schon wollte er das Ganze als Unsinn abtun, als ihm die Ungereimtheiten in der Bibel einfielen. So fragte er nur: »Kannst du mir etwas über sie erzählen?«

»Die Sage kennt jedes Kind«, meinte Toko. »Auch du solltest sie kennen, weil auch du schließlich der Bruder der Wale bist.«

»Der Bruder der Wale?« wiederholte John ungläubig.

»Na dann, hör zu«, begann Toko und setzte sich auf

dem Schlitten bequemer zurecht. »Die Alten sagen, daß vor Urzeiten ein junges Mädchen an dieser Küste lebte, an dessen Schönheit sich selbst die große Sonne nicht satt sehen konnte und nicht vom Himmel verschwand, und daß die Sterne am hellichten Tag aufgingen, um sie zu bewundern. Dort, wo sie hintrat, sprossen Blumen und sprudelte klares Quellwasser hervor.

Oft ging das Mädchen an das Meer, um auf die Wellen zu schauen und das Tosen der Brandung zu hören. Sie schlief dabei ein, und die Seetiere kamen ans Ufer, um sie anzuschauen. Die Walrosse krochen auf das Geröll, und die Seehunde starrten die Schlafende aus ihren runden Augen unverwandt an.

Eines Tages schwamm ein großer Grönlandwal vorbei. Der Anblick der versammelten Seetiere machte ihn neugierig, und er näherte sich dem Ufer. Beim Anblick des schönen Mädchens vergaß er Ziel und Zweck seiner Reise.

Als sich die müde Sonne am Horizont niederließ, um sich auszuruhen, kroch der Wal ans Ufer, berührte mit dem Kopf das Geröll und verwandelte sich in einen Jüngling von ebenmäßiger Gestalt. Bei seinem Anblick schlug das Mädchen die Augen nieder. Der Jüngling aber führte sie ins weiche Gras der Tundra auf einen Teppich von Blüten. Seit dieser Zeit kam der Wal bei Sonnenuntergang angeschwommen, nahm Menschengestalt an und lebte mit der Schönen zusammen wie Mann und Frau. Als die Zeit kam, daß sie gebären mußte, baute der Walmensch eine geräumige Jaranga und richtete sich mit ihr ein, ins Meer aber kehrte er nicht mehr zurück.

Die jungen Walkinder brachte der Vater in eine kleine Lagune, zu der die Mutter ging, wenn die Kleinen hungrig ans Ufer schwammen. Sie wuchsen so schnell heran, daß ihnen die kleine Lagune bald zu eng wurde, und sie baten, in die hohe See schwimmen zu dürfen. Nur schwer trennte sich die Mutter von ihnen, doch was half's: Wale sind eben ein Seevolk, sie schwammen fort. Die Frau aber wurde erneut schwanger. Dieses Mal brachte sie statt der Walfischjungen Menschenkinder zur Welt. Die Walkinder aber vergaßen ihre Eltern nicht. Oft kamen sie ans Ufer geschwommen, um bei Vater und Mutter zu spielen.

Die Zeit verging, und die Kinder wuchsen heran. Den bejahrten Vater, der nicht mehr auf die Jagd gehen konnte, versorgten jetzt die Söhne. Vor der ersten Jagd auf See aber ermahnte der Vater die Söhne: ›Den Starken und Mutigen nährt die See. Denkt stets daran, daß in ihr eure Walfischbrüder leben und eure Verwandten, die Delphine, und über ihr die Schwalben. Die tötet nicht, sondern schont sie.‹

Bald darauf starb der Vater, und auch die alte Mutter konnte ihre Söhne nicht mehr zur Meeresjagd begleiten. Inzwischen hatte sich das Volk der Wale vermehrt: Die Söhne hatten jetzt schon selbst viele Kinder. Der Nahrungsbedarf wuchs, und die Nachkommen des Wales – Tschuktschen und Eskimos – begannen Seetiere zu jagen.

Ein Jahr kam, in dem nur wenig Seegetier die Küste aufsuchte: Die Seelöwen vergaßen den Weg über das Wasser zur Siedlung, und die Seehunde hatten sich auf ferne Inseln zurückgezogen. Die Jäger aber, die jetzt weit aufs Meer hinausfahren mußten, kamen im Eis oder durch Wasserstrudel ums Leben.

Nur die Wale spielten nach wie vor am Ufer. Einer der Jäger, ein Sohn der Weißen Frau, fragte: ›Weshalb erlegen wir keinen Wal? Seht, was für Berge von Fett und

Fleisch. Ein einziger Wal würde genügen, uns und die Hunde einen ganzen Winter über zu ernähren.‹

›Du hast wohl vergessen, daß sie unsere Brüder sind?‹ gaben die anderen zu bedenken.

›Was sind das schon für Brüder‹, höhnte der Jäger. ›Sie leben im Wasser statt auf dem Land, ihr Körper ist lang und schwer, und sie kennen kein einziges menschliches Wort.‹

›Aber die Sage geht . . .‹, versuchten die anderen ihn zur Vernunft zu bringen.

›Ammenmärchen!‹ schnitt ihnen der Jäger das Wort ab, rüstete eine große Baidare aus und besetzte sie mit den stärksten und gewandtesten Ruderern.

Es war nicht schwer gewesen, den Wal zu erlegen. Wie immer war er dem Bruder auf See zutraulich entgegengeschwommen. Dieses Mal aber wurde ihm die Begegnung zum Verhängnis.

Die Jäger harpunierten den Wal und schleppten ihn zum Ufer, wo sie alle Bewohner, selbst Frauen und Kinder, zusammenrufen mußten, um seinen Leib an Land zu ziehen.

Der Jäger, der den Wal erlegt hatte, ging in die Jaranga zur Mutter, um ihr von der reichen Beute zu berichten. Doch die Mutter, die es bereits erfahren hatte, war vor Kummer sterbenskrank.

›Ich habe einen Wal getötet!‹ rief ihr der Jäger zu. ›Einen ganzen Berg von Fleisch und Fett!‹

›Deinen Bruder hast du getötet‹, antwortete die Mutter. ›Wenn du heute deinen Bruder tötest, weil er dir nicht ähnlich ist, wirst du morgen . . .‹ Dann hatte sie ihren letzten Atemzug getan.«

Toko und John schwiegen.

»Seitdem nahmen die Dinge ihren Lauf«, fuhr Toko

schließlich fort. »Jetzt wundert sich niemand mehr, wenn sich die Menschen gegenseitig töten.«

In der Siedlung ging es lebhaft zu. Von den hellen Feuern in den Jarangas stieg bläulicher Rauch in den Himmel. Flaum und Federn flogen beim Entenrupfen in jedem Tschottagin umher, und aus den brodelnden Kesseln verbreiteten sich appetitliche Düfte.

Auch Pylmau hatte ein großes Feuer entzündet. Sie holte die Enten vom Schlitten und machte sich im Tschottagin sofort an ihre Zubereitung.

John und Toko aber schirrten die Hunde aus, hoben den Schlitten auf sein Gestell, hackten Kopalchen klein und fütterten die Hunde. Toko entdeckte in Johns Pelzstiefel ein kleines Loch, das er Pylmau zeigte.

»Wir brauchen Walroßhaut«, wiederholte sie. »Ihr werdet im Sommer barfuß laufen müssen. Wir haben kein Sohlenleder mehr.«

»Morgen gehen wir zum Rand des Ufereises«, versprach Toko.

Inzwischen betrat John seine Kammer und legte sich hin. In Gedanken sah er endlose Entenschwärme vorüberstreichen und hörte Toko von der alten Sage erzählen. Er holte sein Notizbuch hervor und schrieb:

»21. (?) Mai 1911. Siedlung Enmyn. Heute auf Entenjagd gewesen mit einem Gerät, das schon der Steinzeitmensch zum Vogelfang benutzte. Ich fühlte mich entsprechend überlegen, was ich meinen Freund Toko auch merken ließ. Die Legende aber, die er mir erzählte, ist keineswegs naiv; ich bezweifle sogar, daß Toko ihren ganzen Sinn erfaßt hat, denn gegenüber ihrer poetischen Gedankentiefe sind die Zehn Gebote des Evangeliums nur Gestammel ...« Dann schrieb er die Legende nieder, bemüht, sich aller Einzelheiten zu erinnern.

»Toko hat die Legende doch wohl nur erzählt, um mir die Idee der Brüderlichkeit, ein seit Menschengedenken vergeblich angestrebtes Ideal, allegorisch nahezubringen.«

Er überlas noch einmal das Geschriebene und stellte befriedigt fest, daß seine Handschrift besser und gleichmäßiger geworden war und die Buchstaben kaum noch über die Linien hinausgingen. Den Bleistift in den Halter zurückschiebend, schrieb er weiter:

»Hätte mir jemand vor einem Jahr gesagt, ich würde die eingeborenen Frauen eines Tages reizend finden, so hätte ich ihn beleidigt einen Dummkopf genannt. Anscheinend aber sind Frauen jeweils an ihrem Platz reizvoll. Ich könnte mir in dieser Hütte keine Jeannie vorstellen, ebensowenig aber eine Mau in unserem Salon in Port Hope. Und dennoch sind beide, Jeannie wie Mau, gleich reizvoll für den Mann. Mein Aufenthalt bei diesen Menschen hat mir offensichtlich genützt; ich sehe jetzt viele Dinge einfacher und damit genauer und großzügiger. Es wird mir schwerfallen, mich von den Enmynern zu trennen. Lange noch werden mir im heimatlichen Port Hope die Laute der Tschuktschen in den Ohren klingen und mich Träume von hier im Schlaf aufsuchen... Träume in Nebelschwaden. Und obwohl ich bereits ziemlich schmutzverkrustet bin, ist mir doch, als sei eine Kruste von mir abgefallen, die mich hinderte, ein Herz für Freud und Leid meiner Mitmenschen zu haben...«

»Son, komm essen!« hörte er Toko rufen.

Einen Augenblick lang blieb John vor dem offenen Notizblock sitzen, dann klappte er ihn zu und ging in den rauchigen Tschottagin, wo Pylmau im Schein des Feuers hantierte.

Auf den Tisch stellte sie eine große Schüssel mit zartem Entenfleisch, das ohne Messer gegessen wurde.

Nachdem der erste Hunger gestillt war und nur noch besonders leckere Stücke herausgepickt wurden, sagte Toko: »Wir müssen ein Walroß erlegen. Wenn der Wind aus Nordost weht, gehen wir aufs Eis, mit leichtem Gepäck und ohne Hunde. Seehunde werden wir nicht jagen, denn wir haben genügend Vorrat, die Fässer sind mit Tran gefüllt. Bald kommen auch die Robben, wohin mit alldem? Wir suchen nur ein Walroß.«

»Seltsam, den ganzen Winter über ist uns nicht ein einziges über den Weg gelaufen«, bemerkte John.

»Das kommt vor«, erwiderte Toko. »Einer hat Glück, der andere keins. Ein Walroß zu erlegen ist ein großer Erfolg. Einen Teil der Haut kann man bei den Rentierleuten sogar gegen junge Rentiere tauschen.«

Pylmau nahm am Gespräch der Männer nicht teil. Von Zeit zu Zeit tat sie neues Entenfleisch in die Schüssel und blickte dabei verstohlen von einem Mann zum anderen. Sie konnte nicht begreifen, warum es eine Frau nicht halten durfte wie die Männer; warum diesen erlaubt, was ihr verboten war.

Risse zerfurchten das Meereis, ließen den Ozean an offenen Stellen atmen. Von der Schneedecke war kaum noch etwas geblieben, so daß die Füße trotz dicker Einlagen aus trockenem Gras und Fellstrümpfen beim Laufen auf dem harten Eis schmerzten.

John war so erhitzt, daß ihm der Schweiß kitzelnd das Rückgrat hinunterlief. Mühsam schleppte er sich hinter Toko her, der schnell und gleichmäßig ausschritt. Immer schwerer lastete die Winchesterbüchse auf seinem Rükken, und selbst die mit Haken besetzte hölzerne Birne zum Herausfischen der Beute schien ihm aus Blei zu sein.

Nur sein Ehrgeiz verbot ihm, um eine Rast zu bitten. Er schnaufte und stolperte, bis Toko plötzlich an einem angetauten Packeisberg stehenblieb.

»Sehen wir nach, was dahinter ist«, sagte er, auf die Spitze deutend.

»Mach du's«, meinte John, »ich warte hier.«

Toko war einverstanden, er zog sein Jagdmesser und hackte Stufen in das Eis, so daß John die durchsichtigen Splitter um die Ohren flogen. Er fing einige auf und steckte sie in den Mund, um sich abzukühlen.

Toko erstieg den Eisberg und suchte den Horizont ab, wobei er die Augen mit der Hand beschattete.

»Das offene Wasser ist ganz nah«, sagte er. »Komm!«

Ohne Johns Antwort abzuwarten, ging er weiter.

John, der schwitzend und verdrossen hinter ihm hertrottete, dachte bei sich, daß seine jetzigen Stiefel noch bis zur Ankunft eines Schiffes halten mußten und daß er neue höchstens als Andenken an seinen Aufenthalt im fernen Tschuktschenland brauchen würde. Im Salon aufgehängt, würde sie jeder Besucher sehen, und er konnte dann berichten, wie die Tschuktschenschönheit Pylmau (er würde sie selbstverständlich nicht wie jetzt Mau, sondern mit ihrem vollen Namen nennen) sie für ihn genäht und den Fußteil mit den Zähnen geformt hatte. Dabei würde er die Stiefel von der Wand nehmen und die Spuren von Pylmaus Zähnen auf dem Sohlenleder zeigen. Außer den Pelzstiefeln müßte man übrigens auch ein Oberkleid aus Rentierfell, eine Jagdausrüstung und ein Paar Schneeschuhe mitnehmen.

Einiges davon könnte man dem Nationalmuseum in Toronto überlassen. Auch durfte er nicht vergessen, ein Paar perlenbestickte Pantöffelchen, wie er sie bei Pylmau gesehen hatte, für Jeannies Mutter zu bestellen.

Ganz plötzlich lag die offene See vor ihnen. Wasser und Himmel verschmolzen, so daß die treibenden Eisberge kaum von den Wolken zu unterscheiden waren, und es schien, als strebe der Meeresspiegel zum Himmelsrand empor, in die unermeßliche, atemberaubende Weite. Die Gedanken und das Gefühl, daß von hier der Weg in die Heimat führte, ins Elternhaus, in die Welt, in der er geboren und aufgewachsen war und zu der er gehörte, wurden eins in ihm.

»Angelangt«, sagte Toko befriedigt und atmete tief.

Da ihnen die Unterbrechung eine Ruhepause ersetzt hatte, begannen sie, eine Deckung herzurichten.

»Du solltest dich lieber etwas entfernt niederlassen«, meinte Toko. »Auf diese Weise erlegen wir ein Walroß leichter.«

»Einverstanden. Doch woran erkenne ich, daß es ein Walroß ist«, überlegte John.

»Du hast doch schon eins gesehen.«

»Aber nur tot, erlegt«, entgegnete er.

»Im Wasser ähnelt das Walroß dem Seehund, nur daß es größer ist und einen stärkeren, meist schwarzen Schnurrbart hat«, belehrte ihn Toko.

»Lassen wir's«, sagte John. »Ich schieße, wie es kommt. Hinterher stellen wir fest, ob es ein Walroß oder ein Seehund war.«

Toko kratzte sich am Kopf.

»Na schön«, sagte er schließlich. »Sieh aber zu, daß es nicht zu viele Seehunde werden. Wozu unnötig Tiere töten?«

Nachdem er John geholfen hatte, eine Deckung herzurichten, trennten sich die Jäger.

Der Atem des Ozeans ging leise. Wellen schlugen klatschend gegen die bläulich schimmernden Eisbrüche.

Toko blickte nach Osten, wo sich die ferne Landzunge wie ein dunkler Finger ins Meer schob. Obgleich der Himmel über den Felsen klar war und nichts auf einen Wetterumschwung hindeutete, mußte man im Frühling auf der Hut sein. Der Wind konnte plötzlich umschlagen und die von Rissen zerfurchte Eisdecke in einzelne Schollen zerteilen, auf denen die Jäger in die offene See trieben.

Außer dem taktmäßigen Aufklatschen der vom Eis auf die Wasseroberfläche fallenden Tropfen unterbrach kein Ton die Zeit des Wartens.

Immer wieder tauchten Seehunde auf, die so behäbig an Toko heranschwammen, daß er sie mit dem Fischhaken hätte greifen können.

Da durchbrach ein Schuß die Stille. Toko sprang auf und lief zu John, der bereits die Leinen der birnenförmigen Fangvorrichtung über dem Kopf entwirrte. In einer zerfließenden Blutlache lag ein totes Walroß. John warf die mit Haken versehene Birne ein kleines Stück über das Tier hinweg und zog mit einem Ruck an.

Selbst zu zweit gelang es ihnen nur schwer, das riesige, ausgewachsene Tier auf das Eis zu ziehen. Mit einem Blick stellte Toko fest, daß seine Haut genau die richtige Dicke und Festigkeit für Schuhwerk besaß.

»Ein seltsames Tier, ich habe weniger erkannt als gespürt, daß es ein Walroß sein müsse, und schoß«, sagte John lächelnd.

»Du bist ein tüchtiger Kerl!« lobte Toko. »Jetzt bleibt dir nur noch, ein Walroß zu harpunieren, Jagd auf einen Wal zu machen und mit einem Spieß einen Umka, einen Eisbären, zu erlegen.«

»Mir reichen Seehund, Ente und Walroß«, erwiderte John niedergeschlagen, »weil das schon beinah über meine Kräfte geht.«

»Komm zu mir an meinen Platz«, schlug Toko vor, »zusammen wird uns die Zeit nicht so lang.«

»Genügt denn ein Walroß nicht?« fragte John.

»An sich schon, aber wir sind doch eben erst gekommen«, meinte Toko und wandte sich ab. In seinen Worten lag Gekränktheit. Bei der Rückkehr wäre es beschämend gewesen, kehrte der weiße Mann, ein Handloser, mit Beute heim und Toko mit leeren Händen.

Geschickt schlitzte Toko das schnurrbärtige Maul des Walrosses auf, zog einen Riemen hindurch und schleppte es zu seiner Deckung, zusammengesetzt aus den Bruchstücken einer Eisscholle.

Toko nahm seinen Platz wieder ein, und John ließ sich, die Winchesterbüchse mit gespanntem Hahn in der Hand, neben ihm nieder.

Eine Robbe tauchte in der Ferne auf und kroch langsam auf sie zu. Als John das Tier ansah und sich dabei bewegte, tauchte es unter.

»Warum haben Robben einen so menschlichen Blick?« fragte John. »Sind sie etwa auch mit einem Volke verwandt?«

»Warum nicht?« meinte Toko. »Jedes Tier hat unter den Menschen Verwandte. Diejenigen unter uns aber, die der Wind mit sich fortträgt und lange Zeit im Eis gefangenhält, verwandeln sich in Teryken und Werwölfe. Der Mensch verwildert dort und kann kein menschliches Leben mehr führen. Er irrt durch die Tundra und das Gebirge, überfällt wilde Tiere und ißt ihr rohes Fleisch.«

»Hast du schon einmal einen Teryk gesehen?« erkundigte sich John.

»Ein einziges Mal«, erwiderte Toko.

John sah ihn an, ob er scherze, doch das Gesicht des Tschuktschen blieb ernst.

»Damals war ich noch jung und hatte noch keine Frau«, berichtete er. »Wie in diesem Frühjahr jagte ich das Walroß. Ich sah ein Tier auf dem Eis, an das ich mich vorsichtig heranschlich, bis mir Hände und Knie kalt wurden. Als ich anlegte, sah ich, daß es ein Teryk war. Er blickte mich an und lächelte. Aufspringen und weglaufen war eins für mich; ich lief ohne Atempause bis zur Siedlung!«

»Und wie sieht er aus?«

»Ganz nackt ist er, mit rötlicher Wolle auf dem Körper. Schrecklich sieht er aus!«

Es plätscherte, ein schnurrbärtiger Kopf tauchte über der glatten Wasserfläche auf.

»Pst!« zischte Toko John zu, der das Walroß aufs Korn nahm. »Schieß nicht. Laß mich.«

John ließ den Lauf seiner Büchse sinken.

Das Walroß kam schnell auf den Rand des Ufereises zugeschwommen. Anscheinend wollte es aufs Eis kriechen, um sich in der Frühjahrssonne zu wärmen. John staunte über die Schnelligkeit des Tieres, von dessen schnurrbärtigem Kopf zwei gleichmäßige Wellen nach beiden Seiten ausliefen. Es war bereits ganz nah, als der Schuß krachte. In den Kopf getroffen, war das Walroß sofort tot, doch sein Körper bewegte sich, dem Gesetz der Trägheit folgend, weiter auf den Eisrand zu.

Den leichten Bootshaken in der Hand, lief Toko an den Rand des Eishanges, um das Tier zu greifen. Da der Stiel jedoch zu kurz war, um die Beute zu erreichen, beugte sich Toko weit über den Eisrand vor. Fast hätte er das Walroß erreicht und den Haken in die Beute geschlagen, als er ausglitt, klatschend ins hoch aufspritzende Wasser fiel und unter der Oberfläche verschwand. Schrecken stand in seinen Augen, als er zappelnd wieder auftauchte.

John, dem plötzlich einfiel, daß die Tschuktschen nicht

schwimmen können, stürzte zum Rand des Ufereises und streckte dem Ertrinkenden seine Winchesterbüchse, den einzigen Gegenstand, den er zur Hand hatte, als Halt entgegen.

Toko ergriff den geschliffenen Lauf und hielt sich mit Hilfe des scharfkantigen Korns, der das Abrutschen verhinderte, daran fest.

Unter Anspannung aller Kräfte gelang es John, den Freund halb aus dem Wasser zu ziehen. Mit seinen Kleidern, aus denen das Wasser lief, war er, obwohl klein und schlank von Wuchs, erstaunlich schwer geworden.

Toko beugte sich über den Rand des Eishanges. John wollte gerade erleichtert aufatmen, da fiel sein Blick auf seine Hände, vor Schreck standen ihm die Haare zu Berge: Der an seinem Handstumpf befestigte dicke Lederring war ins Rutschen gekommen. Inzwischen war Toko schon fast auf dem Eis. John verlegte seine Anstrengung auf die Linke, an der sich der Lederring besser hielt, und bemühte sich, seine Rechte etwas über den Abzugshahn hinaus hochzuschieben.

Da löste sich ein Schuß. Überrascht und nicht ahnend, daß der Schuß aus seinem Gewehr gekommen war, wandte John sich um. Als er das Geschehene erfaßt hatte und den im Schnee verlaufenden Blutfleck unter Tokos Körper sah, entfuhr ihm ein Schreckensschrei.

»Toko, Toko!« rief er. »War es meine Winchester?«

»Du hast mich getroffen«, flüsterte Toko. Er ließ den Lauf fahren und glitt langsam in die See, wobei eine breite Blutspur auf dem Eis zurückblieb.

Mit einem Sprung warf sich John über den Verwundeten, faßte mit den Zähnen dessen Pelzüberkleid und zog ihn vom Rand des eisigen Abgrundes zurück. Nachdem er sich vergewissert hatte, daß der Freund nicht mehr ins

Wasser zurückgleiten konnte, drehte er ihn auf den Rükken.

Todesblässe überzog das gebräunte Gesicht. Mühsam öffnete Toko die Augen. »Ich verblute«, flüsterte er mit trockenem Mund.

In einem großen Blutfleck auf dem Pelzüberwurf sah John ein dunkles Loch, so klein, daß man nicht einmal den Finger hineinstecken konnte, aus dem in unregelmäßigen Stößen das Blut pulste.

»Schließ es mit Schnee ... mit angefeuchtetem Schnee«, ächzte Toko.

Sofort machte sich John daran, die spärlichen Reste des Schnees mit seinen lederbezogenen Handstümpfen zusammenzuscharren. Dann schnitt er vorsichtig Pelzüberwurf und Pelzjacke über Tokos Brust auf. Der Schnee, den er auf die Wunde legte, saugte sich schnell mit Blut voll und taute. John streifte seinen Pelzüberwurf ab und riß ihn in breite Streifen, mit denen er Tokos Brust fest zu verbinden versuchte.

Die Augen geschlossen, stöhnte der Verwundete leise. Als John mit dem Verbinden fertig war, neigte er sich über ihn und fragte, wie er sich fühle.

»Mir ist kalt, und ich habe Durst«, flüsterte er.

Um den Durst zu stillen, schob John ihm eine Handvoll Schnee in den Mund.

»Wie schleppe ich dich bloß nach Hause?« stöhnte er.

»Laß mich hier liegen, und geh den Schlitten holen«, sagte Toko.

»Nein, ich lasse dich nicht allein.«

»Du hast keine Schuld, Son«, sagte Toko. »Das hätte jedem passieren können. Du bist nicht schuldig.«

Als wäre das Walroß an allem Unglück schuld, sah John es haßerfüllt an. Da kam ihm eine Erleuchtung.

»Ich schleppe dich auf der Walroßhaut nach Hause, Toko!« rief er.

Er zog sein Messer, steckte es in den Halter und machte sich daran, das Tier abzuhäuten. Damit es der Verletzte weicher hätte, ließ er den Speck an der Haut.

»Schneid keine Löcher in die Haut«, warnte Toko.

John, der noch nie ein Tier abgezogen hatte, war schon bald über und über mit Blut beschmiert. Als er endlich die Haut vom Fleisch getrennt hatte, rollte er das abgezogene Tier zur Seite und zog Toko behutsam auf die ausgebreitete Haut, die er einrollte. Das Ganze befestigte er mit einigen Stichen aus der ledernen Halteleine des Fischhakens. Dann schnallte er die Schneereifen an, um den Sohlen seiner Pelzstiefel auf dem nackten Eis besseren Halt zu geben, legte sich den Ziehgurt um die Schulter und setzte sich in Richtung auf die Küste in Marsch. Obwohl er keine Zeit verlieren wollte, umging er doch sorgsam Unebenheiten und Schollenhügel und bemühte sich, nur über ebenes Eis zu gehen. Ein Unbeteiligter hätte den Eindruck gehabt, ein Jäger schleppe ein erlegtes Walroß hinter sich her. Von Zeit zu Zeit hielt John an und fragte Toko, wie er sich fühle.

»Es geht«, lächelte der Verunglückte mühsam. »Gib mir noch etwas Schnee in den Mund, oder, noch besser, schlag mir ein Stück Eis ab. Ich friere und habe Durst.«

»Halte noch ein wenig aus«, tröstete John und zerkleinerte mit dem Messer ein Stück Eis. »Bald sind wir an der Küste.«

In der tiefstehenden Sonne warfen Eishügel, Uferfelsen und Menschen lange bläuliche Schatten.

Manchmal war es John, als müßte sein Herz zerspringen, so schnell schlug es bis in den Hals und nahm ihm den Atem. Doch er durfte nicht verschnaufen. Unfähig zu einem vernünftigen Gedanken, klang es ihm unentwegt in den Ohren: Ich habe einen Wal getötet! Einen Bruder Wal . . . einen Bruder Wal!

Langsam näherten sie sich dem Ufer. Schon erkannte John die Kiefer des Wals.

Ich habe einen Wal getötet . . . einen Bruder Wal!

Plötzlich schien es John, als sei Toko schon tot. Hastig streifte er die Zugleine ab und beugte sich über ihn. Sein Atem ging kurz und stoßweise; salziger Schweiß und Tränen trübten seinen Blick. Als er mit den Lippen die des Verletzten berührte, spürte er, daß sie warm waren und sogar zuckten.

Mit neuer Kraft legte sich John in den Gurt. Er spürte nicht, daß die Riemen des Geschirrs die Pelzjacke durchscheuerten. Die Jarangas kamen in Sicht. Aus der Ferne glichen sie weniger menschlichen Behausungen als aufgetürmten riesigen Feldsteinen, und doch konnte John jede einzelne unterscheiden. Im Geist sah er sogar ihre Bewohner vor sich: Pylmau, Orwos grobes, wie in dunklen Stein gehauenes Gesicht, Armols runde Äuglein . . . Er stellte sich vor, wie die vor Tokos Jaranga versammelten Jäger sich das Fernglas zureichten.

Aus seinem Gewehr war der Schuß gekommen, und seine Kugel steckte in Tokos Brust. Wer weiß, wie die Einwohner von Enmyn Rache an dem Fremden nehmen würden, wenn Toko starb. Wahrscheinlich würden sie sein Leben für das des Jägers fordern. »Leben für Leben!« Diese Regel galt nicht nur bei den Wilden. In der zivilisierten Gesellschaft hatte man sie lediglich in die Form des Gesetzes gekleidet. Bei einer gerichtlichen Untersuchung konnte man allerlei mildernde, mitunter sogar zum Freispruch führende Umstände heranziehen, wie aber sollte er, John, wissen, wie man sie in der Gerichtsbarkeit der

Tschuktschen anwandte, wenn es sie überhaupt gab. Starb Toko, so konnte niemand seine Angaben bestätigen.

Wieder machte John halt.

Toko atmete schwer, er öffnete jedoch die Augen und bat wieder um Eis.

»Nur noch ein kurzes Stück«, sagte John, während er dem Verletzten behutsam Eisstücke in den Mund schob. »Nur noch ein ganz kleines Stück. Du wirst doch sagen, daß es ein Unglücksfall war? Ja? Wirst du?«

Erschöpft schloß Toko die Augen.

»Warum antwortest du nicht?« rief John und schüttelte ihn, ohne daran zu denken, daß er ihm Schmerzen bereitete.

Toko stöhnte und öffnete die Augen.

»Es war ein Unglücksfall, nicht wahr?« bedrängte ihn John. In Tokos gen Himmel gerichteten Augen war noch Leben, doch erblickten sie schon eine andere Welt, die ihm genauso wundersam vertraut war wie die, in der er Familie und Freunde zurückließ. Alles war genau wie bei ihnen: die Gesichter der Menschen, ihre Sprache und die reichlich vorhandene Nahrung. Das Wichtigste war: In den Gesichtern der Menschen jener Welt gab es keine Trauer; sie kannten weder Hunger noch anstrengende Arbeit, keine Leiden, Kälte und Schmerz. Nur an Wasser mangelte es: Wasser war die einzige Kostbarkeit. Da in jener Welt jedoch an Durst gewöhnte Seetierjäger lebten, litten sie nicht zu sehr darunter und begnügten sich mit dem, was auf ihr Teil kam.

In dem Gefühl, daß sich hinter ihm Endgültiges und Entsetzliches vollzog, lief John, ohne auf den Weg zu achten, den Jarangas zu, überstieg, auf die Hände gestützt, Eisbarrieren und trabte an ebenen Stellen einfach drauflos. Er schluchzte haltlos, stöhnte, und Tränen und Schweiß liefen ihm in den Mund. Immer noch hämmerte es in seinem Kopf: Ich habe einen Wal getötet! Einen Bruder Wal!

Ganz nah schon schien die Menge an der Jaranga, die ihm mit aufgerissenen Mündern entgegenschrie: Wenn du heute deinen Bruder getötet hast, dann nur, weil er anders war als du!

12

Als fern zwischen den Schollen des Packeises ein Jäger mit Beute sichtbar wurde, wunderten sich alle, daß nur ein einzelner Mann kam. Wo mochte der andere geblieben sein?

Orwo führte das Glas an die Augen und beobachtete den Gang des Näherkommenden.

»Es ist Son«, sagte er nach einer Weile überzeugt und reichte dem neben ihm stehenden Armol das Glas.

»Es sieht aus, als schleppe er ein Walroß hinter sich her«, meinte Armol, der das Glas an Tnarat weiterreichte.

»Aber warum ist er allein?« wunderte sich Orwo.

»Wenn man ihn so von weitem kommen sieht, würde man ihn nicht für einen Weißen halten«, stellte Armol fest, wobei man nicht wußte, ob er es beifällig oder ironisch meinte.

»Weiß oder nicht, ein Mensch paßt sich allem an«, erwiderte Orwo und führte mit einer lässigen Bewegung, die er den Kapitänen der Walfangschoner abgeguckt hatte, die Okulare des altmodischen schweren Doppelglases noch einmal an die Augen.

Das Warten auf die Rückkehr des Jägers zieht sich häufig über Stunden hin. Am sehnsüchtigsten erwartet ihn die Frau, eigentlich schon von dem Augenblick an, in dem er die Außentür der Jaranga hinter sich schließt. Im Laufe des Tages vergißt sie über ihren häuslichen Verrichtungen für Augenblicke den Jäger, der sich auf das gefährliche Meereis begeben hat. Mit der im Winter früh hereinbrechenden Dämmerung aber steigert sich ihre Unruhe bis zu dem Moment, wo sich die Gestalt des Heimkehrenden zwischen den Eisschollen abzeichnet. In strengsten Wintern, bei klirrendem Frost und Schneestürmen, immer wartet die Frau im Eingang der Jaranga auf den Mann. Wenn die Jäger im Sommer mit den Baidaren in See stechen, gehen alle Frauen ans Ufer. Dort verharren sie unbeweglich wie Statuen, den Blick in die Ferne gerichtet.

Pylmau, die glaubte, Son kehre mit Jagdbeute heim, ging in den Tschottagin zurück, füllte die Schöpfkelle mit Wasser, um den Kopf des erlegten Tieres zu netzen und dem Jäger den Begrüßungstrunk zu reichen.

Jetzt konnte man John und seine Beute schon mit bloßem Auge erkennen. Etwas Ungewohntes im Gang des weißen Mannes aber vermochte sich Orwo trotz aufmerksamen Hinschauens nicht zu erklären.

»Seltsam geht er«, sagte der Alte.

»Vielleicht ist er krank, und Toko hat ihn heimgeschickt?« mutmaßte Armol.

»Kranke laufen nicht so schnell«, erwiderte Orwo. »Er läuft mir sogar zu schnell«, fügte er hinzu, nachdem er den Näherkommenden noch einmal scharf ins Auge gefaßt hatte.

»Anscheinend macht ihn die Freude närrisch, ein Walroß erlegt zu haben«, meinte Armol. »Vor Freude über meinen ersten erlegten Seehund habe ich den ganzen Heimweg getanzt.«

»Son ist nicht so einfältig wie du«, meldete sich der schweigsame Tnarat, dessen Bemerkungen den anderen gewöhnlich die Lust an weiterer Unterhaltung nahmen, so daß verlegenes Schweigen entstand.

Diesmal schwieg man lange.

John, der das Meereis verlassen und den Uferschnee erreicht hatte, lief, barhaupt und ohne Kamleika, weiter auf die Jarangas zu. Jetzt suchten die Wartenden seinen Gesichtsausdruck und seine in Unordnung geratene Kleidung auszuspähen und dann erst das seltsame Walroß, das er hinter sich herschleifte... Dort, wo sich normalerweise der schnurrbärtige Kopf des Tieres befand, lugte etwas wie der Kopf eines Menschen hervor.

Zuerst fiel es Pylmau auf, das seltsame Tier trug ja Tokos Pelzmütze. Das alles war so ungewöhnlich und verschlug ihnen die Sprache.

Ungeheuerliche Gedanken gingen Orwo durch den Kopf, darunter der eine entsetzliche und widersinnige: John hatte einen Teryken erlegt, einen der Werwölfe, die Tier- und Menschengestalt in sich vereinigen.

Erst in unmittelbarer Nähe erkannten sie, daß das Wesen in der Walroßhaut Toko war.

John schleifte ihn bis vor Pylmaus Füße, kniete vor ihr nieder und stammelte in einem Durcheinander von englischen und tschuktschischen Worten: »Ich kann nichts dafür... Gott ist mein Zeuge, daß ich ihn retten wollte... Der Schuß hat sich versehentlich gelöst...«

Erstarrt hörte Pylmau die ihr unverständliche Rede; sie ließ die Schöpfkelle sinken, aus der das klare Wasser auf das Antlitz ihres toten Mannes rann.

»Er wird es dir selber sagen, daß ich unschuldig bin!« rief John, immer noch zu Pylmaus Füßen. »Er hat es mir versprochen!«

Mit einem scharfen Messer durchschnitt Orwo die Halteriemen. Als er die Walroßhaut zurückschlug, kam Toko zum Vorschein: blut- und tranverschmiert, die Brust fest mit Johns zerrissener Kamleika umwickelt, tot.

»Er wird nie mehr etwas sagen, bringt ihn in die Jaranga!« sagte Orwo mit veränderter Stimme.

John wurde beiseite gedrängt, als sei er kein Mensch mehr. Er hockte im Schnee bei den neugierigen Hunden und sah zu, wie sie Toko vorsichtig aus der Walroßhaut lösten, wie Orwo ruhig seine Anweisungen gab, wie Pylmau mit versteinertem Gesicht die Tür offenhielt, bis die Leiche ihres Mannes in der dunklen Öffnung des Tschottagin verschwand. Über allem lag das Blau und die Stille der unendlichen Weite; am hohen Himmel zogen Vogelschwärme zu fernen Inseln.

Als sich John erhob und mühsam die Beine setzte, drohten sie unter ihm wegzugleiten. Er fühlte sich so müde, daß er sich am liebsten im Schnee ausgestreckt hätte. Mit letzter Kraft sank er auf einen Stein. Obwohl es nicht besonders kalt war, zitterte er und fror bis ins Herz. Jedesmal, wenn jemand die Jaranga verließ, zog er den Kopf ein. Jetzt waren seine Stunden bestimmt gezählt. Während ihn die Angst schüttelte und das Herz erstarren ließ, hatte er nur den einen Wunsch, so bald wie möglich vom qualvollen Warten erlöst zu sein.

Gedämpft drangen die Stimmen durch die dünnen Wände der Jaranga. Niemand weinte oder schrie; es war, als sei nichts Außergewöhnliches vorgefallen. Vorbeigehende vermieden es, John anzusehen: Er war für sie nicht mehr vorhanden. Wie grausam doch das Leben mit ihm verfuhr. Zuerst das Unglück mit seinen Händen, dann Hugh Grovers Verrat und jetzt... Warum gerade mit ihm? Tausende, ja Millionen glücklicher Menschen lebten auf der Erde. Wäre es nicht gerecht, das Leid gleichmäßig zu verteilen? Dann gäbe es weder Unglückliche noch Elende, und etwas Kummer würde niemand schaden. Vor Müdigkeit und Selbstbemitleidung kamen ihm die Tränen, die er schluchzend aus dem Gesicht wischte, während ihn die Hunde erstaunt ansahen und gähnten.

Die Sonne sank. Die Kälte von dem ungetauten Schnee und den im langen Winter durchfrorenen Steinen wehte ihn an. Immer stärker zitterte er.

Ein junger Mann mit einer Schüssel aus Seehundfell verließ die Jaranga, ging zur Fleischgrube, schob den Deckel – das Schulterblatt eines Wales – beiseite und zog mit dem Haken ein Seehundfell mit eingerolltem Fleisch und Speck hervor. Als der Tschuktsche mit kräftigen Axthieben das Fleisch zerteilte, krampfte sich Johns ausgehungerter Magen zusammen. Außerstande, sich zu beherrschen, humpelte er auf den jungen Mann zu und bat ihn um einen Bissen. Wortlos hielt ihm der Junge ein Stück Seehundspeck hin, in das John gierig die Zähne schlug. Als er das ranzige Fett verschlungen hatte, sah er den jungen Mann noch einmal an, erwartungsvoll wie ein Hund, der auf eine zusätzliche Futterration hofft.

»Son!« hörte er Orwo rufen.

Jetzt werden sie mich richten, dachte John, während er zur Jaranga trottete. An der Schwelle, wo er zögernd stehenblieb, faßte ihn Orwo an der Schulter und hieß ihn eintreten. Seine Augen mußten sich erst an das Halbdunkel gewöhnen. Er vernahm gedämpfte Stimmen und das Knistern des Holzes in der Feuerstelle; es roch nach gekochtem Seehundfleisch.

Fast alle Einwohner von Enmyn hatten sich versammelt, teils saßen sie auf den Wirbeln eines Wales, teils auf der Bohle, die sonst als Kopfunterlage diente, oder auf ausgebreiteten Rentierfellen. In der Schlafkammer, hinter der angehobenen Trennwand, lag Toko, schon in Totenkleidung – mit weißem Kittel und weißen Stiefeln aus Rentierfell. Am Gürtel des Toten hing das Jagdmesser.

»Wir werden jetzt den Verstorbenen befragen«, wandte sich Orwo an John. »Da die Weißen unseren Brauch nicht kennen, will ich dir etwas darüber erzählen... Höre. Wir glauben, daß es eine Welt gibt, in die kein Lebender kommt. Um diese Welt zu erreichen, muß man aufgehört haben zu leben. Sie ist so fern, daß derjenige, der dorthin geht, nie mehr zurückkehrt. Kein gewöhnlicher Mensch, nur ein großer Schamane ist imstande, den Weg hin und zurück zu machen. Wir aber haben keinen. Noch weilt Toko unter uns, auch wenn er nicht mehr spricht und atmet. Er hört uns und ist bereit, uns seinen Willen kundzutun. Da, sieh.«

Orwo deutete auf einen glattpolierten Stock, der wie ein Spatenstiel aussah.

»Ich lege das Ende dieses Stockes unter Tokos Kopf und frage ihn. Will er ›ja‹ sagen, so hebt sich der Kopf, bei ›nein‹ aber wird sein Kopf so schwer, daß er sich nicht anheben läßt«, erklärte Orwo.

Beide nahmen zu Häupten des Verstorbenen Platz. Er schien zu schlafen, so hell und klar war sein Gesicht, und die kaum geschlossenen Augen schienen sich jeden Augenblick zu öffnen. Bei dem Gedanken, daß Toko aber nie mehr die Augen öffnen und ihn, John, anblicken würde wie einst, daß er nie mehr in seiner Art leise »Son« rufen würde, rollten Tränen über sein Gesicht, und das Herz wurde ihm schwer.

Ernst und bedeutungsvoll war Orwos Blick, als er das

Ende des Stockes unter den Kopf des Verstorbenen schob und die Mitte in der Art eines Hebels auf das Knie legte.

»Trauerst du um die Hinterbliebenen?« fragte Orwo leise. Nach einigem Warten berührte er den Stock, und Tokos Kopf hob sich leicht.

»Möchtest du jemand mit dir nehmen? Verwandte oder Freunde?« fragte der Alte weiter. Doch obwohl Orwo alle Muskeln anspannte, rührte sich der Kopf nicht.

Toko bejahte aber die Frage, ob er die Winchesterbüchse mitnehmen wolle und auch seine vollständige Jagdausrüstung.

»Er ist noch so jung, daß er auch dort nicht müßig sein möchte«, sagte Orwo laut.

»Zürnst du einem weißen Manne, den man Son nennt?« fragte Orwo so laut, daß es alle Anwesenden hörten.

John stockte der Atem. Das Seltsame war, er glaubte an das, was Orwo tat, und bezweifelte nicht, daß Toko die Fragen tatsächlich beantwortete, denn Orwo war über jeden Verdacht der Scharlatanerie erhaben.

Gespannt blickte John dem Toten ins Gesicht. Was würde er antworten? Und würde Orwo die Antwort nicht auf seine Weise auslegen?

Der Stock zuckte, doch Tokos Kopf rührte sich nicht. Einen Augenblick lang schien es John, als öffne der Tote die Augen und nickte ihm aufmunternd zu.

John atmete auf.

»Ich bin unschuldig«, wandte er sich an Orwo. »Toko fiel ins Wasser. Ich griff nach der Winchesterbüchse und hielt ihm den Lauf hin, um ihn herauszuziehen.« John deutete auf die Haltevorrichtungen an seinem Handstumpf. »Sie haben sich im Abzugshahn verhakt...«

»Das weiß ich alles schon«, erwiderte der Alte ungeduldig. »Du darfst die Kammer verlassen. Du bist frei.«

Als John den Tschottagin betrat, sah er Pylmau an der Feuerstelle hantieren. Tränen rannen über ihr starres Gesicht wie Bächlein von den Hängen der Gebirge. Bei ihr stand, verstört durch das ihm unverständliche Geschehen, der kleine Jako. Wenn er von Zeit zu Zeit aufschluchzte, strich ihm die Mutter tröstend und beruhigend über das Haar.

»Laßt den Fellvorhang herunter«, befahl Orwo.

Die von Pylmau sorgsam zusammengenähten Rentierfelle verbargen jetzt den Toten und Orwo vor den Blikken der Anwesenden. Lange blieb der alte Mann mit dem Verstorbenen allein. Als er die Schlafkammer verließ, drückte sein Gesicht Ruhe und eine, wie John fand, dem traurigen Geschehen nicht angepaßte Freude aus.

»Toko hat würdig gelebt und geht mit Würde von uns«, sagte der Alte feierlich. Seine Worte gingen im Schluchzen der anwesenden Frauen unter, die nur auf diese Worte gewartet zu haben schienen. Weinend wandte sich Pylmau mit ein paar Worten an John, doch er war nicht imstande, ihr zuzuhören, und verließ die Jaranga.

Wenn ihn auch Orwos Trostworte erleichtert hatten, das Schuldgefühl blieb.

Die Sonne hatte sich bereits auf eine neue Reise über das Firmament gemacht, als Orwo John noch immer grübelnd fand.

»Geh und schlaf«, sagte er sanft. »Morgen früh, wenn die Sonne über dem Kap steht, werden wir Toko begraben.«

Durch den überfüllten Tschottagin kroch John in seine Kammer und warf sich angekleidet auf sein Lager. Er fürchtete, nicht einschlafen zu können. Doch kaum hatte er die Augen geschlossen, als er in tiefe, traumlose Bewußtlosigkeit fiel.

Orwo weckte ihn zur festgesetzten Zeit.

Ein Hundeschlitten, ausgerüstet für eine lange Reise, stand vor der Tür. Auf dem Schlitten lagen Tokos blanke Winchesterbüchse, das Akyn, die Riemenstücke zum Schleppen erlegter Seehunde, eine Tabakpfeife, ein leichter Stock und ein Fischhaken. Nur Schneereifen fehlten.

Orwo, Armol, Tnarat und Gatle trugen den Toten hinaus und betteten ihn behutsam auf den Schlitten. Dann winkte Orwo John heran, legte ihm das Geschirr an und hieß ihn, sich neben ihn zu stellen. Nachdem sich auch die anderen Männer eingespannt hatten, setzte sich der Trauerzug über die mit Schneewasserpfützen bedeckte Lagune in Bewegung.

In der Sonnenglut blendete der Schnee. Rauschend glitten die Kufen über die firnige Schneedecke. Niemand sprach, und der laute Atem der Männer, die den Toten zogen, verlor sich in der tiefen, spannungsgeladenen Stille.

John bemühte sich, mit Orwo Schritt zu halten. Für ihn war die Reise wie eine Wiederholung der gestrigen Fahrt, als er, den eigenen Tod vor Augen, den sterbenden Toko hinter sich herzog. Bei dem Gedanken daran wurde er das seltsam beängstigende Gefühl nicht los, daß ihm das Erlebte den Verstand geraubt haben könnte. Der John von gestern war ein anderer gewesen und dem heutigen so unähnlich, daß er ihn wie einen Fremden beurteilte. Für sein gestriges »Ich« konnte er nur Mitleid und Verachtung empfinden: Schwäche und Feigheit und tierische Todesangst waren in dem anderen zurückgeblieben. Selbst die gestrige Müdigkeit war verflogen. Er atmete leicht, und der Kopf war klar. Nur im Herzen war Trauer über den

Verlust eines nahestehenden Menschen, doch unbelastet und hell wie der junge Tag.

Auf dem Friedhof, am gegenüberliegenden Ufer der Lagune, zeigten regelmäßige Steinreihen auf einem flachen Hügel die letzten Ruhestätten der Enmyner an. Von vielen waren nur noch gebleichte Schädel und Knochen zu sehen. Neben ihnen lagen Spieße, Harpunenspitzen und zwischen den halbvermoderten tschuktschischen Gebrauchsgegenständen Scherben von Porzellangeschirr amerikanischer Herkunft, das sich hier seltsam ausnahm. Da kein Schnee mehr auf dem Friedhof lag, bewegte sich der Schlitten nur mühsam über den steinigen Grund. Nach nur ihm bekannten Merkmalen wählte Orwo einen Platz aus und machte halt. Die Männer errichteten aus schnell herbeigeschafften Steinen eine symbolische Einfriedung, in die sie den Toten, mit dem Haupt nach Osten, betteten.

Dann vollzog sich für John etwas Unverständliches: Mit einer Axt zerschlug Tnarat den Schlitten, Orwo schlitzte mit einem scharfen Messer die Kleidung des Toten auf, so daß er nackt dalag, und legte die Fetzen auf einen Haufen, den er mit großen Steinen beschwerte. Auch die Trümmer des Schlittens wurden Stück für Stück auf einen Haufen geschichtet. Außerhalb der Einfriedung legte Orwo die Winchesterbüchse mit vorsorglich verbogenem Lauf nieder, den Speer mit abgebrochener Spitze und auch die Stöcke und den Fischhaken, die er zerbrach.

»So will es der Brauch«, erklärte er John, der verständnislos zusah. »Den Schlitten haben wir zerschlagen, damit der Tote nicht etwa wiederkehrt. Büchse und Stöcke zerbrechen wir, damit böse Menschen sie nicht stehlen. Das tun wir erst, seitdem die Weißen an unserer Küste gelandet sind und unseren Toten sogar die Gerippe der Baidaren, Spieße, Pfeile und Bogen geraubt haben. Du siehst, hier findest du weder Pfeil noch Bogen mehr, alles haben sie mitgenommen.«

Nach der Zeremonie stellten sich die Männer neben Orwo, der unter Beschwörungsformeln seine Kleider über dem Toten ausschüttelte. »Trage, Toko, all mein künftiges Unglück, alles Leid und alle Krankheiten mit dir fort.«

Die anderen folgten seinem Beispiel.

»Geh und tu das gleiche«, forderte Orwo John auf, der nicht umhinkonnte zu gehorchen.

Zurück nahmen sie einen anderen Weg. Orwo trug ein kleines Stück Holz von dem Schlitten des Verstorbenen bei sich.

Während Orwo Tnarat, Armol und die übrigen Männer ein Stück vorausgehen ließ, bedeutete er John, an seiner Seite zu bleiben.

»Ich habe dir etwas zu sagen, John«, begann er und blickte dem weißen Mann fest in die Augen. »Als ich mit Toko allein in der Schlafkammer war, bat er mich, dir etwas Wichtiges mitzuteilen ... Höre zu. Bei uns herrscht der Brauch, daß Brüder und nächste Freunde für eine Frau sorgen, die den Ernährer ihrer Kinder verloren hat. Gewöhnlich nimmt ein Schwager sie zur Frau. Toko war Waise und hatte keine Verwandten. Sein bester Freund warst du. Ich will dich nicht zwingen, sondern teile dir nur mit, was der Tote möchte: daß du für Pylmau und den kleinen Jako sorgst. Ich habe nun das Meinige gesagt, denk du darüber nach.«

Der Alte schritt schneller aus und holte die anderen ein.

Frohen Gemüts ging John hinterher. Sollte er für immer hierbleiben und die Vergangenheit vergessen? Was sprach dagegen? Hatten ihm die Menschen hier nicht viel Gutes getan und eine Großmut gezeigt, die er von der Welt, aus der er kam, kaum erwarten konnte? Der John von gestern hätte diesen Entschluß nicht fassen können, aber er . . .

John holte Orwo ein, faßte ihn an der Schulter und sagte: »Ich habe alles verstanden und willige ein.«

13

Bis auf einen schmalen Streifen gegenüber der Siedlung war das Ufereis gebrochen. Orkanartige Frühjahrsstürme hatten die losen Eismassen weit hinter den Horizont zurückgetrieben. Eines Morgens ging Orwo auf das hohe Kap, um die Oberfläche der See nach ersten Walroßherden mit dem Fernglas abzusuchen. Zwei Baidaren standen ausgerüstet, mit eingezogenen Riemen, Segeln und scharfgeschliffenen Harpunen zur Jagd bereit.

Armol war der Älteste des einen Bootes, Orwo der des anderen. Als der Alte John befahl, sich als Schütze an den Bug seiner Baidare zu stellen, weigerte er sich, weil er nach dem Vorgefallenen keine Waffe mehr in die Hand nehmen wollte.

»Du bist unvernünftig«, meinte Orwo ruhig. »Womit willst du Pylmau und den kleinen Jako ernähren? Oder denkst du, auf Kosten anderer zu leben? Das ginge natürlich, aber für einen Mann ist es eine Schande.«

John seufzte. Er sah tatsächlich keinen Ausweg. Die erste Zeit nach Tokos Tod hatte sich seine Jaranga von den Vorräten ernährt. Pylmau und John, die beide ihre Erschütterung noch nicht verwunden hatten, sprachen kaum miteinander.

John verbrachte die meiste Zeit auf dem Bett in seiner Kammer. Wenn er das Liegen satt hatte, ging er in die Frühlingstundra, wo er ziellos über die federnde Erde wanderte und auf den Hügeln Schwärme von Schlammläufern und sich mausernden Rebhühnern aufscheuchte. Von Bord des Schiffes aus war ihm die Tundra wie eine Wüste erschienen. Jetzt aber entdeckte er in ihr vielfältiges Leben. Manches kleine Tal war sogar malerisch und rührte den ruhelosen, bedrückten Wanderer. Dann ertappte er sich plötzlich bei völlig neuen Gedanken. Sollte er die Jaranga nicht umbauen, sie geräumiger und bequemer einrichten, damit sie für Pylmau und ihn, der sich manche Gewohnheit aus seinem früheren Dasein bewahrt hatte, wohnlicher wurde? Auch Erinnerungen an Vergangenes kehrten zurück. Mit der Zeit aber lernte John, ihnen mit Festigkeit zu begegnen und aufkommendes Heimweh zu bekämpfen. Jetzt hatte er sein Leben an dieser Küste einzurichten, mit den Menschen, die er vor kurzem noch geringgeschätzt, gehaßt oder gefürchtet hatte.

Eines Tages erklärte Orwo, die ersten Walrosse hätten sich auf dem Eis gezeigt und es sei Zeit, auf Jagd zu gehen.

In aller Frühe klopfte Orwo an Johns Kammertür. John erhob sich, zog sich an und ging in den Tschottagin, wo schon ein helles Feuer brannte, über dem ein Kessel hing. Daneben zischte ein Teekessel. Pylmau, die sich an einer Holzschüssel zu schaffen machte, schnitt mit ihrem Pekul kalten Imbiß in gleichmäßige Scheiben. Für John stand ein Becken mit Waschwasser bereit. Orwo beobachtete von der hölzernen Kopfunterlage aus schweigend die Szene.

Nachdem sich John gewaschen und mit einem sauberen Stoffetzen abgetrocknet hatte, warf er einen Blick auf

Pylmau, die heute anders aussah als sonst. An ihrem Gesichtsausdruck oder an ihrer sorgfältigen Frisur lag es nicht, woran dann? Als ihm plötzlich die Erleuchtung kam, mußte er innerlich lächeln: Pylmau hatte sich gewaschen!

»Jagen werden wir bei Irwytgyr, wo die Walrosse in Scharen hinkommen«, meinte Orwo ruhig. »Wir lassen uns an der Küste in einem Zelt nieder. In Irwytgyr lebt das fröhliche Volk der Aiwanalinen, das wunderbar singen kann. Wenn wir Glück haben, singen und tanzen sie uns etwas vor.«

Pylmau hatte für John neue wasserdichte Kemygety mit Sohlen aus derselben Walroßhaut gefertigt, in der er ihren toten Mann nach Hause geschleift hatte. Ein geräumiger Lederbeutel enthielt alles Notwendige: Reservehandschuhe aus Seehundfell, Fellsocken und einen im Winter eingetrockneten knisternden Umhang aus Seehunddärmen. Vieles davon hatte Toko gehört.

Als John die Winchesterbüchse von der Wand nahm und prüfend durch den Lauf blickte, wandte Pylmau den Blick von dem glänzenden Metall und stopfte eifrig trokkenes Gras als Einlage für die Fellstiefel in den Beutel.

»Es wird Zeit«, sagte Orwo und stieß John an.

John warf den Beutel über die Schulter, schob die Winchesterbüchse in das Futteral und blieb dann unschlüssig am Eingang der Jaranga stehen. Mußte er sich nicht für tagelange, vielleicht sogar einen Monat währende Abwesenheit von Pylmau verabschieden? Aber wie war der Brauch der Tschuktschen? Wenn Toko zur Jagd gegangen war, hatte er sich gar nicht nach seiner Frau umgesehen. Aber er hatte die Jaranga nur für wenige Stunden verlassen ... Er mußte ihr wenigstens ein paar Worte sagen, und Orwo wartete.

»Einen Augenblick«, sagte John und ging in seine Kammer, wo er unerklärlicherweise seine längst stehengebliebene Taschenuhr, den Notizblock und einen Bleistift einsteckte.

Als er zurückkam, saß Orwo immer noch im Tschottagin. John ging schnell auf Pylmau zu, faßte mit beiden Stümpfen ihre Rechte, drückte sie und sagte: »Warte auf mich.«

»Gehen wir«, sagte Orwo und verließ als erster die Jaranga.

An der Baidare waren die Jäger bereits versammelt. In seiner Kamleika und den Hosen aus Seehundfell, die in langschäftigen wasserdichten Pelzstiefeln steckten, unterschied sich John äußerlich überhaupt nicht mehr von ihnen.

Auf Orwos Kommando faßten die Jäger die Bordwand der Baidare und zogen sie vorsichtig über den Eisstreifen in die grünlich schimmernde See. Dann nahm jeder seinen Platz auf den Ruderbänken ein. Nur John zögerte, weil er nicht wußte, wohin er sich setzen sollte, bis ihm Orwo den Platz neben sich am Heckruder anwies.

Der Mann am Bug stieß die Baidare vom Eisufer ab, die langen Ruder in den ledernen Dollen hoben sich und tauchten ins Wasser. Am Ufer stand die Menge, die den Jägern das Geleit gegeben hatte: Frauen, Greise und Kinder. Doch es gab keine Abschiedsszenen, als ob sich die Jäger nur für eine halbe Stunde entfernten, um Holz auf der anderen Seite der Lagune zu sammeln. In der Menge unterschied John auch Pylmau und neben ihr, an ihren Rockschoß geklammert, den kleinen Jako.

Im offenen Wasser wurden die Segel gesetzt. Rauschend durchschnitt der Bug der Baidare das Wasser, und die zügige Fahrt begann.

Zur Rechten erhob sich die mit ungetauten Schneeinseln bedeckte Felsenküste des Tschuktschenlandes. Bis dicht an das Ufer war die offene See schon vorgedrungen und hatte den unzerstörbar scheinenden Eisrand verschlungen.

Während die Jäger leise miteinander sprachen, erzählte Orwo John etwas über Walrosse.

»Das Walroß bedeutet für unser Volk das Leben«, sagte er. »Uns gibt es Nahrung und Tran für die Lampen, und die Hunde ernährt es den ganzen Winter über. Mit seiner Haut beziehen wir unsere Jarangas und die Baidaren. Auch diese dicken Riemen stammen von ihm. Aus seinen Därmen nähen wir Umhänge, und als uns das Eisen noch unbekannt war, machten wir Speer- und Pfeilspitzen aus seinen Zähnen. Mit dem getrockneten Magen bespannen wir das Tamburin. Gegen seine straff gespannte Haut gesprochen, verstärkt sich die menschliche Stimme so, daß man sie weithin hört.

Wir jagen sie, indem wir uns auf den Eisschollen schlafenden Tieren leise nähern. Am günstigsten ist es bei leichtem Wind, weil man dann dicht heransegeln kann. Das Walroß hat einen leisen Schlaf und hört schon von weitem das Plätschern der Ruder. Wir nähern uns ihm so, daß wir es mit Sicherheit erlegen. Anderenfalls läßt es sich ins Wasser fallen und macht sich davon. Zielen muß man dicht unter das Schulterblatt, damit die Kugel direkt ins Herz geht. Walroß- und Seehundschädel sind so hart, daß sie nicht jede Kugel durchschlägt. Das schwimmende Walroß gehen wir auf folgende Weise an. Der Mann am Bug oder sein Nebenmann hält Umschau. Sobald wir eine Herde oder einen Einzelgänger sichten, rudern wir mit vollen Segeln auf sie zu. Das Walroß ist ein schnelles Tier und oft schwer einzuholen. Stehend nehmen es die

Schützen aufs Korn. Das Ziel steht fest, denn nur der Kopf ist über dem Wasser. Da ein angeschossenes Walroß nicht schnell ist, kann die Baidare heranfahren, und der Jäger schleudert seine Harpune . . . So!«

»Da ich nicht harpunieren kann, werde ich schießen«, folgerte John.

»Du hast mich richtig verstanden«, lächelte Orwo.

Gegen Ende des ersten Tages machten sie auf einer sandigen Nehrung halt. Hier kochten sie einen unterwegs erlegten Seehund, aßen sich satt und legten sich einer neben dem anderen im engen Zelt zum Schlafen nieder.

John, der früher als die anderen erwachte, machte einen Rundgang um die Nehrung. Die Menge des angespülten Treibholzes am Strand überraschte ihn. Er fand Bretter und riesige Bohlen und Teile von Bordwänden mit kupfernen Nieten.

Später sagte er zu Orwo erfreut: »Hier liegt soviel Holz, man könnte ein großes Haus davon bauen.«

»Wenn die Walroßjagd vorbei ist, fahren wir dir soviel Holz heran, wie du brauchst«, erwiderte der Alte. »Bau dir ein Haus, wie es dir gefällt.«

»Ein großartiger Gedanke!« rief John.

Günstiger Wind trug die Baidare nach Osten. Immer wieder tauchten dunkle Seehundköpfe aus dem Wasser, aber niemand schoß: Man sparte die Patronen auf für die Hauptbeute, das Walroß. Orwo erbat sich ein Blatt Papier von John, auf dem er ziemlich genau den Verlauf der Küste zwischen Enmyn und der Beringstraße einzeichnete.

»Diese Kaps hier haben wir schon hinter uns.« Er deutete mit der Geste eines Geographielehrers auf die Zeichnung. »Gegen Abend werden wir in Intschowin sein, und von dort ist es bis Irwytgyr nicht mehr weit.«

»Ein Schiff!« rief der Buggast.

Hinter einer felsigen Landzunge tauchte langsam ein großes Schiff auf. Es hatte keine Segel; schwarzer Rauch quoll aus einem Schornstein. Orwo griff nach dem Fernglas und betrachtete es lange schweigend. Zwar drängte es John, auch einen Blick auf das Schiff zu werfen, doch wollte er seine Ungeduld nicht zeigen.

»Meiner Meinung nach ist das kein amerikanisches Schiff«, sagte Orwo zögernd, während er John das Fernglas reichte.

Es war ein Dampfschiff mit speziellem Schutzstreifen gegen das Eis an der Wasserlinie. Am Bug war mit dem Glas ein Name zu erkennen, den John jedoch seltsamerweise nicht entziffern konnte, bis er darauf kam, daß es kyrillische Buchstaben waren. Darunter stand in lateinischer Schrift der Name »Waigatsch«.

»Ein russisches Schiff«, sagte John und gab Orwo das Glas zurück.

Er empfand keinerlei Erregung und wunderte sich selbst darüber. Wie anders hätte er sicherlich empfunden, wenn sich das Schiff früher gezeigt hätte. Grenzenlos glücklich wäre er gewesen, hätte doch damals die Ankunft eines Schiffes für ihn die Rückkehr in die vertraute »zivilisierte« Welt bedeutet.

Schon konnte man auf der Kommandobrücke Männer mit Doppelgläsern und Fernrohren erkennen, die die Baidare nicht minder neugierig betrachteten wie die Tschuktschen den Dampfer. Die »Waigatsch« drehte bei. Mit lebhaften Gesten winkten die Russen die Baidare heran. Orwo legte das Ruder um, fing das Ende des Fallreeps, das von Bord der »Waigatsch« herabgelassen wurde, geschickt auf und kletterte daran empor an Bord.

»Folge mir«, sagte er zu John.

Mühsam stieg John das immer wieder entgleitende Fallreep hinauf.

»Jettyk!« begrüßte er die Anwesenden.

»Jetti«, antwortete ihm lächelnd ein Tschuktsche, der der Schiffsbesatzung anscheinend als Dolmetscher und Führer diente.

Aufmerksam musterte der Offizier den Ankömmling.

»Für einen Tschuktschen ist er mir zu hellhäutig«, sagte er zu einem Leutnant.

»Ganz meine Meinung«, bestätigte dieser. »Allerdings gibt es unter den Küstentschuktschen und Eskimos ziemlich häufig Semmelblonde. Zahlreiche Schiffe laufen die Nomadenlager der Tschuktschen an. Blonde sind daher keine Seltenheit. Am Sankt-Lorenz-Golf soll es eine Siedlung geben, in der nur Abkommen von Negern leben.«

»Der Leiter der Russischen Geographischen Expedition möchte etwas über die Eisverhältnisse bis Kap Billings erfahren«, wandte sich der Dolmetscher an Orwo.

»Ich kann sie ihm auf der Karte zeigen«, antwortete Orwo höflich.

In der Kajüte des Kapitäns hing eine große hydrographische Karte der Nordostküste des asiatischen Kontinents. Mit einem Zeigestock gab Orwo kurz und klar Aufschluß über die Eisfelder und lieferte sogar eine Prognose der zu erwartenden Eisverhältnisse. Als Anerkennung bewirtete ihn der Kapitän mit einem Becher Wodka.

»Wie kommt es, daß dein Kamerad so hellhäutig ist?« fragte der Dolmetscher.

»Er ist ein Weißer«, antwortete Orwo kurz, während er vorsichtig den randvoll gefüllten Becher mit dem närrisch machenden Wasser entgegennahm.

»Was du nicht sagst!« wunderte sich der Dolmetscher und übersetzte die Auskunft dem Kapitän.

In gutem Englisch fragte dieser John nach Name und Herkunft.

»John MacLennan, ich lebe mit meiner Familie in der Siedlung Enmyn. Geboren bin ich in Port Hope in der kanadischen Provinz Ontario«, teilte ihm der Gefragte höflich mit.

»Verzeihen Sie, daß wir Sie nicht würdig empfangen haben, wir werden das sofort nachholen«, sagte der Kapitän verlegen und erteilte auf russisch einen Befehl.

John verneigte sich leicht. »Ich danke Ihnen«, sagte er. »Wir haben keinen anderen Empfang erwartet. Als ich auf einem kanadischen Schiff Dienst tat, verhielten wir uns den Eingeborenen gegenüber auch nicht korrekter. Ein Becher Wodka für wertvolle Informationen genügt für einen Eingeborenen. Habe ich recht?«

John verneigte sich noch einmal und ging mit erhobenem Haupt an Deck zurück.

Da Orwo noch auf sich warten ließ, stieg er allein die Strickleiter in die Baidare hinab, wobei ihm die zurückgebliebenen Kameraden behilflich waren.

Mit Geschenken bepackt, erschien endlich auch Orwo wieder auf der Bildfläche. Aus der aufgesetzten Tasche seiner Kamleika ragte der Hals einer Flasche mit dem bösen, närrisch machenden Wasser. Um keines der Geschenke zu verlieren, ließ der Alte, bevor er das Fallreep herunterkletterte, einige in die Baidare fallen.

An der Reling stand inzwischen gedrängt die Mannschaft der »Waigatsch« und winkte und grüßte zum Abschied.

Durch ein Sprachrohr rief der Kapitän von der Kommandobrücke aus auf englisch in Richtung der Baidare:

»Ich wünsche Ihnen gute Fahrt, Mr. MacLennan, und erfolgreiche Jagd. Falls wir Enmyn anlaufen, werden wir Ihrer Familie Grüße ausrichten. Auf Wiedersehen auf dem Rückweg von der Wrangelinsel.«

John winkte grüßend mit dem Stumpf seiner Rechten zurück. Die Jäger legten vom Dampfer ab und setzten das Segel.

Außer einer Flasche Wodka hatte Orwo von den Russen drei Bündel Blättertabak aus Tscherkessk, fünf Tafeln Ziegeltee, ein schönes Messer aus Sheffieldstahl und ein ganzes Sortiment feingeschliffener Nähnadeln erhalten. Darüber hinaus förderte er aus der Tiefe seiner Pelzjacke eine Flasche alten schottischen Whisky zutage, die er John im Auftrag des Kapitäns überreichte.

Der bedankte sich, meinte aber: »Das alles gehört uns allen zusammen. Nicht wahr?«

»Du hast gesprochen wie ein Lygorawetljan!« stellte Orwo lächelnd fest und legte die Flasche zu den übrigen Geschenken.

Die Intschowiner empfingen ihre Gäste aus Enmyn herzlich. Ihre Einladung an die Jäger, in die Jarangas zu kommen, lehnte Orwo jedoch ab; sie würden in ihren Zelten übernachten.

»Eure Männer sind doch dort auf der Jagd, wo wir auch hinfahren. Wie leicht könnte etwas mit euren Frauen geschehen«, erklärte er pfiffig.

In Intschowin waren tatsächlich nur Frauen und alte Männer zurückgeblieben. Spätabends versammelten sich am Feuer Gäste und Gastgeber bei starkem Tee, schottischem Whisky, Wodka und nicht ausgehenden, reichlich mit russischem Tabak gestopften Pfeifen. An Alkohol nicht gewöhnt, begannen die schnell Berauschten bald teils zu singen, teils endlos wirre Reden zu führen.

John, dem sich ebenfalls der Kopf drehte, umarmte Orwo und fragte: »Sag mir ehrlich, als du mit dem verstorbenen Toko sprachst, hast du doch die Antworten selbst gegeben? Stimmt's?«

»Es ist sündhaft von dir, zu zweifeln«, erwiderte der alte Mann aufgebracht.

John, der viel eher erwartet hatte, daß Orwo freundschaftlich zugab, alles erdacht zu haben, und nun Dank dafür beanspruchte, daß alles so gut abgelaufen war, verlor die Lust an weiteren Fragen. Bei dem Ernst des Alten konnte er nur noch auf das Gelingen der Jagd trinken.

»Trotzdem möchte ich wissen, ob du an mir gezweifelt hast«, griff John nach einem kräftigen Schluck das Thema wieder auf. »Du dachtest doch, ich als Weißer würde eure Güte und Großmut nicht zu würdigen wissen und hätte Strafe verdient. Stimmt's? Sicherlich glaubst du heute noch, daß ich es als Strafe empfinde, Pylmau und Jako zu ernähren ... Ich will aber nicht, daß du so denkst.

Ich entschloß mich schon dazu, bevor du es mir nahegelegt hattest. Ich hatte mich dadurch von einer Seelenqual befreit und fühlte mich wieder als Mensch. Offen gesagt, fürchtete ich die Begegnung mit den Weißen auf dem Schiff. Doch, wie du siehst, habe ich die Prüfung bestanden, was mich sogar selbst wundert.«

»Die Menschen in den kalten Ländern müssen einander durch Güte erwärmen«, sagte der alte Mann. »Jeder sollte es so halten. Güte ist genauso nötig wie Beine, Nase oder Kopf. Bei allen Menschen auf der Erde aber ist es so, daß die Angehörigen des einen Stammes den Angehörigen des anderen Stammes mißtrauen. Für manches Volk sind die Menschen eines anderen Volkes nicht einmal Menschen. Denke nicht, daß es bei den Tschuktschen nicht vorkommt. Ob es nun gut oder schlecht ist, jedenfalls ist jeder Tschuktsche in tiefster Seele davon überzeugt, daß er richtig lebt, daß es eine bessere Sprache als die tschuktschische nicht gibt und daß niemand auf der Welt so schön ist wie er. Wir nennen uns Lygorawetljane – wirkliche Menschen – und unsere Sprache Legewetgaw – echte Sprache. Sogar unser Schuhwerk heißt Lygiplekyt – echtes Schuhwerk ... Einige Enmyner verachteten dich, bis du bewiesen hattest, daß du dir deinen Lebensunterhalt auch ohne Finger beschaffen kannst. Jetzt vertrauen sie dir. Aber deine Stammesgenossen sind noch weit davon entfernt, Lygorawetljane zu sein. Ich habe lange unter den Weißen gelebt und weiß, daß sie sich nicht einmal untereinander einig sind, und uns betrachten sie überhaupt nicht als Menschen. Das ist üblich bei euch. Allerdings ist es leicht für die Weißen, uns zu verachten, weil sie mächtig sind und Gewehre, große Schiffe und viele andere Dinge zu fertigen verstehen. Aber euer Unglück ist euer Hochmut, der euch verderben wird.«

»Weshalb erzählst du mir das alles, Orwo? Oder hast du vergessen, daß ich ein Weißer bin. Es ist zu einfach, alles auf die Hautfarbe zu schieben«, erwiderte John und ging vom Feuer fort.

14

Die Sonnennächte in der Beringstraße waren für die Jäger anstrengend. John hatte bereits aufgehört, die Tage zu zählen, die sie in der Baidare auf hoher See verbrachten. Längst hatte er sich daran gewöhnt, sein Nachtlager auf dem unsicheren Grund treibender Eisschollen zu errichten. Er weidete Walrosse aus, brach ihre Zähne heraus, aß die rohe Leber, trank die kräftige Walroßbrühe und kämpfte gegen den Schlaf an. Vom langen Absuchen der glänzenden Meeresoberfläche waren seine Augen entzündet, seine Haut gegerbt und wettergebräunt wie die der tschuktschischen Jagdgenossen. Nur das Haar war hell wie immer, so daß sich die graue Strähne, die sich im Winter eingestellt hatte, darin verlor.

Die Enmyner lagerten das Walroßfleisch auf einem zum Meer hin abfallenden Gletscher, Walroßhäute samt Speckschicht, erlegte Seehunde und lederne Blasen mit zerlassenem Fett vergruben sie im Schnee.

Hin und wieder richteten sie sich am Ufer zwischen den Zelten der aus allen Ecken der Tschuktschenhalbinsel kommenden Jäger ein.

Wer kein Zelt hatte, nächtigte unter den Baidaren. Ungewöhnlich nahm sich unter den mit Walroßhaut bespannten Booten das hölzerne Walboot eines wohlhabenden Eskimos aus.

An dunklen, regnerischen Tagen stieg der Rauch Dutzender von Scheiterhaufen zum Himmel. Die Jäger tauschten Neuigkeiten aus und bewirteten einander mit Tabak und Tee. Bald waren die russischen Vorräte zusammengeschmolzen. Orwo mischte jetzt Hobelspäne in den Tabak und sammelte sorgfältig den Schmok aus seiner Pfeife.

Die Hütten der Eskimosiedlung lagen an einem steilen, nach der Beringstraße hin abfallenden Berghang. Sie waren in den Fels gehauen, ihre Türen der See und der aufgehenden Sonne zugekehrt. Terrassenförmig, eine über der anderen, verliefen die Straßen der Siedlung; in den Fels gehauene Stufen dienten als Querverbindung. Auf einer ebenen Fläche mit großen tischförmigen flachen Steinen am Ende der Siedlung veranstalteten die Eskimos ihre Liederfeste. Mit heiserer Stimme sangen sie gegen den Wind an und schlugen ihre Schellentrommeln, daß der Festlärm, gemischt mit dem an eine Vogelbörse erinnernden Kreischen der Vögel, dem Brandungslärm und dem Brüllen der im Nebel vorbeiziehenden Walrosse, weithin zu hören war.

Um ihre Lebensweise kennenzulernen, besuchte John die Eskimos in ihren Hütten. Ihre Fanggeräte und Baidaren glichen weitgehend denen der Tschuktschen. Die Einrichtung der Eskimobehausungen und ihre äußere Form aber unterschieden sich von denen der Tschuktschen darin, daß die Schlafkammern weniger geräumig und gewöhnlich mit verschiedenen Dingen überseeischer Herkunft ausgestattet waren. In einer der Behausungen entdeckte John sogar einen großen, laut tickenden Wekker. Als er erfreut seine Uhr danach stellen wollte, erkannte er, daß der Wecker falsch ging und nur als exotischer Zierat dastand, ähnlich wie die Indianertotems in den Wohnungen der Torontoer Intelligenz.

Der Hausherr – er hieß Tatmirak – war ein Eskimo und sprach zu Johns Überraschung gut englisch. Er begrüßte John.

»Wie gefällt Ihnen unsere Siedlung?« erkundigte er sich höflich.

»Offen gesagt, ich möchte im Wintersturm nicht Ihre steilen Straßen betreten«, antwortete John.

»Daran gewöhnt man sich«, meinte Tatmirak herablassend. »Wenn unsere Kinder zum erstenmal in die Siedlungen des Flachlandes kommen, fällt ihnen das Gehen genauso schwer ... Wünschen Sie einen Kaffee?« fragte der Hausherr ohne Übergang. John glaubte, sich verhört zu haben.

»Da sage ich nicht nein, allerdings weiß ich kaum noch, wie er schmeckt.«

Tatmirak erteilte einen Befehl in der Eskimosprache und wandte sich entschuldigend wieder dem Gast zu.

»Sie haben sich viele Gewohnheiten der Weißen zu eigen gemacht«, bemerkte John.

»Ich habe am Unterricht der Missionarschule auf der Krusensterninsel teilgenommen«, antwortete der Gastgeber mit einem Anflug von Stolz. »Ich kann bis zwanzig zählen und englisch sprechen ... Nur lesen und schreiben habe ich leider nicht gelernt.«

»Und warum nicht?«

»Die Zeit reichte nicht. Pater Patrick hielt mich in seinem Haus. Ich mußte die Stuben aufräumen, Wasser schleppen, kochen und jeden Abend einen eisernen Kübel mit heißem Wasser füllen, in dem Pater Patrick wie ein Walroß plätscherte. Für Lesen und Schreiben blieb da nicht viel Zeit.«

Eine Frau brachte zwei Tassen aromatisch duftenden Kaffees.

Unbeherrscht griff John nach einer der Tassen und trank so hastig, daß er sich fast den Mund verbrühte.

»Um die Wahrheit zu sagen, ich wurde es leid, kehrte nach Hause zurück und heiratete«, fuhr Tatmirak in seinem Bericht fort. »Doch habe ich vieles auf der amerikanischen Halbinsel gelernt und vor allem begriffen, daß man Dollars verdienen muß. Ich besitze jetzt einige und auch ein Walboot mit Außenbordmotor ...«

»Das Walboot am Strand gehört also Ihnen«, unterbrach ihn John.

Tatmirak bejahte stolz und fuhr fort: »Wenn er Köpfchen hat, dann kann sowohl der Eskimo als auch der Tschuktsche genauso gut leben wie der weiße Mann. Man muß Freundschaft mit ihm halten. Wir sind mit Mr. Carpenter befreundet. Er gibt mir die Waren, die ich gegen Pelzwerk bei den Tschuktschen und Eskimos eintausche. Mit Hunden fahre ich ihre Lagerplätze ab. Von Mister Carpenter erhalte ich einen Anteil; er läßt mich sogar selbständig mit den Weißen Handel treiben. In einem halben Tag kann ich mit meinem Walboot Nome erreichen, wo man Polarfüchse zwanzigmal höher bezahlt als Mister Carpenter.«

»Wohnt Mister Carpenter in Nome?« erkundigte sich John.

»Nein, in Keniskun«, sagte Tatmirak. »Wenn Sie wollen, bring' ich Sie mit meinem Walboot hin.«

»Ist es weit?«

»Ganz nah. Zwei Stunden.«

Als John Orwo davon in Kenntnis setzte, er wolle Mr. Carpenter in Keniskun besuchen, beauftragte ihn der Alte, Patronen für die Winchesterbüchsen mitzubringen. »Gib das hier in Zahlung«, sagte er und reichte John einige sorgfältig bearbeitete Rentierkalbfelle.

Mit heulendem Motor raste Tatmiraks Walboot nach Süden; am Heck hielt der Eigner mit fester Hand die Ruderpinne.

»Man hat mir von deinem Schicksal erzählt«, brüllte Tatmirak John ins Ohr. »Bist ein tüchtiger Kerl, ein richtiger Mann!«

Auf das Geräusch des nahenden Walbootes hin waren die Tschuktschen von Keniskun zum Strand geströmt. Auf einem Hügel oberhalb des mit Geröll bedeckten Strandes zählte John anderthalb Dutzend gleicher Jarangas wie die von Enmyn.

In der Menge der Tschuktschen fiel ein großer, kräftiger Mann in Pelzjacke und Südwester auf, wie ihn die Fischer von Neufundland tragen.

Kaum hatte John den Strand betreten, als der Mann mit

dem Ruf »Hallo! Mein Name ist Carpenter. Freu' mich, Sie zu sehen!« auf ihn zugelaufen kam. »Habe schon viel von Ihnen gehört und freue mich, daß Sie so sind, wie ich Sie mir vorgestellt habe. Kommen Sie mit!«

»Schon im Winter drang das Gerücht über Sie zu mir«, berichtete Carpenter, während er John hinter sich herzog. »Ich wollte schon einen Hundeschlitten ausrüsten, um der Sache auf den Grund zu gehen ... Verschob es aber bis zum Frühjahr. Im Frühjahr aber jagen die Eingeborenen das Walroß und würden mich um keinen Preis herumfahren. Selbst Tatmirak ist aus dem Häuschen, wenn er Walrosse brüllen hört. Das liegt ihnen im Blut. Fünfzehn Jahre kenne ich sie schon. Ein gutes, warmherziges Volk. Sie haben ihre Vorurteile und möglicherweise sogar ihre Laster, aber im Vergleich zu denen unserer ›zivilisierten‹ Gesellschaft sind es Kinderstreiche. Am besten, man behandelt sie wie Kinder. Sehen sie Tatmirak. Ein tüchtiger Kerl. Hat sich die Grundlagen des Handels angeeignet und wird sich mit der Zeit, im Gebiet der Beringstraße, zum guten Handlungsreisenden entwickeln. Spricht englisch, hat die Schule besucht und ist auch sonst vernünftig, obwohl er mitunter Dinge tut, über die man den Kopf schüttelt. Vor fünf Jahren besuchte ich ihn einmal. In seiner Schlafkammer, die mit Kattun abgeteilt war, hingen anstelle von Tranlampen große Petroleumlampen. Und an der Wand, stellen Sie sich vor, sah ich ein uraltes, tranbeschmiertes Amulett, ein Ungeheuer aus Walroßknochen. Daneben ein Bild von General Dickson aus ›Harpers Weekly‹ mit einer brennenden Kerze davor, die das Gesicht des amerikanischen Generals schon völlig verräuchert hatte. Nachher stellte sich heraus, daß Tatmirak ihn mir zu Ehren illuminiert hatte. Die brennenden Kerzen vor den Heiligenbildern der betenden Kosaken in der Kirche von Anadyr hatten ihn auf diese Idee gebracht... Hier sind wir schon vor meiner bescheidenen Behausung.«

Äußerlich war es eine gewöhnliche Jaranga, nur etwa doppelt so groß wie die anderen. John trat gebückt ein, war aber statt in einem Tschottagin in einem geräumigen, gut eingerichteten Wohnzimmer. Ein Fenster an der Südseite der Jaranga ließ das Tageslicht ein. In der Nähe des Ausgangs befand sich ein gußeiserner Herd, dessen Abzugsrohr durch das mit Walroßhaut gedeckte Dach führte. In der Mitte des Raumes hing über einem runden Tisch mit Stühlen eine Petroleumlampe mit einem Glasbehälter. Zur Rechten sah man eine gewöhnliche tschuktschische Schlafkammer, zur Linken aber eine Tür mit Klinke aus geschliffenem Walroßzahn.

»Das Schlafgemach meiner Frau«, erklärte Carpenter, auf die Schlafkammer deutend, »und dort schlafe ich«, sagte er mit einer Kopfbewegung zur Tür hin.

Der Hausherr bat John, Platz zu nehmen, und schob ihm einen recht ramponierten Polstersessel aus einer dunklen Ecke hin. »Mary, Cathrin, Elisabeth!« rief er, in die Hände klatschend.

Aus der Schlafkammer schlüpften zwei kleine Mischlinge, Mädchen von ungefähr zwölf oder dreizehn Jahren; nach ihnen erschien Carpenters Frau, eine anmutige, rundgesichtige Eskimofrau.

»Elisabeth, meine Frau«, sagte Carpenter etwas nachlässig und erteilte dann in Eskimosprache einige Befehle.

Er war von überschäumendem Temperament. Weit über vierzig, hatte er sich eine aufrechte, jugendliche Statur bewahrt. Mit seiner Größe und Stimmgewalt, den Überresten eines brandroten Haarschopfes, einem dichten Bart und üppigem Schnurrbart wirkte er respekteinflößend.

»Soviel ich weiß, Mr. Carpenter, leben Sie schon fünfzehn Jahre hier«, wandte sich John an ihn.

»Vierzehneinhalb. Ich habe mich noch im letzten Jahrhundert hier niedergelassen«, erwiderte der Hausherr. »Nennen Sie mich doch einfachheitshalber Bob«, fügte er gutmütig lächelnd hinzu. »In tschuktschischer Transkription heißen Sie Son; und wie heißen Sie wirklich?«

»John MacLennan.«

»Ausgezeichnet!« rief Bob. »Von jetzt an nenne ich Sie John, und Sie nennen mich Bob, okay?«

»Okay!« fügte sich John.

Geräuschlos deckte die Frau den Tisch. Auf ein buntes Tischtuch stellte sie Lachskonserven, Kaviar, kalte Seehundflossen, kondensierte Milch, Marmelade und Schinken aus der Dose, ein Produkt der »Swift Company« Chicago, und einen großen Teller mit Toast.

»Stammt das Brot auch aus Konserven?« fragte John neugierig.

»Elisabeth bäckt es«, sagte Bob geringschätzig. »Ich habe es ihr beigebracht. Mehl haben wir genug, und Sauerteig gibt es in Nome. Sogar Brötchen können wir in unserem Ofen backen. Falls Sie zur Nacht hierbleiben, wird Sie Elisabeth mit Vergnügen bewirten.«

Bei diesen Worten erhob sich Carpenter und entnahm dem durch ein kleines Vorhängeschloß gesicherten Schrank eine Flasche Jamaikarum.

»Spirituosen halte ich unter Verschluß«, erklärte er, während er das duftende Getränk einschenkte. »Das Volk hier hat eine Leidenschaft für starke Getränke. Schuld daran sind natürlich wir weißen Händler«, schloß er freundschaftlich lächelnd.

Aufmerksam verfolgte er, wie John mit seinen Haltern das Glas ergriff.

»Unglaublich!« rief er begeistert. »Von weitem würde niemand darauf kommen, daß Sie so gut wie keine Hände mehr haben. Die Operation ist glänzend gelungen. Wie in der besten Klinik von Melbourne.«

»Sie waren in Australien?« wechselte John das Thema.

»Ich bin sogar dort geboren«, erklärte Bob. »Wo bin ich nicht schon überall gewesen! Habe sozusagen die ganze Welt durchstreift. Eine Zeitlang besuchte ich im Mutterland die Schule. Als ich davon genug hatte, heuerte ich auf einem Schoner der Südamerikalinie an. Von Südamerika ging ich in die Staaten, später auf die Hawaii-Inseln. Mehrere Jahre lang jagte ich auf den Kommandeursinseln die Bärenrobbe und kehrte als reicher Mann in die Staaten zurück. Doch die Unrast trieb mich weiter. Als mein Geld alle war, ging ich auf Goldsuche nach Alaska, wo ich Svensson, das arktische Genie der Vereinigten Staaten, kennenlernte. Jetzt bin ich Vertreter und Mitinhaber einer Handelsgesellschaft an Rußlands Asienküste, habe eine Eskimofrau geheiratet und ziehe die Kinder groß. Kurzum: Ich bin ein Eingeborener geworden.«

»Und in all den fünfzehn Jahren waren Sie weder in den Staaten noch in der Heimat?« fragte John.

»Hin und wieder besuche ich Alaska, doch immer nur für kurze Zeit. Ich bin den Lärm nicht mehr gewöhnt. Und dann die Heuchelei und Unaufrichtigkeit. Auch die sind mir zuwider geworden. Alle nötigen Waren bringen mir Svenssons Schiffe ... Glauben Sie mir, John, daß Sie auf der Tschuktschenhalbinsel bleiben wollen, hat mich sehr gefreut. Lassen Sie uns miteinander korrespondieren! Ha, ha! Die erste Post in Rußlands wildesten Regionen!«

Bob Carpenter war betrunken. Großspurig erteilte er

seiner Frau Befehle, pries die Schönheit seiner Töchter und wurde immer redseliger.

»Wozu brauchen Eskimos und Tschuktschen die christliche Religion?« dozierte er nach einem weiteren Glas. »Meiner Meinung nach ist das Christentum für Weiße gut. Anstatt Geld für die Bekehrung der Wilden hinauszuwerfen, sollte man lieber unter den Weißen missionieren, denn sie müßten mit Gottes Wort auf den rechten Weg gebracht werden. Hören Sie, John, weshalb trinken Sie so langsam? Sie trinken überhaupt zuwenig. Wenn sie länger hier leben, werden Sie noch so viel trinken, daß Ihr Jahresvorrat in drei Monaten geschafft ist.«

Als Carpenter erkannte, daß John am Zechen keinen Spaß hatte, ließ er die Suppe auftragen. Es dauerte einige Zeit, bis John, der seit Monaten nicht mehr mit Messer und Gabel gegessen hatte, sich wieder an ihren Gebrauch gewöhnt hatte.

John hörte in Carpenters Stube eine Uhr sieben schlagen. Ihr Widerhall klang noch lange in ihm nach.

Nach dem Ananasdessert aus der Dose rückte Bob mit seinem Sessel näher an John heran und fragte unvermittelt: »Was gedenken Sie hier zu tun?«

»Wie meinen Sie das?« fragte John, der die Frage nicht verstanden hatte.

»Haben Sie vor, ein Geschäft zu eröffnen, amerikanische Waren gegen Pelzwerk?« wurde Bob deutlicher.

»Offen gestanden, darüber habe ich noch nicht nachgedacht«, erklärte John harmlos.

Carpenter sah ihn mißtrauisch an.

»Als ich hier anfing«, sagte er, »erzeugten weder Tschuktschen noch Eskimos etwas, das einen Geschäftsmann interessieren konnte. Es hat mich eine Menge Kraft und Mühe gekostet, sie den Weißfuchs jagen zu lehren.

Sie hielten ihn für wertlos, wenig haltbar und nicht wasserfest. Als das Metall bei ihnen Einzug gefunden hatte, kümmerten sie sich auch nicht mehr um Walroßzähne. Mir ist es aber gelungen, sie umzustimmen. Heute werfen die sie Walroßköpfe nicht mehr in die See. «

Es klopfte. Tatmirak trat ein. Hier war er weniger selbstbewußt als auf seinem Boot. Zögernd trat er an den Tisch und sagte unterwürfig und schuldbewußt: »Das Wetter verschlechtert sich. Wir werden hier übernachten müssen. «

»Ausgezeichnet! « rief Carpenter und schenkte ihm ein Glas Rum ein.

Tatmirak leckte sich die Lippen, kniff die Augen zusammen und leerte das große Glas mit einem Zug. »Thank you very much! « sagte er und wischte sich mit dem Ärmel den Mund.

»Schon gut«, winkte Carpenter ab. »Du kannst gehen. Mein lieber John«, wandte er sich wieder dem Gast zu, »früher oder später werden Sie Lust kriegen, sich am Handel zu beteiligen. Eine andere Beschäftigung gibt es für Sie hier nicht. Gold ist nicht vorhanden, wenn auch Fachleute das Gegenteil behaupten, auf jeden Fall ist die Gewinnung schwierig. Von Landwirtschaft kann in der Tundra nicht die Rede sein. Oder haben Sie vor, mit den Tschuktschen und Eskimos Walrosse und Seehunde zu jagen? Bleibt also nur der Handel. Als Geschäftsmann schlage ich Ihnen vor, in den Dienst unserer Gesellschaft zu treten. Da die Gegend, in der Sie leben, noch unerschlossen ist, hat sie Perspektive. Handelsschiffe kommen nur wenige, und was die Händler treiben, ist Gaunerei. Sie tun ein gutes Werk an den Eingeborenen, wenn Sie sich entschließen, Vertreter bei uns zu werden. Denken Sie darüber nach. Vor einem aber warne ich Sie: Geschäfte auf eigene Rechnung zu machen. Denken Sie daran, daß Sie auf dem Territorium des Russischen Reiches leben. Handel ohne Lizenz wird hier schwer bestraft. Erwischt man Sie, schickt man Sie in die sibirischen Zinkgruben, aus denen Sie nicht lebend rauskommen ... Verzeihen Sie meine Offenheit, aber Sie sind mir sympathisch, und deshalb möchte ich Sie freundschaftlich warnen ... Sie können es sich bis morgen überlegen. Lassen Sie sich Zeit. Hinzufügen möchte ich noch, daß Sie sich als unser Mitarbeiter ein ganz hübsches Vermögen machen können. Und jetzt schlage ich Ihnen vor, ein Bad zu nehmen.«

»Ein Bad?« fragte John ungläubig.

»Jawohl, ein Bad.« Bob lächelte geheimnisvoll. »Es ist zwar etwa zwei Kilometer von hier entfernt, aber ein Spaziergang am Strand entlang ist ein Vergnügen.«

Wolken verdunkelten den Himmel. Stark und stetig peitschte der Wind die Wellen, so daß die salzige Flut bis zu den beiden Wanderern aufspritzte. An seiner erloschenen Zigarre saugend, schmiedete Carpenter Zukunftspläne: »Noch ein oder zwei Jahre, und ich verlasse diese Gegend für immer. Auf der Bank von San Francisco habe ich ein hübsches Sümmchen liegen, groß genug, den Rest meines Lebens sorgenfrei zu verbringen. Ich kaufe ein Haus in Florida, eröffne ein Hotel und lebe, wie es mir gefällt.«

»Und was wird mit Ihren Angehörigen?« fragte John. »Es wird ihnen schwerfallen, sich in einem fremden Land an die fremde Lebensweise zu gewöhnen.«

»Das ist klar«, bestätigte Carpenter und seufzte. »Sie werden hierbleiben müssen. Es wäre unmenschlich, sie nach Florida mitzunehmen, aus der Arktis in die Subtropen. Natürlich werde ich dafür sorgen, daß sie hier keine Not leiden ...«

Zwei Bäche, von denen einer Schwefelwasserstoffdampf ausströmte, mündeten in ein kleines ausgehobenes Becken im hellen Sand. John und Bob stiegen nackt in das blasige Wasser. Carpenter stöhnte und schrie vor Vergnügen. Plätschernd schabte John den monatealten Schmutz von der Haut und dachte, daß es ihm schwerfallen würde, wieder ohne ein heißes Bad zu leben.

Inzwischen war in Bob Carpenters Schlafraum schon das Bett für John gerichtet.

Nackt streckte er sich in die sauberen kühlen Laken. Er hörte noch die Uhr zwölf schlagen und war nach ihrem langsam verhallenden letzten Schlag schon tief eingeschlafen.

Am nächsten Tag fuhr er mit Tatmirak zur Beringstraße zurück. Für die jungen Rentierhäute hatte er von Carpenter reichlich Patronen und große Mengen anderer Waren erhalten.

Als Mitte des Sommers der Zug der Walrosse endete, machten sich alle Jäger wieder zu den heimatlichen Siedlungen auf.

Freudige Erregung ergriff die Enmyner, als sie das letzte Kap passiert hatten, das die Siedlung vor ihren Blikken verbarg, und die Jarangas auftauchten. Auch die Siedlungsbewohner hatten die Baidaren gesichtet. Ein eifriges Treiben an den Jarangas begann, und Hals über Kopf stürzten die Jungen zum Ufer. Ihr Geschrei drang bis zu den langsam heransegelnden Baidaren.

»Da ist mein Sohn! Wie er gewachsen ist!« rief Tnarat, der Harpunier, und deutete auf das Ufer. Kaum zu glauben, daß er aus dieser Entfernung den dreijährigen Knirps erkannt hatte.

Orwo reichte John das Glas. »Schau, unser Enmyn, ist es nicht schön heimzukehren?« sagte er.

John nickte und nahm das Glas. Es dauerte eine Weile, bis er Pylmau in der Menge erkannt hatte, in einer neuen Kamleika, das dichte schwarze Haar sorgfältig in zwei Zöpfen geflochten. Neben ihr stand Jako, der auf die Baidaren deutete und auf die Mutter einredete.

Am Ufer ergriffen Dutzende von Händen die Bordwand der Boote. Die Jäger sprangen auf den Strand. Zu Johns Verwunderung aber gab es weder Umarmungen noch Küsse. Die Jäger streichelten die Kleinen und wechselten wenige Worte mit den Frauen und alten Männern.

Auch John, der Pylmaus Blicke auf sich gerichtet fühlte, stieg aus dem Boot. Verlegen ging er auf sie zu, streichelte den kleinen Jako und fragte: »Wie geht es euch?«

»Gut«, antwortete Pylmau und lachte.

Da ihn ihr Lachen vollends verlegen machte, folgte er eilig den Männern, die die Walroßhäute und das Fleisch gründlich im Seewasser wuschen und dann an den Strand zogen.

Den größten Teil der Jagdbeute hatten sie an der Küste der Beringstraße, als natürlichem Eiskeller, zurückgelassen. Im Laufe des Sommers würden sie die Vorräte nach Enmyn holen. Zunächst hatten sie nur die leckersten Stücke mitgebracht und dazu die Seehundfelle, die getrocknet werden mußten, solange die Sonne noch kräftig schien und es keine Regentage gab.

Orwo stand am Ufer und ließ das Fleisch auf gleich große Haufen – sie entsprachen der Zahl der Jäger – verteilen. Ein Haufen aber enthielt zwei Walroßhäute und ein Dutzend Zähne. John nahm an, dieser größere Anteil gehöre Orwo als Besitzer der Baidare.

Der Alte aber nahm John beim Ellenbogen und stellte

ihn neben diesen Haufen. Auf ein weiteres Zeichen ging jeder Jäger zu dem Anteil, der ihm gefiel.

»Weshalb für mich so viel?« wehrte John ab. »Für mich, der am wenigsten getan hat . . .«

»Nimm und rede nicht«, unterbrach ihn Orwo. »Das ist so Brauch. Du bekommst heute einen größeren Anteil, weil du erst anfängst zu leben. Es ist eine Art Hilfe von uns allen, und wir wollen hoffen, daß du uns ein guter Freund bist. Du solltest dich lieber bedanken.«

»Welynkykun!« sagte John verlegen.

Inzwischen hatte sich Pylmau bereits an Johns Anteil zu schaffen gemacht. Sie schnitt das Fleisch in Stücke und tat es in einen mit Riemen versehenen, großen rucksackartigen Lederbehälter.

Auf Orwos Ruf, John die Repalgits tragen zu helfen, rollten die Männer die grauen Häute wie Teppiche zusammen, trugen sie auf den Schultern bis an die Wand der Jaranga, wo sie sie niederlegten und mit Steinen beschwerten, damit die Hunde sie nicht zerrissen.

Pylmau, die inzwischen den gefüllten Lederbehälter zur Fleischgrube zog, schüttelte abwehrend den Kopf, als John ihn ihr abnehmen wollte.

»Die Leute lachen über uns«, erklärte sie. »Du siehst, es sind nur Frauen, die das Fleisch schleppen.«

»Sollen sie nur lachen«, erwiderte John überlegen. »Es gehört sich für einen Mann nicht, eine Frau solche Lasten schleppen zu lassen.«

»Und für einen Mann schickt es sich nicht, den Ledersack zu tragen«, wiederholte Pylmau geduldig. »Das ist Frauensache«, fügte sie, dem Weinen nahe, hinzu.

»Hilf mir lieber, ihn zu schultern«, meinte John.

Da der Behälter fast zwei Zentner wog, spreizten sich ihm die Beine, als er ihn über den von Fett und Blut schlüpfrig gewordenen Strand schleppte. Der Sack rollte von einer Seite auf die andere, und nur die dicken Riemen verhinderten, daß er vollständig von den Schultern rutschte. Mit großer Anstrengung trug ihn John zur Grube, schüttete ihn aus und setzte sich einen Augenblick, um zu verschnaufen. Zurückgekehrt, fand er Pylmau weinend neben dem Fleischhaufen.

»Was ist mit dir, Mau?« fragte er besorgt. »Warum weinst du? Hat dich jemand gekränkt?«

»Ja«, erwiderte sie schluchzend.

»Wer?«

»Du«, sie wandte ihm das tränenüberströmte Gesicht zu. »Du hast Schande über mich gebracht.«

»Aber für dich ist der Sack doch zu schwer. Ich selbst habe ihn nur mit Mühe und Not zur Grube geschleppt«, erwiderte John.

»Noch schwerer ist es, die Schande zu ertragen«, sagte Pylmau. »Geh jetzt nach Hause. Ich komme gleich nach. Ich bitte dich«, flehte sie.

»Wie du willst«, fügte sich John. »Komm mit nach Hause, Jako!«

Als er den Tschottagin betrat, bemerkte er sofort einige Veränderungen, die während seiner Abwesenheit vor sich gegangen waren. Der Fußboden war gefegt, die Feuerstelle sorgfältig mit aneinandergepaßten Steinen umlegt. Jako, der vorausgelaufen war, klimperte an etwas Metallenem. Beim Anblick des kupfernen Waschgestells mit Becken aber, das neben dem Platz für die Jagdausrüstung stand, rief John vor Überraschung auf tschuktschisch: »Kakomei!«

»Hat Mam vom großen Schiff der Weißen mitgebracht«, erklärte Jako mit wichtiger Miene, während er weiter auf dem Becken klimperte.

Neugierig untersuchte John den für eine Jaranga ungewöhnlichen Gegenstand, bis er die in das Kupfer getriebene Inschrift »Waigatsch« darauf entdeckte.

Er holte sogleich Wasser aus dem Bach und füllte das Becken. Obwohl Pylmau nicht darauf gekommen war, noch ein Stück Seife von den russischen Seeleuten zu erbitten, genoß er das Waschen sogar ohne Seife. Anschließend wusch er mit seinem Lappen auch dem Kleinen das Gesicht, der, wenn auch nicht gerade entzückt über die Prozedur, doch später der Mutter gegenüber prahlte. »Son und ich haben uns das Gesicht gewaschen!«

In der intimen Atmosphäre der Jaranga verhielt sich Pylmau ihm gegenüber ganz anders als am Strand. Während sie ihn dort nur selten mit einem Blick streifte, umgab sie ihn hier mit hausfraulicher Sorge. Die vordere Trennwand der Schlafkammer war angehoben, ein niedriger Tisch stand vor der hölzernen Kopfunterlage, und in der Tiefe der Kammer lag ausgebreitet ein weißes Rentierfell.

»Setz dich dorthin«, sagte Pylmau und deutete auf das Fell. »Ruh dich aus. Gleich werden wir essen und echten russischen Tee trinken.«

In Windeseile hängte sie den Kessel über das Feuer im Tschottagin und stellte eine Holzschüssel bereit. Einer großen Kiste, die als Schrank diente, entnahm sie ein Paket mit zwei Tafeln schwarzen Ziegeltees, einem Päckchen Rauchtabak und mehreren großen Zuckerstücken, die sie vor John ausbreitete.

»Das alles habe ich auf dem russischen Schiff eingetauscht, gegen vier Rentierkalbfelle«, berichtete Pylmau, »und hierfür«, sie deutete auf das Waschgestell, »brauchte ich den Russen nur zwei Walroßzähne zu geben. Was meinst du, hab' ich zuviel bezahlt?«

»Du bist ein tüchtiger Kerl, Mau!« sagte John lächelnd, zog sie an sich und küßte sie auf den Mund. »Ein schöneres Geschenk für mich konntest du dir überhaupt nicht ausdenken!«

Überrascht starrte ihn Pylmau an, fuhr mit dem Finger über die Lippen und fragte zögernd: »Ist das ein Kuß bei den Weißen?«

»Jawohl«, antwortete er. »Gefällt er dir etwa nicht?«

»Es ist so komisch«, meinte sie leise, »als ob ein Kind nach der Mutterbrust sucht.«

Trotz ihrer Weigerung bestand John darauf, daß sie mit ihm anstieß. Ihr dunkles Gesicht rötete sich vom Wodka, doch dann wurde sie traurig und schweigsam.

»Warum sagst du nichts mehr, Pylmau?« fragte John.

»Was soll ich sagen?« erwiderte sie und wandte sich achselzuckend ab.

»Du könntest mir doch etwas vom Schiff erzählen.«

»Sie kamen, besuchten die Jarangas, tauschten Waren ... und fragten die Alten über das Eis aus. Daß ich das Waschgeschirr haben wollte, konnten sie nicht begreifen. Lange blieben sie nicht, sie hatten es eilig, sie wollten nach Norden, zur Wrangelinsel ... Das ist alles«, schloß Pylmau matt.

»Ist dir übel vom Wodka?« fragte John.

»Nein«, flüsterte sie. »Nur möchte ich, daß du mich noch einmal küßt wie ein Kind, das nach der Brust der Mutter sucht.«

Lächelnd küßte sie John auf die heißen vollen Lippen.

Müde vom reichlichen Essen und dem Wodka, schlief John in der Schlafkammer ein. Mitten in der Nacht spürte er, wie Pylmau ihm die Kleider abstreifte, die Tranlampe löschte und sich neben ihn legte. John schloß sie in die Arme. Pylmau versuchte ein paarmal, ihm etwas zu sagen, doch jedesmal verschloß er ihr den Mund mit einem Kuß. Friede und Ruhe zogen in sein Herz ein, als er später mit offenen Augen im Dunkeln lag. Ich habe meinen Platz in der Welt gefunden, dachte er, während er den heißen Frauenkörper neben sich fühlte.

Als er aufwachte, fand er Pylmau und Jako nicht mehr in der Schlafkammer. Draußen hörte er Pylmau leise singen.

»Mau!« rief er und steckte den Kopf in den Tschottagin.

»Ehe!« meldete sie sich und trat leichtfüßig zu ihm.

»Wo ist meine ...«, begann John und stockte, denn ihm fehlte das tschuktschische Wort für »Uhr«. Er hatte vergessen, sie tags zuvor aufzuziehen, und fürchtete, sie könnte stehenbleiben. »Sie war in meiner Tasche. So ein rundes Ding«, versuchte er sich verständlich zu machen.

»So ein Pochding, das wie ein Auge aussieht«, erriet Pylmau, fand die Uhr und gab sie ihm.

Sie zeigte auf zwölf.

»Möchtest du Tee trinken oder dich vorher waschen?« fragte Pylmau fürsorglich.

»Zuerst waschen«, antwortete John. »Ich weiß auch, wovon du gesungen hast«, fügte er lächelnd hinzu.

Errötend verdeckte Pylmau das Gesicht mit dem Ärmel.

»Ich fürchtete schon ...«, murmelte sie verlegen. »Ich fürchtete, alles andere wäre bei dir ebenso komisch wie dein Kuß ... Jetzt aber weiß ich, daß du genauso bist wie die Männer von uns. Deshalb habe ich mich so gefreut.«

Pylmaus überraschende Offenheit machte John verlegen, so daß er sich schnell dem Waschgeschirr zuwandte.

Seit dieser Nacht aber verließ John die Schlafkammer nicht mehr und nahm Tokos Platz ein.

Einige Tage später begannen die Jäger ihre Beute von der Beringstraße in die heimischen Vorratsgruben zu schaffen. Manchmal schloß sich ihnen auch John an. Meistens aber blieb er, mit dem Ausbau der Jaranga beschäftigt, daheim. Er beabsichtigte, die vorsintflutliche Behausung bequemer einzurichten. Mit einer kleinen Baidare fuhr er das am gegenüberliegenden Ufer angespülte Treibholz heran. Als sich neben der Jaranga schon ein ansehnlicher Haufen Bohlen und Bretter türmte, mußte John einsehen, daß er ohne Nägel nichts ausrichten konnte. Orwo war derselben Meinung.

Ende des Sommers kam die »Waigatsch« nach Enmyn zurück. Als die Einwohner erwachten, lag das Schiff schon auf der Reede.

Man empfing John und Orwo wie alte Bekannte. Höflich dankte der Kapitän Orwo für seine wertvollen Angaben über die Eisverhältnisse.

»Ihre Vorhersage stimmte bis Kap Billings ganz genau«, sagte er. »Dank der günstigen Verhältnisse in diesem Jahr haben wir die Wrangelinsel ohne besondere Schwierigkeiten erreicht.«

Im hellgetäfelten Kapitänssalon war bereits der Tisch gedeckt. Neugierig wurde John von den Gastgebern betrachtet. Angesichts der erstaunlichen Tatsache, daß sich Orwo im Gebrauch der Bestecke auskannte, blinzelten sie sich verständnisvoll zu und wetteiferten in der Bewirtung ihrer Gäste. Der Kapitän füllte die Gläser und brachte einen kurzen Toast aus: »Bei unserer Fahrt entlang dieser trostlos öden Küste des Russischen Reiches stellten wir fest, daß Gott der Herr auch über sie seine Gnade walten läßt, indem er ein ausdauerndes und aufgewecktes Geschlecht schuf, fähig, auch unter schwierigsten Bedingungen zu überleben. Mit Erstaunen blicken aufgeklärte

Reisende auf die Menschen dieses Landes, die nur ein Unwissender zu den Wilden zählen kann. Gestatten Sie mir, das Glas zu Ehren des anwesenden Vertreters des Tschuktschengeschlechts, Orwo, zu erheben.«

Aufmerksam lauschte der Alte den Worten des Dolmetschers, der die Rede des Kapitäns ins Tschuktschische übersetzte. Nichts rührte sich in seinem Gesicht, so als ob das Milieu und der zu seinen Ehren ausgebrachte Trinkspruch etwas Alltägliches für ihn seien. Zum Zeichen des Dankes verneigte er sich nur leicht und stieß mit dem Kapitän an.

Anschließend trank man auf John MacLennans Wohl. Der Kapitän verglich ihn mit dem russischen Forschungsreisenden Miklucho-Maclay. Nachdem man John erklärt hatte, wer dieser Mann gewesen war, wollte er unbedingt klarstellen, daß er sich keineswegs nur zu Studienzwekken bei den Tschuktschen aufhalte. Er teile ihr Leben, weil er überzeugt sei, daß die Gesellschaft der »zivilisierten« Welt von der Vollkommenheit weit entfernt sei und keine Möglichkeit biete, wahrhaft menschliche Eigenschaften zu entwickeln.

»Gentlemen«, wandte er sich an die Anwesenden. »Ich freue mich sehr, Sie als Vertreter des großen russischen Volkes und der russischen Regierung kennengelernt zu haben. Doch möchte ich Ihnen sagen, daß Ihre Regierung zuallererst Sorge tragen sollte, ihre im hohen Norden lebenden Untertanen vor Räubern in Gestalt von Pelzaufkäufern aller Art zu schützen. Je weniger die Tschuktschen und Eskimos mit den Weißen verkehren, um so besser für sie... Ihre Regierung hat Alaska an die Vereinigten Staaten von Amerika verkauft. Da ich eine Zeitlang dort gelebt und gesehen habe, wie die Eskimos am Stadtrand mit den Hunden zusammen in den Abfalltonnen wühlten, denke ich mit Schrecken an die Zukunft der Menschen hier, wenn die Tschuktschenhalbinsel eine ähnliche Entwicklung nehmen sollte.«

»Mr. MacLennan«, erwiderte der Kapitän. »Wir begreifen Ihre Erregung. Doch machen Sie sich überflüssigerweise Sorgen. Noch wird ein gutes Jahrhundert vergehen, bis die Zivilisation zur Tschuktschenhalbinsel vordringt. Zur Überwachung der Staatsgrenze wird übrigens vom nächsten Jahr an eine Korvette in den territorialen Gewässern kreuzen. Vor einiger Zeit plante man, die transsibirische Telegrafenlinie über die Beringstraße zum amerikanischen Kontinent zu leiten, doch das Projekt entfiel mit der erfolgreich abgeschlossenen Verlegung des Transatlantikkabels. Außer für die Wissenschaft hat dieser Zipfel Asiens also für niemanden einen Reiz. Sie können beruhigt das Leben weiterleben, das Sie sich erwählt haben.«

Die Ironie aber, die in den letzten Worten des Kapitäns lag, ging in der tschuktschischen und englischen Übersetzung verloren.

Auf die Frage des Kapitäns, ob er etwas für ihn tun könne, erwiderte John, daß er alles Nötige habe, für eine Portion Nägel jedoch dankbar wäre.

Mit dem Versprechen, ein Boot mit dem Gewünschten zu schicken, verabschiedete sich der Kapitän herzlich von John.

Gegen Abend legte das Boot am Ufer an. Es hatte drei Kisten Nägel geladen, Bohnenkaffee, vier zwanzig Pfund schwere Säcke Mehl, einen Sack Zucker und eine Menge anderer nützlicher Dinge, wie Hammer, Säge, Seife, Matrosenhemden aus Flanell, mehrere offenbar für Pylmau bestimmte Kupons leuchtenden Kattuns und sogar einige Wolldecken. Beim Anblick all der guten Sachen, die die Matrosen in die Jaranga trugen, wunderte sich John, wie er so lange ohne das alles ausgekommen war. Ein Schreiben des Kapitäns der »Waigatsch« lag bei. Es lautete:

Sehr geehrter Mr. MacLennan!
Nehmen Sie bitte diese Geschenke im Namen der Russischen Hydrographischen Expedition und in meinem eigenen Namen entgegen. Gern würden wir mehr für Sie tun, doch unsere Mittel sind begrenzt. Wir hoffen, daß das wenige, über das wir verfügen und das wir mit Ihnen teilen, Ihnen nützlich sein wird. Mit bestem Dank für Ihre angenehme Gesellschaft und in der Hoffnung auf ein Wiedersehen

Der Kapitän des Eisbrechers »Waigatsch«

John dankte dem Spender schriftlich für das großzügige Geschenk und sagte den russischen Seeleuten jede Unterstützung zu, falls sie ihre Reise wieder an die Küste von Enmyn führen sollte.

Am meisten freute sich Pylmau über die Geschenke. Zwischen Zuckersack und Kattunkupons hin und her laufend, hielt sie sich den Stoff an den Körper, raschelte mit den Tabakblättern und schnupperte an den Ziegelteetafeln.

»Welcher Reichtum!« sagte sie begeistert zu John. Noch nie hat es in unserer Jaranga so viele Wunderdinge gegeben! Ich kann gar nicht glauben, daß das alles uns gehören soll. Wenn wir immer nur wenig davon nehmen, reicht es lange, sicher ein ganzes Jahr, vielleicht noch länger.«

Lächelnd hörte ihr John zu. Doch als sich der erste Begeisterungssturm gelegt hatte, sagte er: »Das alles ist weder deins noch meins. Es gehört allen Enmynern.«

»Alles?« fragte Pylmau überrascht und umfaßte mit einer weiten Handbewegung den Haufen der Geschenke.

»Ja«, erklärte John bestimmt. »Wir werden alles genauso teilen wie ein Walroß, das wir erlegt haben.«

»Aber Tee, Zucker und Mehl sich doch kein Walroß«, widersprach Pylmau entschieden. »Unsere Leute leben auch ohne diese Sachen gut. Man teilt nur das, ohne das ein anderer Mensch sterben würde.«

»Warum aber soll ich alles haben und die anderen nichts?« fragte John.

Da sagte Pylmau zärtlich und etwas mitleidig: »Schön. Gib etwas ab an Orwo, Tnarat und Armol ... Aber alles zu verteilen wäre dumm. Du als Weißer brauchst diese Sachen nötiger.«

Blitzartig wandte sich John ihr zu und sagte: »Wenn du mich nicht böse sehen willst, dann nenne mich nicht einen Weißen.«

15

Im Vorherbst herrscht allein die Sonne am wolkenlosen Himmel. Klar, groß und rot geht sie über der schaumbedeckten See auf. Um die Mittagszeit ist es an der Eismeerküste so heiß, daß die Menschen auch in ihren leichten Sommerröcken schwitzen.

Girlanden durchsichtiger Walroßdärme – das Material für wasserdichte Umhänge – rauschten im Wind. In der prallen Sonne saßen die Frauen und spalteten mit breiten Messern die auf hölzerne Unterlagen gespannten rohen Walroßhäute. Augenmaß und Geschicklichkeit gehörten dazu, die Haut gleichmäßig zu teilen.

Orwo und Armol saßen ebenfalls in der Sonne und schnitten Riemen aus Seehundfell, das sie, um die Reste von Speck zu entfernen und das Leder geschmeidig zu machen, tagelang vorher in einem kräftigen Sud menschlichen Urins hatten weichen lassen. Mit beiden Händen hielt Armol das schlüpfrige, stinkende Stück Leder, während Orwo gerade Streifen daraus schnitt, die sich zu seinen Füßen ringelten. Gesprochen wurde wenig dabei, nur in den kurzen Arbeitspausen, denn der Atem des Schneidenden muß ruhig und gleichmäßig gehen, damit die Riemen gerade ausfallen und alle die gleiche Breite haben.

Doch Armol begann ein Gespräch. Obwohl er zunächst nicht wußte, wie er es anfangen sollte, kam er bald in Fluß, so daß Orwo immer wieder mit dem Schneiden einhalten mußte, um die Riemen nicht zu verderben.

»Weshalb jagen wir ihn nicht davon?« fragte Armol. »Er soll dorthin gehen, von wo er gekommen ist, oder in einer anderen Siedlung leben, wo man an Weiße gewöhnt ist.«

»Und was soll aus Pylmau werden?« entgegnete Orwo, während er die in der Sonne blinkende Messerschneide schärfte.

»Sie findet schon einen Mann«, meinte Armol gleichgültig. »Jemand wird sie als zweite Frau zu sich nehmen.«

Orwo stellte das Schleifen ein und blickte Armol fest in die Augen.

»Der Fremde könnte unseren Leuten schaden«, fuhr Armol hartnäckig fort, hielt aber dem Blick Orwos nicht stand und senkte den Kopf.

»Was könnte uns schon ein Handloser antun? Oder fürchtest du dich etwa vor ihm?« fragte Orwo spöttisch.

»Und wenn er vier Hände hätte, würde ich ihn nicht fürchten«, rief Armol. »Aber ich will mich nicht verstekken müssen, wenn ich Umgang mit unseren Göttern habe, will nicht, daß fremde Augen, die nichts von unserem Leben verstehen, sich über uns lustig machen, wenn wir nach unseren Bräuchen leben. Erinnerst du dich, was er für Augen gemacht hat, als wir auf dem Eis der Beringstraße große Opfer brachten, Orwo? Er gehört nicht zu uns!«

»Jedes Volk hat seine Bräuche und Gewohnheiten«, erwiderte der Alte. »Mag sein, daß Son tatsächlich Augen gemacht hat, ich jedenfalls habe nichts davon bemerkt. Dafür aber haben alle dein lautes Lachen gehört, als du zum erstenmal sahst, wie sich Son die Zähne putzte und den Mund spülte, so wie wir eine Baidare spülen, die mit frisch geschlachtetem Wild beladen war. Stimmt's?« schloß Orwo.

»Das mag alles richtig sein, aber ich sorge mich um unsere Leute«, beharrte Armol auf seinem Standpunkt. »Was gehen mich Son und seine Stammesgenossen an! Sind sie da, gut, wenn nicht, dann kommen wir auch ohne sie aus. Jahrhundertelang haben wir ohne sie gelebt.«

»Mit letzterem hast du recht«, räumte Orwo ein. »Aber wir leben heute anders als gestern und werden morgen anders leben als heute. Fast scheint mir, als seien in den letzten Jahren sogar die Tage kürzer. Auch wenn wir weitab von den großen Völkern leben, müssen wir mit der Zeit Schritt halten. Und noch eins will ich dir sagen, Armol: Mensch bleibt immer Mensch, so fremd dem einen auch die Bräuche und Gewohnheiten des anderen und sein Äußeres sein mögen. Schau nicht auf das Äußere, sondern tief in seine Augen, und suche sein Herz zu ergründen – dort liegt das Wesen.«

»Du verteidigst ihn, weil du selbst unter den Weißen gelebt und allerlei schlechtes Zeug von ihnen übernommen hast, Orwo. Ist ein Hund in ein Wolfsrudel geraten und kommt nachher wieder zu den Menschen, wird er, ob er will oder nicht, wie ein Wolf heulen. Ich weiß, du hoffst, daß Son genauso ein Lygorawetljan wird wie wir. Vorgestern aber, als er so viele Geschenke von seinen Stammesbrüdern gekriegt hat, wie wir nicht mal im Traume bekommen würden, selbst wenn alle unsere Jarangas voller Polarfüchse hingen, hat er da auch nur einen Krümel Tabak mit dir geteilt, deinem Enkel ein Stück Zucker oder deiner Alten einen bunten Flicken gegeben? Wenn er aber unser wichtigstes Gebot ›Teile mit allen, was du besitzt‹ mißachtet, gehört er nicht zu uns.«

»Selbst der Hund braucht Zeit, bis er lernt, mit den Wölfen zu heulen, Son aber ist ein Mensch«, widersprach ihm Orwo entschieden. »Er kommt aus einer anderen Welt, in der man nicht gern teilt, sondern dem anderen lieber noch das Letzte wegnimmt. Kannst du da erwarten, daß er unsere Gewohnheiten sofort übernimmt? Du sagst, seine Gegenwart bei unseren Bräuchen gefalle dir nicht. Hast du aber auch bedacht, wie schwer es ihm fallen muß, sein ganzes Leben umzustellen und auf das zu verzichten, was ihm teuer ist? Noch wissen wir nicht, was Son geopfert hat, um Pylmau und dem kleinen Jako zu helfen.«

»Solche Hilfe hat uns grade noch gefehlt«, murrte Armol. »Wir kommen auch ohne ihn aus.«

Die Klinge dicht vor die Augen haltend, betrachtete Orwo zufrieden seine Arbeit und bedeutete Armol, die nächste Haut aus dem Kübel zu nehmen. Doch der starrte nur geradeaus und rührte sich nicht. Als Orwo den Kopf umwandte, erblickte er John, der geradewegs auf sie zukam.

»Da kommt er angehumpelt«, zischte Armol. »Sein Gesicht glänzt nur so vor Sattheit. Hat gequalmt und starken Tee getrunken, soviel er wollte.«

»Laß das!« schrie ihn Orwo an.

»Jetti!« grüßte John vergnügt.

»Jetti«, erwiderte Armol nachlässig und wandte sich ab.

»Jetti, jetti«, erwiderte Orwo freundlich und setzte hinzu: »Son, wie oft habe ich dir schon erklärt, daß derjenige ›jetti‹ sagt, der jemanden empfängt, und nicht der Ankommende. Wenn einer, der ankommt, zuerst ›jetti‹ ruft, weiß man sofort, daß es ein Fremder ist.«

»Ist er ja auch«, bemerkte Armol spöttisch.

»Rauchen wir«, sagte John, setzte sich auf einen Stein und zog Tabakblätter aus der Tasche.

Orwo holte sein selbstgemachtes Pfeifchen, mit einem Walroßzahn als Mundstück und einer abgeschnittenen Winchesterpatronenhülse als Kopf, hervor, und Armol drehte sich einen Priem, den er sorgfältig hinter die Zähne schob. Neugierig schaute er zu, wie John ein Streichholz anbrannte.

»Diese Zündstäbchen haben die Weißen fein erdacht«, meinte er ehrfurchtsvoll und griff vorsichtig nach der Schachtel.

»Ihr wißt, daß ich diverse Dinge geschenkt bekommen habe«, begann John. »Da ich mit euch zusammenlebe, gehört alles, was mir der Kapitän des russischen Schiffes geschickt hat, allen Bewohnern von Enmyn zu gleichen Teilen.« Mit diesen Worten zog er ein beiderseitig eng beschriebenes Blatt hervor.

»In Enmyn leben in zwölf Jarangas viermal zwanzig und sieben Personen«, stellte John fest. Anschließend verlas er die Namen der Familienoberhäupter, wobei Orwo seine Aussprache zuweilen korrigierte.

»Mehl, Zucker, Tee und Tabak habe ich in viermal zwanzig und sieben Teile zu zwölf Haufen aufgeteilt. Seid ihr einverstanden damit?«

»Steht mein Name auch da drauf?« fragte Armol mit

vor Erregung zitternder Stimme und deutete auf die Liste.

»Ja«, sagte John. »Hier steht: Armol, verheiratet, zwei Kinder, eine alte Mutter, macht fünf Anteile.«

»Woher weißt du das alles?« staunte Armol.

»Pylmau hat mir geholfen.«

»Man läßt sich nicht von einer Frau helfen. Du hättest mich rufen sollen«, tadelte Armol und spuckte braungefärbten Tabaksaft aus.

»Das nächstemal rufe ich dich bestimmt«, versprach John. »Den Stoff und andere Sachen haben wir nicht zerschnitten, weil sich beim Teilen zu kleine Flicken ergeben hätten. Am besten stellen wir gemeinsam fest, wer am dringendsten eine neue Kamleika braucht, und geben dann demjenigen den Stoff im Ganzen.«

»Es ist richtig, was du sagst«, stimmte Orwo zu.

»Dann kommt dazu in unsere Jaranga.«

»Schön«, sagte Orwo. »Aber dürfen wir uns vorher in deinem Waschbecken die Hände waschen? Sie sind schmutzig.«

»Selbstverständlich«, erwiderte John. »Es gibt jetzt sogar Seife bei mir.«

Pylmau hatte den Teekessel bereits aufgestellt. Auf dem niedrigen Tisch, den sie an die hölzerne Kopfstütze gerückt hatte, standen Krüge und Tassen, auf einer großen Holzschale lagen hoch aufgeschichtet frisch in Seehundfett gebackene Fladen.

John goß Wasser ins Waschbecken und reichte Armol die Seife.

»Als ob es lebt und fortlaufen will!« kicherte er, als das unbekannte weiße Stück durch seine Hände glitt. »Es ist noch wild und muß sich erst an Tschuktschenhände gewöhnen.«

Von John angeleitet, seifte er sich dann die Hände ein, die er eifrig gegeneinanderrieb.

Der Alte empfahl ihm, auch das Gesicht zu waschen.

»Und wenn mich das kleine weiße Tier beißt?« meinte Armol, besorgt auf das Stück Seife deutend.

»Du seifst zuerst die Hände ein, schmierst dir den Schaum ins Gesicht, reibst es ein und wäschst ihn hinterher wieder ab«, belehrte ihn Orwo.

Den Anweisungen des Alten folgend, rieb sich Armol gründlich den Schaum ins Gesicht.

»I-i-i! Es beißt!« schrie er plötzlich. »Es hat sich in meine Augen gekrallt!«

Wie ein angeschossener Keiler rannte Armol im Tschottagin hin und her, wobei er die Wirbel eines Walroßrückgrats umwarf und gegen die Dachstützen stieß.

»I-i!« schrie er. »Es frißt meine Augen.«

Gewaltsam führte Orwo den Tobenden an das Waschgestell.

»Spül dir den Schaum ab, und das Beißen vergeht!« redete er ihm zu. »Vor allem wasch dir die Augen aus.«

Während Armol weiter durch die Jaranga tobte, lachte Pylmau schallend. Auch John und Orwo konnten sich das Lachen nicht verbeißen.

Nachdem Armol endlich den Seifenschaum abgewaschen hatte und das Brennen in den Augen nachließ, gewann er seine Selbstsicherheit wieder.

»Warum lachst du?« knurrte er Pylmau an und blickte wütend in die Runde.

»Mir ging es genauso, bis es mir Son gezeigt hat«, erwiderte Pylmau friedfertig.

Die Männer nahmen an dem kurzbeinigen Tisch Platz.

»Sollten wir nicht zuerst von dem bösen, närrisch machenden Wasser trinken?« schlug John vor.

»Ein Schluck könnte nicht schaden«, meinte Orwo, der mit Armol Blicke getauscht hatte.

Pylmau brachte die Flasche, und John schenkte ein.

»Möchtest du nicht mit uns trinken, Mau?« fragte John und reichte ihr eine Tasse.

Sie schüttelte den Kopf. »Nein! Trinkt ihr nur. Ich will das Männergespräch nicht stören«, sagte sie und verließ den Tschottagin.

John schenkte Tee ein und bot die mit Seehundfett gebackenen Fladen an. Mit gespitztem Mund schlürften die Gäste geräuschvoll den heißen Tee.

»Ich wollte etwas mit euch bereden«, wandte sich John an die Freunde.

»Wir hören dich, Son«, sagte Orwo.

»Ich möchte Pylmau heiraten.«

Verdutzt über diese Erklärung, setzten die Gäste wie auf Kommando die Tassen ab.

»Ja, ich will Pylmau heiraten und Jako an Kindes Statt annehmen. Nur weiß ich nicht, wie das zu machen ist.«

Befremdet blickten sich die beiden an. Stotternd vor Verlegenheit, fragte Armol: »Und du möchtest tatsächlich, daß wir dir zeigen, wie man es macht?«

»So ist es!« rief John erfreut, daß man ihn so rasch verstanden hatte.

»Ich achte dich, John«, sagte Orwo verwirrt, »aber ich tauge nicht mehr dazu ... Vielleicht tut es Armol?«

»An wem liegt es, an dir oder an ihr?« fragte dieser geradezu.

»An keinem«, erwiderte John. »Pylmau ist einverstanden. Um die Wahrheit zu sagen, leben wir bereits wie Mann und Frau ... schon seit unserer Rückkehr von der Beringstraße. Wir schlafen in einer Kammer und im selben Bett.«

»Na und?« fragte Armol ungeduldig. »Und was weiter?«

»Sie sagt, daß wir ein Kind bekämen. Ich bin natürlich froh darüber, aber das Kind braucht einen Vater und sie einen richtigen Mann.«

»Ich verstehe kein Wort«, sagte Armol zu Orwo.

»Ich auch nicht«, zuckte Orwo die Achseln. »Das Kind, das ihr erwartet, ist von dir?« fragte er.

»Von wem denn sonst! Natürlich von mir. Da gibt es keinen Zweifel.«

»Warum brauchst du dann noch eine Heirat, wenn du schon verheiratet bist?« fragte Orwo verdutzt.

»Wie ich sehe, habt ihr mich mißverstanden«, sagte John verlegen. »Die Sache ist die, daß bei den Weißen Mann und Frau erst dann als verheiratet gelten, wenn sie vor den Priester getreten sind ...«

»Ein Priester ist bei den Weißen so etwas wie ein Schamane, der mit Gott in Verbindung steht«, erläuterte Orwo. »Oder wenn sie sich – was noch wichtiger ist – beim Obersten der Siedlung in ein großes Buch eingetragen haben«, fügte John hinzu.

»Das ist alles rätselhaft«, meinte Armol kopfschüttelnd. »Bei einer Heirat ist für mich etwas ganz anderes wichtig. Meine Meinung ist die, Son: Du bist an dem Tag, an dem wir von der Beringstraße heimkehrten, Pylmaus Mann geworden, wenn ich dich recht verstanden habe. Zu so einem Mann aber, der mit dem Gott der Weißen verkehrt, können wir dir leider nicht verhelfen, ebensowenig gibt es bei uns so ein Buch oder diesen Obersten.«

»Wenn du dich entschlossen hast, nach unseren Bräuchen zu leben, dann bist du bereits verheiratet«, erklärte Orwo. »Mehr ist nicht erforderlich.«

»Tatsächlich?« rief John erfreut.

»Na was denn sonst«, erwiderte Orwo.

»Ich darf also Pylmau meine Frau nennen?«

»Lange schon«, bestätigte Armol und schenkte Wodka ein.

Nach Besichtigung der russischen Geschenke erklärten sich die Gäste mit Johns Teilungsplan einverstanden und beschlossen nach einigem Hin und Her, den Stoff der Familie von Guwat zu geben, der lange Zeit krank gewesen war.

Die drei Matrosenhemden aus Flanell für sich zu behalten, wie Orwo riet, lehnte John jedoch ab und schenkte sie Tnarat, Orwo und Armol.

»Was der Mensch so alles braucht«, sagte Orwo und blickte sorgenvoll auf die Geschenke. »Was uns noch fehlt, sind ein Außenbordmotor, neue Winchesterbüchsen und Patronen und ein hölzernes Walboot für die Fahrt im Eis. Aber es ist teuer. Wahrscheinlich kostet es dreimal zwanzig Walroßzähne oder die Barten eines Walfisches ... Und du sagst, man könnte ohne all das auch nach altem Brauch und mit altertümlichen Geräten leben«, wandte er sich an Armol. »Würdest du aber heute nur mit dem Spieß oder dem Pfeil und Bogen ausgerüstet aufs Meer gehen?«

»Hoffentlich gelingt es uns, ein Walboot mit Außenbordmotor zu kaufen«, meinte John. »Entrichten eigentlich die Tschuktschen Abgaben an die russische Regierung?« wandte er sich an Orwo.

»Wer will, der zahlt«, antwortete Orwo wegwerfend.

»Wie das?«

»Man zahlt bei uns nach Gutdünken«, erklärte Orwo. »Als Geschenk für den Beherrscher der Sonne, den russischen Zaren.«

»Das ist aber seltsam«, meinte John.

»Da ist nichts Seltsames dran«, erwiderte Orwo. »Man gibt allerlei unnützes Zeug, das in der Wirtschaft nicht mehr gebraucht wird.«

Überall, wo die drei die Geschenke verteilten, empfing man sie freudig und suchte sie zu bewirten, wenn auch das Lebensniveau der einzelnen sehr unterschiedlich war: Es gab ganz Arme in Jarangas mit zerrissenen Dächern, deren Schlafkammern nur aus halbverfaulten Rentierfellfetzen bestanden.

In einer anderen Jaranga lebten halbblind und schmutzstarrend zwei alte Männer, die mit den Hunden aus einem Kübel aßen, der in der Mitte des stinkenden Tschottagins stand.

»Gibt es denn niemand, der den Alten helfen könnte?« wandte sich John an Orwo.

»Sie haben keine Verwandten«, erwiderte er verlegen. »Mitleidige Menschen bringen ihnen Essen und räumen hin und wieder in der Jaranga auf. Die beiden Alten hätten längst hinter den Wolken verschwinden müssen«, fuhr Orwo fort, als sie wieder im Freien waren. »Bei uns ist es Brauch, daß ein Mensch, der sich nicht mehr selbst ernähren kann und weniger als seinen Lebensunterhalt einbringt, freiwillig hinter den Wolken verschwindet. Aber Mutschin und Eleneut hatten das Unglück, daß ihre Söhne, die ihnen geholfen hätten, in die andere Welt zu gelangen, vorher starben. Jetzt gibt es niemand mehr, der den Brauch vollziehen kann, und die Alten werden sich quälen, bis sie erlöschen.«

John war erschüttert. »Wie grausam doch das Leben ist«, rief er.

»Ja«, gab Orwo zu. Nachdenklich fuhr er fort: »Mutschin und Eleneut hatten kein Glück. Wären ihre Söhne noch am Leben, so brauchten sie sich nicht zu quälen und lebten bereits in der anderen Welt.«

16

Nach dem ersten Schneefall übte sich John im Lenken des Hundegespanns. Die Hunde waren im Sommer fett und träge geworden, einige hatten sogar den Heimweg vergessen und mußten in der ganzen Siedlung gesucht werden. Das ging nicht ohne Pylmaus Hilfe, denn John kannte ihre Rufnamen nicht.

Als das Gespann endlich beisammen und angeschirrt war, setzte sich John mit munterem Huiruf auf den Schlitten, doch der rührte sich nicht. Die Hunde beschnupperten sich gegenseitig, als hätten sie das Kommando nicht gehört. Auf Johns Schimpfen und nach weiteren vergeblichen Huirufen aber sah sich der Leithund nur vorwurfsvoll nach dem neuen Schlittenlenker um. So blieb John nichts übrig, als Pylmau zu rufen, die einige Worte an die Hunde richtete und dann ruhig »Hui!« rief.

Die Hunde zogen so schnell an, daß John gerade noch auf den Schlitten springen konnte. Nachdem er eine Runde auf der Lagune gedreht und sich in den Kommandos »kch-kch« und »pot-pot« (rechts und links) geübt hatte, lenkte er den Schlitten zur Jaranga zurück, wo er bremste, ein gedehntes »H-e-e-e« rief und die Eisenspitze seines Stockes in den noch lockeren Schnee trieb.

»Was hast du den Hunden gesagt, daß sie so schnell anzogen?« fragte er Pylmau.

»Nichts Besonderes. Ich sagte ihnen, daß sie auf dich zu hören hätten, weil du jetzt ihr Herr seist.«

»Das ist alles?« meinte John ungläubig.

»Was sollte ich ihnen sonst sagen? Jetzt wissen sie, was sie zu tun haben.«

In der Praxis aber ging es doch nicht so glatt. Das Gespann war nicht vom Fleck zu bewegen, weil sich der Leithund nicht um Johns Kommandos kümmerte und ihn nur verächtlich ansah. Erst als John außer sich geriet und ihm mit der Peitsche mehrmals eins überzog, drehte er sich zwar noch einmal um, trabte dann aber doch los.

Gegen Abend taumelte John erschöpfter als die Hunde in die Jaranga. »Trotz allem habe ich sie jetzt gezwungen, mir zu gehorchen, Mau! Sie haben mich als Herrn anerkannt«, triumphierte er.

»Anders konnte es ja nicht sein«, meinte Pylmau, »ich habe es ihnen doch gesagt.«

In den trüben Herbsttagen baute John, zuweilen von Orwo, Armol und Tnarat unterstützt, die Jaranga um. Es wurde eine etwas seltsame, aber wohnliche Behausung. John hatte die Jaranga von Carpenter in Keniskun nicht sklavisch nachgeahmt, denn der Händler hielt kein Hundegespann. John aber, der die Hunde dringend brauchte, erweiterte den Tschottagin und teilte ihn durch eine niedrige zaunartige Scheidewand in zwei Teile: einen für die Menschen, den anderen für die Hunde. In dem für die Menschen bestimmten Teil standen ein grobgezimmerter Tisch, ein Hocker und, an die Wand gelehnt, eine große Kiste, die als Schrank diente. Mehrere Regale waren mit Seehundriemen an der Wand befestigt. Um das Doppelte erweitert, war die Kammer in ein richtiges Zimmer verwandelt worden, mit breiter Lagerstatt aus ausgesuchten weißen Rentierfellen. Was die schwierige Heizungsfrage betraf, hatte er sich mit den gewöhnlichen steinernen Tranlampen begnügen müssen, die allerdings den Vorteil hatten, Licht und Wärme gleichzeitig zu spenden.

In eine Wand des Tschottagins schnitt John eine quadratische Öffnung, in die er die getrocknete milchglasfarbene Blase eines Walrosses, wie man sie zum Bespannen von Jarjars verwandte, einsetzte. Sofort wurde es hell im Raum, und die Enmyner kamen, einen Blick durch das Fenster zu werfen.

In der Schlafkammer war alles, abgesehen von dem kupfern glänzenden Waschbecken, das in einer Ecke hing, beim alten geblieben. Hier hatte früher ein Glücksgott gehangen, dessen spöttisches Lächeln um den opferblut- und speckverschmierten Mund John abstieß. Anfangs widersetzte sich Pylmau seiner Umquartierung nach draußen, aber John erklärte entschieden, der Gott werde sich an der frischen Luft viel wohler fühlen als in der stikkigen Schlafkammer. Das kupferne Waschgefäß dagegen könne durch einfrierendes Wasser einen Riß bekommen.

Da ihm das Hundegespann jetzt gehorchte, konnte John gemeinsam mit den anderen Jägern in die Tundra fahren. Hier zeigte ihm Orwo die Plätze, an denen Toko dem Polarfuchs nachgestellt hatte.

»Das sind jetzt deine Plätze«, sagte er. »Du kannst schon Köder auslegen; wenn sich das Fell des Fuchses dann weiß färbt, stellst du Fuchseisen auf. Ich zeige dir, wie man das macht.«

Als Köder benutzten sie von der Brandung angespülte Tiere, die, für menschlichen Genuß unbrauchbar, einen leichten Aasgeruch ausströmten.

Die See war noch nicht vollständig zugefroren. Der Wind wehte aus wechselnden Richtungen und trieb das krümelige Eis von der Küste fort und wenig später wieder heran. In stürmischen Nächten prasselten die von der Brandung hochgeschleuderten eisigen Brocken wie Geschosse gegen die Jarangas.

Frühmorgens gingen die Männer auf die Suche nach Strandgut. John, dem hauptsächlich etwas an Brettern lag, erntete nebenbei Meerkohl, dessen Geschmack an frisch eingelegte saure Gurken erinnerte.

Lange vor Tagesanbruch schon machte er sich auf den Weg.

In phosphoreszierendem Licht brandete die See gegen das vereiste Geröll am Strand. Über Eisschollen ging John in westlicher Richtung weiter. Unterwegs markierte er angespülte Bretter und Bohlen mit Steinen, zum Zeichen für andere Suchende, daß sich für das Holz bereits ein Besitzer gefunden habe. In der ersten Morgendämmerung erreichte er die schmale Einfahrt zur Lagune. Hier weiterzugehen war sinnlos, denn jenseits der Durchfahrt fiel das Ufer in steilen Felsen zur See ab.

John setzte sich, um auszuruhen. Tief Atem holend, fühlte er, wie ihn die eisige Seeluft in die Nase zwickte. Zögernd durchbrach die Morgendämmerung die dicken, regenschweren Wolken und ließ alles, was dem Wanderer im Dunkeln seltsam erschienen war, wieder alltäglich und vertraut werden. Ungewöhnlich blieb nur ein riesiger dunkler Gegenstand, der bei der Durchfahrt in den Wellen hin- und herrollte. Zunächst hielt ihn John für eine große Welle, aber sie unterschied sich von den anderen Wellen durch ihre sonderbare Beständigkeit.

John ging näher heran. Je heller es wurde, um so rätselhafter erschien der Gegenstand. Erst in unmittelbarer Nähe erkannte er, daß ein riesiger Wal fast zur Hälfte auf dem Strand lag. Seine schwarzglänzende rissige Haut bedeckten Muscheln. Allem Anschein nach war das Tier verendet: auf natürliche Art oder durch Walfänger tödlich verwundet. Mit jedem Wellenschlag hob und senkte sich der leblose Meeresriese.

Allmählich ging John auf, wie wertvoll seine Entdekkung für die Bewohner von Enmyn war, und er machte sich schnellstens über den hohen grasbewachsenen Uferstreifen hinweg auf den Heimweg. Eine menschliche Gestalt in der Ferne entpuppte sich beim Näherkommen als Tnarat, der genießerisch an Strandkohlstengeln kaute.

»Du bist aber früh auf den Beinen!« rief er mit vollem Mund und zeigte John stolz ein schwarzes Stück Walroßknochen. »Amerikanische Sammler, die solche Stücke sehr schätzen, geben für ein einziges kleines Bruchstück schon eine ganze Tafel Kautabak. Und was hast du aufgetrieben, Frühaufsteher?« fragte er.

»Ich hab' einen Wal gefunden.«

»Was hast du gefunden?«

»Einen Wal.«

»Du verwechselst wohl einen Delphin mit einem Wal«, meinte Tnarat.

»Einen richtigen großen Wal hab' ich entdeckt«, rief John. »Tatsächlich! Geh und sieh selbst!«

»Na schön.« Immer noch zweifelnd, setzte sich Tnarat dann doch schleunigst nach Westen in Marsch.

Wenig später stieß John auf Armol, der zwar keinen Zweifel äußerte, sich von dem Fund aber persönlich überzeugen wollte.

Alle Männer von Enmyn schienen heute auf der Suche nach Meeresgaben zu sein, doch keiner nahm Johns Bericht ernst. Die meisten vermuteten, daß es sich um ein Walroß, eine Robbe oder aber um einen Delphin handelte.

Kurz vor der Siedlung vernahm John hinter sich Rufe. Als er sich umwandte, sah er Tnarat und Armol wie bei einem Wettlauf dicht nebeneinander angerannt kommen.

»He, Son!« rief Armol. »Du hattest recht! Ein richtiger Wal!«

»Ein Koloß, wie wir ihn in Enmyn wohl noch nie erbeutet haben«, bestätigte Tnarat.

An John vorbei rannten sie auf die Siedlung zu.

Als er herankam, war schon alles auf den Beinen. »Son hat einen Ritlju gefunden! Einen Wal, wie ihn Enmyn noch nicht gesehen hat«, ging es wie ein Lauffeuer von Jaranga zu Jaranga. Man spannte die Hunde ein und legte riesige Messer mit langen Griffen bereit.

»Du hast unserer Siedlung Glück gebracht!« begrüßte der alte Orwo John freudig. »So einen Ritlju zu finden ist ein großer Erfolg!«

Ohne erst auf ihren Mann zu warten, hatte Pylmau die Hunde angeschirrt und den großen ledernen Rucksack auf den Schlitten gelegt.

Ein Gespann nach dem anderen setzte sich in Trab. Hinter ihrem Mann saß Pylmau und schwieg ehrfurchtsvoll. Eine ganze Karawane von Hundeschlitten stob den Strand entlang. John hatte tatsächlich unerhörtes Glück gehabt. Orwos Worte trafen zu: Seit Johns Anwesenheit in Enmyn war das Glück zum erstenmal auch in die entlegene Siedlung an der Eismeerküste gekommen. Den Schlittenfahrern folgten so viele Fußgänger, daß es Pylmau schien, als habe sich ganz Enmyn auf den Weg gemacht. Da nach altem Brauch alles, was am Strand gefunden wurde, demjenigen gehörte, der es als erster entdeckte, war ihr Mann der Reichste in der Siedlung, und selbst Männer mit starken Händen konnten ihm, dem Weißen, den sie noch unlängst bedauernswert und minderwertig fanden, nicht mehr das Wasser reichen. Auch sie hatte John nicht für voll genommen, als er sich in ihrer Jaranga niederließ. Wie hätte man ihn, der sich nicht einmal ohne fremde Hilfe an- oder ausziehen konnte, auch als richtigen Menschen, geschweige denn als Mann ansehen können. John war für sie ein hilfloses Wesen, dem man kein Gefühl, außer Mitleid, entgegenbrachte. Das hatte sich nach und nach geändert. Seine Hartnäckigkeit, sein Lebenswille und sein Zorn, wenn er merkte, daß man ihn bedauern und verwöhnen wollte, erinnerten sie seltsamerweise an Toko, der sich als Waise durch Hartnäckigkeit die Achtung der Enmyner errungen hatte. Mitunter meinte Pylmau voll Angst, bei Son Züge des Verstorbenen zu entdecken, und die Ähnlichkeit schien ihr zuweilen so stark, daß sie unwillkürlich Johns Namen rief, um sich zu vergewissern, daß es nicht Toko war. So auch jetzt, wo sie sich an Johns Rücken lehnte und beim Umschauen Tokos Kamleika erblickte.

»Son!« rief sie.

»Was ist, Mau?«

»Nichts.«

»Bald sind wir da«, sagte John. »Da ist schon der Wal.«

Pylmau fuhr herum. Um den Wal wimmelte es von Menschen wie von Fliegen auf einem Stück Fleisch.

Die bereits bei der Fundstelle angelangten Männer säbelten quadratische Hautstücke mit dem gelblich-weißen Speck aus dem Walkörper. Ihre Gesichter glänzten vor Fett, und die Kinnbacken mahlten.

»Ittilgyn!« rief Pylmau, stürzte sich auf ein Stück Walhaut mit Speck, schnitt einen großen Happen ab und reichte ihn John. Die Haut erinnerte an abgetragene Sohlen von Gummigaloschen.

»Später«, lehnte John höflich ab.

Orwo, der die Leitung des Ganzen übernahm, befahl allen, mit den Hunden zurückzutreten.

»Ein Strahl schießt aus seinem Magen hoch und kann uns allesamt von Kopf bis Fuß beschmutzen«, erklärte er John.

Armol, der auf den gewölbten Bauch des Wales geklettert war, machte einen tiefen Einschnitt, ließ sich wieder heruntergleiten, band zwei spießartige Messer zusammen und führte aus der Entfernung einen gezielten Stoß gegen den Bauch. Im selben Augenblick schoß eine Fontäne zischend und stinkend in die Luft, und der Wal schrumpfte zusammen. Das Ausschlachten begann.

Bis in die späte Nacht dauerte die Arbeit. In dem ganzen Überfluß hungerte John als einziger. Alle anderen kauten. Lange schon schliefen die Hunde, satt und erschöpft. Auch die Kinder hatte man nah beim großen Feuer zum Schlafen gelegt. Ausgehungert entschloß sich John endlich, ein Stück Walhaut mit Speck zu versuchen. Die Haut hatte so gut wie keinen oder, besser gesagt, einen undefinierbaren Geschmack. Der Speck schmeckte wie gewöhnlicher Speck; je mehr John aber davon aß, um so süßer fand er ihn. Nachdem er automatisch mehrere Stücke gegessen hatte, war sein Gesicht, wie das der anderen, fettig und rußverschmiert vom qualmenden, abwechselnd mit Speckstücken und riesigen Walrippen genährten Feuer.

»Die Barten sind ganz!« erscholl im nächtlichen Dunkel ein Ruf. Armol, der sich zum Rachen des Wales vorgearbeitet hatte, brachte nach einer Weile so viele lange, biegsame Hornplatten ans Feuer, daß ein ansehnlicher Haufen entstand.

»Napo«, rief Pylmau. Die anderen Frauen stimmten wie ein Echo in den Ruf ein und machten sich daran, den weißen Belag von den Barten zu schaben. Auch John ließ man davon kosten, und er fand, daß er einen austerähnlichen Geschmack hatte.

Gemeinsam mit den anderen schichtete er Fleisch und Speck des Wales auf einen Haufen und riß die kräftigen, stangenähnlichen Rippen aus dem Leib. Als er sich gegen Morgen erschöpft am Feuer niederfallen ließ, setzte sich Orwo zu ihm.

»Welcher Reichtum«, sagte der Alte und fuhr mit der Hand über eine vom Napo gesäuberte Barte. »Ich hatte kaum zu hoffen gewagt, daß sich noch Barten im Rachen des Wales finden würden, weil ich annahm, die Besatzung eines Walfischschoners hätte ihn erlegt. Die schneiden nur die Barten ab und lassen den Kadaver treiben. Genauso verfahren sie mit Walrossen: Sie schlagen ihnen die Zähne aus und werfen die Kadaver ins Meer. Der hier aber hatte noch alle Barten. Das Glück lacht dir an deinem Lebensbeginn bei uns. Das ist ein gutes Zeichen, John. Ich freue mich für dich.«

John verneigte sich dankend.

»Nach Brauch unseres Volkes gehört das, was am Meeresstrand liegt, dem Finder«, fuhr der Alte fort. »Doch selbst wenn du den Wal für dich behalten wolltest, brauchtest du länger als ein Jahr, um Fleisch und Speck nach Enmyn zu schaffen. Die Barten aber gehören dir. So will es eine alte Regel. Was wirst du mit diesem Reichtum anfangen?«

»Ich weiß es nicht«, meinte John zögernd. »Hier haben doch die Barten keinen besonderen Wert. Wozu taugen sie überhaupt?«

»Zu allerlei: Man macht daraus Angelschnüre, Beschläge für Schlittenkufen, allerlei Kleinzeug und Geschirr. Aber heutzutage würde nur ein Dummkopf Geschirr und Kufenbeschläge aus Walfischbarten machen, wo man Metallgeschirre und stählerne Kufen dafür kaufen kann«, erwiderte Orwo und blickte schweigend in die Glut. »Was also wirst du mit den Barten machen?« fragte er noch einmal.

»Wir teilen sie, wie wir die Geschenke vom russischen Schiff und den ganzen Walfisch geteilt haben«, antwortete John.

»Das werden deine neuen Landsleute nicht gutheißen.«

»Aber sieh doch ein, Orwo, daß ich den Wal nur zufällig als erster entdeckte. Wäre ich später aufgestanden, hätte ihn Tnarat, der nach mir kam, gefunden.«

»Aber du bist früher aufgestanden, anstatt dich mit deiner jungen Frau zu vergnügen«, widersprach Orwo. »Du hast dich in der Morgenkälte auf den Weg gemacht, obwohl du auch daheim bleiben konntest. Das Glück kommt nur zu dem, der ihm entgegengeht«, fuhr der Alte nachdenklich fort. »Nicht um den Besitz der Barten geht es. Sie gehören dir, und das ist so wahr, wie daß bald die Sonne aufgeht.«

»Schön, ich nehme einstweilen die Barten. Im Sommer aber werden wir sie an die Händler verkaufen und all das erstehen, was unsere Leute brauchen«, entschied John.

»Verkaufen und kaufen will überlegt sein. Für Walfischbarten kann man säckeweise Mehl sowie Berge von Blattabak kaufen, und sämtliche Bewohner von Enmyn können Kamleikas von farbigem Stoff haben ... Ich will dir aber einen guten Rat geben. Allerdings weiß ich nicht, ob du ihm folgen wirst«, meinte Orwo, »denn hat sich je ein Weißer von einem Tschuktschen raten lassen?«

»Und wie war es mit dem Kapitän der ›Waigatsch‹?« erinnerte John den Alten.

»Das war kein Rat. Ich sagte ihm nur, was wirklich war. Er konnte nicht anders handeln, du aber brauchst nicht auf mich zu hören.«

»Warum soll ich einen klugen Rat nicht annehmen?« fragte John.

»Dann rate ich dir, für diese Barten ein hölzernes Walboot zu kaufen.« Orwo sagte das in einem Ton, als hätte er seinen geheimsten Wunsch verraten. Er schwärmte für ein kräftiges hölzernes Walboot, mit dem man auch im Eis fahren konnte.

»Einverstanden«, sagte John. »Wir kaufen nicht nur ein Walboot, sondern auch einen Motor dazu.«

»Für einen Motor reicht es sicherlich nicht«, meinte der Alte.

»Doch«, widersprach John, »ich kenne die Preise.«

»Aber Carpenter hat seine eigenen Preise ...«

»Wir werden nicht bei ihm nachfragen, sondern das Boot in Port Hope kaufen«, unterbrach John den Alten.

»Ein guter Plan!« rief Orwo begeistert und stand auf.

»Ans Werk, Freunde! Laßt uns Fleisch und Speck nach Enmyn bringen.«

Mehrere Tage lang waren die Gespanne mit dem Abtransport beschäftigt. Da sich die alten Vorratsgruben als zu klein erwiesen, hatte man schnell neue in den frostharten Boden hacken müssen. Einen Teil der Beute vergrub man im noch vorhandenen Schnee am Nordhang des Berges Enmyn.

Von dem Wal war nur noch das Skelett mit Fetzen von Fleisch und Fett übrig.

»Das wird die Polarfüchse anlocken«, sagte Orwo und befahl, alle vorhandenen Fangeisen bereitzumachen.

Auch Pylmau holte die angerosteten Eisen aus der Vorratskammer, kochte sie in ausgelassenem Walfischspeck und hängte sie ein paar Tage an die frische Luft, damit sich der Metallgeruch verflüchtigte.

In den dunkelsten Wintertagen, als sich die Sonne nicht mehr über dem Horizont erhob, stellten die Jäger von Enmyn an den zahllosen Fuchspfaden ihre Fangeisen auf.

17

Der Winter war in diesem Jahr härter als im vergangenen. Nachdem das Meer zu Eis erstarrt war, setzten die Schneestürme ein. Am Strand türmten sich Schollenhaufen von solchen Ausmaßen, daß kein Gespann sie überwinden konnte und die Enmyner zu Fuß auf die erste Jagd gehen mußten.

Wenn der Sturm von der einen Seite nachließ, frischte er von der anderen wieder auf. Nur mit Mühe gelang es den Bewohnern, die Eingänge ihrer Jarangas freizuschaufeln. Zuerst schaufelte John nach jedem Schneesturm das einzige Fenster seiner Jaranga frei, bald aber wurde er es leid, und das Licht drang nur noch durch den Rauchabzug in den Tschottagin.

Wenn die Jäger an den seltenen windstillen Tagen die Fallen kontrollierten, kehrten sie jedesmal mit reicher Beute heim.

»Wir müßten mehr Fangeisen haben«, sagte Orwo bekümmert.

Alle Pelztiere der Tschuktschenhalbinsel schienen sich von den Resten des Wales zu ernähren. Nicht selten gingen auch Brandfüchse, Hasen und Vielfraße in die Fallen.

Besonders freute sich Pylmau über einen Vielfraß, den John eines Tages mit nach Hause brachte, weil das Fell des Vielfraßes viel besser sei als das des Polarfuchses.

»Die Händler sind allerdings anderer Meinung«, sagte sie, »obwohl das Vielfraßfell unempfindlich gegen Nässe und sehr haltbar ist und nicht bereift. Ganz anders das Fuchsfell, das, feucht geworden, sofort zusammenfällt.«

Während Pylmau die Felle geschickt abzog, schabte John die Fettreste von der Lederseite und spannte die Pelze auf Querhölzer, von denen er bei Bedarf neue zimmerte. Um den Polarfüchsen ihr makelloses Weiß zu verleihen, hängte man sie dann getrocknet tagelang in den eisigen Wind.

So verlebten die Leute von Enmyn den Winter 1912/1913: sorglos und ruhig. In den Vorratsgruben lagen Walroßfleisch und Walfischspeck, und in den Schlafkammern war es auch bei einem Schneesturm warm und hell.

Als John in seiner Kammer eines Tages das lange nicht benutzte Tagebuch in die Hände fiel und er das Geschriebene überlas, griff er zum Stift und schrieb:

»Liebes Tagebuch! Lange nicht gesehen; und wenn ich nicht zufällig auf dich gestoßen wäre, hätte ich dich ganz und gar vergessen. Was habe ich dir zu sagen? Eigentlich nichts. Das Leben geht seinen Gang: Der Mensch atmet, liebt, ißt und trinkt und genießt die Wärme in diesem Reich des Frostes und der eisigen Stürme. Eine einfache wärmende Flamme und der warme Hauch der Häuslichkeit haben hier einen Wert wie nirgendwo sonst auf der Welt. Der Mensch sehnt sich nach der Wärme wie nach einem Festtag. Ein ›Hoch‹ der Wärme und der guten Laune.«

Nachdenklich legte er den Bleistift fort. Seit einigen Tagen bereitete ihm der Zustand des kleinen Jako Sorge. Der Junge war abgemagert und hatte keinen Appetit. John führte es zunächst auf den Mangel an frischer Luft zurück, denn wegen des Schneesturmes durfte der Junge die Jaranga lange Zeit nicht verlassen. Heute früh nun war er stöhnend auf seinem Lager liegengeblieben.

Besorgt bot Pylmau dem Knaben die leckersten Happen und zurückgelegte Zuckerstücke an, doch Jako schüttelte nur den Kopf und starrte mit gelblich verfärbten Augen in die Abzugsöffnung.

So vergingen zwei Tage.

»Laß uns Orwo rufen und mit ihm beraten«, sagte Pylmau am dritten Tag schüchtern zu John.

»Selbstverständlich«, stimmte er zu und ging selbst zu dem alten Mann, dem er von Jakos Krankheit berichtete. Orwo versprach, noch am selben Abend zu kommen.

Gegen Abend ließ der Wind nach, und es klarte auf, als wolle der Himmel dem Leid der Menschen lauschen. John, der hinausgegangen war, die Hunde zu füttern, sah das Leuchten des Nordlichts und große flimmernde Sterne am frostklaren Himmel.

Mit seltsamen Gerätschaften erschien Orwo. Er war besorgt und wortkarg. Ohne sich um Pylmau oder John zu kümmern, wandte er sich an den kranken Jungen, den er nach seinem Befinden fragte und dem er Mut zusprach.

Nach beendeten Vorbereitungen bat Orwo die beiden, in den Tschottagin zu gehen.

»Was hat er vor?« flüsterte John und horchte auf die Geräusche in der Schlafkammer.

»Er wird ihn heilen«, sagte Pylmau hoffnungsvoll. »Orwo ist ein Enenyljyn. Nur liebt er es nicht, wenn man ihn mit Nichtigkeiten behelligt wie Leibschmerzen oder so was. Er übernimmt die Heilung nur, wenn ein Mensch sonst sterben würde.«

Demnach war Orwo auch noch ein Schamane. John staunte über die Vielseitigkeit dieses Menschen, der die Jagdgemeinschaft leitete, Meister im Schnitzen von Walroßbein, Oberster Richter und Gesetzeskodex, Oberhaupt der Siedlung und Heilender in einer Person war.

Doch Orwo war weder gewählt noch ernannt und auch nicht das Oberhaupt der Siedlung Enmyn. Man achtete ihn und beriet sich mit ihm wie mit jedem anderen. Hinzu kam, daß fast alle Enmyner in gewissem Grade mit Orwo verwandt waren und er unter ihnen in den für John unentwirrbaren Verwandtschaftsverhältnissen als Ältester und Erfahrenster den Ehrenplatz einnahm.

Aus der Schlafkammer hörte man leisen Gesang, begleitet vom Rhythmus der Tamburinschläge. Von Zeit zu Zeit unterbrach Gemurmel den heiseren Gesang, von dem John jedoch nicht ein einziges Wort verstand.

»Was sagt er?« fragte er.

»Ich verstehe auch nichts«, erwiderte Pylmau. »Er spricht mit den Göttern. Gewöhnlichen Menschen ist es nicht gegeben, diese Sprache zu verstehen.«

Immer lauter wurden Gesang und Tamburinschläge. Von den Wänden als Echo zurückgeworfen, hallten donnernde Beschwörungen durch den Tschottagin. Die Stimme des Enenyljyn drang aus der Schlafkammer durch den Rauchabzug ins Freie und kroch von da hinter Johns Rücken, daß dieser erschreckt herumfuhr. Plötzlich wurde die menschliche Stimme von Vogelgeschrei und dem Gebrüll unbekannter Tiere übertönt, als wäre ein geschickter Imitator in der Schlafkammer am Werk. Nur Pylmaus erschreckter, frommer Gesichtsausdruck hinderte John, den Vorhang zu lüften und dem Treiben des alten Orwo zuzuschauen.

»Pylmau«, drang eine Stimme aus dem Rauchabzug, als käme sie vom Sternenhimmel.

»Toko!« rief Pylmau und verdeckte ihr Gesicht mit dem Ärmel.

Als John hochblickte, sah er im Rauchabzug nur die Sterne leuchten. Doch seltsamerweise war Tokos Stimme wieder zu hören.

»Meine Sehnsucht nach dem Sohn ist in Orwo eingezogen. Ich weiß, daß ich euch leiden mache, aber habt ihr kein Herz für meine Qual?«

Angst kroch Pylmau den Rücken hoch. Mit zitternder Stimme rief sie in den Rauchabzug: »Toko! Wenn du es bist, dann erscheine!«

»Wie kann ich, da ihr mich bestattet habt? Nein, für mich gibt es weder Körper noch Atem mehr ... O Jako, du einziges, geliebtes Söhnchen! In dir allein lebe ich, aber der Kummer nagt an mir, und ich möchte dich sehen!«

Pylmau fiel in hysterische Zuckungen. Im Tschottagin begannen die Hunde zu heulen, und gespenstisch leuchtete das Polarlicht in der Abzugsöffnung.

»Komm zu mir, o Jako!« heulte Tokos Stimme.

Obwohl John wußte, daß das Ganze nichts als eine Manifestation von Orwos Schauspielkünsten war, brach ihm der kalte Schweiß aus. Er erinnerte sich, als Student ein Buch über die Religionen der Urmenschen und die Hexenkünste der Schamanen gelesen zu haben. Manche Schamanen verfügten über so starke hypnotische Kräfte, daß sie Menschenmassen zwingen konnten, ihnen zu gehorchen, und selbst Forscher waren gegen deren Kräfte nicht gewappnet. Aus Bescheidenheit hatte es Orwo abgelehnt, sich als großen Schamanen zu bezeichnen. Jetzt wußte John, Orwos Schamanentum erklärte im wesentlichen seine Macht über die Siedlungsgenossen. John mußte seinen ganzen Willen aufbieten, um selbst den Zauberkünsten des Alten zu widerstehen und sich der Schlafkammertür nähern zu können.

Als er mit einem Ruck den Vorhang zurückschlug, sah er im Schein der erlöschenden Tranlampe Orwo mit ausgebreiteten Armen auf der Fellunterlage liegen, den Blick starr zur Decke gerichtet.

»Orwo!« rief er, den Alten am Rock fassend. »Was ist mit dir?«

John fühlte nach seinem Puls, doch er war kaum zu spüren.

»Orwo! Orwo! Was hast du angerichtet!« rief John und stürzte auf den kranken Jungen, den er zu seiner Überraschung in tiefem Schlaf und ruhig atmend fand.

Orwo bewegte sich und stöhnte. Um ihm Wasser einzuflößen, drückte John die fest geschlossenen Zähne des Alten auseinander.

Mit matter Stimme fragte er: »Bist du es, Son?«

»Ja, ich bin es«, antwortete John. »Was hast du hier bloß aufgeführt! Bleib liegen und ruh dich aus. Ich kümmere mich jetzt um Mau.«

Durch Tränen und Erschütterung ermattet, kroch Pylmau in die Schlafkammer, wo sie mit zitternden Händen die Flamme der Tranlampe richtete.

Orwo stand auf und sammelte seine Schamanenutensilien auf.

»Der Junge wird wieder gesund«, sagte er im Ton eines erfahrenen Arztes. »Gebt ihm nichts Fettes zu essen, und laßt ihn öfters die Nase aus dem Tschottagin stecken, um frische Luft zu schnappen. Toko habe ich überzeugt, daß es dem Jungen gutgeht und Son wie ein Vater zu ihm ist. Ich habe ihm gesagt, er solle euch nicht weiter beunruhigen, weil ihr ein Kind erwartet. Ich bin jetzt müde und gehe nach Hause.«

Tatsächlich erholte sich der Junge rasch. John dachte noch lange an Orwos Zauberkünste. Der Alte hatte wohl den Augenblick abgepaßt, in dem der Organismus des Jungen die Krankheit bereits überwand, und diesen Umstand geschickt ausgenutzt. Jedenfalls genas der kleine Jako zusehends.

Um die Wintersonnenwende, als sich ein winziger roter Sonnenstreifen über dem Horizont zeigte, konnte er bereits ins Freie gehen. Aufgeregt kam er eines Tages gelaufen und rief: »Ein Schlitten kommt von Westen!«

Gäste aus dieser Richtung waren mitten im Winter selten. Die Zeiten waren schwer: Man mußte den Seehund weit vom Ufer entfernt jagen, und die Tage waren kurz. Kaum hatte der Morgen gedämmert, wurde es schon wieder dunkel, und die Schatten der Uferfelsen krochen auf Schollenberge und Tundra zu.

John trat ins Freie und schloß sich den an der letzten Jaranga versammelten Männern an. Mit Hilfe von Orwos Fernglas, das von Hand zu Hand ging, riet man hin und her, was für Gäste da wohl kämen.

»Nicht ein, sondern zwei Schlitten sind es!« rief Armol und setzte das Glas ab.

»Wer mag das sein?« Orwo führte das Glas an die Augen und studierte längere Zeit die Art des Geschirrs. »Sie fahren langsam . . . sie müssen von weit her kommen. Ihre Last ist groß. Auf einem der Schlitten sitzt ein weißer Mann. Sieh nur, was er alles auf dem Leib trägt«, sagte er und reichte John das Glas.

Ja, es waren zwei Gespanne, und sie fuhren tatsächlich langsam, doch konnte John den weißen Mann beim besten Willen nicht erkennen, und er gab Orwo das Glas zurück.

»Stimmt es, daß dort ein weißer Mann kommt?« fragte Orwo.

»Möglich«, wich John aus. »Es ist schwer zu erkennen.«

»Wenn es ein Weißer ist, dann will er zu niemand anderem als zu dir, Son«, meinte Armol. »Und wenn er Nachricht aus deiner Heimat bringt?«

Inzwischen hatten sich die Gespanne so weit genähert, daß man die Fahrgäste mit bloßem Auge erkennen konnte.

»Ein bedeutender Gast kommt«, sagte Orwo zu John. »Befiehl deiner Frau, den großen Teekessel aufs Feuer zu stellen.«

An der letzten Jaranga hielten die Gespanne. Leichtfüßig sprang ein pelzvermummter Mann vom hinteren Schlitten und ging geradenwegs auf John zu.

»Hallo, John!« rief er von weitem. »Erkennen Sie mich nicht?«

Als der Ankömmling die mit dichtem Faultierpelz verbrämte Kapuze zurückschlug, erkannte John Mr. Carpenters Glatze.

»Mister Carpenter!« rief er überrascht. »Was führt Sie in dieser Jahreszeit hierher?«

»Ich will zu Ihnen, lieber John! Zu Ihnen!« erwiderte Carpenter, indem er John und danach den anderen die Hände schüttelte.

»Kakomei, Poppi!« sagten die Jäger. »Jetti!«

»Ii!« antwortete der Gast. Vertraulich klopfte er denen, die ihm bekannt schienen, auf die Schulter, schaute sie an und nannte sie beim Namen. Es hatte den Anschein, als ob ein lang erwarteter, von allen gern gesehener Gast eingetroffen wäre.

»Empfange deinen Gast, Son«, sagte Orwo zu John. »Wir kümmern uns um das andere.«

Carpenter ließ das Gepäck in Johns Jaranga schaffen und folgte dann dem Gastgeber.

»Sie müssen schon entschuldigen«, sagte John verlegen, »aber auf Gäste bin ich nicht eingerichtet. Machen Sie sich auf eine ganz gewöhnliche tschuktschische Jaranga gefaßt. Sie bietet keine Bequemlichkeit wie Ihr komfortables Haus in Keniskun, geschweige denn eine Badegelegenheit...«

»Lassen wir doch das Getue!« unterbrach ihn Carpenter. »Ich bin begeistert, Sie bei guter Gesundheit und in ausgezeichneter Form zu sehen. Anscheinend bekommt Ihnen der Aufenthalt in der Arktis und das einfache Leben unter den Eingeborenen.«

»Sieh mal an, nichts als falsche Bescheidenheit!« rief er beim Betreten des Tschottagin. »In kurzer Zeit eine Jaranga so hübsch auszubauen ist für einen Handlosen, mit Verlaub, eine überragende Leistung!«

»Ich bitte Sie, Mr. Carpenter!« meinte John verlegen. »Viele haben mir dabei geholfen: der Kapitän des russischen hydrographischen Schiffes, die Einwohner von Enmyn und vor allem meine Frau.«

Aus der Schlafkammer trat Pylmau, frisch gekämmt, in neuer bunter Kamleika, einen amerikanischen Silberdollar an dünner gedrehter Schnur aus Rentierleder auf der Brust.

»Das ist Pylmau, meine Frau«, sagte John.

»Sehr erfreut! Ich heiße Robert Carpenter«, stellte er sich vor. »Für meine Freunde Bobby oder schlicht ›Poppi‹, wie die Tschuktschen und die Eskimos mich nennen.«

Der Gast wünschte, die Jaranga näher zu besichtigen.

»Sie haben sich hier eingerichtet wie im ›Prince Albert Hotel‹!« rief er beim Anblick von Johns kleiner Kammer begeistert.

Während Pylmau das Essen bereitete, schlug Carpenter dem Gastgeber vor, einen Schluck zu trinken. Aus seinem umfangreichen Gepäck holte er ein Reisebesteck hervor, das alles Nötige, vom eleganten Korkenzieher bis zum silbernen Becher, enthielt.

»Auf Ihr Wohl!« Er trank dem Gastgeber zu.

Carpenter wartete, bis John ausgetrunken hatte, rückte dann näher an ihn heran und sagte emphatisch: »Mein Besuch, lieber John, beruht auf freundschaftlichen Gefühlen und geschäftlichen Belangen. Bilden Sie sich nicht ein, losgelöst von der übrigen Welt leben zu können. Selbst in diesen Regionen, wo menschliche Siedlungen ohne Telegraf oder Postverbindung durch riesige Entfernungen voneinander getrennt sind, gibt es allerlei unsichtbare, seltsame Kanäle, über die Informationen an die richtige Adresse gelangen. Ich meine die Nachricht von dem glückhaften Walfund und dem erfolgreichen Fuchsfang. Selbst ich habe Näheres drüber erfahren«, kicherte Carpenter mit Verschwörermiene, wobei er John zublinzelte. »Sie haben den Walfisch entdeckt, und ich möchte nicht versäumen, Sie zu diesem unerhörten Erfolg zu beglückwünschen. Lassen Sie uns jetzt einen darauf trinken und das Gespräch über den Wal auf morgen vertagen. Heute möchte ich einige Geschenke an die Bewohner Ihres Enmyn verteilen. Gestatten Sie, daß ich es in Ihrem Tschottagin tue?«

»Bitte sehr«, erwiderte John entgegenkommend.

Pylmau bewirtete den Gast mit gekochten Rentierzungen, Seehundflossen in Gelee und einer dicken Suppe aus Seehundfleisch.

Carpenter aß mit gutem Appetit und lobte die Speisen.

»Fehlt Ihnen nicht das Salz?« fragte er.

»Ich habe mich ziemlich schnell an salzloses Essen gewöhnt«, erwiderte John, »und vermisse es nicht mehr, im Gegenteil, als ich beim Kapitän der ›Waigatsch‹ zu Mittag aß, fand ich die Speisen reichlich versalzen.«

»Das glaube ich«, nickte Carpenter. »Auch ich gehe

nur ungern und gezwungenermaßen auf europäische Küche über.«

Pylmau räumte den Tisch ab und schickte Jako aus, alle davon zu benachrichtigen, daß der Gast die Bewohner von Enmyn beschenken wolle.

Carpenter machte sich ans Auspacken der Geschenke.

Auf eine Plane legte er Ziegeltee, Zucker, in Zweipfundbeutel abgepacktes Mehl, Nähnadeln, Kautabaktafeln, Pfeifentabak, grellfarbene Bonbons, Gewebekupons, Glasperlen und farbiges Baumwollgarn.

Pylmau wollte ihren Augen nicht trauen angesichts solchen Reichtums. Mit offenem Mund starrte sie auf die ausgelegten Waren, bis John ihr zuraunte, wieder an die Arbeit zu gehen.

Als erste stellten sich, von Carpenter herzlich begrüßt, die nächsten Nachbarn ein. Jedes Familienoberhaupt erhielt Mehl, Tee und Zucker und die Hausfrau eine Handvoll Glasperlen und farbiges Nähgarn. Die Anzahl der Geschenke entsprach genau der in der Siedlung ansässiger Familien. Niemand war vergessen. Zu Johns Überraschung erinnerte sich Carpenter sogar daran, wer Tabak besonders schätzte und welche Glasperlen am gefragtesten waren.

An Orwo, Armol und Tnarat gewandt aber sagte er: »Für euch habe ich etwas Besonderes mitgebracht. Wartet bitte, bis ich mit der Verteilung fertig bin.«

Die Männer setzten sich an den Tisch und tranken Tee.

Besorgt überlegte Orwo, ob John ihnen wohl beim Handel mit Carpenter helfen oder sich auf die Rolle des unbeteiligten Zuschauers zurückziehen werde. Johns Gesichtsausdruck ließ keine bestimmte Absicht erkennen. Den starken Tee schlürfend, verfolgte er schweigend Carpenters Tun.

Hocherfreut ging endlich auch der letzte Beschenkte, zurück blieben nur John, Carpenter, Orwo, Armol und Tnarat. Pylmau goß frischen Tee in die Tassen.

»Vor dem Tee laßt uns von dem bösen, närrisch machenden Wasser trinken«, erklärte Carpenter feierlich und holte eine Flasche hervor. »Ich weiß, Orwo liebt das Getränk.«

Nachdem die Becher geleert waren, übergab Carpenter die persönlichen Geschenke: Orwo erhielt eine Pfeife, Pfeifentabak und einen Kupon Gewebe, die anderen ebenfalls einen Kupon, dazu je einen Beutel Mehl und Zucker – alles in allem großzügige Geschenke.

»Und nun zu den Geschäften«, sagte Carpenter, schob die Tassen beiseite und legte einen abgegriffenen ledergebundenen Notizblock auf den Tisch. »Ich weiß, daß in eurer Siedlung zehnmal zwanzig und vierzehn Weißfuchsschwänze erbeutet wurden, dazu achtmal zwanzig Brandfüchse; Hasen- und Faultierpelze nicht gerechnet. Ich bin bereit, alle Pelze sofort zu übernehmen und sie anteilmäßig mit den vorhandenen Waren zu bezahlen. Was ihr sonst noch haben wollt, gebt ihr mir in Auftrag. Ich schreibe es hier ein« – er klopfte auf seinen Notizblock – »und bringe es euch Mitte des Sommers, wenn das Schiff aus Amerika kommt. Mitgebracht habe ich Mehl, Tee, Zucker, Tabak, Gewebe, Patronen und zwei Winchesterbüchsen, Kaliber 60. So werdet ihr nicht bis zum Sommer warten müssen. Die Ware ist selbst zu euch gekommen«, schloß Carpenter mit einem breiten Lächeln und klappte den Notizblock zu.

Unschlüssig blickten Armol, Tnarat und Orwo auf John.

»Was meinst du dazu?« fragte Orwo.

»Ich kann euch nur schwer raten«, murmelte dieser.

»Ich war noch nie bei einem solchen Handel dabei und kenne die Preise nicht . . .«

»Die Preise sind die üblichen«, unterbrach ihn Carpenter. »Selbstverständlich unter Einrechnung der Transportkosten.«

»Wir brauchen eine Menge Sachen«, meinte Orwo zögernd. »Deshalb müssen wir uns erst beraten.«

»Schön«, erwiderte Carpenter, »besprecht euch. Aber ich mache darauf aufmerksam, meine Zeit ist knapp, und übermorgen breche ich wieder auf nach Keniskun.«

»Bis morgen werden wir es uns überlegt haben«, erwiderte Orwo.

»Und damit eure Köpfe gut überlegen können, nehmt das hier«, sagte Carpenter und reichte Orwo die angebrochene Flasche.

»Welynkykun!« bedankte sich der Alte höflich und steckte das Geschenk in den Pelzausschnitt.

Als sie gegangen waren, schüttelte Carpenter den Kopf, musterte John mißtrauisch und sagte: »Sie scheinen mir irgendwie wählerisch geworden zu sein . . . Ist das Ihr Werk?«

»Ich habe hier keinerlei Einfluß«, erwiderte John, »obwohl ich von ganzem Herzen wünsche, daß sie weise entscheiden mögen.«

»Was wollen Sie damit sagen?« stutzte Carpenter.

»Mir liegt daran, daß sie für die Füchse Dinge einkaufen, die sie wirklich brauchen.«

»Können Sie mir sagen, was sie haben möchten?« erkundigte sich Carpenter vorsichtig.

»Sie brauchen ein hölzernes Walboot, zu dem natürlich auch ein Außenbordmotor gehört.«

»Das Volk hat wohl den Verstand verloren!« rief Carpenter. »Daß sie ein Walboot haben möchten, könnte ich noch verstehen, aber einen Motor? Diese Wilden, die nicht einmal von den einfachsten Mechanismen einen Schimmer haben, wollen eine Verbrennungsmaschine meistern? Zum Lachen!«

»Ich finde daran nichts Lächerliches«, entgegnete John. »Ein Motor würde ihnen das Leben sehr erleichtern. Sie könnten mehr Tiere jagen und hätten mehr zu essen.«

»Sie haben sie bestimmt beeinflußt und leugnen es noch«, sagte Carpenter erbost. »Wenn es schon so weit ist, warum wollen Sie nicht unser Teilhaber werden? Ich möchte Sie noch einmal freundschaftlich warnen«, fuhr er dann in liebenswürdigem Ton fort. »Wenn Sie als Einzelgänger handeln, wird Ihnen das schlecht bekommen. Sie ahnen gar nicht, was für Folgen so ein Handel ohne solide Unterstützung nach sich zieht.«

»Ich habe nicht vor, jemandem in die Quere zu kommen«, erwiderte John müde. »Da wir nun aber gerade dabei sind, einander Verhaltungsmaßregeln zu geben, will ich Ihnen offen sagen, daß ich keinen räuberischen Handel in Enmyn zulassen werde. Und ich bitte Sie, Mr. Carpenter, meine Landsleute nicht zu benachteiligen.«

»Aber lieber John!« lächelte dieser. »Ich handele schon fast anderthalb Jahrzehnte mit ihnen. Erkundigen Sie sich, ob sich auch nur einer von mir ungerecht behandelt fühlt. Mehr noch. Gut die Hälfte der Jäger von Keniskun bis Kap Billings hat ihre Feuerwaffen bei mir erstanden. Und das nicht gegen bar, sondern auf Kredit! Viele von ihnen sind noch weit davon entfernt, den vollen Gegenwert gezahlt zu haben.«

»Entschuldigen Sie, Mr. Carpenter, aber ich glaube nicht – denn so weit kenne ich mich in kommerziellen Dingen aus –, daß Sie zu Ihrem Nachteil, aus reiner Wohltätigkeit, Handel treiben.«

»Handel ist eben Handel ...«

»Verschieben wir das Geschäftliche auf morgen«, schlug John vor. »Sie werden von der Reise müde sein und sollten sich jetzt ausruhen.«

Mit diesen Worten geleitete er den Gast in die kleine Kammer, wo Pylmau schon das Lager gerichtet und die wärmespendende Tranlampe angezündet hatte.

Auch John begab sich zur Ruhe. Doch er hatte sich kaum entkleidet, als hinter dem angehobenen Pelzvorhang Carpenters gerötetes Gesicht wieder auftauchte.

»Nehmen Sie es mir nicht übel, John«, sagte er verlegen, »aber ehe Sie mir nicht versichert haben, daß niemand hinter Ihnen steht, kann ich nicht einschlafen. Ich will offen mit Ihnen sprechen: Wenn es jemanden gibt, der mehr bieten kann als das, worüber ich zur Zeit verfüge, bin ich bereit, Ihr Partner zu werden. Ich habe Erfahrung und, wie Sie sich selbst überzeugen konnten, großen Einfluß auf die Eingeborenen.«

»Ich gebe Ihnen mein Ehrenwort, daß ich keine Hintermänner habe. Gute Nacht!« verabschiedete sich John gereizt.

Als er eben einschlafen wollte, stieß ihn Pylmau leise an.

»Orwo ist gekommen, dich zu holen«, flüsterte sie.

»Was ist denn schon wieder los?« fragte er und steckte den Kopf in den Tschottagin.

»Wir kommen ohne dich nicht weiter«, sagte Orwo leise. »Komm doch bitte mal zu uns. Du weißt doch, wie wichtig es ist.«

Vor sich hin brummend, zog sich John an und folgte dem Alten.

Über einem hellen Feuer in Orwos Tschottagin dampfte ein Teekessel. Tabakrauch ballte sich mit dem

Rauch des Feuers um die Abzugsöffnung. Hinter einem breiten Brett, auf dem Tassen standen, hockten Tnarat und Armol.

Orwo bat John, auf einem Walfischwirbel, den er heranrückte, Platz zu nehmen, und Großmutter Tscheiwuna stellte eine Tasse starken Tee vor ihn hin.

»Es geht um folgendes«, begann Orwo. »Wir sollten alle Fuchsfelle einsammeln und dafür das kaufen, was allen Einwohnern Nutzen bringt: ein Walboot mit Motor. Nur wissen wir nicht, ob das Pelzwerk reicht.«

»Ihr habt die Walfischbarten vergessen«, meinte John.

»Wenn wir sie hinzunehmen, reicht es bestimmt für ein Walboot«, meinte Orwo erfreut.

»Und wem soll es gehören?« fragte Armol. »Ich besitze fünfmal zwanzig Fuchsfelle, Tnarat dagegen nur zweimal zwanzig.«

»Das Walboot wird allen gehören«, erklärte Orwo. »Ganz Enmyn wird sein Besitzer sein.«

Armol widersetzte sich. »Kann ja sein, daß ich dieses Walboot überhaupt nicht brauche, sondern ganz andere Dinge.«

»Was zum Beispiel?« fragte Orwo.

»Das ist meine Sache«, stieß Armol bissig hervor.

»Meine Freunde«, nahm John jetzt das Wort. »Die Walfischbarten und alle meine Felle – allerdings habe ich nicht so viele wie Armol – überlasse ich euch. Verfügt darüber nach Gutdünken. Ich denke, daß Orwo recht hat. Das Walboot wird uns Zugang zu den Lagerplätzen der Walrosse verschaffen, so daß wir sie überall erlegen können ...«

»Und wer soll den Motor bedienen?« fragte Armol. »Keiner von uns hat je etwas damit zu tun gehabt.«

»Ich«, entgegnete John.

»Ob er einem Handlosen gehorchen wird?« zweifelte Armol.

»Er wird«, sagte Orwo zuversichtlich. »Ihr seid also einverstanden?«

»Einverstanden«, sagte Tnarat. »Bis morgen ist noch Zeit zum Überlegen«, meinte Armol ausweichend.

Bei Tagesanbruch erhob sich Carpenter. Nach einem Rundgang durch die Siedlung erschien er zum Frühstück. Gut gelaunt ließ er sich krachend auf den rohgezimmerten Hocker fallen. »Mit geschäftlichen Dingen ist es wie mit der Jagd, der Frühaufsteher heimst den Erfolg ein«, verkündete er und biß herzhaft in ein Stück gekochtes Seehundfleisch.

»Und was gedenken Sie mit denen dort anzufangen?« wandte er sich nach dem Tee an John und deutete auf die Walfischbarten, die an einer Wand aufeinandergeschichtet lagen.

»Die Barten gehören uns allen«, antwortete John.

»Ihr seid ja hier wie eine einzige Familie«, bemerkte Carpenter ärgerlich.

»Deshalb kann ich nicht allein entscheiden«, fuhr John unbeirrt fort. »Ich weiß aber, daß meine Landsleute ein Walboot erhandeln wollen.«

»Warum seid ihr so verrückt nach Walbooten!« rief Carpenter. »Daß die unwissenden Tschuktschen auf diese Neuerung aus sind, begreife ich. Sie aber sollten doch wissen, daß es für diese Gegend nichts Besseres gibt als Baidaren aus Walroßhaut. Die Baidare ist den Eingeborenen vertraut und in Jahrhunderten erprobt. Ein Walboot aber bedarf der Wartung, außerdem ist es als Ruderboot langsamer als die Baidare.«

»Wir beabsichtigen ja, ein Walboot mit Motor zu erstehen«, erwiderte John.

»Und wer will den Motor in Betrieb setzen?« fragte Carpenter. »Die Tschuktschen werden ihn gleich nach Empfang auseinandernehmen. Sie glauben nicht, wie neugierig sie sind! Erinnern Sie sich an den Wecker in Tatmiraks Schlafkammer? Kaum hatte der Eskimo ihn nach Hause gebracht, als er nachguckte, woher das Tikken im Inneren kommt. Er nahm ihn auseinander und konnte ihn natürlich nicht wieder zusammensetzen. Mit Mühe brachte ein Mechaniker in Nome das Ding wieder in Gang.«

»Ich finde es gut, daß sie so wißbegierig sind«, lächelte John. »So wird es nicht schwierig sein, sie in der Bedienung des Motors zu unterweisen.«

»Das ist reine Utopie!« rief Carpenter.

»Ich will nur Gutes für meine Landsleute«, erwiderte John.

»Merkwürdige Ansichten haben Sie«, wechselte Carpenter den Ton. »Ehrlich gesagt, was gehen Sie diese Wilden an? Schon mancher Anhänger primitiver Lebensweise hat sich meines Wissens hier versucht, jedoch früher oder später der Gegend wieder den Rücken gekehrt. Da es Ihnen nicht anders ergehen wird, sollten Sie sich lieber um Ihr eigenes Wohl kümmern. Nehmen Sie meinetwegen die Walfischbarten mit nach Nome. Ich will Sie nicht daran hindern, aber stören Sie meinen Handel in Enmyn nicht.«

»Das liegt auch nicht in meiner Absicht«, erwiderte John ruhig. »Nur bitte ich Sie, die Wünsche der Tschuktschen zu berücksichtigen und ihnen ein Walboot zu verkaufen.«

»Einverstanden«, stimmte er nach kurzem Überlegen zu. »Sie sollen ihr Walboot haben. Doch komme ich für die Folgen nicht auf.«

Den Rest des Tages verkaufte Carpenter seine mitgebrachten Waren. Mit Fuchs- und Faultierfellen behängte Kauflustige drängten sich in Johns Tschottagin. Die Frauen brachten mit Glasperlen und Rentierhaaren verzierte Pantoffeln und bestickte rauhlederne Handschuhe.

Prüfend nahm Carpenter die Felle Stück für Stück in die Hand, schüttelte sie, blies mit gespitzten vollen Lippen gegen den Strich darauf und warf sie auf den Haufen. Der Käufer verlangte die von ihm benötigte Ware, die Carpenter ihm auf der Stelle aushändigte. War das Verlangte nicht greifbar, notierte er die Bestellung. Außer Orwo und Armol, deren Frauen kamen, fehlte kaum ein Enmyner unter den Kauflustigen in Johns Tschottagin. Tnarat erstand eine Winchesterbüchse, für die er mit schuldbewußtem Blick auf John zwanzig Weißfüchse hergab.

Erst spät war der Handel beendet. Noch zwei weitere Stunden aber saß Carpenter über seinen Notizen. Befriedigt vom Ergebnis, klappte er endlich den Notizblock zu und rief vergnügt: »Und jetzt sollten wir einen trinken! Die Arbeit ist getan!«

Pylmau stellte geräuschlos einen Imbiß auf den Tisch und ließ die Männer am verglimmenden Feuer im Tschottagin allein.

»Was gedenken Sie mit den Walfischbarten anzufangen?« wiederholte Carpenter seine Frage.

»Ihrem Rat folgend, werde ich nach Nome fahren und sehen, ob ich ein Walboot dafür kriege.«

»Ich gebe Ihnen Empfehlungsschreiben mit.«

»Vielen Dank.«

»Also wird es zwei Walboote in Ihrer Siedlung geben«, meinte Carpenter lächelnd.

»Glauben Sie, daß man mir zwei für die Barten gibt?« zweifelte John.

»Das kann ich Ihnen nicht sagen«, erwiderte der Händler gleichmütig. »Was aber das eine Walboot betrifft, so ist sein Käufer Armol, der eine Anzahlung von hundertvierzehn Weißfüchsen und zwanzig Brandfüchsen schon geleistet hat.«

Damit wäre der gemeinsame Kauf eines Walbootes gescheitert, dachte John bekümmert.

»Ich halte das sogar für besser«, fuhr Carpenter munter fort. »Auf diese Weise habt ihr wenigstens zwei Walboote in Enmyn.«

»Mag sein«, meinte John nachdenklich.

»Sie haben mich glänzend aufgenommen und getan, was in Ihren Kräften stand«, sagte Carpenter. »Bitte, nehmen Sie einige bescheidene Gaben von mir entgegen.«

Mit diesen Worten stand er auf und entnahm seinem Gepäck einen vollen, sieben Kilo schweren Beutel Mehl, einen Sack Zucker, eine nagelneue Winchesterbüchse 60 × 60 und drei Kisten Patronen.

»Für Sie, lieber John«, sagte er.

»So viel?« murmelte der Beschenkte verlegen. »Das ist zuviel für ein Geschenk, das kann ich nicht annehmen.«

»Ihre Ablehnung wäre eine Kränkung, die ich nie vergessen könnte«, sagte Carpenter ehrlich entrüstet.

»Einen Augenblick«, besann sich John und verschwand in der Schlafkammer, aus der er wenige Minuten später mit Pylmau wiederauftauchte.

»So nehmen Sie wenigstens auch von mir ein Geschenk an«, sagte er und breitete vor Carpenter ein herrliches Eisbärfell aus. »Im vergangenen Herbst habe ich ihn selbst erlegt, als er sich in unsere Siedlung verirrte und an unsere Tür pochte.«

»Oh, vielen Dank!« sagte Carpenter gerührt. »Gestatten Sie, daß ich Ihrer reizenden Gattin ein besonderes Geschenk mache.«

Damit überreichte er Pylmau ein Päckchen Nähnadeln, farbiges Garn und einen Kupon Stoff für eine Kamleika.

Am nächsten Morgen reiste er in aller Frühe ab.

18

Im Winter war ein Tag wie der andere. Bei ruhigem Wetter ging John auf die Jagd, sonst machte er sich im Haus zu schaffen. Bei anhaltendem Unwetter verbrachte er die langen Abende oft in Orwos Jaranga, von dem er sich aus der Vergangenheit der Tschuktschen und von seinen Erlebnissen in Amerika berichten ließ.

Hin und wieder roch der alte Mann nach Alkohol, und John zerbrach sich vergeblich den Kopf, wo er ihn wohl herhaben mochte, bis er ihn eines Tages rundheraus danach fragte.

»Ich mach' ihn selber«, verkündete dieser einigermaßen stolz.

In der Vorratskammer neben dem Schlafraum stand ein primitiver Destillierapparat. Seine Vorlage bestand aus einem großen, kunstvoll aus Birkenrinde geflochtenen Gefäß, das hermetisch dicht war. Als Kühlschlange diente der Lauf einer sechzigkalibrigen Winchesterbüchse. Unter einem zur Aufnahme des Destilliergutes bestimmten Holzbehälter mit Metallboden brannte mit kleiner Flamme eine gewöhnliche Tranlampe. Dort, wo normalerweise das Geschoß das Rohr verläßt, tropfte eine deutlich nach Fusel riechende, trübe Flüssigkeit heraus.

»Bist du von selbst darauf gekommen?« fragte John.

»An der amerikanischen Küste habe ich diese Vorrichtungen gesehen. Sie waren allerdings etwas anders, doch habe ich mir ihre Arbeitsweise gut eingeprägt. Die Hauptsache ist, daß genügend Mehl und Zucker vorhanden sind. Da ich alle meine Fuchsfelle dafür eingetauscht habe, besitze ich eine ganze Menge davon. Wenn es schon mit dem Walboot nichts geworden ist, will ich mich wenigstens an dem bösen, närrisch machenden Wasser satt trinken können.«

Orwo nahm sich das Mißlingen des Walbootankaufs sehr zu Herzen. Immer, wenn er sich die selbstgebrannte »Winchesterflüssigkeit«, wie er sie nannte, einverleibt hatte, beklagte er sich bei John lang und breit über die menschliche Unvollkommenheit.

»Vielleicht ist dem Menschen ganz unnötig der Verstand gegeben«, überlegte er. »Zum Beispiel sagt mir mein Verstand, daß es schlecht ist, sich dem Trunk hinzugeben, und trotzdem trinke ich. Armol sagt sein Verstand, er muß mit den anderen zusammenleben, und das Walboot müssen sie gemeinsam kaufen, aber er tut das Gegenteil und kauft eins für sich allein. Wir handeln so oft gegen unseren Verstand und leben nicht so, wie er es befiehlt. Wozu ist er also nutze, der menschliche Verstand. He! Was meinst du dazu, John MacLennan?«

Wenn der Alte seinen Gast in dieser Weise anredete, war er stark betrunken, was man ihm äußerlich aber nicht anmerkte.

Der erste helle Tag brach für die Bewohner von Enmyn an. Ein schmaler Sonnenstreifen über dem Horizont tauchte Schnee und Schollenberge auf dem Meer in rosiges Licht.

»Die Sonne ist erwacht«, sagte man in den Jarangas und salbte die Götzen dankbar mit Fett und Opferblut.

»Die Sonne ist erwacht, der Tag hat begonnen«, flüsterte vor dem vom Waschgestell verdrängten holzgeschnitzten Götzenbild auch Pylmau. »Möge der neue Tag unserer ganzen Siedlung, allen Menschen Glück bringen. Möge das Glück unseren Jägern treu bleiben, vor allem meinem Mann Son. Denn er ist ohne Hände und bedarf mehr als die anderen deines Schutzes und deiner Hilfe.«

In einer hölzernen Schale mischte sie Blut mit Fett und schmierte es dem Götzen um den Mund. Es schien, als lächelte das fettglänzende Gesicht der Gottheit und blickte zufrieden und besänftigt auf John, der sich verlegen abwandte.

Als dann die »langen Tage« kamen und somit die Zeit der Zeremonie des Zuwasserlassens der Baidaren anbrach, rief man John überraschend zur morgendlichen Zusammenkunft der Männer.

Pylmau selbst weckte ihren Mann und bestrich ihm hastig, bevor er die Tür nach draußen öffnete, das Gesicht mit kaltem Seehundblut. So machte er sich mit dem kleinen Jako auf den Weg zu den hohen Gestellen aus Walfischknochen, auf denen die Baidaren ruhten.

Die jungen Männer lösten die Riemen, die die Boote oben hielten, ließen sie vorsichtig hinab und setzten sie, den Bug der See, das Heck der Tundra zugekehrt, in den Schnee.

Wie im Jahr zuvor umschritt Orwo mit der hölzernen Schüssel, Beschwörungen murmelnd, die Boote und verstreute Opfergaben in alle vier Himmelsrichtungen. Wieder nahmen die Hunde lautlos die Götternahrung auf, als spürten sie die Feierlichkeit des Augenblicks.

Vom hohen Himmel überflutete die Sonne mit ihren

Strahlen Enmyn und die Menschen bei ihrem festlichen Brauch. Im Widerschein der Himmelsbläue glänzte selbst der Schnee in blauen Tönen, und im Schatten schien ein noch dunkleres Blau vom Himmel gefallen zu sein.

An den langen Tagen, an denen der Himmel freigebig Wärme spendete, wurde das Jagen zum Vergnügen. Viele Jäger nahmen ihre Jungen auf die Jagd mit, um sie im Waidwerk zu unterweisen. Obwohl Jako noch recht klein war, bat auch er, John begleiten zu dürfen.

»Wenn die Enten ziehen, nehme ich dich mit auf die Nehrung«, versprach er ihm.

»Tust du's auch wirklich, Ate?« suchte sich der Kleine zu versichern.

»Bestimmt, mein Sohn.«

Die Zeit der Entenjagd brach an. Natürlich fing der dreijährige Jako noch keine, doch war er ungeheuer stolz, daß der Vater ihn mitgenommen hatte. Ebenso froh war Pylmau, die in Gesprächen mit Freundinnen nie zu erwähnen vergaß, daß Jako mit dem Vater auf Entenjagd gegangen sei.

John schoß die ihm von Carpenter verehrte neue Winchesterbüchse ein. Laufbett und Kolben hatte Orwo so gestutzt, daß sie zwar seltsam aussah, dafür aber wesentlich leichter geworden war.

Von der erfolgreichen Jagd brachte John fast täglich einen oder zwei erlegte Seehunde heim, und die füllig gewordene Pylmau kredenzte ihm die obligate wassergefüllte Schöpfkelle mit dem kleinen Stück Eis darin. Von Zeit zu Zeit zog sich John vor dem Schlafengehen in seine Kammer zurück, um Eintragungen in das Notizbuch zu machen und sich im Schreiben zu üben.

»Der zweite Winter auf der Tschuktschenhalbinsel geht zu Ende«, schrieb er. »Die Erinnerungen an mein früheres Leben bewegen mich nicht mehr, es ist, als sei ich für die Vergangenheit gestorben. Wenn es ein Jenseits geben sollte, empfinden die Menschen dort in Gedanken an ihr Erdendasein gewiß genauso wie ich. Das Kind, das Pylmau erwartet, wird mich tief mit dem Volk verwurzeln, das hier nach dem Willen des Schicksals am Ende der Welt lebt. Gott sei Dank sind seinen Menschen viele Gewohnheiten, die das Leben der ›Zivilisierten‹ erschweren, fremd. Ihr Dasein ist schlicht und einfach, und sie sind aufrichtig. Umständliche Begrüßungszeremonien kennen sie nicht. ›Du bist gekommen?‹ sagt der eine, ›ii‹, das heißt ›ja‹, antwortet der andere. Und dennoch dringen böse Einflüsse aus jener anderen Welt auch hierher. Woher käme sonst Armols Habgier? Wie könnte er sonst der Regel, alles gemeinsam zu besitzen und gewonnenes Gut als Gemeineigentum zu betrachten, untreu werden? Der böse Geist hier ist zweifellos Mr. Carpenter. Doch die Tschuktschen können ohne Dinge, die die Welt der Weißen hervorgebracht hat, nicht mehr auskommen. Je weniger meine neuen Landsleute mit den Weißen verkehren, um so später werden sie deren Gesetzen unterworfen sein, die eine Ordnung vortäuschen, in Wirklichkeit aber das Leben nur komplizieren, und um so länger werden sie sich seelisch und körperlich gesund erhalten ...«

Eines Tages empfing nicht Pylmau den von der Jagd heimkehrenden John, sondern die alte Tscheiwuna.

»Ein wichtiger Gast ist erschienen«, sagte sie und reichte ihm die Kelle.

»Carpenter?« fragte John überrascht.

»Kein männlicher, sondern ein weiblicher Gast, wichtiger und schöner als ein ganzes Dutzend Poppis!«

Als John die Jaranga betreten wollte, stellte sie sich ihm

in den Weg und sagte: »Warte! Du mußt dich vorher reinigen.«

Erst nachdem sie einige Beschwörungen gemurmelt hatte, gab sie den Zugang zum Tschottagin frei.

»Ein weibliches Wesen hat sich also als Gast eingestellt?« fragte John, der ahnte, was sich ereignet hatte.

»Ja. Eine Schönheit mit Haaren wie die Morgenröte«, erwiderte Tscheiwuna.

Rothaarig wie Onkel Martin, dachte John und lüftete behutsam den Vorhang zur Schlafkammer.

»Was tust du da?« schrie die Alte. »Vorsicht! Der Gast kann Kälte nicht vertragen.«

Ohne auf Tscheiwunas Gejammer zu achten, kroch John in die Schlafkammer. Nachdem sich seine Augen an das Halbdunkel gewöhnt hatten, sah er an der Hinterwand seine Frau liegen, die volle Brust entblößt, und neben ihr auf Rentierfellen ein zappelndes kleines rosiges Lebewesen.

»Son!« rief Pylmau mit schwacher Stimme. »Sieh nur, wie schön sie ist!«

Zunächst konnte John nichts Schönes an diesem winzigen Stückchen Leben entdecken, dessen spärliches Haupthaar tatsächlich rötlich schimmerte. Doch je länger er das runzlige kleine Gesicht betrachtete, das mit komischer Gier an der Mutterbrust saugte, um so stärker wurde in seinem Herzen eine ihm bisher fremde Zärtlichkeit. Mit Tränen in den Augen wandte er sich dem Neugeborenen zu und flüsterte: »Ich grüße dich, Mary!«

»Gefällt sie dir?« fragte Pylmau.

»Ja, sie ist reizend!« erwiderte John. »Ich habe sie Mary genannt. Es ist der Name meiner Mutter.«

»Und ich möchte sie auf unsere Art ›Tynewirineu‹ nennen«, sagte Pylmau.

»So mag das Mädchen denn zwei Namen haben: Mary und Tynewirineu.«

»Fein!« rief Pylmau. »Wie ein weißer Mensch. Du hast doch auch zwei Namen: John MacLennan.«

»Dann wird Mary sogar drei haben: Mary Tynewirineu MacLennan«, meinte John lächelnd.

»Drei sind noch besser!« stimmte Pylmau begeistert zu.

Tscheiwuna, die in die Schlafkammer gekrochen kam, rief: »Genug, genug! Du hast sie zu Gesicht bekommen und mußt jetzt gehen. Es schickt sich für den Mann nicht, eine Wöchnerin früher als zehn Tage nach der Niederkunft zu sehen. Wir haben ein Auge zugedrückt, weil du ein Weißer bist. Jetzt aber geh und leg die Geschenke bereit. Euer Gast ist gewiß nicht mit leeren Händen gekommen.«

»Geh, Son«, sagte Pylmau zärtlich. »Die Geschenke sind in der Holzkiste, in einem Sack aus Seehundleder.«

Im Tschottagin drängten sich bereits die Nachbarn. Orwo trat auf John zu und streckte ihm den kleinen Finger entgegen. Verständnislos blickte John auf den gekrümmten Finger mit dem bläulichen Nagel, bis neben ihm Tnarats und Armols kleiner Finger auftauchte. Um die Wette beglückwünschten die Männer den Vater zur Ankunft des ersehnten Gastes.

»Ich verstehe überhaupt nichts«, murmelte John.

»Das bedeutet, du mußt uns im Namen des Gastes, des Neugeborenen, beschenken«, erklärte Orwo und hielt ihm weiter seinen kleinen Finger hin.

Im erwähnten Ledersack fand John tatsächlich alles, vorsorglich von Pylmau verpackt, vor: Prisen Tabak in kleinen Rollen, Zuckerstücke, Tee, bunte Stoffflicken, Nadeln, Nähgarn und sogar ein paar zugeschnittene Sohlen für Pelzstiefel.

»Da sieht man gleich, woher der Gast kommt«, sagte Orwo, als er den Tabak entgegennahm. »Sein Land ist für Tabak berühmt.«

John wäre gern wieder in die Schlafkammer zu Pylmau gegangen, aber weitere Gäste kamen und steckten ihm, einer nach dem anderen, den kleinen Finger entgegen. Auch die bereits Beschenkten ließen sich Zeit und setzten sich erst einmal an den kurzbeinigen Tisch zum Tee.

»Natürlich ist es gut, daß ihr dem Mädchen gleich einen Namen gegeben habt«, überlegte Orwo laut, »doch hätte man vorher die Götter befragen sollen.«

»Das können wir immer noch tun, wenn es so wichtig ist«, sagte John.

»Fragen wir sie also«, erwiderte der Alte und schickte einen Knaben, den Wahrsagestab zu holen. In der Zwischenzeit veranlaßte er alle nicht unmittelbar Beteiligten, die Jaranga zu verlassen. So blieben von den Männern nur John, Orwo und der kleine Jako zurück.

»Du mußt jetzt gut auf dich achtgeben«, wies Orwo John zurecht. »Hast du tatsächlich nicht abwarten können, das Kind zu sehen? Und noch eins: Du hättest deine Frau zehn Tage lang nicht berühren dürfen, statt dessen aber hattest du nichts Eiligeres zu tun, als in die Schlafkammer zu kriechen, und noch dazu in der Jagdkamleika. Du hast die Götter erzürnt. Vielleicht halten sie dir zugute, daß du eben erst dein neues Leben begonnen hast. Doch denk daran, nicht nur die Götter nehmen deine Übertretung übel.«

Mit dem Wahrsagestock in der Hand setzte sich Orwo auf den Boden neben den kreisförmigen hellen Schatten des Rauchabzuges. Das eine Ende des Stockes auf dem hellen Fleck, senkte er leicht das andere, geheiligte Worte murmelnd. Dann legte er den Stab beiseite und erklärte fröhlich: »Alles in Ordnung! Ich habe mich mit ihnen geeinigt!«

Erst spät in der Nacht trennten sich die Gäste. Zwei Frauen, bestimmt, die Wöchnerin zu pflegen, blieben in der Jaranga zurück. John aber wurde beim Betreten der Schlafkammer von Tscheiwuna energisch zurückgewiesen. Nur durch den Fellvorhang durfte er mit seiner Frau sprechen.

Den kleinen Jako hatte man zu Nachbarn gebracht, und John richtete sich in seiner Kammer das Nachtlager.

Mit offenen Augen lag er da und horchte auf die Geräusche, die aus dem Schlafgemach drangen. Zuerst waren es nur die gedämpften Stimmen der Frauen, dann aber schrie das Neugeborene. Erschreckt wollte John zum Eingang stürzen, als das Weinen wieder verstummte. Es ist mein Kind, das da geschrien hat, dachte er und legte sich zögernd wieder hin. Mein erstes Kind. Ein Mensch, der meine Züge tragen, mein Dasein fortsetzen wird und in dessen Adern mein Blut weiter pulsieren wird, wenn ich schon längst im Reich jenseits der Wolken bin. Was für ein Mensch wird sie werden, welches Schicksal erwartet sie? Wird sie ihr ganzes Leben – ihre Jugend, ihre reifen Jahre und ihr Alter – an diesem öden Strand verbringen müssen? Längst vergessene Sehnsucht nach seinem früheren Leben preßte ihm plötzlich das Herz zusammen. Er fühlte Tränen in sich aufsteigen. Der Wunsch, noch einen Blick auf seine Tochter zu werfen, wurde so stark, daß er sich erhob und, Tscheiwunas Gekeife zum Trotz, in die Schlafkammer kroch.

Die Alte hielt so etwas wie eine abgetragene Schuhsohle über die Flamme; der Geruch von verkohltem Holz verbreitete sich. Vorsichtig schabte sie mit einem Messer die Asche auf ein sauberes, rohgegerbtes Stück Leder.

Neben Pylmau lag mit festgeschlossenen Augen, leise schmatzend, die kleine Mary. Am Kopfende hing ein Säckchen, das an einen Tabakbeutel erinnerte.

»Wie geht es dir?« erkundigte sich John flüsternd, um den Säugling nicht zu wecken.

»Gut«, sagte Pylmau und blickte schuldbewußt auf Tscheiwuna.

»Ich konnte nicht einschlafen«, wandte er sich an die Alte. »Verbrennt man das Zeug nicht besser im Tschottagin? Pylmau und das Baby können doch bei dem Qualm kaum atmen.«

»Aber Son!« sagte Pylmau vorwurfsvoll. »Die Großmutter macht schon alles richtig. Die Asche streuen wir auf Tynewirineus Nabel, damit er schneller heilt.«

»Verzeih, das wußte ich nicht«, meinte John verlegen.

»Und dort befinden sich die kostbarsten Schätze unserer Kleinen«, Pylmau deutete auf das Säckchen am Kopfende.

»Was denn für Schätze?« fragte John.

»Die Nabelschnur und die steinerne Klinge, mit der sie durchgetrennt wurde. Wir müssen sie sorgfältig hüten.«

»Das wollen wir«, sagte John und gab Pylmau trotz der empörten Blicke Tscheiwunas einen Kuß auf die rosige Wange.

Zehn Tage lang stand John unter einem eigenartigen Hausarrest. Um die unsichtbaren, doch allgegenwärtigen Götter nicht zu erzürnen, war ihm die geringste Tätigkeit untersagt: Weder durfte er auf die Jagd gehen noch am Hause arbeiten.

Die Baidaren liefen ohne ihn zur Frühlingswalroßjagd aus.

Nach der Quarantäne, wie John seine rituelle Untätigkeit nannte, stellte er fest, daß er als einziger von den Enmyner Männern zurückgeblieben war. Nun kam man zu ihm mit allerlei Hilfsgesuchen oder der Bitte, einen Streit zu schlichten, oder ganz einfach, um seinen Rat einzuholen.

Während Pylmau wieder im Haushalt wirkte, saß John genießerisch in der Sonne und beobachtete die schlafende Tynewirineu-Mary, die von Tag zu Tag Mary der Älteren, Pylmau und dem rothaarigen Onkel Martin ähnlicher wurde. Der Anblick dieser ungewöhnlichen Mischung belustigte John und verschönte sein erzwungenes Nichtstun.

Täglich erwartete man die Rückkehr der Jäger, bis Jako, der sich nach der Geburt der Schwester erwachsen fühlte, die lang ersehnte Nachricht in die Jaranga brachte.

»Zwei Baidaren und ein Walboot kommen!« rief er und lief davon.

Gemeinsam mit den Frauen und den alten Männern ging John zum Strand.

Es waren tatsächlich die Baidaren aus Enmyn und ein Walboot mit dunklem Streifen an der Bordwand. Armol war also wirklich Besitzer eines hölzernen Walbootes geworden.

Windstille zwang die Heimkehrenden, die Riemen zu gebrauchen, so daß sie der Siedlung nur langsam näher kamen.

Das neue Walboot hatte eine schwerbeladene Baidare im Schlepp.

Endlich setzten Baidaren und Walboot im seichten Wasser auf.

»Jetti!« rief John und lief den Ankommenden entgegen, die seine Begrüßung mit »Ii! Mytjenmyk« erwiderten. Nur Orwo ging, abweichend vom Brauch, auf John zu und schüttelte ihm nach Art der Weißen kräftig die Hand.

»Wie geht es der Tochter?« erkundigte er sich.

»Ausgezeichnet!« erwiderte John. »Sie erwartet dich heute zu Gast.«

»Ich komme, ich komme«, antwortete Orwo.

Nachdem das Walroßfleisch am Strand entladen war, bestimmte Orwo den Anteil jedes einzelnen. Obwohl John nicht an der Jagd teilgenommen hatte, erhielt er dieselbe Menge Fleisch und Speck wie die anderen.

»So gehört es sich«, erklärte Orwo. »Wenn ich oder ein anderer von uns krank wären, würden meine Kameraden nicht anders verfahren.«

Alle waren begeistert von dem frischen Walroßfleisch, doch das größte Interesse erweckte Armols Walboot, das man an den Strand zog und auf knöcherne Rollen legte, um den Schiffsboden nicht zu beschädigen.

Mit wichtiger Miene stolzierte Armol um das Boot, gab Anweisungen und half, das Fahrzeug abzustützen, damit es nicht auf die Seite kippte.

John untersuchte das Walboot von allen Seiten, warf einen Blick in das Innere und fuhr sogar mit dem lederbesetzten Stumpf seiner Rechten den eisenbeschlagenen Kiel entlang.

»Ein gutes Walboot«, sagte er zu Armol, der mit eifersüchtigen Blicken das Tun des weißen Mannes verfolgte.

»Das denke ich auch«, meinte der mit schlecht verhehltem Stolz. »Ein Motor gehört noch dazu. Carpenter hatte keinen da. Er hat ihn mir zum nächsten Jahr versprochen. Wenn du dann Motorkajur auf meinem Walboot würdest, wären wir die erfolgreichsten Jäger von allen«, schloß er und blickte erwartungsvoll auf John.

»Ich möchte selbst ein Walboot kaufen«, erwiderte dieser.

Gegen Abend erschien Orwo. Vorsichtig nahm er das

Neugeborene auf den Arm und sagte: »Werde groß und schön!«

»Wir müssen jetzt unser Walboot kaufen, und zwar direkt in Nome. Außer den Walfischbarten habe ich noch Fuchsfelle«, sagte John zu Orwo.

»Laß uns erst noch ein wenig ausruhen«, sagte der Alte.

19

Fast ein Monat war vergangen, seitdem Orwo, John, Tnarat und einige weitere Jäger aus Enmyn nach Nome aufgebrochen waren. Seither war Pylmau ohne Nachricht von ihnen und vertrieb die sorgenvollen Gedanken mit häuslichen Arbeiten und der Pflege der kleinen Tynewirineu.

Sie trug die Kleine auf dem Rücken, wenn sie, von Jako begleitet, in die Tundra ging, um eßbares Grün und Wurzeln zu sammeln. Mit Proviant versehen, verbrachten sie bei klarem Wetter den ganzen Tag im Freien. Hin und wieder besuchten sie das Nomadenlager der Rentierzüchter, die ihre Herden in die Nähe von Meer und Wind getrieben hatten, um sie gegen Bremsen und andere Insekten zu schützen.

Ilmotsch, das Oberhaupt des Lagers, bat sie in seine Jaranga, wo er sie mit allerlei Leckerbissen – gekochten Zungen, dem Knochenmark von Rentierläufen, geröstetem Rentiermaul oder frischem Rentierfleisch – bewirtete.

»Bestelle deinem Mann, ich möchte sein Freund sein«, trug der Alte ihr eindringlich auf.

Freund eines Rentierzüchters zu sein hieß, immer eine Quelle zur Ergänzung der für Schlafkammer, Lagerstatt und Kleidung unentbehrlichen Rentierfelle zu haben. Wenn die Tiere des Meeres ausblieben, konnte einem der Freund und Rentierzüchter außerdem jederzeit mit Nahrung aushelfen.

Auf dem Rückweg ging Pylmau gewöhnlich über einen Berg, von dem man Enmyns Küste schon von weitem übersehen konnte. Doch nie entdeckte sie etwas anderes als Armols Walboot und seine Baidare.

Als Pylmau eines Tages der in Leder gebundene dicke Notizblock in die Hände fiel, dessen Blätter so dicht mit Zeichen bedeckt waren, als hätten Tausende von Fliegen ihre Spuren darauf hinterlassen, schnupperte sie neugierig den kaum wahrnehmbaren, fremdartigen Geruch des Papiers. Sie wußte, daß auf den Seiten Gespräche, Worte und Laute mit einem ganz bestimmten Sinn festgehalten waren. Aufmerksam betrachtete sie jede Zeile, jede der verschlungenen Linien der einzelnen Buchstaben und horchte sogar mit verhaltenem Atem die Seiten ab, als könne sie dadurch den Sinn des Geschriebenen erfassen. Zu gern hätte sie gewußt, was John diesen dünnen schneeweißen Blättern anvertraut hatte. Welche Gedanken und Überlegungen hatten ihre Spuren darauf hinterlassen? Ob jener, dem Rand zu geneigte Buchstabe wohl die Sehnsucht nach seinem früheren Leben und den Verwandten im unbekannten, fernen Port Hope ausdrückte? An den Winterabenden hatte John manchmal von dem Land erzählt, in dem er geboren und aufgewachsen war. Doch aus seiner Stimme war so viel Rührung und Sehnsucht herauszuhören gewesen, daß Pylmau das Gespräch schnell auf etwas anderes gebracht hatte. Jetzt war John nicht weit von seinem Vaterhaus entfernt. Von Nome fuhren zwar keine Schiffe direkt nach Port Hope, aber Pylmau wußte aus seinen Erzählungen, daß man von

Vancouver aus auf einem Schlitten, den ein feuerspeiendes Gefährt auf eisernen Schienen zog, leicht dorthin gelangen konnte. Als John sich auf den Weg machte, hatte sie, wie es sich für die Frau eines Jägers gehört, kein Wort gesagt. Obwohl sie ihm so gern zugerufen hätte: »Komm wieder! Denk daran, daß ich auf dich warte und mit mir die goldhaarige Tynewirineu-Mary und dein Sohn Jako!«, hatte sie ihn nur stumm und unverwandt angeblickt und das, was sie ihm zurufen wollte, im stillen vor sich hin gesagt. Als hätte John sie dennoch verstanden, ging er, bevor er die Baidaren bestieg, noch einmal zu seinen Angehörigen, die ihn zum Strand begleitet hatten, blickte zärtlich auf Tynewirineu-Mary und Jako und sagte: »Mach dir keine Sorgen. Wir kommen bald wieder.«

Nun war bereits ein Monat verstrichen, und sie waren noch immer nicht zurück.

Pylmau schien es, als blickten ihr Freundinnen sie schon mitleidig an. Eines Tages erzählte Tscheiwuna die Geschichte von einem weißen Mann in Uellen, der eine Tschuktschenfrau geheiratet, vier Kinder mit ihr gezeugt hatte und dann für immer nach Amerika oder Rußland abgereist war.

»Warum erzählst du mir so etwas?« fragte Pylmau verzweifelt.

Verlegen biß sich die Alte auf die Lippen.

Armol hatte sich Orwos Abwesenheit zunutze gemacht, den Apparat zur Herstellung des närrisch machenden Wassers geholt und, mit dem Lauf seiner Winchesterbüchse als Kühlrohr, in Betrieb gesetzt.

Beschwipst und singend ging er zum Strand, wo er an seinem Walboot umhertorkelte.

Eines Tages betrat er stark angetrunken Pylmaus Jaranga. Sie war gerade dabei, das Mädchen zu stillen, und Jako aß gedörrtes Seehundfleisch, das er mit einem riesigen Jagdmesser von den Rippen schnitt.

»Jetti, Armol«, begrüßte Pylmau den Gast freundlich.

»Ii«, erwiderte er ihren Gruß, ließ sich schwerfällig auf einen der Walfischwirbel nieder und blickte starr auf das Mädchen.

Tynewirineu-Mary ließ lächelnd die Brust fahren und lachte laut.

»Kakomei!« entfuhr es Armol. »Wie ein richtiges Mädchen.«

»Glaubst du etwa, ich kann kein richtiges Mädchen gebären?« erkundigte sich Pylmau gekränkt.

»Nicht an dir zweifle ich, sondern an John.«

»Und weshalb?«

»Dir als Frau kann ich es schwer erklären. Aber ich frage mich: Kann ein Schneehuhn mit einem schwarzen Raben überhaupt ein richtiges Kind in die Welt setzen? Und, falls es ihnen gelingt, wird es fliegen können?«

»Wie du siehst, ist es ein richtiges Kind, und ich bin sicher, daß es auch flügge werden wird.«

»Wird sie nicht der schwere Name in die Tiefe ziehen?« drang Armol weiter in sie. »Tynewirineu-Mary«, wiederholte er den Namen des Mädchens langgezogen.

»Man könnte noch einen dritten hinzufügen, wie es bei den Weißen Brauch ist, wenn du es ganz genau wissen willst. Dann würde sie Tynewirineu-Mary-MacLennan heißen«, entgegnete Pylmau herausfordernd.

»Wer versucht, nach fremden Sitten zu leben, ist wie eine Ente, die zu krächzen anfängt«, wies Armol sie zurecht.

»Was soll's.« Pylmau zuckte die Achseln. »Tynewirineu-Mary ist die Tochter zweier Völker, und was schadet's, wenn sie wie ein Rabe krächzt und wie eine Wildente schnattert?«

»Dich kann man nicht überzeugen. Bist immer noch dieselbe wie vor deiner Heirat. Genau dieselbe...«, verkündete Armol finster.

Als habe er in der Ferne etwas entdeckt, verstummte er und starrte längere Zeit auf einen Punkt, wobei sich seine Stirn bald in Falten zog, bald glättete.

»Er war mein bester Freund«, begann er von neuem. »Als man uns die scharfgeschliffenen Jagdmesser zu tragen erlaubte, schworen wir, einander nicht von der Seite zu weichen und uns nicht nur gegenseitig, sondern auch unseren Verwandten zu helfen. Du weißt ja, derjenige, der von zwei Freunden überlebt, sorgt für die Witwe des anderen. Ich hätte dich also zu mir in die Jaranga nehmen und zu meiner zweiten Frau machen müssen. Du aber wähltest einen anderen, und zwar den, der deinen Mann getötet hat.«

Angst und Zorn überkamen Pylmau.

»Jetzt werde ich es mir überlegen, ob ich dir die Hand entgegenstrecke«, fuhr Armol fort. »Son kommt nicht mehr zurück, sonst wäre er längst hier. Ich kenne die Weißen durch und durch. Für sie sind wir niemals gleichwertig, sie verachten uns und machen sich über unsere Bräuche lustig. Nach jeder Berührung mit uns waschen sie sich gründlich die Hände, nach jedem Gespräch spülen sie den Mund und reiben sich die Zunge mit kleinen, auf Stiele gesteckten Bürsten. Du wirst einwenden, John sei nicht so. Wäre er aber ein richtiger weißer Mann mit Händen, würde er eine andere Sprache sprechen und nie mit uns leben wollen. Mit dem Verlust seiner Hände hat er auch etwas von seinem Stolz verloren. Unter den Seinen könnte er jetzt nicht mehr gleichberechtigt leben, in unserer Mitte aber hält er sich sogar noch für etwas Besseres. Nachdem er seine Kraft wieder spürt, wieder schießen und Nahrung heranschaffen kann und es versteht, gesprochenes Wort auf dem Papier festzuhalten, fühlt er sich wieder den Seinen gewachsen und . . .«

»Armol!« rief Pylmau so laut, daß der kleine Jako erschreckt in Tränen ausbrach. »Geh und laß dich nie wieder in unserer Jaranga sehen! Komm nie wieder zu uns, du Unglücksbote! Gift träufelt von deiner Zunge, ein Wunder, daß es dir den Mund noch nicht zerfressen hat!«

»Besinne dich, Pylmau! Überlege deine Worte!« rief Armol, sprang auf und wich zum Eingang zurück. »Auf Knien wirst du vor meiner Jaranga liegen, und ich werde dir nicht öffnen. Einsam und allein wirst du bleiben!«

»Das ist nicht wahr!« schrie Pylmau und rückte dem ungebetenen Gast auf den Leib.

Zurückweichend stolperte er über die Türschwelle und fiel rücklings mit dem Kopf nach draußen. Als Pylmau stehenblieb, um Luft zu holen, hörte sie einen unbekannten Ton wie das Summen einer Mücke oder das einer Drahtsaite. Die Tochter auf dem Arm, schritt sie über den der Länge lang ausgestreckten Armol hinweg ins Freie.

»Komm mit, mein Sohn!« rief sie Jako zu.

Der seltsame Ton kam von der See. Als Pylmau angestrengt den Horizont absuchte, entdeckte sie zwei dunkle Punkte. Ob John heimkehrte? Schnell lief sie den steinigen Strand entlang und blieb dicht am Wasser stehen, das ihre Pelzstiefel umspülte.

Bis zum äußersten strengte sie ihre Augen an, so daß ihr die Tränen kamen und den Blick trübten.

»Ein Walboot und eine Baidare!« rief jemand hinter ihnen.

»Wie schnell sie sind!«

»Sie fahren mit einem Motor, mit einem Motor!«

»Die Baidare im Schlepp!«

Blind vor Tränen, ging Pylmau den Booten einen Schritt entgegen. Im selben Augenblick aber fühlte sie sich von rückwärts umfaßt.

»Du wirst noch ertrinken, Wahnsinnige!« rief jemand hinter ihr.

Pylmau, die sich mit dem Ärmel ihrer Kamleika die Tränen aus den Augen gewischt hatte, erkannte jetzt die nahenden Boote.

Wie ein Vogel strich das Walboot über das Wasser. So schnell war es, daß die im Schlepp gezogene Baidare hin und her gerissen wurde. Immer deutlicher hörte man den Motorenlärm. Neugierig und erstaunt lauschten die Menschen von Enmyn auf das ungewohnte Geräusch.

»Als ob er singt«, sagte die alte Tscheiwuna, die an Pylmaus Seite Posten gefaßt hatte.

»Ich sehe Orwo!« rief jemand. »Er sitzt am Steuer!«

»Und dort ist Son!«

»Er sitzt neben dem Motor.«

Nah am Ufer ließ der Motorenlärm nach und verstummte dann.

In zügiger Fahrt näherte sich das Boot dem Strand und setzte auf. Als erster Sprang Tnarat vom Bug.

»Jettyk! Pykirtyk!« rief es von allen Seiten.

»Mytjenmyk!« erwiderten die Männer auf dem Walboot den Gruß.

Pylmau wandte kein Auge von John. Sie kehrte ihm das Gesicht des Mädchens zu und sagte: »Das da ist dein Vater! Dein Vater ist heimgekehrt! Gleich kommt er zu uns an den Strand.«

John hob den Motor aus dem Schacht und legte ihn in das Boot.

Nachdem Walboot und Baidare an Land gezogen waren, beluden die heimgekehrten Männer ihre Angehörigen mit Geschenken und gingen in ihre Jarangas.

John stellte einen großen Baumwollsack und zwei verschiedene Kästen in die Mitte der Jaranga.

»Wie groß und schön ihr geworden seid!« sagte er, während er Frau und Kinder zärtlich betrachtete.

»Wir hatten solche Sehnsucht nach dir«, sagte Pylmau. »Jeden Tag haben wir auf dem Meer Ausschau nach dir gehalten.«

»Ja, Ausschau gehalten«, bestätigte Jako.

Pylmau fand, John habe sich in der Zwischenzeit verändert, was sie mit vager Besorgnis erfüllte.

»Weshalb siehst du mich so seltsam an?« wunderte sich John.

»Weil ich mich so freue«, erwiderte Pylmau und seufzte. »Sei nicht böse, aber zuweilen mußte ich daran denken, was aus mir wird, wenn du nicht zurückkommst. Von dort bis zu deinem Haus ist es doch nicht weit.«

»Meine liebe Mau«, sagte John, schloß sie in die Arme und küßte sie. »Wo immer ich auch sein mag, wohin die Winde mich auch verschlagen mögen, mein liebstes Haus und meine Heimat ist diese Jaranga, und die liebsten und teuersten Menschen für mich seid ihr: du, Mau, Jako und die kleine Mary.«

»Tynewirineu-Mary«, verbesserte Pylmau.

Während sie das Essen bereitete und Feuer im Tschottagin machte, holte John die Geschenke aus dem Sack. Dem kleinen Jako zog er eine bunte Jacke über, Mary schmückte er mit einer Haube, dann breitete er Ziegeltee, Zucker und Tabak vor ihnen aus und machte sich anschließend an dem kleineren Kasten aus Mahagoniholz zu schaffen. Aufmerksam verfolgte Jako das Tun des Vaters.

»Was machst du da, Ate?« erkundigte er sich.

»Warte, gleich weißt du es.«

John setzte ein Rohr, das an ein großes Ohr erinnerte, auf den Kasten und drehte an einer Kurbel.

»Ich weiß schon, es ist ein Motor«, rief Jako.

»Beinahe stimmt es«, meinte John und senkte den blanken Hebel mit dem Vogelkopf vorsichtig auf die dünne Scheibe, die wie verkohltes Holz aussah.

Fremdartige Töne füllten mit einemmal den Tschottagin, so daß Pylmau vor Überraschung fast der heiße Teekessel aus der Hand gefallen wäre.

Eine weibliche Stimme sang. Die Ohren gespitzt, starrten die Hunde verdutzt auf das große Rohr. Das von Liebe und Treue handelnde Lied machte Pylmau das Herz schwer. »Was ist das?« wandte sie sich flüsternd an ihren Mann, als fürchte sie, die Stimme zu erschrecken.

»Ein Grammophon.«

Als der Gesang verstummt war, schlich Jako zum Grammophontrichter, um einen Blick in sein Inneres zu werfen.

»Wo ist sie?« fragte er den Vater, als er niemanden entdecken konnte.

»Wer?«

»Die da gesungen hat.«

»Sie ist weit weg, nur ihre Stimme ist hier«, versuchte John dem Jungen zu erklären.

»Sie ist dortgeblieben, und nur ihre Stimme ist hergekommen?« fragte Pylmau angstvoll und staunend.

»So ist es«, erwiderte John.

»Die Arme!« Pylmau schlug die Hände über dem Kopf zusammen. »Warum hast du das getan? Kann denn ein Mensch überhaupt ohne Stimme leben? Wie soll sie sich jetzt unterhalten?«

Vergeblich bemühte sich John, ihr die Technik der akustischen Aufzeichnung klarzumachen. Weder Pylmau noch Jako begriffen etwas von dem, was er sagte.

Als John eine andere Platte mit einer männlichen Singstimme auflegte, erkundigte sich Pylmau, ob auch dieser Sänger jetzt stumm sei.

Noch einmal erklärte John den beiden, daß die Menschen, die aus dem großen Trichter sangen, ihre Stimme noch besäßen und nur einen Teil von ihr an die Platte abgegeben hätten, die wie eine dünne Scheibe von einem verkohlten Baum aussah.

»Und ihre Stimmen sind davon nicht schwächer geworden?« wollte Pylmau wissen.

»Überhaupt nicht«, erklärte John entschieden.

Da Pylmau den ihrer Stimme beraubten Sängern kein Mitleid mehr entgegenbringen mußte, lauschte sie jetzt sichtlich beruhigt und mit Genuß der Musik. Die anschaulichste Erklärung für das Prinzip der akustischen Aufzeichnung aber fand John in Gegenwart der gesamten Einwohnerschaft von Enmyn, die gekommen war, das Grammophon zu hören.

»Es ist wie ein eingefrorenes Echo«, wandte er sich an die Anwesenden. »Die schwarze Scheibe hier wirft wie ein Steilhang Stimme und Ton zurück. Nur gibt der Fels den Ton einmalig und sofort wieder, während ihn die Platte festhält und viele Male wiederholen kann.«

Jako aber konnte den Erklärungen nicht recht glauben, am wahrscheinlichsten schien ihm, daß kleine Menschen mit Musikinstrumenten im Kasten saßen.

Als niemand außer Tynewirineu in der Jaranga war, schob der als Babysitter Zurückgelassene den Musikkasten ans Licht unter den Rauchabzug. Der Trichter ließ sich leicht entfernen, denn Jako hatte beobachtet, wie der

Vater das Rohr aufgesetzt hatte. Nach gründlicher Besichtigung entdeckte er Nagelköpfe, ähnlich wie die an der Winchesterbüchse. Um sie zu lösen, brauchte er einen Schraubenzieher, doch schließlich tat das Ende eines Jagdmessers den gleichen Dienst.

Mit klopfendem Herzen hob er den Deckel, fand aber im Innern des Kastens nur Metallteile, und auch später, als er eins nach dem anderen gelöst hatte, zeigte sich kein Mensch. Tief enttäuscht, stopfte er den auseinandergeschraubten Mechanismus in den Kasten zurück, setzte den Deckel auf und stellte den Apparat an den alten Platz.

»Da drin ist nichts«, berichtete er niedergeschlagen der kleinen Schwester, die mit weit aufgerissenen runden Äuglein des Bruders Tun verfolgt hatte. »Keine kleinen Menschlein.«

Als gegen Abend die Enmyner erschienen, um Musik zu hören, schwieg der Kasten. Zwar bewegte sich die Kurbel frei in ihrem Lager, aber im Innern des Kastens rollten polternd die losen Teile des Mechanismus umher.

Mehr tot als lebendig vor Angst, hockte Jako in der Ecke. Er wußte, daß er den Musikkasten verdorben hatte, trotz aller Mühe, mit der er die Eingeweide wieder hineingetan hatte, so daß sie auch alle Platz fanden.

»Was ist denn los mit ihm?« wunderte sich John, drehte vergeblich die Kurbel und rüttelte am Kasten.

Da trafen sich Pylmaus und Jakos Blicke.

»Ich habe die Menschen gesucht«, gestand Jako schuldbewußt, als die Mutter auf ihn zukam.

»Hat man dir nicht gesagt, daß keine Menschen drin sind«, schrie Pylmau den Jungen an und faßte ihn am Ohr.

Vor Angst und Schmerz brüllte Jako so laut, daß es durch den Tschottagin hallte.

»Was tust du da?« John entriß der aufgebrachten Mutter den Jungen. »Beruhige dich, Jako. Du hast gut daran getan, nachzuschauen«, sagte er. »Bist ein tüchtiger Junge. Es ist nichts Schlechtes daran, wenn man Neues entdecken möchte. Nur laß dir das nächstemal von mir helfen. Einverstanden?«

Der Junge hörte auf zu weinen und nickte.

Nachdem das Grammophon wieder in Ordnung gebracht war, schallten im dunklen Herbst die Klänge eines Blasorchesters über die stille Siedlung, und rauhe Stimmen von Negersängern erfüllten die feuchtkalte Luft.

Mit dem motorbetriebenen Walboot zog Freude und neues Leben in Enmyn ein. Die Entfernungen hatten sich verkürzt, und eine Fahrt nach Uellen oder Keniskun war keine Strapaze mehr. Nur um den Treibstoff mußte man sich kümmern.

»Wenn sich der Motor doch mit Seehund- oder Walroßtran füttern ließe«, seufzte Orwo. »Dann könnten wir weit in die See hinausfahren, dorthin, wo noch niemand geschossen und die Tiere erschreckt hat.«

Zwar hatten die Jäger in diesem Jahr die Lagerplätze von Inschoun aufgesucht, jedoch nur wenig Walrosse entdecken können. So setzten sie ihre Hoffnung auf die Jagd an der eigenen Küste, aber das Eis kam zeitiger als sonst.

20

Gegen Morgen hatte der Eisbrei die Küste von Enmyn erreicht. Hohe Wellen brandeten gegen den steinigen Strand und schleuderten Eisbrocken hoch, die zuweilen bis in die Siedlung flogen und sogar das Dach von Tnarats Jaranga durchschlugen.

Mehrere Tage fiel nasser Schnee, der die Pfade in Enmyn vereiste, so daß die Bewohner Mühe hatten, von einer Jaranga zur anderen zu gelangen. Die Hunde steckten die Nasen nicht aus dem Tschottagin, und auch die Menschen blieben in ihren warmen Behausungen.

Jedesmal, wenn sich John zur Vorratsgrube auf den Weg machte, schien ihm, als sinke der Himmel tiefer herab und als krieche die Brandung immer näher an die Jarangas heran, als wolle die fremde und feindliche Natur die einsame kleine Siedlung verschlingen.

Nach Nachtfrösten war dann eines Tages alles bereift und die beruhigte, mit hochgetürmten Eisschollen bedeckte See geglättet.

Mit ihren »Rabenpfoten« gingen die Jäger aufs neue Eis, und die eingetretenen Pfade von den Jarangas zum Meer färbten sich gegen Abend rot mit frischem Seehundblut.

John hockte gerade in der Schlafkammer und besserte die Riemen der Schneereifen aus, als man es im Tschottagin trampeln hörte: Das war ein Zeichen, daß Gäste gekommen waren.

»Jetti!« rief John durch den Fellvorhang. »Menin?«

»Gym« erwiderte Orwo, neben dessen Kopf gleich noch ein zweiter hinter dem Vorhang auftauchte.

»Kennst du ihn noch?« fragte der Alte mit einer Kopfbewegung auf seinen Nebenmann. »Es ist Ilmotsch, bei dem du gewohnt hast, als Kelena deine Hände heilte.«

»Gewiß erinnere ich mich!« rief John. »Sehr gut sogar!«

Unaufgefordert kümmerte sich Pylmau um die Bewirtung der Gäste.

Nach zwei Tassen starkem Tee blickte Ilmotsch erwartungsvoll auf seinen Begleiter.

»Ilmotsch hat so viel von deinem Musikkasten gehört, daß er ihn selbst hören möchte«, wandte sich Orwo jetzt an den Gastgeber.

»Warum nicht«, erwiderte John und rief: »Jako, kurbel die Musik an.«

»Die Frauen- oder die Männerstimme?« fragte der Junge und kroch, nackt, wie er war, in die Ecke, wo das Grammophon stand.

Auf Johns Frage, welche Stimme er zuerst hören wolle, meinte der Gast mit einem Seitenblick auf Orwo: »Hören wir uns zuerst die männliche an.«

Aufmerksam, mit einem Gesichtsausdruck, als verstünde er jedes Wort des Cowboysongs von Dean Morgan, lauschte der Nomade der Musik.

»Gut singt er und laut«, meinte er beifällig, als das Lied zu Ende war.

Danach hörten sie noch die weibliche Stimme und ein Gospel an. Begeistert von dem Konzert, sagte Ilmotsch: »Ich bin mit Geschenken zu dir gekommen.«

»Das stimmt!« bestätigte Orwo. »Ilmotsch wird dein Tundrafreund sein. Er hat dir zwei geschlachtete Rentiere, mehrere Felle, Pelzhandschuhe, Rentierkalbfelle und Rentiersehnen zum Nähen mitgebracht. Das alles schenkt er dir als Freund.«

»Oh, vielen Dank!« sagte John, verwirrt durch die unerwarteten Gaben.

Pylmau hatte ihm also nicht umsonst von Ilmotschs Absicht erzählt, sein Tundrafreund zu werden, was ebenso schmeichelhaft wie nützlich für John war. Doch wie stand es mit der Gegengabe? Ob man sie dem Gast auf der Stelle überreichen mußte?

»John und ich, wir werden euch besuchen, bevor ihr mit eurem Lager fortzieht«, sagte Orwo beim Abschied, als die Gäste ihren Tee ausgetrunken hatten und gingen.

»Hätte ich Ilmotsch nicht sofort beschenken müssen?« erkundigte sich John bei seiner Frau.

»Nein, nicht sofort«, erwiderte sie, »denn dann wäre es kein Schenken, sondern ein Handel. Wenn du ihn in seinem Lager besuchst, nimmst du ihm Geschenke mit.«

Einige Tage darauf machten sich Orwo und John auf den Weg in die Tundra, die Schlitten beladen mit Geschenken für die Rentierzüchter. John nahm allerlei Kleinigkeiten mit, die er in Nome erstanden hatte: farbige Stoffkupons, weißen Nessel für Kamleikas, Nähgarn, Nähnadeln, Walroßhaut für Sohlen, Riemen und zwei mit zerlassenem Seehundspeck gefüllte Behälter aus Seehundfell.

Die erste Nacht verbrachten sie in der Tundra. Orwo hatte Reisig aus dem Schnee gegraben und ein Feuer entzündet, auf dem sie ihren Tee wärmten, zu dem sie Kopalchen und gekochtes Seehundfleisch aßen. Dann legten sie sich zwischen die Hunde in einer Schneegrube schlafen.

Das Wetter war ruhig. Am bestirnten Himmel leuchtete das Nordlicht, und die schmale Sichel des Mondes zeigte sich an einer Seite des Horizonts. Eine Zeitlang lag John mit offenen Augen da, dann rief er Orwo an. »Schläfst du nicht?« fragte er. »Nein«, erwiderte der Alte. »Ich liege da und denke darüber nach, daß ich es mir nicht hätte träumen lassen, zwei Winter und zwei Sommer später wieder mit dir zu Ilmotsch zu fahren, und nicht wie ein Lygorawetljan mit einem weißen Mann, sondern wie zwei Menschen, die ein Leben leben. Ist etwa viel Zeit seitdem vergangen? Und doch ist dir unser Leben gar nicht mehr so fremd.«

»Als ich das erste Mal hierherkam, hätte ich auch nicht gedacht, daß mich der Weg zu euch führen würde. Was meinst du, wie entsetzlich es war. Ehrlich gesagt, wart ihr für mich gar keine richtigen Menschen.«

»Das ist mir nicht neu«, meinte Orwo. »Als ich zum ersten Mal auf ein Schiff zu Weißen kam, dachte ich, ich sei in einer anderen Welt. Ich kannte weder eure Sprache noch eure Bräuche. Man machte sich über mich lustig oder schlug mich. Seltsamerweise gab man mir gern Seife zu essen. Wieviel Stück davon mußte ich essen, bis sie mich halbwegs zu achten begannen!«

Bei diesen Worten seufzte der alte Mann, und schnaufend antwortete der Leithund.

»Vorurteile und falsche Vorstellungen trennen die Menschen«, nahm John wieder das Wort. »Am schlimmsten aber ist, daß jedes Volk glaubt, auf die einzig richtige Art zu leben, allen anderen Völkern das aber bestreitet. An sich ist es harmlos, wenn nicht gar nützlich, weil sich dadurch die Ordnung innerhalb der Gesellschaft festigt. Doch wenn ein Volk versucht, seine Lebensweise anderen Völkern aufzuzwingen, ist es schlecht... Wenn du die blutige Geschichte unserer zivilisierten Welt kennen würdest, mein lieber Orwo!«

»Unser Leben hat niemand zu ändern versucht«, meinte der Alte. »Wollte man nicht eure Götter austauschen?« fragte John. »Ich kenne das Leben der Eskimos und Indianer in Nordamerika. Unsere großen Schamanen, Diener des weißen Gottes, träumen davon, die ›Wilden‹, wie sie Eskimos und Indianer nennen, zu ihrem Glauben zu bekehren.«

»Ja, unsere Götter wollte man gegen andere vertauschen«, gab Orwo zu. »Bärtige russische Schamanen besuchten die Nomadenlager und verteilten Metallkreuze und weiße Hemden. Dafür mußte man ins Wasser tauchen und den Gott der Weißen als den seinen anerkennen ... Viele haben es getan.«

»Was?« staunte John. »Dann seid ihr also Christen?«

»Warum sollten wir ihn nicht anerkennen«, fuhr Orwo fort. »Das Metall der Kreuze, aus denen man Angelhaken machen konnte, war damals schwer zu haben. Außerdem bekamen die Erwachsenen ein ganzes Bündel Blättertabak. Weshalb also dafür den weißen Gott nicht anerkennen? Meine Stammesgenossen taten es. ›Warum soll es nicht auch einen solchen Gott geben?‹ sagten sie, stellten ihn neben ihre Götter und richteten genauso die Gebete an ihn. ›Wenn der Gott, den sie uns gebracht haben, allmächtig, allwissend und allen gnädig ist‹, überlegten sie, ›wird er gewiß nicht die aus ihren Behausungen verjagen, die ihn anerkennen.‹ So lebte dieser Gott eine Zeitlang mit den unseren zusammen, bis man ihn vergaß. Nutzen brachte er allerdings keinen, denn er kannte weder unser Leben noch das Meer oder die Rentiere. Außerdem vertrug er unsere Nahrung nicht.«

»Was denn?« wunderte sich John. »Ihr habt ihn auch noch ernährt?«

»Selbstverständlich«, meinte Orwo. »Auch ein Gott hat Hunger. Aber Speck und Blut zerfraßen das Papier, so daß vom heiligen Antlitz bald nur noch Fetzen übrig waren. Die hölzernen Götter, die einige erhalten hatten, hielten sich länger, doch dann entfernte man auch sie und gab sie den Kindern zum Spielen.«

Obwohl John nicht gläubig war, berührte ihn dieses Verhältnis zur Religion doch etwas unangenehm. Nicht ohne die geheime Absicht, Orwo in Verlegenheit zu bringen, fragte er: »Und was würdest du sagen, wenn die Weißen mit euren Göttern genauso umgingen?«

»Vermutlich wären sie im Recht, denn man darf niemand fremde Götter aufzwingen.«

»Das ist richtig«, sagte John, überrascht von der einfachen, treffenden Antwort. »Ich hab' viel über unser Leben nachgedacht. Je weniger wir mit der Welt der Weißen in Berührung kommen, desto besser. Bist du nicht auch der Meinung, Orwo?«

Orwo überlegte: »Ganz und gar von ihnen abkapseln können wir uns nicht. Im übrigen aber bin ich deiner Meinung, Son«, sagte er dann.

Am nächsten Tag erreichten sie um die Mittagszeit Ilmotschs Nomadenlager. Vergeblich suchte John nach bekannten Punkten in der Umgebung. Alles war ihm fremd, obwohl die Jarangas dieselben waren wie damals. Anscheinend hatten die Nomaden in diesem Jahr ihre Behausungen an anderer Stelle aufgeschlagen.

Die Hunde, die sich auf die Rentiere stürzen wollten, wurden von den Schlittenlenkern zu den Jarangas geführt, wo schon eine Menschenmenge die Ankömmlinge erwartete. Ilmotsch ragte durch seine Größe und schmucke Lederkleidung aus der Menge heraus. Nachdem er die Gäste herzlich begrüßt hatte, befahl er den Hirten, die Hunde an die Kette zu legen und zu füttern; dann führte er Orwo und John in seine Jaranga.

Interessiert betrachtete John die Inneneinrichtung der Nomadenbehausung. Sie glich derjenigen der Küstentschuktschen, nur waren ihre Teile von leichterer Bauart. Es gab keine eigentlichen Wände. Zeltartig über Stäbe gezogen, bestand ihre äußere Hülle aus rohgegerbtem Rentierleder oder kurzgeschorenen Rentierfellen. Innen teilten Felle eine nach Ansicht der Küstenbewohner zu enge Schlafkammer ab. Im geräumigen Tschottagin brannte ein Feuer.

»Ich freue mich, daß ihr zu mir gekommen seid«, erklärte Ilmotsch feierlich. »Fühlt euch bei mir wie zu Hause.«

Die Gaben, die John dem Tundrafreund überreichte, nahm dieser würdevoll entgegen, streifte sie aber nur mit einem kurzen Blick.

»Welynkykun!« sagte er und befahl, die Geschenke wegzuräumen.

»Haben Ilmotsch meine Geschenke nicht gefallen?« erkundigte sich John gelegentlich bei seinem Begleiter.

»Doch«, meinte Orwo bestimmt. »Nur sind Geschenke unter Freunden etwas Selbstverständliches, deshalb starrt man sie nicht an.«

»Könnte ich nicht Kelena wiedersehen?« fragte John den Gastgeber.

Ilmotsch nickte zustimmend. »Gewiß wird sie dem Menschen, den sie vorm Tod gerettet hat, gern wiederbegegnen.«

Bald danach erschien die Alte.

»Kyke wyne wai! Der Gerettete ist gekommen! Kyke! Wie jung und schön er ist!« krähte sie bei Johns Anblick los.

John überreichte ihr einen Stoffkupon für eine Kamleika, Tabak und Nähnadeln als Geschenk.

»Welynkykun!« bedankte sich Kelena und bat, sich Johns Hände anschauen zu dürfen.

Wie ein erfahrener Chirurg untersuchte sie geschickt jede einzelne Naht und jede Falte.

»Gut gemacht!« sagte sie, begeistert von ihrem Werk.

Orwo und John quartierten sich in einer für sie abgeteilten zweiten Schlafkammer in Ilmotschs Jaranga ein. Mitten in der Nacht wurde John vom Brausen eines Sturms geweckt. Visionen aus der Vergangenheit bedrängten ihn. Ihm war, als sei die Zeit stehengeblieben und er befinde sich noch in derselben Lage wie damals. Sogar den Schmerz in den Händen spürte er.

In einer Nomadenjaranga war das Sturmgetöse deutlicher zu hören, denn ihre Wände waren dünner und das Ganze weniger geräumig als in Enmyn. John fand bis zum Morgen keinen rechten Schlaf. Wirklichkeit und Traum gingen im Dämmerzustand ineinander über. Als er auf ein leichtes Geräusch im Tschottagin hin den Kopf hinausstreckte, erblickte er Ilmotsch.

»Schon munter?« begrüßte ihn der Gastgeber. »Schneesturm. Schlecht«, sagte er bedauernd.

Durch die konusartige Öffnung im Dach der Jaranga stäubte Schnee herein. Was für eine erstaunliche Einrichtung doch eine Jaranga war! Durch das kleinste Loch in der Wand, von einem Nagel oder Ähnlichem verursacht, drang schon bei kleinen Schneestürmen viel Schnee in den Tschottagin, während durch den Rauchabzug, der so groß war, daß man bequem hindurchkriechen konnte, nur wenig Pulverschnee hereinwehte.

Ilmotsch schlug das Rentierfell, das die Tür ersetzte, zurück und war gleich darauf im bläulichen Halbdunkel des Schneesturms verschwunden. Auch alle Hirten waren zu den Rentieren gegangen, so daß Orwo und John während des Tages die einzigen Männer im Nomadenlager waren. Spätabends erst kehrte Ilmotsch heim. Mit einem Stück Rentiergeweih klopfte er sich umständlich den Schnee von der Pelzjacke und den Pelzstiefeln.

»Der Schneesturm wird länger anhalten«, meinte er. »Es ist warm. Der Schnee ist feucht und backt.«

»Südwind?« erkundigte sich Orwo.

»Ein schlechter Wind«, sagte der Alte, als Ilmotsch seine Frage bejahte, und sah besorgt zu John hinüber. »Er könnte das Ufereis losreißen. Wenn nach dem Schneesturm Frost einsetzt, verhärtet sich der Schnee, und die Rentiere können nur noch schwer an das Futter gelangen.«

»Sobald sich der Sturm legt, suchen wir die Weideplätze am Hang des Gebirgsrückens auf, wo der Sturm den Schnee dann fortgeweht hat«, sagte Ilmotsch.

Drei Tage und drei Nächte bebte die Jaranga unter den Windstößen. Gegen Ende der dritten Nacht ließ der Sturm nach, und der Frost verschärfte sich. Um die Mittagszeit baute man die Jarangas ab, und nach einer knappen Stunde waren von ihnen nur noch dunkle kreisförmige Spuren und die Reste der Feuerstellen zu sehen. Die gesamte Ausrüstung mit der Inneneinrichtung hatten die Rentierzüchter auf die Schlitten verladen. Die Hirten trieben die Herde heran und fingen die Zugtiere – riesige, starkgehörnte Bullen mit großen traurigen Augen – ein.

Dann setzte sich die Karawane auf das Gebirge zu in Bewegung, das in der Ferne blaute. Ilmotsch verabschiedete sich von Orwo und John und jagte auf leichtem, fast gläsern durchsichtigem Schlitten hinter dem Nomadenzug her.

21

Im Rücken den Wind, der ihre Kamleikas wie Segel blähte und die dichtbehaarten Schwänze der Schlittenhunde bauschte, kehrten sie heim. Der orkanartige Sturm hatte den feuchtschweren Schnee an den Boden gepreßt und glattgeschliffen. Noch nie war John so schnell gefahren. Ein einziges Mal nur gönnten sie den Hunden eine

Pause, fütterten sie und stärkten sich selbst mit aufgetautem Rentierfleisch, ohne aber Tee zu trinken.

Um die Mitte des nächsten Tages kamen die vertrauten Umrisse des Küstengebirges in Sicht, und in der frühen Dämmerung jagten die Schlitten bereits über das Eis der Lagune, auf dem der Orkan lange Wehen verhärteten Schnees zurückgelassen hatte. Heftige Böen über der glatten Eisfläche trieben die Schlitten schneller, als die Hunde liefen.

Die Siedlung schien sich aus Furcht, vom Sturm ins Meer getragen zu werden, in die Erde zu ducken.

Orwos scharfes Auge entdeckte auf den ersten Blick, daß die Dachabdeckungen einiger Behausungen fehlten und die Gerüste, auf denen die Baidaren gelegen hatten, umgestürzt waren.

Schreck durchfuhr die Heimkehrenden; ein solcher Sturm mußte viel Unheil angerichtet haben.

Befriedigt stellte John fest, daß seine Jaranga unbeschädigt war, bis auf den Schornstein des Anbaus, den der Orkan weggefegt hatte.

An der Stelle, wo der Weg von der Lagune zu den Jarangas durch den Schnee hinaufführte, standen drei Männer. Vor dem Wind geduckt, hielten sie sich auf dem steinharten Schnee nur mühsam aufrecht.

Es waren Tnarat, Armol und Guwat.

»Ein Unglück!« rief ihnen Armol schon von weitem zu. »Der Orkan hat die Walboote und die Baidaren fortgetragen.«

Seine Stimme schwankte, sein Blick war kummervoll.

Orwo bremste sein Gefährt. »Wie konnte das geschehen?« fragte er.

»Wir haben alles getan, um die Boote zu retten«, versicherte Tnarat. »Wir ließen die Anker einfrieren und häuften Schnee um die Boote. Doch es half nichts. Der Sturm trieb den Schnee auseinander und zerriß die Halteriemen wie Baumwollfäden ...«

»Als hätten sie Flügel, so flogen die Walboote davon«, unterbrach ihn Armol. »Als wollten sie in die Heimat zurückfliegen, so erhoben sie sich in die Lüfte, prallten gegen die Schollenberge und zerbrachen ... ein furchtbares Unglück!«

John lenkte das Gespann zu seiner Jaranga, Trauer herrschte hier, wie beim Tod eines nahen Verwandten. Selbst die Kinder waren bedrückt und verhielten sich ruhig. Als wüßte die kleine Tynewirineu-Mary um das ganze Ausmaß des Unglücks, schmiegte sie sich fest an des Vaters krausen Bart.

»Das Unglück konnte niemand abwenden«, sagte Orwo, der John gegen Abend besuchte. »Ein solcher Orkan kommt in hundert Jahren ein- oder zweimal vor.«

Immer noch wütete der Sturm. Wie ein auf dem Ozean vom Sturm überraschtes Schiff bebte und knarrte die Jaranga. Im scharfen Luftzug, der in Abständen in die Schlafkammer drang, flackerte das Licht der Tranlampe.

Vor sich hin singend, wiegte Pylmau die kleine Tynewirineu auf den Knien. Ihr Gesang wurde eins mit dem Brausen des Orkans.

John hörte aufmerksam zu und stellte überrascht fest, wie natürlich die Stimme der Frau mit dem Sturm verschmolz. Beide hatten die gleiche Melodie.

»Unser Hochmut war zu groß«, sagte Orwo, der lange Zeit nachdenklich dagesessen hatte. »Wir haben aufgehört, die Narginen zu ehren. Dafür haben sie uns einen Denkzettel erteilt.«

Eigentlich wollte John den alten Mann von seinem Aberglauben abbringen und ihn darüber aufklären, daß ein elementares Unglück über sie gekommen sei, vor dem sie niemand schützen konnte, doch hinderte ihn ein eigenartiges Gefühl der Hilflosigkeit daran, lag doch in Orwos Worten Trost und Erklärung zugleich.

»Wir haben anders leben wollen, als es die Natur befiehlt«, fuhr Orwo fort. »Ein rosa Schleier lag vor meinem Blick. Alles stand so gut: Das Wild an unserer Küste schien sich gegenüber den vergangenen Jahren vermehrt zu haben, immer wieder bescherte uns die See ihre Gaben, das Wetter war beständiger als je, wir hatten Glück in der Jagd und im Handel mit den weißen Männern. Selbst von Krankheiten blieben wir mehrere Jahre lang verschont ... Jetzt aber ist die Strafe für unsere Sünden da. Ich erinnere mich, daß es schon mehrmals so kam: Anfangs ging alles gut, und ein Leben begann, daß selbst die hinfälligen Alten, die man schon längst in der Welt jenseits der Wolken erwartete, sich noch nicht von der Erde trennen wollten. In den Jarangas herrschte Freude, und die Vorratsgruben waren mit Fleisch gefüllt. Häufiger als zu den geheiligten Opferbräuchen versammelten sich die Menschen zu fröhlichem Treiben, hielten sich für die Stärksten und Klügsten und für die Herren der Welt. Eine Zeitlang schien es tatsächlich so zu sein. Dann aber beseitigten Natur und Narginen alles Überflüssige, und zwar alle diejenigen, die ihr Dasein nicht dem Zeugungswillen, sondern der Wollust verdankten. Sie schickten Krankheit und Hunger und vernichteten die Nahrungsvorräte, die den Menschen zur Faulheit verführen. Mit solch einem Orkan fegen die Äußeren Kräfte alles hinweg, was den Menschen über sie erheben könnte ... Es ist, als wollten sie die Narginen daran erinnern, daß sie hier Herr sind und die Menschen nur dank ihrer Gnade hier leben ...«

Bei diesen Worten verdüsterte sich Johns Gemüt, und die Unruhe in seiner Seele wuchs.

»Und wie sollen wir weiterleben?« fragte er.

»Die Narginen selbst werden es uns zeigen«, antwortete Orwo. »Mögen die Götter an ihre Orte zurückkehren und der Mensch wieder so werden, wie er früher war.«

Noch mehrere Tage lang tobte der Orkan, der das Eis weit hinter den Horizont zurücktrieb, so daß das winterliche Meer jetzt offen dalag – ein Anblick, so fremdartig und unsinnig wie der eines Menschen, der nackt im Schneesturm umherläuft. Blauer Himmel mit wenigen vor dem Wind dahinziehenden Wolken spiegelte sich in der See. Voll Ungeduld warteten alle auf das Nachlassen des Sturms, um wieder jagen gehen zu können.

Bisher war John nie aufgefallen, wieviel die Hunde fraßen. Bei nur einmaliger täglicher Fütterung aber brauchte man für die zwölf scharfzähnigen Mäuler so viele Kopalchen, daß drei Menschen davon zwei bis drei Tage satt geworden wären.

John, der die Hunde selbst fütterte, versuchte, ihre gewohnte Ration zu kürzen.

»Was macht es schon, wenn sie etwas weniger fressen«, sagte er eines Tages zu seiner Frau.

Erstaunt blickte ihn Pylmau an: »Sie werden sowieso nicht richtig satt«, meinte sie.

»Egal; sie haben jetzt nichts zu tun und schaffen keine Nahrung heran.«

»Niemand in ganz Enmyn schafft jetzt Nahrung heran, und trotzdem wollen alle essen, um zu überleben«, widersprach Pylmau.

»Bei den Menschen ist es etwas anderes«, meinte John.

»Wieso?« Pylmau zuckte die Achseln. »Die Hunde bekommen sowieso nur die schlechteren Stücke.«

Trotz der bedenklich schrumpfenden Vorräte fütterte man in allen Jarangas die Hunde weiter, eine erstaunliche Verschwendung, wie John fand. Als er Orwo eines Tages vorschlug, die Anzahl der Hunde in der Siedlung bis auf die unbedingt notwendigen zu verringern, erwiderte dieser spöttisch: »Wie wär's, wenn du bei deinen anfingst?«

Nach dem Schneesturm setzten so starke Fröste ein, daß die See fast augenblicklich zufror, und zwar nicht wie sonst voller Schollenberge und Eisbrocken, sondern ganz ebenmäßig.

Sofort gingen die Jäger mit ihren kleinen Schlitten auf Walroßzahnkufen zur Jagd. Über das glatte Eis glitten sie, sich mit den eisenbeschlagenen Spitzen ihrer Stöcke abstoßend, bis zu den Eislöchern. Beutebeladen kehrten sie heim. In den Tschottaginen flammten wieder die Feuer auf, und der Duft frischen Fleisches vertrieb den ranzigen Geruch des Walfischspecks. Eile tat not, denn schon der erste Sturm konnte die spiegelglatte Eisfläche zerstören und Schollenberge auftürmen.

Schon bald trat das Erwartete ein: Schollenberge und Eishügel türmten sich auf dem Meer und gaben ihm sein gewohntes Aussehen zurück. Jetzt vergnügten sich die Kinder mit den kleinen Schlitten, die Jäger aber spannten die mageren Hunde ein und machten sich auf den weiten Weg zu den Waken.

Nachts sprengten zwar starke Fröste krachend das Eis, die offene See aber wich immer weiter vom Strand zurück. So mußten die Jäger mitten in der Nacht aufstehen, um beim ersten kurzen Tagesschimmer an Ort und Stelle zu sein.

Eines Abends kam Pylmau erregt mit der Nachricht in die Jaranga, Mutschin und Eleneut lägen tot in ihrer Behausung.

Die beiden Alten waren bereits vor mehreren Tagen gestorben, und die ausgehungerten Hunde hatten die Leichen schon zur Hälfte abgenagt. John schauderte es bei ihrem Anblick, und er schützte ein Unwohlsein vor, um nicht an der Bestattungszeremonie teilnehmen zu müssen.

Qualm und Flammen stiegen zum Himmel, als Orwo nach der Bestattung die verwaiste Jaranga in Brand steckte.

»Mit jedem dieser Scheiterhaufen kommt die Zeit näher, da unser ganzes Volk hinter den Wolken verschwunden sein wird«, sagte der Alte tiefsinnig. »Groß ist die Zahl der verödeten Nomadenlager und verlassenen Jarangas an der Küste. Manche Siedlungen sind schon ganz verschwunden. Unser Volk nimmt so schnell ab, daß mir angst wird. Wenige Kinder werden geboren, und der Tod verfolgt auch noch diese wenigen. So viele sterben, ehe sie sich an ihren Namen gewöhnt haben! Und einst war unser Volk doch groß und mächtig!«

»Du darfst nicht so schwarzsehen«, entgegnete John. »Der Mensch ist nicht umsonst auf der Welt. Es kann nicht sein, daß die Tschuktschen für immer von der Erde verschwinden.«

Neuschnee deckte die Brandstätte zu, und die Namen der Toten waren schnell vergessen. John suchte den Grund dafür in dem schlechten Gewissen der Enmyner, die sich am Tode der Unglücklichen schuldig fühlen mußten.

Als er sich Orwo gegenüber in diesem Sinne äußerte, meinte dieser gereizt: »Auf der Welt zu leben hat nur der ein Recht, der Nahrung nicht nur für sich selbst, sondern auch für seine Nachkommen beschafft.«

»Und wenn es dir einmal genauso ergeht wie ihnen?« fragte John herausfordernd.

»Wenn es soweit ist«, erwiderte Orwo entschieden und sah John ruhig lächelnd ins Auge, »verschwinde ich hinter den Wolken wie Armols Vater Giwew.«

Die Jagd wurde zu einer schweren, mühsamen Arbeit. Mitten in der Nacht das warme Lager verlassen und in den Frost hinausgehen zu müssen war eine Qual.

Zuerst erhob sich Pylmau, um das Frühstück für den Mann zu bereiten, das ihn für den ganzen langen Tag sättigen mußte. Licht und Wärme der einzigen Tranlampe, die in der Schlafkammer brannte, reichten aus, solange die starken Fröste ausblieben, doch in den Ecken der Kammer zeigten sich schon silberne Reifflecken.

Die Kinder schliefen, eng aneinandergeschmiegt, unter der Decke aus Rentierfell.

Nachdem John sein Frühstück wortlos verzehrt hatte, ging er, den Frost und das bläulich flimmernde Mondlicht verfluchend, fort.

Lautes Schneegeknirsch unter seinen Sohlen begleitete ihn als einziges Geräusch in dem schneeweißen Raum den ganzen Tag.

Sein Weg war weit und führte über hohe Schollenberge und Haufen gesplitterten Eises. Längst schon mußten die Enmyner ohne Hundegespanne auskommen, denn die mageren Tiere suchten sich selbständig Nahrung und ließen sich nicht einfangen.

Jetzt froren auch die letzten offenen Stellen zu. Kaum hatte sich ein Riß im Eis gebildet, so war er auch schon mit einer durchsichtigen Eisschicht bedeckt.

John wanderte von einer eisfreien Stelle zur anderen. Mit der Zeit starben ihm die Zehenspitzen in der Kälte ab, und er mußte einen Fuß an den anderen schlagen, um wieder Gefühl in ihnen zu wecken. Jetzt erwies sich als vorteilhaft, daß ihm der größte Teil der Finger fehlte. Er brauchte keine Handschuhe und konnte mit seinen Prothesen die Winchesterbüchse bei jedem Frost auseinandernehmen und laden.

Die Grenze zwischen dem Rand des Ufereises und dem losen Eis war so verwischt und die Zahl der Bruchstellen so gering, daß sich sogar die Seehunde Löcher bliesen, um Luft zu schöpfen.

John mußte sich beeilen.

Das Licht der Sterne verblaßte allmählich, und ein kurzer Wintertag brach für zwei bis drei Stunden an. Nur jetzt konnte man den Kopf des Seehundes an einer eisfreien Stelle erkennen. Im Schein der Sterne und des Polarlichts machte sich John nach erfolgloser Jagd auf den Heimweg.

Beschämt über den Mißerfolg, ging er mit gesenktem Blick an den Jarangas vorbei, bis er sich mit der Zeit daran gewöhnt hatte. Am schwersten zu ertragen war das Wiedersehen mit dem kleinen Jako, der ihn mit hungrigen Augen ansah. Pylmau blieb unverändert ruhig und tat, als müsse alles so sein. Auf irgendeine Weise schaffte sie es sogar, ihrem Mann eine Mahlzeit aufzutischen. Gesättigt legte sich John auf die kühlen Rentierfelle, um am nächsten Morgen wieder auf die Suche nach Wild zu gehen.

Eines Tages stieß er auf einen Eisbären. Das erschreckte Tier machte sich über die Schollenberge davon und verschwand im schneeigen Weiß. Seine Beute ließ es auf dem Eis zurück: einen fast vollständig erhaltenen Seehund mit aufgerissenem Leib und zermalmtem Kopf.

Der Bär hatte dem Tier so lange aufgelauert, bis es seinen Kopf aus dem Eisloch gesteckt hatte. Ungeheure Flinkheit hatte dazu gehört, das wachsame und schnelle Tier aus der schmalen Öffnung zu zerren. Überrascht stellte John fest, daß ihn der Neid auf den erfolgreichen weißen Jäger packte.

Bei näherer Besichtigung des wenig beschädigten und noch nicht einmal erkalteten kleinen Seehundkörpers sah John, daß die rosafarbene Leber von einer dünnen Eisschicht bedeckt war. Mit seinem Jagdmesser schnitt er sich mehrere Stücke davon ab. Gestärkt zog er dem Tier dann einen Riemen durch die Schnauze und holte es ans Ufer.

Zweifel, ob es recht war, einem Tier die Beute wegzunehmen, überkamen ihn, als er vom Strand zu den Jarangas hinaufstieg. Doch bei dem Gedanken an Jakos hungrige Augen und Pylmaus Magerkeit ging er entschlossen auf seine Behausung zu, bestrebt, so schnell wie möglich die anderen Jarangas hinter sich zu lassen.

An der Schwelle empfing ihn Pylmau mit der Schöpfkelle. Wortlos goß sie Wasser auf den Seehund und reichte John den Rest. Dabei bebte die Kelle leicht in ihrer Hand, so daß das Stückchen Eis klirrend das Blech berührte.

»Ich habe den Seehund einem Umka abgenommen«, gestand John, nachdem sie die Beute in die Schlafkammer gezogen hatten. »Ich weiß nicht, ob es recht war.«

»Toko hat es auch gemacht«, erwiderte Pylmau ruhig. »Du hast genommen, was dir nach dem Recht des Stärkeren zusteht. Die Götter werden nichts dagegen haben.«

John legte die Jagdausrüstung ab und kroch in die Schlafkammer. Neben dem Kopf des Seehundes saß Jako und sah gierig auf das halb geschlossene Auge des Tieres. Mit dem Jagdmesser schnitt John das Auge heraus, durchbohrte es und reichte es dem Jungen. Für die kleine Tynewirineu-Mary schnitt er ein Stück Leber ab.

Pylmau entzündete eine zweite Tranlampe, und es

wurde hell in der Schlafkammer. Erfreut über den Erfolg ihres Ernährers, unterhielt sie sich laut und lebhaft, wobei sie ihn von Zeit zu Zeit teils zärtlich, teils besorgt ansah.

Im Schein der zweiten Tranlampe schien es John, als ob sich in der Schlafkammer etwas verändert hätte. Entweder ist etwas hinzugekommen, oder es fehlt etwas, dachte er und ließ den Blick über die Wände der Schlafkammer schweifen, bis er am Eckpfosten statt des Waschgestells wieder den hölzernen Götzen hängen sah.

»Du siehst doch, er hat uns Erfolg gebracht«, lächelte Pylmau schuldbewußt. »Als du aufs Meer gingst, holte ich ihn herein, wärmte ihn und bat ihn inständig, dir gnädig zu sein.«

»Und wo hast du das Waschgestell gelassen?«

»Es hängt im Tschottagin an seinem alten Platz«, erwiderte Pylmau und zupfte nervös an einem Rentierfell. »Ich dachte, du wäschst dich doch kaum noch, und der Platz gehörte dem Gott.«

In letzter Zeit hatte John tatsächlich die Körperpflege eingestellt. Als er eines Morgens vor dem Waschgestell stand und an die Kälte draußen dachte, verzichtete er aufs Waschen, weil er deutlich empfand, daß er das Gesicht dem scharfen Frost nicht ohne schützende Fettschicht aussetzen durfte. Sein Befinden litt im übrigen nicht darunter, daß er auch weiterhin vom Waschgestell keinen Gebrauch mehr machte.

»Aus keinem anderen Grund sollte doch der Gott in der Schlafkammer hängen«, umschmeichelte ihn Pylmau. »Ich möchte einen Sohn. Jako braucht einen Gefährten, damit er es leichter im Leben hat ... Laß also den Gott in unserer Mitte weilen.«

»Wie du willst«, John machte eine matte Handbewegung. »Zerleg den Seehund, ich bin hungrig«, sagte er.

Kaum aber hatte Pylmau den Kessel über das Feuer gehängt, als nach und nach Gäste in der Jaranga erschienen. Niemand äußerte eine Bitte, sie kamen sozusagen zufällig oder unter einem nichtigen Vorwand, doch niemand ging mit leeren Händen davon.

Besorgt sah John das Fleisch zusammenschmelzen, und immer wieder mußte er sich zwingen, seiner Frau nicht zuzurufen, daß es genug sei.

Spät in der Nacht vernahmen sie im Tschottagin Orwos Husten, gleich darauf zeigte sich der Kopf des Alten in der Schlafkammer. Mit einem Blick auf den wieder inthronisierten Gott räusperte er sich zufrieden.

»Es ist an der Zeit, Netze für den Seehundfang auszulegen«, sagte er. »Die Patronen gehen zu Ende, und die offenen Wasserstellen werden immer seltener. Wir müssen Löcher in das Eis schlagen und Netze legen.«

Zum ersten Mal hörte John, daß man Seehunde wie Fische auch mit Netzen fangen konnte.

»Wir legen die Netze, und du fährst zu deinem Freund Ilmotsch«, fuhr der Alte fort. »Bitte ihn um drei Dutzend geschlachtete Rentiere. Später rechnen wir darüber ab. Er darf sie dir nicht abschlagen, denn du bist sein Küstenfreund. Um deine Familie werden wir uns inzwischen kümmern.«

Einige Tage darauf spannte John die stärksten und ausdauerndsten Hunde für die Fahrt in die Tundra ein. Obwohl er zum ersten Mal allein fuhr, war er unbesorgt und sicher, das Nomadenlager wohlbehalten zu erreichen. In seinem Rockausschnitt steckte eine von Orwo gezeichnete Karte, und unter den Rentierfellen auf dem Schlitten lag ein Schwimmkompaß – einer der wenigen noch vorhandenen Gegenstände vom Walboot, das man für die Walfischbarten erstanden hatte.

Der Weg führte ihn zum Großen Gebirgsrücken der Tschuktschenwasserscheide.

Lange suchte John schon die Tundra ab, und sein spärlicher Reisevorrat ging zu Ende. Wenn er sein Nachtlager aufschlug, führte er jedesmal den schwächsten Hund beiseite und erstach ihn. Fand er Reisig in der Nähe, machte er Feuer und kochte das Fleisch. Den Rest verfütterte er an die Hunde.

Schon hatte er alle von Orwo eingezeichneten Ebenen abgesucht, das niedrige Gestrüpp durchstreift, Wasserscheiden überquert und sogar den Nordhang des Großen Gebirgsrückens bestiegen. Hin und wieder war er auf Spuren einer Rentierherde – verstreute olivenförmige Rentierlosung – gestoßen. Mit neu belebter Hoffnung jagte er dann die geschwächten Hunde der Spur nach, bis sie sich in der schrundigen Eisdecke oder im dichten frostharten Gesträuch verlor.

Bald waren alle Spuren verschwunden.

Wohin er den Schlitten auch lenkte, nirgends sah er etwas anderes als jungfräulichen, unter dem sonnenlosen Himmel bläulich schimmernden Schnee.

Da der Schlitten auf dem frostverkrusteten Schnee nur mit glasierten Kufen fuhr, mußte er öfters haltmachen, um sie mit frischer Eisschicht zu überziehen.

Als von dem Gespann nur noch acht Hunde übrig waren, machte er sich auf den Heimweg zur Küste.

Aus der Ferne erschien die Siedlung wie ausgestorben. Während der zwei Stunden, die die geschwächten Hunde brauchten, um den Schlitten mühsam über die schmale Lagune zu ziehen, zeigte sich weder ein menschliches Wesen zwischen den Jarangas noch eine Rauchfahne über den Behausungen.

Erschöpft stolperte John in den Tschottagin seiner Jaranga, tastete nach dem Fellvorhang und kroch in die Schlafkammer, in der traulich die kleine gelbe Flamme der Tranlampe züngelte.

»Bist du es, Son?« ließ Pylmau sich hören.

»Ja, Mau.«

»Hast du etwas mitgebracht?«

»Ich habe das Nomadenlager nicht gefunden«, erwiderte John. »Nur Rentierlosung. Wo sind die Kinder?«

»Hier«, antwortete Pylmau. »Sie sind so dünn geworden und bitten die ganze Zeit um Essen. Ich koche ihnen schon alte Rentierstiefel, denn die Fleischgrube ist bis auf den Grund leer gekratzt. Damit halten wir uns am Leben.«

»Geht niemand aufs Meer?«

»Ja, aber es bringt nichts ein. Seit dem Tag, an dem du wegfuhrst, ist kaum jemand mit Beute heimgekehrt. Die Patronen sind alle.«

Mit einem Stäbchen belebte Pylmau die Flamme der Tranlampe und setzte einen kleinen Kessel auf.

Aus einem Haufen Felle kroch Jako hervor und und sah den Vater wortlos an. Die Rippen des Jungen standen hervor, und auf der dunklen, rauhen Hungerhaut zeichneten sich zwischen den Schlüsselbeinen lochartige Vertiefungen ab.

Tynewirineu-Mary rührte sich nicht. Nur einen Augenblick lang öffnete sie die kleinen blauen Augen, schloß sie aber, vom Licht der Tranlampe geblendet, gleich wieder.

»Was ist mit Mary?« fragte John erschreckt.

»Sie hat Hunger«, erwiderte Pylmau niedergeschlagen. »Ich gebe ihr die Brust, aber es ist nichts drin.«

Im Kessel brodelte eine übelriechende Brühe. John überwand seinen Widerwillen und schluckte sie hinunter.

»Habt ihr die Hunde nicht gegessen?« erkundigte er sich.

»Was redest du da?« meinte Pylmau. »Wie kann man Hunde essen?«

»Besser jedenfalls, als mit Urin gegerbte Seehundriemen zu kochen«, entgegnete John.

Gestärkt entschloß er sich, den alten Orwo aufzusuchen.

Draußen benagten die Hunde knurrend die Reste der Riemenbefestigungen des Schlittens; sie sprangen zur Seite, als sie John sahen. Jetzt erst bemerkte er, daß alle Dachbedeckungen aus Walroßhaut, soweit die Hunde sie erreichen konnten, benagt waren.

Orwo lag zwischen seinen beiden Frauen in der Schlafkammer.

»Eingetroffen ist, was ich am meisten befürchtet habe«, sagte er bekümmert, als John seinen Bericht beendet hatte. »Ilmotsch ist zur Waldgrenze weitergezogen ... Er ahnte, daß wir ihn um Hilfe bitten würden.«

Der Atem des alten Mannes ging keuchend.

»Wir müssen etwas unternehmen«, sagte John nach kurzem Schweigen. »Wir dürfen nicht tatenlos auf das Ende warten.«

»Und was schlägst du vor?« fragte Orwo matt. »Zum Jagen fehlt uns bereits die Kraft. Ehe man auf Eislöcher stößt, ist es schon wieder dunkel, außerdem gibt es kaum noch offenes Wasser.«

»Wir könnten doch die Hunde schlachten«, meinte John. »Ich begreife nicht, die Menschen sterben vor Hunger, und überall laufen die Tiere umher, die sie retten könnten. In manchen Ländern ißt man Pferdefleisch, und Hundefleisch gilt in einigen Ländern des Ostens sogar als Delikatesse.«

»Mag sein, auch wir kommen dahin und schlachten die Hunde«, erwiderte Orwo mit schwacher Stimme. »Das aber wäre das letzte. Nach den Hunden kommen die Toten an die Reihe, und dann die Schwachen, die man tötet und frißt. Solange aber der Mensch kein Hundefleisch ißt, darf er sich als Mensch betrachten.«

»Ich habe aber Hunde gegessen!« erklärte John herausfordernd. »Also darf ich mich nicht mehr zu den Menschen zählen?«

»Sprich nicht so, John«, flehte Orwo. »Schau doch mal nach meinen Netzen. Vielleicht hat sich etwas darin gefangen.«

Am nächsten Morgen machte sich John, nachdem er mit Widerwillen den übelriechenden Brei aus gekochten Riemen verschlungen hatte, auf die Suche nach den Netzen. Es hatte vier Wochen lang nicht geschneit, und die alte Schneedecke war so verharscht, daß er keine Schneereifen brauchte. Die glatte weiße Fläche blendete ihn. Längst waren die »Langen Tage« angebrochen und der Vorfrühling gekommen, ohne daß es die in den dunklen Schlafkammern vor Frost und Hunger starren Menschen bemerkt hätten.

Da Orwo seine Netze weit von der Siedlung ausgelegt hatte, entdeckte John sie erst in der späten Dämmerung. Eine weitere Stunde brauchte er, um sie aus dem Eis zu stemmen. Im ersten Fanggerät fand sich ein von Meereswürmern abgenagtes Seehundskelett, im zweiten aber ein fast unversehrter Seehund. Erfreut säuberte John die Netze und legte sie wieder aus, in der Absicht, den Platz am nächsten Tag wieder aufzusuchen.

Mit Knochen und dem toten Seehund beladen, kehrte er nach Enmyn zurück.

Trotz ihrer Schwäche ging Pylmau dem Heimkehrenden mit der Schöpfkelle und dem darin schwimmenden Stück Eis entgegen.

Die Beute in zwölf gleiche Teile zu zerlegen war schwierig. »Orwo hat Anspruch auf einen größeren Anteil«, meinte John.

»Nein, jede Familie hat das gleiche zu bekommen«, widersprach Pylmau.

»Wie komme ich dazu, Armol zu ernähren? Er ist stärker als ich und hätte längst mal nach den Netzen sehen können«, bemerkte John gereizt.

»Sei nicht böse«, mahnte Pylmau den Aufgebrachten leise. »Beim Teilen des Fleisches ist für Zorn kein Platz. Jeder soll seinen Anteil erhalten. Auch die Sonne macht keine Unterschiede und spendet allen gleichmäßig Licht und Wärme.«

»Ich gedenke nicht, es der Sonne gleichzutun«, erklärte John wütend. »Zuerst will ich meine Kinder satt machen und dann erst die anderen.«

Fast gewaltsam nahm er ein Stück Fleisch von jedem Anteil und warf es in den Kessel über der neubelebten Tranlampe.

Pylmau packte die kümmerlichen Rationen an Fleisch und Knochen zusammen und machte sich zu den anderen Jarangas auf den Weg.

John, der mit den Kindern in der Schlafkammer zurückblieb, versuchte, die Flamme der Tranlampe zu verstärken. Mit dem dunklen, aus unbekanntem Stoff hergestellten Stäbchen kratzte er das fettgetränkte Moos an den Rändern der Lampenschale zusammen. Zwar vergrößerte sich die Flamme, doch fing sie heftig an zu rußen. Bei dem Versuch, sie wieder in Ordnung zu bringen, verlöschte sie ganz. In der plötzlich eingetretenen Finsternis und Stille hörte er Tynewirineu weinen. Er tastete nach dem zitternden kleinen Wesen, wickelte es aus den kalten Fellen und preßte es an sich. Glühendheiß fühlte sich die Kleine an, die im Dämmerzustand vor sich hin weinte. Woher kam nur die Hitze in dem winzig kleinen Wesen?

»Mary, mein Liebes, weine nicht«, tröstete er sie. »Hab noch ein wenig Geduld. Gleich kommt die Mama, macht Licht und gibt uns warmes frisches Fleisch zu essen. Weine nicht, mein Töchterchen!«

John wiegte die Kleine, und es schien, als ginge ihr Atem gleichmäßiger, als ließe die Hitze nach. Allmählich gewöhnten sich seine Augen an das Dunkel, und er sah Licht durch die vielen Ritzen der Felle dringen.

»Mein Vögelchen, mein Herzeleid . . .«, flüsterte er, ins Englische übergehend. »Weshalb mußtest gerade du hier geboren werden? Tausende glücklicher Kinder in der Welt lächeln der warmen Sonne entgegen und riechen satt nach Milch, während du, mein Fleisch und Blut, in diesem verfluchten eisigen Landstrich im Fieber vergehst. Meine kleine Polarblume! Warum bist du so still und weinst nicht mehr? Nun, dann schlaf sanft.«

Sorge erfüllte Johns Herz, während er der Kleinen zuredete, es war, als überschatte eine dunkle Wolke sein Gemüt. Die Ahnung kommenden unabwendbaren Unheils erfüllte den Raum und stand als dunkler Schatten in den Ecken. Um sich von ihr zu befreien, hob John die Stimme.

»Der Winter vergeht, mein Liebes. Im Frühling wird das Gras wieder grün, und wir werden uns satt essen!« tröstete er sie.

Im schwachen Lichtschein der Abzugsöffnung, der auf das Götzenbild am Stützpfosten der Schlafkammer fiel, schien es John, als blicke der Gott keineswegs mehr so unbeteiligt wie einst, sondern rachsüchtig und schadenfroh.

Unter dem bohrenden Blick hielt er in seinen Trostworten ein. Kalte Schauer liefen ihm über den Rücken.

»Du Götze!« rief er voll Entsetzen. »Verschone mich! Ich glaube nicht an dich!«

Er legte das Kind auf das Lager, riß das Götzenbild vom Pfosten, daß die ganze Schlafkammer wankte, und schleuderte es in den Tschottagin, den er leer glaubte.

»Wyne wai!« vernahm er aber gleich darauf Pylmaus klagende Stimme. »Was hast du angerichtet? Das bringt Unglück und Kummer!«

John fand seine Frau kniend vor dem beschädigten Götzen.

»Steh auf!« schrie er sie an. »Untersteh dich und erniedrige dich vor ihm! Kein Gott, weder eurer noch unserer, ist das wert. Betrüger sind sie alle zusammen! Steh auf, Mau!«

»Furchtbares Leid erwartet uns, Son«, sagte Pylmau mit rauher, erregter Stimme. »Wie konntest du das tun?«

Als sie die Hand ausstreckte, um den Gott vom reifbedeckten Boden aufzuheben, erschütterte ein Donnerschlag die Jaranga, daß der Reif von den hölzernen Stützen stäubte; gleichmäßiges blaues Licht erfüllte den Raum.

John, der zum Eingang gestürzt war, sah einen großen Kugelblitz mit flimmernden kleinen Kugeln langsam dem Meer zurollen, am ersten Schollenhaufen funkenstiebend zerfallen und verlöschen. Dort, wo Meer und Land sich trafen, klaffte eine dunkle Spalte. In den Tschottagin zurückgekehrt, fand John seine Frau bewußtlos am Boden liegend, den hölzernen Götzen an die Brust gedrückt.

Mühsam schleppte er sie in die Schlafkammer.

Als sie wieder zu sich gekommen war, machte sie

Feuer, entzündete die Tranlampe und setzte den Gott an seinen alten Platz.

»John hat sich mit dem Gott geschlagen!« meldete Jako mit schwacher Stimme aus einem Berg von Rentierfellen.

»Weh uns! Das ist die Strafe! Unsere Tynewirineu-Mary stirbt!« rief Pylmau und drückte das Kind an ihre magere Brust. »Sie stirbt, die aus der Morgenröte zu uns herabgestiegen ist!«

Im aufflammenden Licht der Tranlampe sah das kleine Gesicht schon wie erloschen aus. Langsam öffnete Tynewirineu die Augen und blickte den Vater kläglich an. Ein langer Seufzer, von kaum vernehmbarem Stöhnen gefolgt, entrang sich ihrer Brust.

»Son! Geh zu dem Gott und bitte ihn um Vergebung!« rief Pylmau. »O Son! Bitte ihn, für das Mädchen einzutreten, bitte ihn ... Son, möchtest du denn nicht, daß unsere kleine Morgenröte am Leben bleibt? Soll sie erlöschen, ehe sie zum hellen Tag geworden ist?«

Erstarrt vor Schreck, glaubte John im Schein der gelblich züngelnden Flamme zu sehen, wie sich das Antlitz des Götzen zur Grimasse verzog und sich sein starrer Blick auf Tynewirineu-Marys erkaltenden Körper heftete. Mit zwei Sprüngen war er am Pfahl bei dem Götzen, wo er halb unbewußt flüsterte: »Schone sie! Sei dem Mädchen gnädig! Ich verspreche dir, dich nicht mehr anzurühren. Mit den fettesten Bissen werde ich dich füttern; dein Antlitz soll immer von Fett glänzen. Schone sie, schone sie, schone sie ...«

Sein Flüstern ging in lautes Schluchzen über.

Auch der kleine hungrige Jako unter seinen Rentierfellen fing an zu weinen, und bald war die Jaranga von Schluchzen und Stöhnen erfüllt.

Plötzlich verstummte Pylmaus herzzerreißendes Weinen.

»Sie ist hinter den Wolken verschwunden!« brachte sie fast erstaunt hervor.

Tynewirineu-Marys Köpfchen war zurückgesunken, trüb und verschleiert starrten ihre weitgeöffneten Augen.

John nahm Pylmau den kleinen Körper aus dem Arm und bettete ihn behutsam auf ein Rentierfell. Mit starrem Finger schob er die schon versteiften Lider über ihre blauen Augen und drückte sie zu. Dann verharrte er reglos, die Hände vor dem Gesicht, über das Mädchen gebeugt.

Er hörte nicht, was um ihn herum vorging. Das Leid, das sein ganzes Wesen erfüllte, ließ ihn keinen Gedanken fassen oder sich an etwas erinnern.

Weder vernahm er, wie seine Frau den angesichts des Todes still gewordenen Jako fütterte, noch, daß Orwo lange Zeit im Flüsterton mit der Gottheit sprach, nachdem ihm Pylmau das traurige Geschehen mitgeteilt hatte.

Vergeblich bemühte sich der Alte, John in ein Gespräch zu ziehen.

Nachdem ein Tag und eine Nacht vergangen waren, brachte Orwo einen Kinderschlitten mit Kufen aus Walroßzähnen. Pylmau rieb den kleinen Leichnam ab und zog ihm weiße Totenkleidung über.

Als Orwo ihn hinaustragen wollte, wehrte John ab und sagte: »Ich trage sie selbst.«

Beim Anblick der von den wilden Tieren abgenagten Leichen Mutschins und Eleneuts auf dem Bestattungshügel schauderte es John.

»Ich will meine Tochter nach unserem Brauch bestatten«, erklärte er dem verdutzten Orwo.

Zum ersten Mal in Enmyn und im ganzen Tschuktschenland kehrte ein Mensch, der hinter die Wolken gegangen war, wieder: Tynewirineu-Mary, die ihr Vater in die Siedlung zurückbrachte.

Pylmau war sprachlos vor Schreck.

»Dein Mann hat vor Kummer den Verstand verloren«, murmelte Orwo.

John aber räumte seine Seekiste aus, legte ein Stück Bärenfell hinein und bettete die Tochter darauf, die in der Totenstarre im messingbeschlagenen Kasten gerade noch Platz fand.

Aus einer Blechdose schnitt er ein Schild, das er mit Hilfe eines Nagels beschriftete und an ein hölzernes Kreuz nagelte. Dann ging er, vom treuen Orwo begleitet, erneut zum Bestattungshügel.

Neben dem Kreuz auf der Kiste lagen Brechstange und Spaten.

John wählte einen Platz, befestigte mit einem Riemen die Brechstange an seiner Handprothese und begann die steinharte Erde auszuhöhlen.

Abseits kauerte Orwo; hin und wieder flogen ihm gefrorene kleine Erdbrocken ins Gesicht, die tauend trübe Rinnsale in seinen Runzeln hinterließen. Unermüdlich stemmte John den Erdboden heraus. Orwo, der ihm zuschaute, dachte an die Zeit zurück, als dieser Weiße noch ein blasser junger Mann, durch das ihm widerfahrene Unglück erschreckt, bald fügsam, bald ungebärdig wie ein junger Hund war. Nur wenig war von diesem John übriggeblieben. Jetzt war er ein bewährter, leidgeprüfter Mann, dem nichts mehr etwas anhaben konnte. Sein einst weicher blonder Bart war hart geworden, wie mit Reif bedeckt, und wehte nicht mehr im Wind. Kummer lag in den himmelblauen Augen, unter deren Blick Orwo fror.

Nur widerstrebend wich der im ewigen Frost erstarrte

Boden der Brechstange. Nach Stunden angestrengter Arbeit war die Grube erst knietief.

Beim späten Sonnenuntergang senkten John und Orwo den kleinen Kasten mit Tynewirineus Leichnam ins Grab, setzten das Kreuz an das Fußende und schütteten den Grabhügel auf.

Orwo trat zur Seite, während John vor dem Kreuz niederkniete. »Tynewirineu-Mary MacLennan 1912–1914« lautete die Inschrift.

Der alte Mann zerbrach den Schlitten und lehnte ihn an das Grab.

Schweigend machten sich die beiden auf den Heimweg.

Vom Fuße des Bestattungshügels aus ließ Orwo den Blick über die weite eisbedeckte See gleiten. Plötzlich stieß er John an und sagte aufgeregt: »Da kommt jemand über das Eis.«

Erwartungsvoll blieben die beiden stehen. Zwei Gestalten tauchten hinter den Schollenbergen auf und näherten sich dem Ufer.

»Teryken!« flüsterte Orwo entsetzt und wollte sich davonmachen.

»Halt!« rief John und faßte den Alten am Ärmel. »Wenn es tatsächlich Teryken sind, dann müssen wir endlich ihre Bekanntschaft machen.«

»Sie fressen auch Menschen«, sagte Orwo zitternd.

»Aus uns werden sie sich wohl nicht viel machen«, meinte John und lachte herausfordernd.

»Wer seid ihr, und wohin wollt ihr?« rief er den Ankömmlingen zu, die sich bereits in Hörweite befanden.

Die beiden machten halt und antworteten: »Ich bin Kapitän Bartlett von der Expedition Stefanssons. Mein Begleiter ist der Eskimo Kataktowik.«

22

Auf ihrem Schlitten hatten die beiden Reisenden zwei erlegte Seehunde hinter sich hergezogen. Pylmau hatte die Tiere flink in die Schlafkammer geschleift, aufgetaut und zerlegt. Nach dem Essen bereitete sie den Gästen neben der Tranlampe das Lager. Obgleich John nur englisch mit ihnen sprach, von dem Pylmau kein Wort verstand, erriet sie doch, daß sie weder Jäger noch Händler waren. An ihrem Schuhwerk, das sie abgelegt hatten, und an ihrer Kleidung sah man, daß sie einen langen und beschwerlichen Weg über die Schollenberge hinter sich hatten. Die Sohlen aus Walroßhaut waren so abgenutzt, daß Pylmau ihre letzten Bestände opfern mußte, um Kleidung und Schuhwerk der unerwarteten Gäste halbwegs in Ordnung zu bringen.

Der eine, von John mit »Capt'n« angeredet, war ein Weißer, der zweite, der sich kaum am Gespräch beteiligte, sah aus wie ein Tschuktsche, schien aber ein Eskimo von jenseits der Beringstraße zu sein.

Über ihren hausfraulichen Verrichtungen vergaß Pylmau ihren Kummer, doch von Zeit zu Zeit blieb sie wie angewurzelt stehen und fing an zu weinen. Dann warf ihr John einen vorwurfsvollen Blick zu und unterhielt sich lauter.

Aus dem bescheidenen Teevorrat der Gäste bereitete Pylmau über der Tranlampe ein duftendes Getränk und füllte es in die mit der Zeit dunkel gewordenen Tassen.

Gesättigt und erwärmt, legte Kapitän Bartlett John die Aufgaben und Ziele der großangelegten Expedition Vilhjalmur Stefanssons dar.

Kurz gesagt, die Expedition sollte der zivilisierten Welt beweisen, daß man ohne Hilfe von außen in der Arktis leben und existieren kann, und sie sollte das eingewurzelte Vorurteil widerlegen, daß die Arktis als leblose Wüste den Menschen nicht zu ernähren vermag.

John hörte schweigend zu und überlegte, wieviel die Ausrüstung einer solchen Expedition gekostet haben mag, wieviel Menschen an ihr beteiligt waren, und all das nur, um Leben in den eisigen Weiten der Arktis nachzuweisen.

»Sir«, unterbrach er den Kapitän. »Ich begreife nicht ganz, zu welchem Zweck das alles geschieht. Wem nützt Ihre Erfahrung, daß der schwer zugängliche Pol bewohnbar ist? Beweist nicht die Existenz von Völkern in den arktischen Gebieten schon ausreichend, daß der Mensch in nördlichen Breiten zu leben vermag?«

»Bei den kältegewohnten Eskimos oder Tschuktschen ist es etwas anderes als bei den Weißen«, entgegnete der Kapitän.

»Die Kälte ist dem einen wie dem anderen unzuträglich«, meinte John hartnäckig. »Sehen Sie sich Behausungen und Kleidung der Arktisbewohner an. Alles ist auf den Schutz gegen die Kälte abgestellt. Ich will nicht bestreiten, daß sich bei ihnen im Laufe der Jahrhunderte eine gewisse Unempfindlichkeit gegen die Kälte entwickelt hat, aber daß hier ein besonderer Menschentypus entstanden sein soll, ist Unsinn.«

»Mr. MacLennan«, erwiderte Bartlett höflich, »ich sage Ihnen noch einmal, daß es Aufgabe unserer Expedition ist, Informationen für die zivilisierte Welt zu sammeln, nicht aber darüber zu befinden, wie nah der Arktisbewohner der übrigen Menschheit steht. Ich bestreite die Bedeutung dieses Problems nicht, habe sogar eine hohe

Meinung von den physischen und geistigen Qualitäten des Nordländers. Unsere Expedition soll jedoch nachweisen, daß der weiße Mensch ohne Hilfe von außen in diesem Raum überleben kann.«

»Und wozu das alles?« fragte John ungeduldig.

»Um Ihnen das zu erklären, müßte ich das Gesagte noch einmal wiederholen«, erwiderte der Kapitän höflich.

»Wenn ich Sie recht verstanden habe, wurde diese kostspielige Expedition lediglich dazu ausgerüstet, den Bewohnern südlicherer Breiten die Möglichkeit ihrer Existenz in der Arktis vor Augen zu führen?«

»Ganz recht.«

»Um ihre Bedenken gegen eine Reise in die Arktis zu zerstreuen«, fuhr John fort.

»Jawohl.«

»Und wer hat Sie gerufen? Wie kommen Sie dazu, in ein Land einzudringen, das mit Fug und Recht den hier ansässigen Völkern gehört, weil sie darauf verzichtet haben, sich in wohnlicheren Gegenden anzusiedeln? Mit welchem Recht strecken Sie die Hand nach den Errungenschaften dieser Völker aus und verschweigen noch die Namen derjenigen, die hier Entdeckungen lange vor den sogenannten heroischen Polarexpeditionen gemacht haben? Sogar die Namen der Gebiete ändern Sie und stellen sie der ›zivilisierten Welt‹ als neuentdeckte Länder vor... Sie werden von dem Eskimo Kataktowik begleitet, der nicht nur Auge und Ohr für Sie ist, sondern Amme, Kajur und Ernährer zugleich. Ich weiß aber heute schon, daß Sie ihn, sagen wir bei einem Vortrag vor der geographischen Fakultät in Toronto über die Ergebnisse Ihrer Expedition, nur nebenbei erwähnen werden.«

»Mr. MacLennan«, erwiderte Kapitän Bartlett, der seinen Unmut beherrschen mußte, »ich gab Ihnen keine Veranlassung zu einer solchen Vermutung.«

»Entschuldigen Sie bitte«, sagte John mit gesenktem Blick. »Ich habe heute meine Tochter beerdigt. Sie starb am Hunger und an einer unbekannten Krankheit. Wir haben sie auf jenem Hügel begraben, von dem aus wir Sie kommen sahen ... Verzeihen Sie mir.«

»Unser herzliches Beileid!« sagte Kapitän Bartlett aufrichtig. »Unser Erscheinen zu einem Zeitpunkt, da Ihnen so großes Leid widerfahren ist, erklärt sich allein durch unsere außergewöhnliche Lage.«

»Ich bitte Sie nochmals um Entschuldigung«, sagte John und blickte Kapitän Bartlett fest ins Auge. »Nehmen Sie in unserem Streit auch bitte nichts persönlich, denn es geht um ein sehr wichtiges Problem. Als ich hierherkam, stellte ich dem alten Orwo einmal die Frage, warum er ein Land so liebe, das in den Augen der ›zivilisierten‹ Welt weder Bequemlichkeiten noch Schönheit anzubieten hätte. Damals antwortete er mir, weil außer seinem Volk niemand Anspruch auf sein Land erhebe. Anscheinend hat sich das jetzt aber geändert, und ich fürchte für die Zukunft der Menschen, die hier leben.«

»Ich verstehe Sie und teile sogar Ihre Bedenken«, erwiderte Bartlett. »Ich hoffe aber, es werden sich genügend verständige Menschen finden, die es nicht zulassen, daß man die arktischen Völker ins Verderben zieht. Zu den Aufgaben unserer Expedition gehört übrigens ein breites Studium der Sprachen und Ethnographien der Völker, die in der schwer zugänglichen Umgebung des Pols wohnen.«

»Und wer hat Sie berufen?« unterbrach John Bartletts Erklärung.

»Vor allem die Wissenschaft«, erwiderte der Kapitän

nach kurzem Überlegen. »Auf Grund unserer Erkenntnisse werden wir der Regierung Empfehlungen geben können.«

»Und haben Sie die Bevölkerung hier gefragt, ob ihnen die Einmischung einer Regierung recht ist, von der sie so gut wie nichts wissen und die sie nicht gewählt haben? Wäre es nicht das beste, sie in ihrer Heimat, die sie selbst erschlossen haben, in Ruhe zu lassen und einen meilenweiten Bogen um sie zu machen?«

»Mr. MacLennan«, erwiderte Kapitän Bartlett ernst, »die Bewohner des nördlichen Kanada dürfen vom Fortschritt, der zwangsläufig auch ihr Gebiet erreichen wird, nicht unberührt bleiben. Es muß dafür gesorgt werden, daß der Weg dieser Stämme nicht zu beschwerlich wird oder ins Unglück führt ...«

»Erlauben Sie«, unterbrach ihn John, der des Streitgesprächs müde war, »ist der Fortschritt, der Ihnen vorschwebt, tatsächlich so erstrebenswert? Wollen die hiesigen Völker ihn überhaupt?«

»Ehrlich gesagt, Politik interessiert mich wenig. Ich weiß nicht, wer recht hat, Sie oder die kanadische Regierung. Ich bin Amerikaner und von Vilhjalmur Stefansson als Kapitän der havarierten ›Carluke‹ angeheuert worden. Lassen Sie uns den für beide unfruchtbaren und aussichtslosen Streit begraben ... Ich freue mich, Sie kennengelernt zu haben, und würde gern erfahren, falls es kein Geheimnis ist, wie Sie hierhergekommen sind und was Sie hier festhält?«

Ohne auf Einzelheiten einzugehen, erzählte John seine Geschichte. Doch schon sein knapper Bericht bewegte den Kapitän.

»Ich verstehe Sie«, sagte er nachdenklich. »Aber haben Ihre Angehörigen in Port Hope nicht einen Anspruch zu erfahren, daß Sie noch am Leben sind? Ihre Mutter, Ihre Verwandten?«

»Ich weiß nicht«, meinte der Gefragte zögernd. »Möglicherweise haben sie sich mit dem Gedanken abgefunden, daß ich tot bin. Für sie bin ich ja tatsächlich gestorben, denn ich werde nie in die alten Verhältnisse zurückkehren können ...«

»Keine Mutter glaubt an den Tod ihres Kindes, das in der Fremde verschollen ist«, unterbrach ihn Bartlett. »Geben Sie mir die Adresse Ihrer Eltern. Ich werde ihnen nur mitteilen, daß Sie am Leben sind, Ihr Glück hier gefunden haben und nicht zurückzukehren wünschen.«

John sah auf und ließ den Blick über seine Behausung, die Wände aus Rentierfell, seine Frau, die mit verhaltenem Atem in der Ecke beim kleinen Jako lag, gleiten und sagte: »Lassen wir alles, wie es ist.«

Nachdem er dem Kapitän eine gute Nacht gewünscht hatte, ging er zu Pylmau.

»Will er dich mitnehmen?« fragte sie leise.

»Schlaf!« gebot er ihr.

»Ich habe alles verstanden«, fuhr sie fort. »Er hat dich gerufen und dich an deine Mutter erinnert ... Du wirst ein ganz anderer, wenn du mit einem Weißen sprichst, als sei ein fremder Son an deine Stelle getreten. Was hast du geantwortet?«

»Du kennst doch meine Antwort«, erwiderte John mit einem tiefen Seufzer.

»Vielleicht solltest du in deine Heimat zurückkehren?« meinte Pylmau. »Was hält dich hier noch außer Tynewirineu-Marys kleinem Grab?«

»Und du und der kleine Jako?«

»Was bedeuten wir dir schon?« schluchzte sie. »Wir sind hier ansässig, hier ist unser Land, hier sind unsere

Vorfahren begraben. Fahr nach Hause, Son, in dein warmes Land, wo es viel zu essen gibt und wo deine Verwandten leben. Tu's wirklich! Das wird auch für mich leichter sein. Auch wenn du fortfährst, wirst du in meinem Herzen bleiben, ich werde dich nie vergessen. An dunklen Abenden, wenn es niemand sieht, werde ich mit dir sprechen und mich freuen, daß es dir gutgeht. Fahre, Son!«

»Sei still«, sagte John und legte ihr den Arm um die Schulter. »Ich kann nicht von hier fort. Das ist ebenso unmöglich, als wollte ich ein anderer Mensch werden. Schlafe ruhig ein.«

Als John mitten in der Nacht aufwachte, weinte Pylmau in seinem Arm.

Später weckte lautes Getrampel die Bewohner der Jaranga. Es waren Orwo und Armol.

»Son«, rief Armol aufgeregt. »Die Enten fliegen! Vor Hunger haben wir nicht gemerkt, daß der Frühling gekommen ist. Wenn eure Gäste Schrotflinten haben, sind wir gerettet. Der Himmel ist schwarz vor Entenschwärmen.«

John hörte Tausende von Flügeln über die Jaranga rauschen. Hastig zog er sich an. Kapitän Bartlett und der Eskimo Kataktowik holten ihre Schrotflinten hervor, und gleich darauf durchbrach das Krachen von Gewehrsalven die Hungerstille von Enmyn.

Die Enten kamen in so dichten Schwärmen, daß man mit geschlossenen Augen abdrücken konnte. Dumpf klatschten die getroffenen Vögel auf den Schnee. Das Gebell der Hunde, die plötzlich von irgendwoher aufgetaucht waren, und das Geschrei der Menschen, die sich zwischen die ausgehungerten Vierbeiner stürzten, um ihnen die geraubten Enten wieder abzujagen, erfüllte die bis dahin totenstille Siedlung. Außer Rand und Band geraten, schnappten die Hunde wild um sich und zerfetzten die Kleidung der Jäger, doch unbeirrt schlugen die Männer auf sie ein, zerrten ihnen die noch warme Beute aus dem Rachen und schleppten sie in ihre Jarangas.

Wie die anderen, so schrie und brüllte auch John auf die Hunde ein; seine Hände und die Kleidung waren zerbissen.

Als die Männer in der späten Dämmerung das Schießen einstellten, flammten Scheiterhaufen in den Tschottaginen auf, und um die Jarangas schwebte der seit langem ungewohnte Duft gekochten Fleisches, der Nahrung und Leben verhieß.

Vor Ungeduld rupften die Frauen die Enten nicht, sondern zogen ihnen einfach die Bälge ab. Über lebhaftem Feuer brodelten die Kessel.

»Ihr Erscheinen hat uns gerettet«, sagte John zu Kapitän Bartlett. »Das Entenfleisch gibt den Männern neue Kraft, so daß sie wieder jagen können. Ich danke Ihnen sehr!«

Der Kapitän, der den Gewehrlauf durchzog und im Schein des Feuers durch das Rohr blickte, wehrte ab. »Ich freue mich, daß ich Ihnen helfen konnte und daß die Gewehre endlich ihren Zweck erfüllt haben. Beim Schiffbruch der ›Carluke‹ im Eismeer ist die Munition für gezogene Gewehre abhanden gekommen. Die noch verbliebenen Schrotpatronen haben wir dann zur Eisbären- und Robbenjagd benutzt.«

Inzwischen zog der Eskimo Kataktowik unbekümmert die farbig gefiederte Haut von den Entenköpfen, aus der man in seiner Heimat Festkleidung und Kopfputz fertigte und die man für viel Geld an die Weißen verkaufte.

Zwei weitere Tage noch versorgten Kapitän Bartlett und Kataktowik die Bewohner von Enmyn mit Entenfleisch. Die Männer hatten sich bereits auf die Jagd begeben. Armol, der mit zwei Seehunden zurückgekehrt war, berichtete von großen Rissen und Löchern im Eis, in denen sich fette Frühjahrsrobben tummelten.

Für den Transport der Gäste, die zur Beringstraße aufbrechen mußten, um von dort zur amerikanischen Küste überzusetzen, fing John mehrere Dutzend magere Hunde ein, aus denen er zwei leidliche Gespanne zusammenstellte.

Zeitig setzten sich die Gespanne an einem Frühlingsmorgen im Glanz der aufgehenden Sonne an der Küste entlang in Richtung der alten Tschuktschensiedlung Uellen in Bewegung. Den zweiten Schlitten lenkte der phlegmatische, nach dem langen Hungerwinter noch wortkargere Tnarat. Um die Hunde anzutreiben, schrie er nicht, sondern starrte sie nur eigentümlich an, worauf der Leithund die Hinterhand einzog und die anderen mitriß.

Kapitän Bartlett fuhr auf Johns Schlitten. Sein vom Nordwind gegerbtes Gesicht drückte Sorge aus. Auf der Wrangelinsel hatten Teilnehmer der Expedition zurückbleiben müssen, die Hilfe brauchten.

Unterwegs machten die Reisenden in kleinen Siedlungen halt, deren Bewohner sich langsam vom langen Hungerwinter erholten.

Auf einer Landzunge zwischen Neschkan und Intschoun, die weit ins Eismeer ragten, stießen sie auf eine einsame, halbverschneite Jaranga. Obwohl die Hunde bellten, zeigte sich niemand. Nachdem sie den Eingang von Schnee frei geschaufelt hatten, bot sich ihnen ein schreckliches Bild. Aus der eingestürzten Schlafkammer ragten halb abgenagte menschliche Gebeine. John, der vorsichtig die Felle hob, erblickte die Leichen eines Mannes und einer Frau, deren Augen ausgepickt und deren Schädel nur noch mit dünner Haut überzogen waren.

»Das ist das wahre Gesicht des Nordens«, sagte John. »Vergessen Sie es nicht, Kapitän. Und wenn Sie vor geographischen Gesellschaften Vorträge halten, so erwähnen Sie unbedingt die Not und das Elend der Menschen des Nordens, die nicht nur zuverlässige Wegbegleiter, sondern oft wirkliche Helden sind. Jahrhundertelang kämpfen sie schon gegen ihren Feind – die gnadenlose Natur der Arktis. Ihre Gebeine bleiben als ihr Denkmal zurück, trotzdem klammern sie sich an diesen eisigen Zipfel der Erde.«

Langsam entfernten sich die Gespanne von dem schaurigen Ort, und lange noch hörte man in der Stille des Frühlingsabends das laute Krächzen der Raben, die über dem Rauchabzug der Jaranga kreisten.

»Entsetzlich«, sagte Bartlett. »Wieviel Menschen dieses kleine Volk verloren hat!«

»Hätten Sie Ihre Bemühungen, statt auf die Erforschung der Existenzmöglichkeit Weißer in der Arktis und die Entdeckung neuer Länder, auf die Erforschung der Psyche des nördlichen Menschen gerichtet, so wäre die Welt um wertvollere Erkenntnisse bereichert worden«, sagte John mit Nachdruck.

Auch die Einwohner der großen Siedlung hatten Hunger gelitten, aber doch nicht in solchem Ausmaß: Niemand glich hier den schattenhaften Wesen der anderen Siedlungen.

Nachdem sie die Hunde gefüttert und übernachtet hatten, machten sie sich auf den Weg nach Keniskun, zu Robert Carpenter. Der Händler empfing sie mit lebhaften Willkommensbekundungen und lud sie gleich in sein von warmen Quellen gespeistes Naturbad ein.

»In den vorjährigen Zeitungen las ich über Stefanssons Expedition«, sagte er beim Abendessen. »Ein großartiges Vorhaben, das mich, ehrlich gesagt, mehr interessierte als die Meldung vom Ausbruch des Krieges in Europa.«

Er gab sich vergnügt und zwanglos, redete viel und laut und erteilte Frau und Töchtern, die alle Hände voll mit der Bewirtung der Gäste zu tun hatten, immer neue Befehle.

An einem kleinen, abgesonderten Tisch hatten Kataktowik und Tnarat Platz genommen. Sie aßen schweigend, ohne sich um das Gespräch der Weißen zu kümmern.

Beschwingt vom ausgiebigen Bad mitten im jungfräulichen Schnee, brachte Kapitän Bartlett einen Toast nach dem anderen aus.

»Trinken Sie mit mir auf das Wohl der tapferen Nordländer«, sagte er schließlich und wandte sich Kataktowik und Tnarat zu.

»Unter diesen Umständen muß man ihnen auch etwas einschenken«, meinte Carpenter und griff nach der Flasche.

Später einigte man sich dahin gehend, daß John und Tnarat heimfahren und die Sorge um das weitere Schicksal des Kapitäns der »Carluke« Robert Carpenter überlassen sollten.

»Kehren Sie heim«, sagte der Händler väterlich. »Wie ich hörte, hatten Sie einen schweren Winter. Sie haben Ihre Walboote verloren ... Ja, der Norden ist hart! Wer ihn nicht gewöhnt ist, hat es schwer«, schloß er.

Nachdem John und Tnarat von Carpenter noch Patronen, Pulver, etwas Tee, Zucker und Tabak auf Kredit erworben hatten, machten sie sich auf den Heimweg.

Kapitän Bartlett und Kataktowik aber wandten sich entlang der Felsenküste der Beringstraße nach Süden.

Später trafen sie einen Beamten der russischen Regierung, einen Baron von Kleist, der ihnen zur Prowidenije-Bai weiterhalf. Von hier schiffte sich Kapitän Bartlett auf dem Walfänger »Hermann« nach Saint Michael auf Alaska ein und sandte dem Canadian Sea Department einen Bericht über die Havarie der »Carluke«.

Rußland und die Vereinigten Staaten, deren Küsten dem Ort der Katastrophe am nächsten lagen, entsandten zur Rettung der auf der Wrangelinsel zurückgebliebenen Besatzung der »Carluke« die Eisbrecher »Taimyr« und »Waigatsch« beziehungsweise das Rettungsschiff »Bear«. In Sichtweite der Polarinsel aber erhielten die russischen Schiffe im Zusammenhang mit dem Kriegsausbruch neue Befehle, die sie zur Umkehr zwangen.

23

Jenseits von Kap Dalny hatten die Walrosse auf einer schmalen, geröllübersäten Sandbank ihre Lagerplätze. Das Wohl und Wehe der Polarbewohner hing davon ab, wie viele Tiere sie hier erlegen konnten. Doch Orwos Berichten zufolge war dieser Lagerplatz schon seit Jahren verödet, und zwar seitdem die Besatzung eines amerikanischen Schoners den Einfall gehabt hatte, Jagd auf die Walrosse zu machen. Sie ließen ein halbes Dutzend Walboote zu Wasser, hielten frontal auf die schlafenden Tiere zu und eröffneten das Feuer. Das Krachen der Schüsse durchbrach die herbstliche Stille. Blut spritzte auf das überfrorene Geröll. Eines der riesigen Tiere nach dem anderen ließ verendend den Kopf sinken, und die Brandung färbte sich rot von Blut.

Jetzt stürzten sich mit Äxten bewaffnete Seeleute auf

den Strand und brachen den teilweise noch lebenden Walrossen die Eckzähne aus. Einigen Tieren gelang es, die hölzerne Barriere der Boote zu durchbrechen und zu entkommen.

Nachdem das Schiff, mit Walroßzähnen beladen, davongesegelt war, gingen Enmyns Bewohner, die das Gemetzel beobachtet hatten, zum Strand hinunter. Viele weinten, und ihre Hände, die die nutzlos gewordenen Speere trugen, zitterten. »Nur mit Mühe hatte ich sie damals zurückhalten können, die Weißen zu überfallen, die unser Leben und unsere Zukunft gemordet hatten!« gestand Orwo. Die Walrosse aber würden den besudelten Lagerplatz für lange Zeit, vielleicht sogar für immer meiden und auf andere Stellen überwechseln, sagte er.

»Daß sie ihren alten Platz jetzt wieder aufgesucht haben, ist ein gutes Zeichen«, meinte Orwo, als er mit John das Kap Dalny hinaufstieg, um die zahllosen grunzenden fetten Tiere zu beobachten, die auf die Sandbank krochen. »Gott hat uns nicht vergessen und für die Plagen des vergangenen Winters entschädigt.«

Das Grunzen der Walroßbullen, die sich in der eisigen Brandung tummelten, war wie ein Echo auf die feierlichen Worte des alten Mannes.

Von Tag zu Tag wurden es mehr, so daß bald der ganze Strand von ihren Körpern bedeckt war.

In Johns Jaranga hatten sich die Männer versammelt, um über die bevorstehende Jagd zu beraten und die Kräfte so zu verteilen, daß sie möglichst viele Tiere erlegten und ein satter, ruhiger Winter gesichert war.

Bei jedem einzelnen hatte der letzte Winter seine Spuren hinterlassen, sogar bei dem stolzen selbstbewußten Armol. Sein Gang hatte sich verändert, als beherrschte er das Zusammenspiel von Muskeln und Gelenken nicht mehr. Zwar hatten sich die Menschen während des Sommers wieder erholt und auch ihr Selbstvertrauen wiedergefunden, doch je näher die kalten Tage kamen, desto häufiger erinnerten sie sich an die erlittenen Entbehrungen.

Wie gewöhnlich brachte Pylmau alle verfügbaren Tassen in den Tschottagin, um die Gäste zu bewirten. Da von den in Uellen erstandenen Vorräten noch etwas Mehl übrig war, erhielt jeder Gast die Hälfte einer großen, in Seehundfett gebackenen Flade. Schlürfend und schmatzend tranken die Männer ihren Tee.

Orwo blickte nachdenklich in die alte chinesische Fayencetasse, als wollte er ihre verwaschenen Hieroglyphen entziffern.

Zur allgemeinen Überraschung ergriff Guwat, der ärmste und schweigsamste Enmyner, als erster das Wort.

»Ich habe gegessen und getrunken und möchte nach Hause gehen, wenn es sonst nichts zu tun gibt«, sagte er.

Die Anwesenden wandten ihm die Köpfe zu.

Groß und ungeschlacht stand Guwat in der Mitte des Tschottagin und grinste.

»Wenn du so denkst, kannst du gehen!« meinte Orwo kurz, »und alle, die mit ihm einverstanden sind, ebenfalls.«

Mit vor Zorn dunklen Augen musterte Orwo die Anwesenden.

»Wann werden wir endlich aufhören, wie die Kinder zu leben, ohne an die Zukunft zu denken?« fuhr er fort. »In Guwat sehe ich unsere ganze Dummheit und Sorglosigkeit verkörpert. Unser einziger Wunsch ist, heute satt zu sein. Das Fett von heute aber macht uns blind für den Hunger von morgen ... Gewiß, heute sind wir satt. Aber habt ihr den letzten Winter vergessen, den Geschmack gekochter Riemen und das Stöhnen eurer sterbenden Angehörigen? Wie kurz ist doch euer Gedächtnis!«

»Wir werden die Walrosse gemeinsam jagen und uns so verteilen, daß keins der großen Tiere ins Meer entkommt. Erlegt werden nur die ausgewachsenen Tiere, die Jungtiere aber, unser lebender Vorrat, wird geschont.«

Guwat setzte sich wieder an seinen Platz.

Alles hatte Orwos Worten aufmerksam gelauscht, der eine oder der andere sogar seine Meinung dazu gesagt.

Als alles entschieden war, meldete sich in der eingetretenen Stille plötzlich Armol zu Wort. Wie er so aufrecht und stramm dastand, erinnerte er für Augenblicke an den kühnen und erfolgreichen, der Tundra und der See gewachsenen Ankalin von einst.

»Unser Unglück ist nicht unsere mangelnde Voraussicht«, sagte er, »es sind die Schiffe der Weißen. Wenn es Zeit wird für die Walroßjagd, kommen die Weißen angesegelt, schießen mit ihren Kanonen, und von dem ganzen Lagerplatz und unseren Hoffnungen bleibt nichts als Pulverqualm.«

»Und was rätst du?« fragte Orwo.

»Ebenfalls mit Kanonen auf die Weißen zu schießen«, erwiderte er giftig mit einem Seitenblick auf John.

Erwartungsvoll sahen die anderen John an.

»Was soll ich dazu sagen«, meinte dieser und dachte bei sich: Immer werde ich in den Augen der Enmyner ein Fremder bleiben, und jedesmal werden sie mich daran erinnern, wenn ihnen von denen, die sie die »Weißen« nennen, ein Unrecht zugefügt wird.

»Was könnte ich dazu sagen?« begann er noch einmal. »Was tut der Rentierzüchter, wenn Wölfe um seine Herde streifen? Er greift zur Waffe, um die Herde zu schützen. Wir sollten das gleiche tun.«

»Gut gesprochen«, meldete sich Armol. »Aber wie willst du mit einer Ruderbaidare ein schnelles Motorschiff einholen? Sie reißen aus und eröffnen vielleicht sogar noch das Feuer.«

»Ich glaube nicht, daß nur Räuber auf den Schiffen sind«, entgegnete John. »Haltet nicht alle Weißen, die in unsere Landstriche vordringen, für Gesindel. Sie erforschen unsere Meere, die Strömungen, die Eisverhältnisse und entdecken neue Länder.«

Je weiter John sein Thema ausspann, desto unbehaglicher wurde ihm. Waren beispielsweise die wissenschaftlichen Interessen der Stefanssonschen Expedition für die Tschuktschen von Belang? Ihre eigenen Gebiete und Jagdgründe auf dem Meer mußten sie selbst schützen, und das beste war, die Weißen ließen die Bewohner des Nordens ungeschoren.

»Wenn keiner etwas dagegen hat, übernehme ich den Schutz des Lagerplatzes und bin bereit, für seine Unversehrtheit mit dem Leben zu bürgen.«

Niemand wagte, John ins Auge zu sehen. Zum Zeichen der Zustimmung oder einfach aus Verlegenheit hatten sie den Kopf gesenkt und atmeten schwer.

»Das hast du gut gesagt, daß du unsere Seeherde schützen willst«, sagte Orwo. »Helfen aber werden wir dir alle dabei«, schloß er, an die übrigen gewandt.

Zunächst mußte man eine ständige Beobachtung der Zugänge des Lagerplatzes organisieren. In ganz Enmyn besaß aber nur Orwo ein Fernglas, das er sorgfältig hütete. Und so entschloß man sich, ihm die Beobachtung zu übertragen, ihn jedoch von Zeit zu Zeit ablösen zu lassen von zuverlässigen Männern, denen er das Glas anvertrauen konnte.

Schwieriger aber war die Frage zu lösen, womit man

einem Schiff rasch den Weg verlegen konnte, falls sich die Weißen dem Lagerplatz näherten.

»Mit Rudern schaffen wir es nicht«, sagte Tnarat stirnrunzelnd. »Und schon gar nicht, wenn das Schiff einen Motor hat.«

»Ich habe ja noch den Motor vom Walboot und etwas Brennstoff«, erinnerte sich John. »Vielleicht kann ich ihn an einer Baidare befestigen.«

Armol fuhr auf, als sähe er sein vom Orkan fortgetragenes Walboot vor sich.

»Wie kann man einen eisernen Motor an einer ledernen Baidare befestigen?« fragte er. »Das wäre dasselbe, als setzte man einem Hasen Wolfszähne ein.«

»Um die Zähne geht's ja gerade«, bemerkte Guwat nachdenklich. »Wenn der Hase nämlich die Wolfszähne zeigt, reißt alles vor ihm aus.«

Erst muß man es mal versuchen, dann kann man die Zähne zeigen, dachte John. Vielleicht hat Armol recht, und die Baidare ist für den Motor zu schwach und fällt beim Fahren auseinander.

In der Siedlung galt Tnarat als Meister der Holzbearbeitung. Kiel und Spanten aller fünf Enmyner Baidaren waren entweder von ihm oder unter seiner Anleitung hergestellt. Beim Anblick ihrer zarten Konstruktion, die kein einziger Nagel, höchstens ein paar hölzerne Zapfen, hauptsächlich aber Riemen aus Seehundfell zusammenhielten, war es fast unglaubhaft, daß weder Zeichnung noch Beschreibung des erstaunlichen Modells vorlagen.

So wandte sich John auch an Tnarat und beriet mit ihm, wie die Baidare so zu verstärken sei, daß sie das Gewicht des Benzinmotors trug.

Der Tschuktsche wohnte am Rande der Siedlung, unmittelbar am Ufer eines Baches, der im kalten Sonnenlicht glitzerte. Der Platz für die Jaranga war gut gewählt, denn das Süßwasser war in greifbarer Nähe, und der Hügel am Bach bot natürlichen Schutz gegen Schneeverwehungen.

Obwohl die Jaranga keinen besonderen Wohlstand erkennen ließ, war sie doch stabil gebaut und sorgfältig zusammengepaßt. Genauso ordentlich sahen ihre Bewohner aus. Tnarat hatte sieben oder acht Kinder. Außerdem wohnte bei ihm sein verheirateter ältester Sohn und ein verarmter Nomade – Anwärter auf die mittlere Tochter Tnarats, die schöne Umkanau.

Wie gewöhnlich war Tnarat mit einer Bastelei beschäftigt. Als John kam, legte der die Queraxt beiseite und begrüßte den Gast gemessen und zurückhaltend.

»Jetti!«

»Ii«, erwiderte John den Gruß und nahm auf dem Wirbelknochen eines Wals Platz, den der Gastgeber beflissen für ihn heranrückte. Dem Besucher fiel auf, wie sorgfältig die Bewohner der Jaranga den Sitz poliert hatten, um sich nicht ihre Kleider zu zerreißen.

Auf einer Seite aus seinem Notizbuch entwarf John mit einem Bleistiftstummel die von ihm erdachte Konstruktion. Tnarat folgte den Erläuterungen tief über die Zeichnung gebeugt, so daß John seinen heißen Atem im Nakken spürte.

»Die Metallklammern finden an den dünnen Planken des Hecks keinen Halt«, sagte John und deutete mit dem Bleistift auf die kritische Stelle.

»Selbst wenn sie Halt finden würden, könnten die dünnen Planken das Gewicht nicht tragen«, meinte Tnarat. »Man müßte es so machen. Es ist ganz einfach.«

Dabei zog er den Bleistiftstummel aus Johns Halter und skizzierte mit sicheren Strichen ein verstärktes Heck.

»Das ginge«, sagte er. »Aber das Wichtigste ist die Baidare. Das Boot wird entweder gesegelt oder gerudert. Sein Mast steht auf dem Kiel, dem starken Rückgrat der Baidare. An der Bordwand sind Dollen und Riemen befestigt.« Er überlegte. »Wie verhindern wir aber, daß sich die Baidare unter dem arbeitenden Motor wie ein leerer Lederbeutel verzieht? Darüber werde ich nachdenken, und du befaßt dich mit dem Motor. Ist er überhaupt in Ordnung?«

»Auf keinen Fall schadet es, ihn durchzusehen, zu schmieren und die Magnet-Zündvorrichtung zu überprüfen.«

John holte die Maschine aus der Vorratskammer, wo er sie, mit Säcken und Fellen abgedeckt, aufbewahrt hatte, und legte sie auf eine Walroßhaut mitten im Tschottagin. Die Kunde, daß John den Motor wie ein erlegtes Tier ausweiden wollte, verbreitete sich wie ein Lauffeuer in der Siedlung. Ein Strom von Neugierigen zog zu seiner Jaranga.

Um nicht zu stören, setzten sich die Ankömmlinge abseits nieder und überließen John mit seinem Motor den helleren Platz unter dem runden Rauchabzug.

Niemand sprach, nur das Klirren von Metall war zu hören. Gespannt verfolgten die Anwesenden, wie John die Schwungscheibe mühsam löste.

»Er hat ihm den Kopf abgetrennt«, sagte mit unverhohlenem Staunen eine alte Frau, als die glänzende Scheibe mit der aufgedruckten Firmeninschrift »General Motors« auf der Walroßhaut lag.

Das war das Signal für weitere laute Kommentare.

»Jetzt wühlt er im Gehirn«, meinte der eine.

»Jetzt nimmt er sich die Beine vor«, sagte Jako, als John die dreiflüglige Schraube löste.

Der Stiefvater hatte ihm die Rolle eines Gehilfen übertragen, auf die er im Bewußtsein, daß Dutzende Augenpaare ihn beobachteten, maßlos stolz war.

Pylmau rieb jedes einzelne Teil mit Putzlappen blank.

»Der Motor liebt die Sauberkeit«, bemerkte ein Zuschauer respektvoll.

»Alle Weißen lieben Sauberkeit«, stimmte man ihm zu.

»Aber der Motor ist kein Mensch«, widersprach ein anderer.

»Ist ihm aber sehr ähnlich ... Hat Kopf, Schultern und Beine ... Man denkt, jeden Augenblick sagt er was ...«, meinte eine alte Frau aufgeregt.

»Wenn er arbeitet, denkt man, er hält eine lange Rede ...«

Nachdem sich alle Teile als intakt erwiesen hatten, fetteten Pylmau und John sie ein, und John setzte sie zur allgemeinen Befriedigung wieder zusammen.

»Kakomei! Kyke wyne wai«, rief es von allen Seiten.

Eine Schwierigkeit war noch zu überwinden: Es fehlte eine Befestigungsmöglichkeit, um die Maschine gründlich zu erproben. Und wieder war es Tnarat, der John ohne viel Worte zu Hilfe kam. Tags darauf schleppte er hölzerne Böcke heran, die anstelle von Nägeln mit dikken Riemen aus Seehundleder zusammengefügt waren.

»Und mit dem Wasser machen wir es so«, schlug er vor, »daß wir die Füße des Motors in eine Tonne stekken.«

John konnte die Erfindungsgabe des wortkargen, bescheidenen Mannes nicht genug bewundern.

Um das Funktionieren der Zündung zu überprüfen, bat John Tnarat, das Ende der Zündleitung gegen den Motorblock zu halten. Als er aber die Schwungscheibe in Drehung versetzte, sprang Tnarat mit einem lauten Schrei zur Seite.

»Er hat mir einen Schlag versetzt!« rief er und deutete aus sicherer Entfernung auf den Motor.

Tnarat guckte verdutzt, als John laut loslachte: Was gab es zu lachen, wenn jemand geschlagen wurde? John erklärte dem Erschreckten die Ursache des Schlages, doch obgleich Tnarat ihn höflich angehört hatte, weigerte er sich entschieden, die Leitung noch einmal zu berühren. Nachdem sie übereingekommen waren, daß Tnarat jetzt die Anlaßschnur ziehen sollte, kam er mißtrauisch näher, ergriff vorsichtig die Schnur, zog sie ab und sprang aus Furcht vor einem neuen Schlag schnell zur Seite.

Der Motor funkte. Doch trotz gefülltem Treibstofftank schwieg er beim Anlassen. Vergeblich versuchte es John noch viele Male: Der Motor rührte sich nicht. Hals und Schultern schmerzten ihm schon vom vielen Ziehen, und einige Zuschauer waren bereits nach Hause gegangen, doch der Motor sprang noch immer nicht an. John schraubte die Kerzen heraus, regelte den Elektrodenabstand und goß Gemisch in den Zylinder; doch wieder nichts als ein kurzer Ruck beim Anlassen.

»Es ist wie bei einem Menschen, der sich nicht wieder zum Leben erwecken läßt, wenn man ihn auseinandernimmt und wieder zusammensetzt«, meinte Guwat gewichtig, der geduldigste Zuschauer, und entfernte sich ebenfalls.

Während sich John weiter mit dem Motor beschäftigte, versteifte Tnarat die Baidare mit zusätzlichen Spanten und verstärkte das Heck, so daß es zwei Motoren hätte halten können. Aber was nützte der Baidare ein toter Motor?

Tagelang wich John nicht von der Maschine. Wenn es

dunkelte, deckte er sie mit Fellen ab und ging müde nach Hause.

Pylmau quälte ihn nicht mit Fragen. Sie stellte ihm das Essen hin, half ihm, sich zu entkleiden, und wenn er in die Schlafkammer kroch, brachte sie beflissen die buntgedruckte Gebrauchsanweisung für den »störungsfrei funktionierenden Motor«, Marke »General Motors«.

Obwohl er den Inhalt der Reklamebroschüre schon auswendig wußte, griff er nach einiger Zeit wieder nach ihr und studierte sie Zeile für Zeile, um hinter die Ursache der Panne zu kommen. Im Geiste zerlegte er die Maschine, setzte sie wieder zusammen und verfolgte in Gedanken ihre Arbeitsweise vom Kraftstoffbehälter bis zu den Zylindern.

Schon zweifelte er daran, die widerspenstige Maschine jemals zur Raison zu bringen – denn auch zu zweit, mit Tnarat, der mit der Arbeit an der Baidare fertig war und ihm häufig zu Hilfe kam, schafften sie es nicht.

Da hörte er eines Tages zu Hause bei seiner Tasse Tee plötzlich das lang ersehnte, sieghafte Brummen. Der Motor lief! Wenn auch mit einem seltsamen, ungewohnten Klang. Mit wenigen Sätzen war John im Freien.

Auf dem zerbrechlichen Untergestell, das die Riemen aus Seehundleder zusammenhielten, lief er vibrierend und heulend auf so hohen Touren, daß das Wasser in dem Faß, in dem sich die Schraube drehte, umherspritzte. Erschreckt blickte Tnarat aus einiger Entfernung auf die plötzlich lebendig gewordene, außer sich geratene Maschine.

»Wer hat ihn angeworfen?« fragte John.

»Er selbst«, versuchte Tnarat sich herauszureden, »ich wollte ihn nur anfassen.«

Nachdem John den Motor abgestellt hatte, ließ er ihn

wieder an, und er sprang nach mehrmaligen Versuchen erneut an.

»Was hast du mit ihm angestellt?« erkundigte sich John.

»Mein Ehrenwort, nichts. Ich hab' ihn nur angefaßt, so wie du es machst«, rechtfertigte sich Tnarat.

Seine klägliche, schuldbewußte Miene hinderte John daran, weiter in ihn zu dringen, um den Kameraden nicht ganz durcheinanderzubringen, zumal sich bereits die durch den Motorenlärm angelockten Enmyner um sie versammelten.

»Du bist einfach ein Zauberer«, flüsterte John dem Verdutzten zu.

Sicherheitshalber erprobten sie die Baidare am nächsten Tag zunächst nur in der Lagune.

Sie trugen das leichte Boot zum Strand, ließen es zu Wasser und schleppten den Motor heran, den John sorgfältig am Heck der Baidare befestigte. Sie sackte sofort stark nach achtern ab. Tnarat und Armol stiegen als erste ein, die übrigen zogen es vor, vom Strand aus zuzusehen.

»Steigt ein, steigt ein! Je tiefer sie liegt, um so besser«, ermunterte sie Tnarat zur Mitfahrt.

»Und wenn sie ganz und gar absackt?« fragte Guwat naiv, der in der Menge stand, die Hände tief im Ärmel seiner Kuchljanka aus geschorenem Rentierfell.

Tnarat warf ihm einen vorwurfsvollen Blick zu, dann sah er zu John hinüber.

»Los!« sagte dieser kurz.

Sie ruderten die Baidare ein Stück und wendeten am gegenüberliegenden Ufer.

Als John die Anlaßschnur zog, ruckte der Motor, sprang aber wieder nicht an. Beim fünften Versuch erst heulte er auf und riß die Baidare mit solchem Ruck nach vorn, daß Tnarat fast über Bord gegangen wäre.

Mit schäumender Heckwelle jagte das Boot, den Bug in der Luft, in solchem Tempo über die Lagune, daß die aufgescheuchten Seeraben fast gegen seine lederne Bespannung geprallt wären. Die am Ufer Verbliebenen riefen und winkten, doch das triumphale Brausen der Maschine übertönte jedes andere Geräusch.

Mit einem für diesen Zweck gefertigten Lederring hielt John den Steuerhebel, auf dessen kleinste Bewegung die Baidare reagierte. Sie zitterte von der Bordwand bis zum Kiel, und unter der vibrierenden Bespannung aus Walroßhaut kräuselte sich der Wasserspiegel bis weit hinter das Heck.

Die Motorbaidare war doppelt so schnell wie ein Walboot, es flitzte vorbei an den Jarangas, den Walfischkiefern und den Begräbnishügeln. Dann wendete John, jagte am Ufer entlang, daß die Zuschauer in einer Wolke von Abgas und Gischt zurückblieben.

Wieder in der Weite der Bucht, nahm er Kurs auf die Durchfahrt von Pilchyn, zwischen Bucht und Ozean.

»Wollen wir durchfahren?« rief er Tnarat ins Ohr.

»Klar!« meinte der Tschuktsche zuversichtlich. »Wir müssen uns nur mehr ans Ufer halten. Am linken liegt ein großer Stein, an dem sich der da die Beine brechen könnte«, sagte er, auf den Motor deutend.

Ehe sie sich's versahen, hatten sie die Bucht verlassen und befanden sich auf der spiegelglatten Fläche des Ozeans. John schien es, als sause die Baidare, den Bug noch höher erhoben, knapp über der Wasseroberfläche durch die Luft.

Mit Blick und Geste fragte er seinen Nachbarn, ob er nicht auch mal das Boot steuern wolle.

»Gern!« rief Tnarat froh und erregt und ergriff den Steuerhebel.

Erschreckt durch die Gewalt der Maschine, zuckte er zuerst zurück, dann aber strahlte er vor Seligkeit, so daß sich John lächelnd abwandte.

Geschickt umschiffte Tnarat auf sie zutreibende Eisschollen und steuerte dann die Baidare auf den alten Kurs, bedacht, sich streng an die Gerade zu halten.

Nach einer knappen halben Stunde kamen die ersten Jarangas von Enmyn in Sicht und gleich darauf ein einsamer alter Fischer, der die Netze hütete. John war überrascht, sonst niemand am Strand vorzufinden, bis ihm einfiel, daß man sie wahrscheinlich am gegenüberliegenden Ufer der Durchfahrt erwartete.

Kaum hatten sie angelegt und das Boot an den Strand gezogen, als die Enmyner von weitem angelaufen kamen, allen voran Guwat, der mit seinen langen Ärmeln winkte.

»Wie kommt ihr hierher?« rief er schon von weitem.

»Wir sind durch die Luft geflogen«, antwortete Tnarat, während er vorsichtig die Befestigungsschrauben des Motors löste.

»Tatsächlich?« staunte Guwat mit weit aufgerissenen Augen. »Möglich ist es! Die Weißen sollen auch das können. Stimmt's?« wandte er sich an John.

»Wir sind über Pilchyn in die Bucht eingefahren«, erwiderte der.

Man sah, daß ihm Johns Auskunft unglaubwürdig erschien. In so kurzer Zeit bis Pilchyn durch die Meerenge und über die See nach Enmyn zurückkehren zu können überstieg sein Vorstellungsvermögen. Wahrscheinlicher war, daß die Baidare den steinigen Strand einfach übersprungen hatte.

Auf dem Weg zu den Jarangas hielt Armol John am Ärmel zurück und raunte ihm wichtig und aufgeregt zu: »Jetzt weiß ich, was ich zu tun habe. Wir brauchen keine Walboote, sondern Motoren. Die Hauptsache ist heute die Geschwindigkeit. Bedenke, daß ihr die Bucht fünfmal schneller umfahren habt als mit Riemen. Das heißt also, wir hätten fünf Baidaren statt einer... Wenn ich erst einen Motor habe...«

Vor Erregung fehlten ihm die Worte, denn er sah sich schon am Steuer einer Baidare über das Meer sausen.

»Im Eis ist es gefährlich«, gab John zu bedenken. »Wenn man mit einer solchen Geschwindigkeit gegen eine Eisscholle stößt, sinkt das Boot auf der Stelle.«

»Daran habe ich nicht gedacht«, meinte Armol ärgerlich und lief zu seiner Jaranga.

24

Ehe John aber zur ersten Patrouillenfahrt auslaufen konnte, verging eine Zeit, denn Pylmau brachte einen Sohn zur Welt. Als John eines Tages von der Jagd heimkehrte, fand er Jako vor der Jaranga, der unruhig von einem Fuß auf den anderen trat.

»Ein Bruder ist angekommen«, sagte er im Ton eines Erwachsenen, der eine wichtige Neuigkeit zu übermitteln hat.

»Was du nicht sagst!« rief John und stürzte in den Tschottagin, wo er jedoch auf die unerbittlich strenge alte Tscheiwuna stieß, die ihm mit ihrem mageren Arm wie mit einem knorrigen Ast den Weg in die Schlafkammer versperrte. Mit eiserner Miene sagte sie: »Denk an die Zukunft deines Sohnes.«

So war John gezwungen, mehrere Tage tatenlos in seiner lange nicht mehr benutzten Kajüte zu verbringen. Auf seiner harten Lagerstatt staunte er, wie sich seine Vorstellung von Komfort gewandelt hatte. Jetzt bezweifelte er sogar, daß er sich an langen Winterabenden am Kamin der geräumigen und gemütlichen Wohnstube in Port Hope so wohl fühlen würde wie hier in seiner kleinen Schlafkammer. In seinen überflüssig gewordenen Sachen kramend, fiel ihm sein Notizblock in die Hände. Als er beim Lesen über die letzte Eintragung lächeln mußte, wurde ihm plötzlich bewußt, daß er ein anderer geworden war. Der Mann und seine Gedanken, die er zu Papier gebracht hatte, gehörten der Vergangenheit an. Mit einem Gefühl der Wehmut steckte er den Bleistift in seinen Halter und schrieb auf ein neues Blatt:

»Ein Kind wurde geboren, mein Sohn..., in diesem unfruchtbaren Land. Letzten Winter habe ich meine kleine Tochter begraben... Nur schwer kann ich mir vorstellen, diese Küste jemals wieder zu verlassen. Nicht, weil meine Tochter hier begraben ist, mir ein Sohn geboren wurde oder die hiesigen Menschen mir besonders nahestehen. Woran aber liegt es? Vielleicht daran, daß ich mich jeden Tag mehr von den Idealen entferne, die mir Elternhaus und Universität vermittelt haben. Auf meine Art glaube ich sogar an die hiesigen Götter, wenn auch nicht in ihrer Inkarnation, so doch an die Kräfte, die hinter ihnen stehen... Oder liegt es daran, daß man sich hier Tag für Tag, Stunde für Stunde und in jedem Augenblick seines Menschentums bewußt sein muß, um zu überleben? Oder versuche ich, klarer ausgedrückt, hier ein wahres menschliches Ideal zu finden? Die Frage: ›Was ist der Mensch, und wozu lebt er?‹ stellt man sich hier weder selbst noch anderen; man lebt einfach. Ein Sohn wurde mir geboren. Er wird leben und sich das Recht erkämpfen, in diesen kalten Breiten ein Mensch zu sein; er wird jagen, lieben und das Geschlecht der MacLennans fortpflanzen . . . Irgendwann in ferner Zukunft wird man sich die Legende von einem weißen Mann erzählen, dem Stammvater fremdartiger Tschuktschen. Vielleicht wird einer von ihnen einmal ihre inneren Regungen verspüren, doch wird er nie erfahren, daß ihm, John, plötzlich Shelleys Verse oder Chopins ›Erste Ballade‹ in den Sinn gekommen sind. Er wird sie im lautlosen Öffnen der Knospen in der Frühlingstundra oder im Plätschern der Wellen empfinden, die den frostharten steinigen Strand überspülen . . . Werde glücklich, mein Sohn, Bill-Toko MacLennan!«

Schnee rieselte vom klaren Himmel, doch das Meer war eisfrei. Das Wasser war nicht mehr leicht und geschmeidig wie im Sommer, sondern es war schwerfällig geworden. Träge rollten die Wellen über das Strandgeröll und hinterließen zurückflutend Salzkristalle auf den überfrorenen Steinen.

Vier Männer trugen die Baidare auf ihren Schultern über die eisglatten Steine zum Strand, gefolgt von Tnarat, der den Motor ebenfalls auf der Schulter hielt. Hinter ihm trippelte Jako mit wichtiger Miene, ein langes Ruder mit Lederdollen hinter sich herziehend.

Die Beobachtungsposten auf dem hohen Kap hatten ein Schiff im Eis entdeckt, das weit von der Küste entfernt Kurs auf die Wrangelinsel hielt. Die Nachricht alarmierte die Bewohner von Enmyn, vor allem diejenigen, die den Lagerplatz der Walrosse und damit die Ernährung der Enmyner sichern sollten.

Auch John beeilte sich mit dem Auslaufen, obwohl die ihm auferlegte übliche Quarantäne als Vater eines Neugeborenen noch längst nicht abgelaufen war. Als er mit der strengen Tscheiwuna darüber sprach, versteinerte sich ihr schwarzgraues Gesicht, daß es aussah wie die Steine, aus denen die Tschuktschen ihre Tranlampen herstellten.

»Wenn dir um die Zukunft meines Sohnes bange ist«, sagte John in respektvollem Ton, »wäre es dann nicht besser, an seine Nahrung zu denken? Wieviel Leben hat der Hunger im letzten Winter ausgelöscht, wie viele Kinder sind hinter die Wolken gegangen, obwohl man bei ihrer Geburt alle Bräuche gewahrt hat und ihre Väter das Einsiedlerleben vorschriftsmäßig durchhielten.«

»Unsere Bräuche habe ich nicht erfunden, nicht einmal meine Vorfahren. Sie sind mit unserem Volk entstanden«, erwiderte Tscheiwuna unbeeindruckt. »Wenn man erst darüber nachgrübelt, ob etwas einen Sinn hat oder nicht, dann verliert das Leben selbst seinen Sinn.«

»Trotzdem muß ein Brauch dem Menschen nützen, denn alle, die ihn erdacht haben, hatten hauptsächlich das Wohl der Menschen im Auge«, widersprach John der Alten sanft. Zwar änderte sich der Ausdruck in Tscheiwunas versteinertem Gesicht nicht, aber es belebte sich doch, wie vom Widerschein eines neuen Gedankens.

»Wenn wir dem Schiff der weißen Männer nicht entgegenfahren, werden sie die Walrosse von ihrem Lagerplatz vertreiben, wie wir es schon mehrmals erlebt haben«, gab John weiter zu bedenken. »Das wäre ein Unglück für alle Enmyner. Wenn mich die Äußeren Kräfte für meinen Verstoß gegen den Brauch strafen sollten, so leide wenigstens nur ich und nicht die Gesamtheit. Ist das nicht weise gesprochen?«

»Doch vergiß nicht, allen Himmelsrichtungen – dem Osten, Norden, Süden und Westen – zu opfern, bevor du ins Meer ausläufst«, flüsterte Tscheiwuna und senkte den Blick. »Auch an deinen Hausgott denke.«

»Ist recht, Epekei«, erwiderte John.

Von Tnarat unterstützt, verteilte John an die Äußeren Kräfte Krümel Tabak, Rentierfleisch und Blutstropfen als Opfergabe.

Den Hausgott übernahm John selbst; er schmierte ihm das Gesicht dick mit Seehundfett ein und fuhr ihm mit einem harten Stengel Blättertabak über die Lippen.

Ruhig und gesichert gingen sie jetzt zum Strand, um dem unbekannten Schiff der Weißen entgegenzufahren. John, der die Baidare mit der Schulter stützte, sah Guwats breiten Rücken vor sich und die Weite des Meeres, das von fern ruhig und friedlich aussah. Schwer vorstellbar, daß die eisfreie See in ihrer ganzen Weite schon bald mit dickem Eis und spitzen Schollenbergen bedeckt sein würde und sie erst Dutzende Meilen von der Küste entfernt offenes Wasser erreichten. John bemühte sich, mit Guwat Gleichschritt zu halten. Am Strand, einen knappen Schritt vom Wasser, sah sich John im Geiste noch einmal von seinen neuen Landsleuten umgeben und den Göttern Opfergaben darbringen und sogar Beschwörungen hinter Tnarat hermurmeln. Ihm war seltsam zumute, neue Gedanken regten sich in ihm, die jedoch von Guwats Ruf »Baidare absetzen!« unterbrochen wurden.

Träge schlug das frostschwere Wasser an den Strand. Im rhythmischen Atem des Ozeans schwebten bewegungslos Medusen über den hellen Grund.

Zwischen dem überfrorenen Geröll entdeckte Jako eine Staude Meerkohl, die er mit der Spitze seines Stiefels herausklaubte. Er biß die eine Hälfte ab und reichte die andere dem Stiefvater.

Meerkohl hatte John wegen seines erfrischenden Geschmacks, der an eine leicht gesalzene Gurke erinnerte, schätzengelernt.

Nachdem Tnarat die Versteifungen des Hecks sachverständig überprüft hatte, befestigte er den Motor sorgfältig an der aus dicken Planken und Seehundfellriemen gebastelten Konstruktion.

Man hatte die Schiffsschraube hochgekippt, um sie nicht zu beschädigen, wenn das Boot ins Wasser geschoben wurde.

»Wir machen alles verkehrt!« rief Guwat plötzlich, der sich, laut schmatzend, ebenfalls an Meerkohl gütlich tat. »Umgekehrt muß man es machen.«

Zunächst begriff man seinen Vorschlag nicht, und zwar das Boot nicht mit dem Bug, sondern mit dem Heck voran ins Wasser zu schieben, weil es für die Schraube im tiefen Wasser ungefährlicher war und auch für die Besatzung bequemer zum Einsteigen.

»Manchmal triffst du tatsächlich den Nagel auf den Kopf«, sagte Tnarat erstaunt.

Als erster sprang Jako in die schaukelnde Baidare, ihm folgte John. Guwat stieß das Boot ab, kletterte dann als letzter hinauf und rollte den ledernen Anlegeriemen ordentlich auf.

Um die Walrosse nicht durch Motorenlärm aufzuschrecken, benutzte man zunächst die Riemen, die im gleichen Rhythmus ins Wasser tauchten. Schwere Tropfen rannen beim Ausschwenken von den langen Ruderblättern und fielen klatschend auf die glatte Meeresoberfläche. Die Dollen aus Seehundleder knarrten. Niemand sprach, nicht, weil sie zu beschäftigt waren, sondern weil Jäger nie gesprächig sind. Leise plätschernd tauchten Seehunde auf, aber die Jäger führten kein Gewehr mit sich. Außerdem wäre das Krachen von Schüssen unzweckmäßig gewesen in der Stille, die die große Walroßherde umgab.

Vom Boot aus sah man bereits die flache, mit den graubraunen Leibern bedeckte Sandbank und am steinigen Steilhang die kleinen dunklen Gestalten der Beobachter. Heute waren es Orwo und Armol.

John machte sich Gedanken über den alten Mann. In letzter Zeit war er menschenscheu geworden und kehrte nur noch selten bei ihm ein. Immer häufiger klagte er über seine Leiden: Ein kleines Tier habe sich in seiner Brust breitgemacht und wecke ihn nachts durch hungriges Gepiepe. »Es nagt an meinem Inneren«, klagte er hustend. Der Husten erschütterte den gealterten Körper, der John einst aus besonders widerstandsfähigem Holz gemacht schien. Nach Orwos eigenen Angaben war er etwas über fünfzig, dem Aussehen nach aber mußte man ihn für über siebzig halten. Ein Jahr des harten Lebens an der Eismeerküste zählte eben doppelt, wenn nicht gar dreifach im Verhältnis zu einem beispielsweise am Ufer des Ontario verbrachten Jahr.

»Da, sieh, Ate, ein Walroß!« zischte Jako John zu und riß ihn damit aus seiner Betrübnis.

Lautlos schwamm ein großer glänzender Kopf vor der Baidare her. Von fern erinnerte er an den Kopf eines Menschen, besonders die großen dunklen Augen, die einen so tiefgründig, ausdrucksvoll und weise ansahen, daß man den Blick abwenden mußte. Die Zeit heilt jede Wunde, auch wenn sie in Herz und Hirn lebenslange Narben hinterlassen müßte. Lange schon dachte John bei Erwähnung der Tiere nicht mehr an das schreckliche Erlebnis, als er den sterbenden Toko in einer Walroßhaut auf dem Ufereis hinter sich hergezogen hatte.

Jetzt war Toko in Gestalt eines neuen Menschen wiedererstanden, von Pylmau in den schwersten und dunkelsten Tagen des arbeitsreichen Winters unter ihrem gütigen Herzen getragen. Auch der Winter erschien jetzt, im strahlenden Spiel des Nordlichts am Himmel, auf dem Höhepunkt des heutigen Tages, der satte Winterabende versprach, nicht mehr so düster. Sogar das Toben des Schneesturms, der an den Walroßhautbedachungen der Jarangas zerrte, war nun wie Musik und Bestätigung der Daseinsberechtigung für den Menschen, der im Kreis seiner Angehörigen in der Schlafkammer hockte. Gesättigt und für kommende Tage gesichert, erwartete einen ein langer, stärkender Schlaf, in den man im aufziehenden Nebel versank und aus dem man erst erwachte, wenn ein schmaler Streifen Sonne am Horizont die lange Jagd auf den flüchtenden Winter begann.

Nur selten unterbrachen kurze Kommandos Tnarats, mit denen er die Ruderschläge dirigierte, Johns Gedanken. Sonst hörte man in der unermeßlichen Weite nichts als das Fallen der Tropfen und das Knarren der seehundledernen Dollen des altertümlichen Bootes, an dessen Heck die neueste Erfindung befestigt war, der Menschenkraft ersetzende Benzinmotor.

»Ich sehe ein Segel!« rief Tnarat plötzlich.

Die Riemen wurden eingezogen, das Knarren der Dollen verstummte.

»Das Schiff hält Kurs auf unsere Küste«, fügte er hinzu und hielt sich den großen flachen Ärmel aus Seehundfell schützend über die Augen.

»Sind wir weit genug vom Ufer, um den Motor anwerfen zu können?« erkundigte sich John, bereit, statt der Riemen Schraube und Steuer des Heckmotors ins Wasser zu senken.

Tnarat warf einen Blick auf das Ufer, auf den fernen Lagerplatz, der von weitem allen anderen schmalen geröllligen Sandbänken der Eismeerküste glich. Die Baidare hatte sich wahrscheinlich durch die Strömung, die das Rudern erleichterte, so weit von der Küste entfernt, daß man keine Walrosse mehr ausmachen konnte.

»Am lautesten ist jetzt das Tosen der Brandung für sie. Außerdem sind sie ja selbst auch nicht stumm«, meinte Tnarat und ließ den Arm sinken. »Sie werden uns bestimmt nicht hören.«

Er kletterte zum Heck, um John beim Anwerfen des Motors behilflich zu sein. Doch der kalte Motor bockte.

Schwitzend übergab Tnarat John die Anlaßschnur.

Inzwischen kam das Schiff immer näher. Schon konnte man die vom Salzwasser vergraute Takelage und seinen eiszerschrammten Rumpf erkennen. Verzweifelt bemühte sich nach John Tnarat und nach ihm Guwat, den Motor anzuwerfen. Guwat hatte zweimal mit solcher Gewalt an der Schnur gerissen, daß die Baidare erzittert war. Endlich heulte zur allgemeinen Verblüffung und Freude der Motor auf, und Guwat stürzte an Tnarat und John vorbei, zurück an seinen Platz.

Wie ein Vogel, der sich in die Lüfte erhebt, sauste das kleine Boot auf das Schiff zu. Die zähe Wasserfläche wich unter dem vibrierenden Boden der Baidare. Ihre durchsichtige Walroßhaut ließ deutlich das strömende grünliche Wasser erkennen.

Immer größer wurden die Umrisse des Schiffes. Wenige Minuten nachdem Tnarat Gas weggenommen hatte, drehte der Segler bei.

Es war der Schoner »Bear« des Canadian Sea Departements, der, mit den überlebenden Besatzungsmitgliedern der im Januar 1914 im Eis havarierten »Carluke« an Bord, von der Wrangelinsel kam.

Auf der Kommandobrücke erblickte John Kapitän Bartlett, der ihn ebenfalls sofort erkannte.

»Hallo, Mr. MacLennan!« rief er. »Freue mich, Sie bei guter Gesundheit wiederzusehen. Kommen Sie bitte an Bord.«

Der Tiefgang des Schoners erlaubte den Insassen der Baidare, ohne Jakobsleiter bequem überzusteigen. Nachdem John an Deck Kapitän Bartlett begrüßt hatte, vermißte er Jako an seiner Seite und entdeckte ihn allein zurückgeblieben in der Baidare. Mit weit aufgerissenen Augen blickte dieser ängstlich und neugierig zugleich auf das große hölzerne Schiff, in dem wahrscheinlich alle Einwohner von Enmyn mit ihren Hunden Platz gefunden hätten. Dazu kam noch die überraschende Entdeckung, daß sich der Stiefvater an der Seite des Kapitäns plötzlich in einen fremden, unzugänglichen Menschen verwandelt hatte, genauso unverständlich und seltsam wie alle an Deck versammelten weißen Männer.

»Komm her, Jako!« rief John.

»Ich fürchte mich, Son«, erwiderte der Junge mit unsicherer Stimme. Zum ersten Mal hatte er den Stiefvater statt mit »Ate« mit seinem Namen angesprochen.

»Komm her, mein Söhnchen, ich helfe dir hinauf«, antwortete John ruhig und entschieden und streckte Jako die ihm von Kindheit an vertraute lederne Handprothese entgegen, von der der Junge jahrelang geglaubt hatte, der Stiefvater sei mit ihr zur Welt gekommen.

Bemüht, seiner Angst und weichen Knie Herr zu werden, kletterte Jako an Deck und stellte sich neben den Stiefvater.

»Mein Sohn Jako«, stellte John vor.

»Freue mich sehr, Sie wiederzusehen«, sagte Kapitän Bartlett ernsthaft und streckte dem Jungen die Hand entgegen.

Zum ersten Mal begrüßte Jako jemand nach Art der

Weißen, es sei denn, die Kinder hatten beim Spielen die weißen Männer nachgeahmt.

Die Hand des Kapitäns fühlte sich hart an wie der Griff eines Jagdspießes.

Kapitän Bartlett bat die Gäste in die enge Offiziersmesse, wo die Ordonnanz Kaffee nebst Rum und für Jako Süßigkeiten servierte.

»Wir glaubten schon, unsere unglücklichen Kameraden müßten noch ein zweites Mal auf der Wrangelinsel überwintern«, erzählte der Kapitän. »Eines schönen Tages aber öffnete sich das gestaute Packeis am Ufer, und wir konnten sie mit einer Schaluppe an Bord holen. Damit endete das Unternehmen der ›Carluke‹ verhältnismäßig glimpflich. Unser Chef, Vilhjalmur Stefansson, trägt sich übrigens mit Plänen für eine neue Expedition: Er will die Insel kolonisieren und eine ständige Siedlung dort einrichten.«

»Gehört die Wrangelinsel denn zu Kanada?« erkundigte sich John, während er seinen Kaffee mit Rum trank.

»Darüber weiß ich nichts Genaues«, erwiderte Kapitän Bartlett, »aber eine alte Regel besagt, daß das Land dem gehört, der es bewohnt. Soweit wir feststellen konnten, ist aber die Wrangelinsel zur Zeit unbewohnt, und das Land, das sie einmal kolonisiert, wird auch ihr Besitzer.«

»Ich zweifle, daß die russische Regierung das unwidersprochen hinnehmen wird«, entgegnete John.

»Für die russische Regierung, die gegenwärtig durch den Krieg in Europa gebunden ist, sind diese nördlichen Breiten nur eine Last. Denken Sie an den Verkauf von Alaska.«

Respektvoll lauschten die Tschuktschen dem unverständlichen Gespräch der Weißen. Ungewohnt war es für die Leute von Enmyn, ihren Landsmann Son über eine allem Anschein nach sehr wichtige Frage beraten zu sehen. Vielleicht ging es um die gegenwärtig besonders günstigen Eisverhältnisse für die Schiffahrt: Die Gipfel der fernen Berge waren längst mit Schnee bedeckt, das Wasser in Küstennähe war aber immer noch eisfrei. Nur bei Nordwind zeigte sich ein schmaler weißer Streifen am Horizont, der jedoch bald wieder verschwand.

Am Schluß der Unterredung sprach Kapitän Bartlett davon, daß sie näher an das Ufer heranfahren und Trinkwasser aus dem Wasserfall, zwei Meilen östlich von Enmyn, aufnehmen wollten.

»Nehmen Sie Wasser, soviel Sie brauchen«, sagte John, »aber meine Freunde und ich bitten Sie, dabei den Motor nicht zu benutzen und sowenig Geräusch wie möglich zu machen. Vor allem bitte ich Sie, nicht zu schießen: Es geht um den Lagerplatz der Walrosse, er ist unsere einzige Garantie für einen ruhigen Winter. Wenn die Tiere aufgeschreckt werden, haben wir weder Nahrung noch Brennmaterial für den Winter.«

»Wir werden Ihre Wünsche berücksichtigen«, erwiderte der Kapitän höflich und befahl, Segel zu setzen.

Die Baidare im Schlepp, schob sich die »Bear« langsam zum Ufer, während ihre Segel den schwachen Wind einfingen, der nicht einmal den eiskalten Meeresspiegel kräuselte.

In Höhe ihrer Siedlung stiegen die Enmyner wieder in die Baidare und nahmen Kurs auf ihren Strand, während sich die »Bear« weiter ostwärts hielt. Die Übernahme von Trinkwasser erfolgte, indem die Seeleute ihre gesäuberten Beiboote einfach unter den Wasserfall stellten, um sie dann gefüllt zum Schiff zurückzurudern.

Bei seinem großen Wasserbedarf lag der Schoner die ganze Nacht über beigedreht vor der Küste. Gegen Morgen trieben einzelne kleine Eishaufen auf den Strand von Enmyn zu, ein Zeichen, daß es Zeit für die Walroßjagd war.

Vor seiner Abfahrt kam Kapitän Bartlett mit einem schwerbeladenen Beiboot zu einem Abschiedsbesuch. Am Strand hatten sich Enmyns Einwohner fast vollzählig versammelt. Abseits von den Männern standen die Frauen, unter ihnen auch Pylmau mit dem in Pelz gewikkelten Neugeborenen.

Kapitän Bartlett drückte John die Hand. »Noch einmal aufrichtigen Dank für Ihre Hilfe«, sagte er, »ich bin von Ihrem Charakter begeistert. Gestatten Sie mir, Ihrem Sohn Jako dieses Lotsenhandbuch des Canadian Sea Departements zu überreichen.« Damit übergab er Jako, der neben dem Stiefvater stand, das luxuriös ausgestattete Werk und anschließend den Enmynern Geschenke im Namen des Canadian Sea Departments.

»Wie ich sehe, hat Ihre Familie Zuwachs bekommen?« wandte er sich noch einmal an John, als er das Kind in Pylmaus Arm erblickte.

»Und wie heißt der neue Arktisbewohner?« erkundigte er sich weiter, nachdem John seine Frage bejaht hatte.

»Bill-Toko MacLennan.«

Mit dem Ruf »Glück und Wohlergehen für Sie alle!« bestieg der Kapitän das Boot, mit dem die Seeleute rudernd Kurs auf den Schoner nahmen.

John ging noch einmal zum Kap Dalny, um nach dem Lagerplatz der Walrosse zu sehen. Trotz des Spätherbstes war der Himmel noch hoch und klar; das junge Eis und der frischgefallene Schnee, der mit einer dünnen Schicht Erde und Uferfelsen bedeckte, verbreiteten Helligkeit, obwohl die Sonne längst untergegangen war.

Licht und klar war auch John MacLennans Seele.

Am nächsten Morgen würden die Männer und Jünglinge von Enmyn die Walrosse jagen.

25

Längst schon waren die Jagdspieße so scharf geschliffen, daß man sich mit ihnen rasieren konnte, was Tnarat bewies, indem er sich mit der Spitze ein pinselartiges Haarbüschel vom Kinn schabte.

Lange vor Sonnenaufgang wurde es in der Siedlung lebendig. Auf Johns Rat veranstaltete man die große Opferzeremonie etwas abseits von Kap Dalny, um die Walrosse nicht durch den Lärm zu erschrecken. Die Hunde hatte man eingesperrt oder am Ostrand der Siedlung an die Kette gelegt, dort, wo die von Schnee und Wasser gebleichten riesigen Walfischschädel eingegraben waren.

Der schmale Streifen des Morgenrots schien heute ungewöhnlich zeitig aufzuflammen, doch schien das wohl nur den unruhigen Jägern so: Die Zeit ging unverändert ihren Gang.

Das Gesicht nach Osten gekehrt, murmelte Orwo Beschwörungsformeln. Übersetzte man die Gebete aller Völker, Mundarten und Religionen – der großen und kleinen, der alten und neuen –, so hieße das in drei Worten zusammengefaßt: Friede, Brot und Gesundheit, dachte John. Friede nicht nur im Sinne freundschaftlicher Beziehungen zwischen den Staaten und Völkern, sondern auch der Achtung vor dem inneren Frieden der Menschen, des Willens, niemanden in wesensfremde Versuchungen zu führen, Frieden und Leben jedes Menschen zu achten und den Mitmenschen nicht nach eigenem Maß zu messen.

Die Begriffe Brot und Gesundheit waren jedem geläufig, nur daß hier für Brot die riesigen Walroßleiber standen.

In den Händen hielt Orwo die John bereits bekannte Opferschale: eine einfache Holzschüssel, die durch den häufigen Gebrauch und das Fett der stets reichlich dargebrachten Götternahrung glattpoliert und glänzend war.

Die Augen halb geschlossen, erwartete der alte Mann den Aufgang des Sonnenlichts, um seinen ersten Strahl aufzufangen. Hinter ihm standen schweigend, wie dunkle Schatten, die Jäger. Von fern hörte man das Winseln der angeketteten Hunde. Hauchzarter Schnee rieselte vom wolkenlosen Himmel.

Endlich blitzte der erste Sonnenstrahl hinter der vereisten weißen Horizontlinie auf und blendete den reglos Dastehenden. Klangvoll sprach er die letzten Beschwörungsformeln und verstreute dann die Opfergaben, von Gesten und Beschwörungen begleitet.

Johns Jagdspieß war so eingerichtet, daß der blutige Schaft seinen ledernen, eigens angefertigten Krallen nicht entgleiten konnte. Im Laufe der feierlichen Opferzeremonie hätten sich die Gemüter der Jäger eigentlich beruhigen müssen, doch nach wie vor wurden sie ihrer Erregung angesichts der bevorstehenden blutigen Arbeit kaum Herr.

An der Küste entlang umgingen sie die Jarangas, an denen Frauen und Kinder reglos wie Statuen standen und ihren Ernährern nachschauten.

Auf dem steinhart gefrorenen Strand knirschten die Sohlen nicht wie gewohnt, und trotz der dicken Einlagen aus elastischem Tundragras stieß sich mancher an den Gesteinsbrocken schmerzhaft die Füße.

Zwanzig Mann zogen aus, die Walrosse zu erlegen, doch nur zehn von ihnen galten als erfahrene Jäger; und

Tnarats Söhne, Tschuplju und Ergynto, beteiligten sich zum ersten Mal an diesem wichtigen Unternehmen.

Die Sonne im Rücken der Jäger warf lange Schatten. Unglaublich lang, länger als ihre Schatten aber waren die der Jagdspieße.

Ungefähr eine Stunde brauchte man bis zum Kap Dalny. Obwohl die Walrosse sie aus dieser Entfernung selbst bei lautem Sprechen nicht hören konnten, marschierten die Männer schweigend.

Von der Höhe des Kaps öffnete sich ihnen ein weiter Blick auf die See und den deutlich sichtbaren schmalen Eisstreifen am Horizont. Einzelne Eisschollen trieben wie weiße Stoffbahnen auf der Meeresoberfläche.

Einer dicken grauen Masse gleich, lagen die Walrosse an ihrem alten Platz auf der schmalen Sandbank. Auf der Höhe des Kap Dalny hörte man bereits ihr tiefes Grunzen und stoßweises Atmen.

Vorsichtig, um keinen Stein zu lösen, stiegen die Jäger den gerölligen Hang hinab. Vor dem Abstieg hatte Orwo angewiesen, mit dem Abstechen von der Uferseite her zu beginnen, um verwundeten Tieren den Rückzug abzuschneiden.

»So zustoßen, daß das Walroß gleich tot ist«, belehrte sie der alte Mann mit gedämpfter Stimme. »Wenn es verwundet entkommt, wird es den anderen erzählen, was für ein Schreckensort die Sandbank bei Kap Dalny ist, und ihnen seine Wunden zeigen. Entkommen dürfen nur unverletzte Tiere. Erlegt vor allem die alten, die jungen schont. Das wär's. Gehen wir.«

Vorsichtig auf den Griff des Jagdspießes gestützt, stieg John als dritter in der Reihe den Hang hinab. Immer näher kam die Sandbank, schon konnte man die einzelnen Tiere unterscheiden, und der scharfe Geruch ihrer Ausscheidungen und ihres Atems mischte sich mit dem frischen Hauch des heranziehenden Eises.

Einige der Walrosse hoben bereits beunruhigt den Kopf mit der hauerbewehrten, stumpfen Schnauze und dem abstehenden Schnurrbart. Ein ärgerliches Schnauben kam aus ihrem rosafarbenen Rachen mit den zwei Reihen kräftiger weißer Zähne.

Auf Orwos Zeichen stürzten sich die jungen Jäger die Böschung hinab in die leichte Brandung.

John eilte den anderen nach. Wie Orwo ihn angewiesen hatte, durchbohrte er die Tiere unter dem linken Schulterblatt. Da die Haut der lebenden Walrosse sich trotz der dicken Speckschicht nicht als sehr fest erwies, drang die scharfgeschliffene Spitze verhältnismäßig leicht in den Körper. Röchelnd hoben die abgestochenen Tiere den Kopf und ließen ihn dann auf den von Blut und Urin schlüpfrig gewordenen Strand sinken, kampflos ergeben, als hätten sie die Sandbank nur aufgesucht, um auf ihr zu sterben. Schweigend und erbittert stach John ein Walroß nach dem anderen ab, bemüht, nicht daran zu denken, daß es lebende Wesen waren, die die Todesangst vielleicht auch spürten.

Die jungen Männer, die am Brandungsstreifen standen, ließen nicht eins der verwundeten Walrosse entkommen. Geschont wurden Weibchen, junge Männchen und die noch ganz jungen Tiere, die statt der Hauer kleine weiße Ansätze unter der Nase hatten wie Kinder, die vergessen haben, sich die Nase zu putzen.

Das Wasser am Strand färbte sich rot von Blut. In den blut- und fettglänzenden Steinen und in den schweißnassen Gesichtern der Jäger spiegelte sich die aufgehende Sonne. Die Hände wurden müde vom Stechen, und ein schwindelerregender Gestank von Blut und den Ausdünstungen der Walrosse erfüllte die Luft. John fühlte sich schon außerstande, auch nur noch einen Stoß zu führen, als er Orwo rufen hörte: »Genug! Laßt die übrigen ins Meer entkommen!«

Die jungen Männer traten zur Seite und gaben den Tieren den Weg ins offene Wasser frei. Aber nur zögernd setzten sie sich in Bewegung, als wüßten sie, daß das Wasser nicht ihr heimisches Element, ihre Wiege und ihr Lebensraum war. Doch schlimmer war es, auf dieser blutigen Erde zwischen den starr daliegenden Artgenossen zu bleiben. Immer wieder verdutzt umherblickend, machten sich die Überlebenden schließlich mit lauten Warnrufen an ihre Gefährten davon, die anscheinend bei den Zweibeinern mit den tödlichen Strahlen an den langen Stöcken bleiben wollten.

Mit seinem großen Messer schlitzte Tnarat einem jungen Walroß den Leib auf, riß die noch warme zuckende Leber heraus und gab jedem ein großes Stück davon; sie schmeckte süßlich und stillte Durst und Hunger.

Danach begannen die Jäger mit dem Zerlegen der Beute. Da die Handhabung der langen Jagdmesser aber Übung und bewegliche Hände verlangte, mußte sich John darauf beschränken, die Häute und Fleischstücke beiseite zu ziehen und beim Vernähen der Kymgyts zu helfen. Gegen Abend kamen die Frauen mit zwei Baidaren, um die Jäger zu unterstützen. An der Stelle, an der sich vor kurzem noch die Walrosse getummelt hatten, loderten jetzt unter den Kesseln mit Süßwasser, die die Frauen mitgebracht hatten, die Feuer, und dicker Rauch stieg zum frostig nebligen Himmel.

Die Kinder, die mit den Müttern gekommen waren, hüpften neugierig zwischen den erlegten Walrossen umher und stießen mit Stöcken nach ihnen, wie sie es von den Jägern gesehen hatten. Auch Jako machte eifrig mit, so daß seine schöne Kamleika aus Sackleinwand schon bald mit Blut und Tran beschmiert war. Ganz in seinem Element, tobte er schreiend zwischen den halbzerlegten Tierleibern umher, sprang über sie hinweg, biß herzhaft in die weiche rohe Walroßleber und lief dann immer wieder zu seinem Ate, um ihm zu helfen, die Riemen aus roher Walroßhaut zum Vernähen der riesigen Kymgyts einzufädeln. Jeder Jäger schnitt seine Marke in den Kymgyt, der nach seinem Geschmack hergestellt und zusammengesetzt wurde. Pylmau füllte einige der Rollen mit kleingeschnittenem Herz und Nieren und legte sorgfältig Speckstreifen zwischen das Fleisch. Tnarat hatte als Merkzeichen das Rentier, weil er seine Abkunft von den Tundrabewohnern herleitete, Orwo hatte die Seeschwalbe, und John markierte seine Kymgyts mit dem Buchstaben »J«.

»Was für ein Tier soll dieses Zeichen vorstellen?« fragte Pylmau verwundert.

»Es ist der Anfangsbuchstabe meines Vornamens, ein ›J‹.«

»Aber du heißt doch Son?«

»Ihr ruft mich so, eigentlich heiße ich John.«

Pylmau ließ das Messer sinken und blickte ihren Mann an. »Tatsächlich?« sagte sie. »Da haben wir dich also die ganze Zeit beim falschen Namen genannt?«

»Was macht das schon«, erwiderte John. »Son oder John, das ist doch gleich.«

»Was sagst du da?« rief Pylmau entsetzt. »Der Name ist das Leben eines Menschen, wer ihn verliert, hat aufgehört zu sein!«

»Jetzt sollten wir nicht darüber sprechen, Mau, zu Hause haben wir die nötige Ruhe dazu«, sagte John müde.

»Ich wollte auch nicht jetzt, in Eile, eine so wichtige Sache mit dir bereden«, erwiderte Pylmau gekränkt. »Aber wie konntest du es nur so lange stillschweigend erdulden, daß wir dich mit einem falschen Namen angesprochen haben?«

»Welches Merkzeichen hattet ihr, als Toko noch lebte?« erkundigte sich John.

»Einen Hasenkopf. Toko konnte sehr schnell laufen, und da nannten sie ihn schon von klein auf ›Miljut‹, den Hasen. Sein richtiger Name war aber ›Toko‹.«

»Da ich keinen Hasen abbilden kann, auch schon wegen der Hände nicht, einigen wir uns darauf, du zeichnest die Kymgyts mit dem Hasen und ich mit einem ›J‹.«

»Gut«, meinte Pylmau und wandte sich dem nächsten Walroß zu.

Die Nacht verging, ehe man sich's versah. Als sich der Himmel im Osten rötete, stellte sich heraus, daß die Arbeit so gut wie getan war. Am Fuße des steinigen Hanges lagen aneinandergereiht die Kymgyts, für jede Familie die Anzahl, die sie benötigte. Das übrige Fleisch wurde in Stücke zerhackt und in der uralten, in den Felsen gehauenen riesigen Vorratskammer auf einen Haufen geschichtet.

Einen Teil der Kymgyts schaffte man in die Uweranys der Siedlung: Vorratsgruben, deren Grund auch im heißesten Sommer mit Eis bedeckt blieb. Die restlichen am Kap Dalny zurückgelassenen Rollen deckte man sorgfältig mit Steinen zu, um sie vor Füchsen, Wölfen und Bären zu schützen.

Mehrere Tage lang waren die Enmyner damit beschäftigt, Walroßspeck, Fleisch, Bündel notdürftig gesäuberter Därme zur Herstellung wasserdichter Umhänge, schwere Walroßzähne, Flossen und sogar die schnurrbärtigen Köpfe – kurzum alles Verwendbare vom Walroß – in die Siedlung zu schaffen oder in den Felsenkammern des Kap Dalny zu verwahren.

Zuversichtlich sahen die Einwohner dem nahenden Winter entgegen. Sie richteten ihre Winterausrüstung, besserten die Schneereifen aus, nähten Winterkleidung, neue Pelzstiefel und Kamleikas aus den Stoffen, die ihnen das Canadian Sea Department übergeben hatte. Nur Rentierfelle fehlten. Als habe er es erraten, erschien Ilmotsch mit seinen Herden an der Küste und besuchte wie ein alter Freund John in seiner Jaranga. Als Geschenk brachte er mehrere abgezogene Rentiere und zahlreiche Rentierfelle zur Herstellung von Pelzstiefeln mit. Unter den Geschenken des reichen Rentierzüchters fielen besonders ein geschecktes Rentierkalbfell und gegerbte Felle für die Anfertigung eines warmen Winterumhangs auf.

»Und das alles soll für mich sein?« fragte John überwältigt.

»Ja«, erklärte Ilmotsch feierlich, »denn du bist mein Küstenfreund. Soweit es in meinen Kräften steht, beschenke ich dich mit dem, was du brauchst.«

26

Die Rentierherde ließ sich an der gegenüberliegenden Seite der Lagune nieder, wo in einem geschützten kleinen Tal neben einem dünn gefrorenen Bach auch die zeltähnlichen Tundrajarangas standen. Bläulicher Rauch der Feuerstellen stieg über ihren Dächern auf, denn täglich mußten sie auf die Bewirtung von Besuchern aus der Küstensiedlung eingerichtet sein.

John näherte sich dem Nomadenlager von der Seeseite,

wo sein Hundegespann zunächst auf die weidende Rentierherde hinter dem Hügel zustrebte. Auf sein halblautes Kommando aber nahm der Leithund Kurs auf die Jaranga des Lagerältesten Ilmotsch.

Der Hausherr hatte den Gast von weitem gesehen und kam ihm mit seinen Söhnen entgegen, die, bis auf die Säbelform ihrer Beine, stattlich anzusehen waren. Wie John später erfuhr, war die Krümmung der Beine nicht etwa auf das Rentierreiten, sondern auf die Eigenart der Kinderbekleidung zurückzuführen. Nach Seemannsart trugen sie Höschen mit Vorderklappen, in die man statt Windeln Moos hineinsteckte. Wenn es den Müttern an Zeit fehlte, das Moos zu wechseln, liefen die Jungen eben breitbeinig über die kleinen Erdhügel der Tundra, ohne sich von der Feuchtigkeit stören zu lassen. Seinen elastischen Gang, der auf festem Boden tänzelnd und leicht wirkt, verdankt der Rentierzüchter dem federnden Boden der Tundrahügel.

Ilmotschs Söhne fingen den Schlitten ab, nahmen dem Gast den Bremsstock aus der Hand und brachten das Gespann zum Stehen.

»Amyn-jetti!« begrüßte Ilmotsch den Gast und strahlte übers ganze Gesicht.

»Ii«, erwiderte John und folgte dem Hausherrn in seine Feldjaranga, die sich von der John bekannten Hütte des Nomadenältesten insofern unterschied, als sie nur das Notwendigste enthielt. Hier waren die langhaarigen Felle der Schlafkammer durch geschorene Felle ersetzt, die sich leichter transportieren ließen.

»Ich freue mich immer ganz besonders über einen Gast wie dich«, fuhr Ilmotsch herzlich fort und bot John mit großartiger Gebärde einen Platz auf dem schneeweißen Rentierfell an.

»Ich hätte gern erst die Last vom Schlitten genommen«, sagte John.

»Sei unbesorgt!« wehrte Ilmotsch ab. »Die Söhne werden alles auspacken und in den Tschottagin bringen. Sie werden auch die Hunde füttern und anbinden.«

Ilmotsch hatte kaum ausgeredet, als die jungen Leute auch schon mit den Geschenken im Eingang erschienen. Entschlossen, anders zu verfahren, als Pylmau ihm geraten hatte, überreichte John seinem Tundrafreund Walroßhäute, in Seehundbälge gegossenes Fett, Sohlenleder aus Walroßhaut, bis zur Schwärze gedörrtes Walroßrippenfleisch und einige von Kapitän Bartlett stammende Gaben.

Ilmotsch bediente sich gleich mit dem Pfeifentabak aus der Blechbüchse, tat mit Genuß ein paar tiefe Züge und betrachtete das Bild des Prinzen Albert mit Stock und Zylinder auf ihrem Deckel. »Käme jemand mit solch einem Eimer auf dem Kopf zu uns in die Tundra, dann ergriffen nicht nur die Rentiere, sondern sogar die Wölfe die Flucht«, meinte der alte Mann nachdenklich.

John nickte zustimmend. Doch um nicht für engstirnig gehalten zu werden, fügte Ilmotsch hinzu: »Aber auch eure Tiere würden erschrecken, wenn sie mich jetzt so sehen könnten. Stimmt's?«

»Das glaube ich nicht«, sagte John. »Im Winter unterscheiden sich unsere Hirten nicht sehr von euch Tundrabewohnern.«

»Die Hirten vielleicht«, räumte Ilmotsch ein, »aber dieser Mann da« – er tippte mit seinem bläulichen Nagel auf den Deckel der Dose – »hat etwas Ungewöhnliches an sich. Ein so langer Kopf braucht eine besondere Bedekkung, nicht wahr? Deshalb trägt er eine solch seltsame Röhre.«

John mußte lächeln. »Sein Kopf ist nicht länger als jeder andere. Was aber die Röhre betrifft, so trägt man sie an Feiertagen wie du deinen rauhledernen Rock, wenn du auf eine längere Besuchsreise gehst.«

»Was du nicht sagst?« staunte der Alte. »Und ich hielt seinen Kopf tatsächlich für so lang!«

Ohne die Frauen aus den Augen zu lassen, die das Gastmahl für John bereiteten, führte Ilmotsch das weltmännische Gespräch weiter.

»Ja, viel Wunderbares gibt es auf der Erde. Aber wir wissen nichts Rechtes über sie. Der eine Märchenerzähler sagt, sie sei eine Art Schüssel, die im Meer schwimmt, der andere behauptet wieder, sie bestehe aus vielen Schichten. Wir Lebenden wären in der ersten, die kürzlich Verstorbenen in der zweiten und so weiter. Es soll Schamanen geben, die die Fähigkeit besitzen, mit so entfernten Vorfahren zu verkehren, daß sie diese gar nicht mehr erkennen. Das sagen unsere Märchenerzähler und Weisen. Und was sagen eure?«

»Unsere Weisen haben nachgewiesen, daß die Erde rund ist wie ein Ball«, erwiderte John.

Diese wissenschaftliche Auskunft über die Form der Erde beeindruckte Ilmotsch nicht weiter.

»Da haben wir's!« rief er gutgelaunt. »Auch eure reden wunderliches Zeug. Alles erfährt man sowieso nicht«, fuhr er ernsthaft fort. »Nur selber kennen muß man sich. Wissen, was man will und wie es sich auf Erden lebt. Und von deiner Erde brauchst du nur zu wissen, welche Weiden es gibt und wo Flüsse und Berge sind ... Dem Gast den Kopf!« bedeutete er nebenbei einer der Frauen, die eine große Holzschüssel auf den niedrigen Tisch stellte. »Es gibt tatsächlich Wunder in den verschiedenen Ländern«, wandte er sich wieder dem Gast zu. »Stimmt es eigentlich, daß es in den Ländern der Weißen Quellen gibt, aus denen das närrisch machende Wasser fließt!«

Jetzt begriff John, wohin das Gespräch führen sollte.

»Unsinn! Das gibt es nicht!« sagte er lächelnd und entschieden.

»Fließt nicht aber auch das Fett für die donnernden Motoren aus der Erde?« entgegnete der überraschend gut informierte Ilmotsch.

»Das Fett, ja«, erwiderte John, »aber Quellen, aus denen närrisch machendes Wasser fließt, gibt es nicht.«

»Schlecht hat es die Natur eingerichtet! Schlecht!« meinte Ilmotsch aufrichtig enttäuscht. Überzeugt, der Gast habe seine Andeutungen nicht verstanden, forderte er ihn auf, mit dem Mahl zu beginnen.

Doch endlich zog John eine Flasche Whisky aus der Tasche und setzte sie neben die mit gekochtem Rentierfleisch gefüllte Holzschüssel.

Befriedigt stellte Ilmotsch mit einem flüchtigen Blick auf die Flasche fest, daß sie noch nicht angebrochen war. Doch standhaft beherrschte er seinen Appetit.

»Bringt die Tassen, Frauen«, befahl er leise.

Jetzt war die Reihe an John, die Selbstbeherrschung des alten Mannes zu bewundern, der so tat, als sei die Whiskyflasche auf seinem Tisch etwas Alltägliches. Beim Trinken zeigte er weder Gier noch das Bestreben, einen möglichst großen Schluck zu ergattern.

John, der sich unter seiner Anleitung über den Rentierkopf hermachte, mußte zugeben, daß er noch nie etwas Schmackhafteres gegessen hatte. Mit Rücksicht auf die Gewohnheiten des Gastes hatte Ilmotsch vor dem Essen mehrere Brocken Steinsalz auf den Tisch stellen lassen.

»Ich war sehr traurig, als ich erfuhr, daß du im Winter vergeblich nach meinem Lager gesucht hast«, sagte er.

»Die Nachricht vom Tode deiner Tochter hat mir das Herz zerrissen. Wäre ich doch nur mit meiner Herde in deiner Nähe gewesen!«

Nach beendetem Mahl erkundigte sich John nach der Größe seiner Herde.

Die Augen halb geschlossen, überschlug der Alte im Geist die Zahl seiner Rentiere.

»Mit einem Brandmal sind an die zwanzigmal vierzig Tiere gezeichnet«, sagte er dann. »Aber in unserem Lager gibt es noch fünf Jarangas, wenn auch mit weniger Rentieren. Manche besitzen ein- oder zweimal zwanzig Stück. Ich lasse sie neben meiner Herde weiden. Mir macht es nichts aus, und meine Tiere haben Gesellschaft.«

John versuchte, sich eine Vorstellung von der Größe der Herde insgesamt zu machen. Wenn man durchschnittlich fünfzig Rentiere je Wirtschaft annahm, ergab sich, daß Ilmotsch an die tausend Rentiere kontrollierte. Kein Zweifel bestand darüber, daß er der wirkliche Herr der Herde war, der auch über das Schicksal aller Nomaden im Lager entschied. Du bist ja ein richtiger Kapitalist, dachte John in Erinnerung an die Diskussionen der Studenten über die neue Lehre des deutschen Philosophen Karl Marx spöttisch. Dann lobte er seinen Tundrafreund: »Eure Hirten sehen gut aus, satt und sauber gekleidet.«

»Ich lasse sie eben nicht faulenzen«, meinte der angeheiterte Alte selbstzufrieden.

John ahnte nicht, was diese Worte in Wirklichkeit bedeuteten. Selbst wenn Ilmotsch statt zwei sechs Söhne gehabt hätte, wäre er nicht imstande gewesen, eine solche Herde vor Wölfen und Naturkatastrophen zu schützen. Die Hirten, die sozusagen das Brot des alten Rentierzüchters aßen, waren nichts anderes als seine Tagelöhner.

Nach dem Essen gab John seinem Gastgeber zu verstehen, daß er ihm den Rest der Flasche zum Geschenk mache.

»Welynkykun«, dankte Ilmotsch höflich, ergiff flink die Flasche und verbarg sie im Inneren seiner Behausung. Im Verlauf des Abends setzte er sie noch häufig an die Lippen, und in vorgeschrittener Stunde war er schon sehr beschwipst.

»Ich bin in der Tundra Landsleuten von dir begegnet«, sagte er, als sie bereits in der Schlafkammer lagen.

»Kapitän Bartlett und dem Eskimo Kataktowik?« fragte John, der bereits am Einschlafen war.

»Nein, ganz anderen. Weiße, wie ich sie noch nie gesehen habe.«

»Vielleicht Russen?«

»Ich kann Russen von Amerikanern unterscheiden wie einen Hund von einem Wolf, und das sogar von weitem«, erwiderte Ilmotsch. »Es waren Amerikaner. Ich habe sie an der Sprache erkannt. Sie wühlten in den Bachmündungen am Ionisee und freuten sich, als wären sie auf eine Quelle des närrisch machenden Wassers gestoßen. Sie kamen in unser Lager und baten um Rentierfleisch. Doch sie hatten nicht viel zum Tausch, außer Sand, gelb wie eingetrockneter Säuglingskot. Allerdings gaben sie uns ein Messer und boten auch kleine Gewehre in Lederfutteralen an. Da sie aber so winzig waren wie die Kinder von großen Gewehren, verging mir die Lust zum Tausch. Ich gab ihnen zwei an einer Klauenkrankheit eingegangene Tiere, die wir nicht selber essen. Doch die Weißen freuten sich auch darüber. Sie waren abgemagert und bis an die Augen mit Haaren zugewachsen.«

Ilmotsch machte eine Pause, man hörte es im Dunkeln gluckern.

»Du bist ein richtiger Mensch geworden, dir kann ich

es erzählen«, fuhr er fort. »Wir brachen unser Lager am Ioniseee ab und nahmen zwei Monde später, bevor wir die Meeresküste erreichten, wieder denselben Weg zurück. An unserem Opferhügel fanden wir die Gebeine eines Menschen. Vögel hatten längst das Fleisch abgepickt, doch an der Kleidung erkannten wir, daß es ein Weißer war. Er hatte keinerlei Gegenstände bei sich. In seinem Schädel war ein rundes Loch, anscheinend von einer Kugel. Ich wunderte mich: Diese kleinen Gewehre konnten also doch einen Menschen töten.«

John wurde hellwach. Mit verhaltenem Atem lauschte er Ilmotschs Erzählung. Er hütete sich, unvorsichtige und unangebrachte Fragen zu stellen. Kein Zweifel: Es handelte sich um Goldsucher. Diese Wölfe waren also schon bis hierher vorgedrungen. Die Tragödie, von der ihm der alte Mann erzählte, war typisch für derartige Unternehmen.

»Der zweite lag am Oberlauf des Großen Baches«, fuhr der Alte fort. »Entweder war er von selbst umgekommen, oder die Wölfe hatten ihn eingeholt. Neben ihm fanden wir zwei der kleinen Gewehre, einen Spaten und die zwei Lederbeutel mit dem gelben Sand, den sie uns zum Tausch gegen Rentiere angeboten hatten.«

Diesmal schwieg Ilmotsch länger. Unruhig wälzte er sich auf seinem Rentierfell und kämpfte anscheinend gegen das Verlangen, noch einen Schluck aus der geliebten Flasche zu nehmen. Bald aber hatte er den Kampf aufgegeben, denn es gluckerte wieder verräterisch im Dunkeln.

»Und was weiter?« fragte John ungeduldig.

»Das ist alles«, erwiderte der Alte gähnend.

»Und die Sachen? Die Beute und die kleinen Gewehre?«

»Du weißt doch, daß wir das Eigentum der Toten nicht anrühren«, antwortete der Alte. »Alles liegt noch heute so da, wie wir es vorgefunden haben.«

Erregt richtete sich John auf.

»Höre, Ilmotsch«, sagte er. »Du ahnst nicht, welcher Gefahr euer Volk entgangen ist! Wäre nur einer von den beiden in sein Land zurückgekehrt und hätte erzählt, daß man aus euren Bächen diesen gelben Sand waschen kann, so wäre es mit eurer Heimat aus gewesen. Scharen weißer Männer, für die der gelbe Sand das Wertvollste auf der Erde ist, hätten sich auf euer Land gestürzt, eure Weiden zertrampelt und niedergebrannt, die Rentiere ausgerottet und den Boden noch um das letzte gelbe Körnchen zerwühlt. Dann hätten sie sich geschlagen, aufeinander geschossen und vielleicht sogar eine große Schlägerei, einen Krieg, angefangen.«

»Wie ich gehört habe, fließt jetzt das Blut der Russen in Strömen«, bemerkte Ilmotsch. »Aber was du sagst, ist entsetzlich! Ist es wirklich wahr?«

»Ja«, sagte John. »Und ich beschwöre dich, keinem Weißen zu erzählen, was sich zugetragen hat. Und wenn wieder einer kommen sollte, der nach gelbem Sand sucht, so jagt ihn aus eurem Land, daß er bei der Flucht sogar die Hasen überholt. Sonst ist alles aus.«

Ilmotschs trunkenes Wohlgefühl wich der Besorgnis.

»Im Lager werde ich allen die Zungen abschneiden, wenn es sich so verhält!« rief er verstört. »Keiner soll wagen, auch nur daran zu denken!«

Früh am nächsten Morgen verließ John das Nomadenlager, von seinem Tundrafreund so reich beschenkt, daß der Schlitten die Last kaum trug.

Ilmotsch, der sich von dem Schreck des vorherigen Tages noch nicht erholt hatte, nahm John beiseite und raunte ihm mit geheimnisvoller Miene zu: »Ich habe mir das Gespräch von heute nacht gut gemerkt.«

Zwei Stunden später hatte John die heimatliche Siedlung erreicht, wo ihn die Familie vor der Jaranga vollzählig erwartete.

Jako freute sich über die Geschenke, Pylmaus Lächeln aber hatte etwas Ungewohntes. Gegen ihre sonstige Art zeigte sie sich befangen, so daß John sie am Abend fragte, was mit ihr sei.

»Wenn der Mann auf die Jagd oder auf Reisen geht«, begann Pylmau feierlich, »dann bangt die Frau um ihn, trägt sein Bild in ihrem Herzen und denkt schweigend an seinen Namen. Diesmal aber fiel es mir schwer«, schluchzte sie auf.

»Wieso?« fragte John verdutzt.

»Weißt du noch, was du auf dem Lagerplatz der Walrosse über deinen Namen gesagt hast?«

John erinnerte sich wohl und wollte schon sagen, sie solle sich über solche Nichtigkeiten nicht aufregen, doch besann er sich rechtzeitig. Anscheinend lagen die Dinge komplizierter. Für die Tschuktschen waren Name und Persönlichkeit identisch, was eigentlich logisch und gerechtfertigt war.

»Du mußt uns lehren, deinen Namen richtig auszusprechen«, forderte Pylmau. »Auch wenn es schwierig für uns ist, müssen wir es lernen. Wenn du dann zur Jagd oder auf eine weite Reise gehst, wird statt deines Rufnamens dein richtiger Name in meinem Herzen klingen.«

»Ja«, sagte John ernst. »Wir werden es üben, so daß du meinen Namen richtig aussprechen kannst.«

Mehrere Abende vergingen, bis Pylmau und der kleine Jako deutlich und richtig »John« sagen konnten.

Anfangs war es fremd für ihn, statt des gewohnten

»Son« klar und klangvoll »John« von den beiden zu hören, doch schnell gewöhnte er sich daran und vermochte jetzt von weitem zu unterscheiden, ob ihn einer seiner Angehörigen rief oder jemand anderes.

Eines Tages war der Winter da. Im Morgengrauen erwachte John vom Krachen der Eismassen, die die Küste erreicht hatten und sich auf dem schmalen steinigen Strand übereinanderschoben, als wollten sie ihn vor sich her in die Lagune stoßen. Als er ins Freie trat, schlug ihm ein starker Wind und Graupelschnee, hart wie Schrotkörner, entgegen: ein eisiger winterlicher Schneesturm.

John ließ die Hunde, die im Freien genächtigt hatten, in den Tschottagin, schloß fest die Tür, deckte mit dünnen Brettern die Ritzen im Dach aus Walroßhaut ab und kroch dann wieder in die Schlafkammer, in der drei Tranlampen Licht und Behaglichkeit verbreiteten, der kleine Bill-Toko gurrend mit Jako spielte und Pylmau sich lautlos und graziös bewegte – ein Traum im Polarnebel. Sie trug nichts als einen schmalen Gurt um die Hüften, und an den dunklen Spitzen ihrer Brüste hing ein Tropfen weißer Milch.

27

Die Sonne war verschwunden. Zum letztenmal hatte sie als roter Streifen hinter der gezackten Linie des Gebirgsrückens aufgeleuchtet, dann aber war die Morgenröte, ohne daß sich die Sonne selbst gezeigt hätte, in das Abendrot übergegangen, das später Mond und Sternen und dem flackernden Polarlicht Platz machte und verlosch.

Manchmal kehrte John spät von der See heim. An

windstillen Tagen wurden vor den Tschottaginen in Seehundfett schwimmende kleine Moosstücke angezündet, deren Schein flackernde Schatten auf den festgetretenen Schnee warf. Unter den vielen Leuchtfeuern, die den vom Meer heimkehrenden Jägern den Weg wiesen, fand jeder schon von weitem das seine heraus.

An Tagen aber, an denen John und seine Jagdgenossen die in der Tundra aufgestellten Fallen kontrollierten, trugen die Schlitten statt erlegter Seehunde Polarfüchse, Brandfüchse oder rauchfarbene Vielfraße heim.

Bei schlechtem Wetter versammelten sich Orwo, Tnarat und andere Einwohner von Enmyn bei John. Bis in die späte Nacht saßen sie beisammen, tranken Tee, erzählten sich alte Sagen, oder sie erkundigten sich bei John nach den Bräuchen und dem Leben der Weißen.

Mitunter staunte John, wie gut sich die Tschuktschen in der Tundra und auf offener See zurechtfanden und imstande waren, den gesamten Verlauf der Küste von Enmyn bis zur Beringstraße ziemlich genau zu beschreiben. Orwo, der auch die weiter südlich gelegenen Gebiete kannte, zeichnete sogar die Kaps und Lagunen auf dem langen Weg von Uellen bis Anadyr aus dem Gedächtnis auf. Von der übrigen Welt hatten die Tschuktschen Vorstellungen, die etwa denen über das Jenseits glichen.

An einem der langen Winterabende erzählte John seinen Besuchern, unter denen sich heute auch Ilmotsch befand, von der Erschließung Kanadas und den endlosen Kriegen zwischen Engländern und Franzosen um die Herrschaft in diesem Teil der Neuen Welt. Sein Tundrafreund ließ sich diesmal Zeit, seine Herde zum Waldstreifen zu treiben, er versuchte sogar, John zu einer Fahrt nach Keniskun, zu Mr. Carpenter, zu überreden, um mit ihm Handel zu treiben.

»Und noch eins«, berichtete John seinen sprachlosen Zuhörern. »Diese Menschen führten ihre Kriege, ohne danach zu fragen, ob es den Ureinwohnern recht war, daß sie in ihren Jagdgründen wüteten, Wälder niederbrannten und riesengroße Räderschiffe auf den Flüssen fahren ließen, in deren Kielwasser die getöteten Fische bäuchlings an der Oberfläche schwammen.«

»Was sind die Weißen doch für ein gewissenloses Volk«, meinte Tnarat bescheiden aus seiner Ecke.

»Gegen sie ist kein Kraut gewachsen«, äußerte Guwat, der auf einen Sprung hereingekommen war. »Wie die Läuse sind sie, man wird sie nicht wieder los. Da gibt es nur eins, die Kleider fortwerfen und sich kahlscheren. Doch schade um die Kleidung, und kahlscheren will sich auch niemand.«

»Du mußt es ja wissen«, meinte Orwo mißmutig.

Unter vier Augen mit John sagte Ilmotsch: »Ich weiß, für wen deine Erzählung bestimmt war. Ich schweige und habe den anderen befohlen, die beiden Weißen zu vergessen.« Schließlich ließ sich John von Ilmotsch überreden, nach Keniskun zu fahren, zumal auch die Vorräte der Enmyner an Patronen, Tabak und Tee zu Ende gingen. Hinzu kam, daß sich in diesem Jahr keine Händler in Enmyn hatten sehen lassen. Vermutlich störte sie Johns Anwesenheit, oder sie glaubten, die Geschenke des Canadian Sea Departements deckten den Bedarf der winzigen Siedlung. In Enmyn aber hatten sich beträchtliche Mengen an Weißfuchs-, Brandfuchs- und Vielfraßfellen angesammelt. Auch Walroßzähne gab es, und die Frauen hatten Hausschuhe aus Pelz genäht, die der Händler in Keniskun gern in Zahlung nahm. Orwo, den John aufgefordert hatte mitzufahren, lehnte ab und beauftragte Armol, seine Geschäfte wahrzunehmen.

Mitte Februar, als sich die Sonne wieder zeigte, machte sich der Schlittenzug in Richtung Beringstraße auf den Weg. Meist rasteten die Reisenden in kleinen Siedlungen, mitunter aber schlugen sie ihr Lager unmittelbar unter den blauen Felsen auf, kochten Tee und schabten gefrorenes Rentierfleisch.

Die Fahrt verlief angenehm und ohne Schneestürme; nur beim Überqueren der Koljutschinbucht kam ein starker Wirbelsturm auf. Aus Erfahrung aber wußte Tnarat, daß es in dieser schmalen Bucht immer stürmisch war.

Als Johns Tundrafreund fühlte sich Ilmotsch verpflichtet, stets an seiner Seite zu sein und auch mit ihm das winzige Zelt zu teilen. Sich krächzend hin und her wälzend, stellte er dann langatmige Betrachtungen darüber an, daß man bei Carpenter vor allem anderen erst närrisch machendes Wasser erstehen müsse.

»Früher kamen wir ohne das alles aus, und auch heute brauchten wir es nicht. Aber dieses böse, närrisch machende Wasser! Herz und Magen ziehen sich vor Sehnsucht nach ihm zusammen.«

»Wie kommt es, daß du das närrisch machende Wasser so liebst?« fragte John eines Tages. »Genügt es dir nicht, einfach zu leben?«

»Einfach lebt auch die Maus in ihrem Loch«, erwiderte der alte Mann nachdenklich. »Ich will nicht nur einfach leben, sondern noch etwas anderes fühlen. Und dieses andere gibt mir das närrisch machende Wasser.«

Im stillen dachte John, daß Ilmotsch ein richtiger Alkoholiker sei. Hätte er eine niemals versiegende Schnapsquelle besessen, so hätte er in ihr schon längst seine ganze tausendköpfige Herde ertränkt.

»Weißt du eigentlich«, fragte Ilmotsch listig, »weshalb Orwo nicht mitfahren wollte?«

»Nein, warum?«

»Er ist gekränkt und böse mit dir.«

»Und wieso?« forschte John verwundert. Orwo war in letzter Zeit tatsächlich verändert, was John auf seinen schlechten Gesundheitszustand zurückführte.

»Weil ich früher sein bester Freund war und jetzt dein Freund geworden bin... Ja, wir hielten echte Freundschaft miteinander«, erinnerte sich Ilmotsch. »Wenn ich ihn, jung und munter, damals besuchte, fragte er mich abends, mit wem ich diesmal schlafen wolle: mit Tscheiwuna oder Weemneut? Natürlich zeigte ich mich dafür erkenntlich, wenn er bei mir im Lager weilte, und einer der Söhne, die du vorhin sahst, ist sein Werk!« verkündete der alte Nomade mit gewissem Stolz.

»Es ist aber nicht schön, seine Freunde zu wechseln«, meinte John vorwurfsvoll.

»Man hat doch einen Freund nicht einfach so, ohne Grund, sondern zu seinem bestimmten Zweck«, entgegnete Ilmotsch offenherzig. »Als du in Enmyn bliebst, beschloß ich sofort, dein Tundrafreund zu werden. Bei wem holen sich die Menschen jetzt Rat? Bei dir. Früher gingen wir zu Orwo. Auch geht es in deiner Jaranga lustig zu: Du hast Kinder, Musik spielt, immer gibt es Tee und mitunter auch einen Schluck von dem närrisch machenden Wasser... Nein«, schloß der Alte entschieden, »Freundschaft halten muß man mit dir.«

»Hör zu, mein Freund«, erklärte John energisch. »Siedle gefälligst in Armols Zelt über. Tnarat kann zu mir kommen. Lange schon hatte ich den Verdacht, daß deine Freundschaft nicht uneigennützig ist, aber ich glaubte nicht, daß du das so offen zugeben würdest. Du bist mir ein schöner Freund!«

Zu spät erkannte Ilmotsch, daß er mit seinem Geschwätz alles verdorben hatte. »Du jagst mich also fort?« rief er, während er sich den weiten Rock aus Rentierfell überzog.

»Ich möchte nur, daß du den Platz räumst«, erwiderte John trocken.

»Was war denn bei euch los?« fragte Tnarat, der zu John ins Zelt gekrochen kam. »Ilmotsch kommt gerannt und brüllt mich an: ›Mach, daß du zu Son kommst! Ich mag nicht mehr in einem Zelt mit ihm schlafen! Er stinkt!‹ «

»Selbst wenn er es gesagt hat, macht es nichts«, erwiderte John undurchsichtig und drehte sich auf die andere Seite. Doch er fand keinen Schlaf. Ilmotsch hatte ihm die Augen geöffnet: Die Beziehungen zwischen den Menschen hier waren nicht so unkompliziert, wie er sie sich vorgestellt hatte. Unruhig wälzte er sich hin und her.

»Schläfst du nicht?« fragte er schließlich Tnarat.

»Wie soll man da einschlafen, wenn du dauernd mit dem Schnee knirschst«, meinte der Angesprochene unwirsch.

»Was ist eigentlich mit Orwo los?« fragte John. »Hat ihn seine Krankheit so verändert, oder habe ich recht, und es liegt an etwas anderem?«

»Der alte Mann wird schwach und kränklich«, erwiderte Tnarat. »Sein Pech ist, daß er keine eigenen Söhne hat, aber was hilft's. Er steht an der Schwelle des Alters, und ein Blick in die Zukunft hat ihm nichts Gutes verheißen. Er fürchtet sich und macht sich Sorgen. Die alten Freunde kehren ihm den Rücken, und neue bleiben aus. Unser Wind aber läßt den Einsamen frieren. Dabei ist er ein guter Mensch«, fügte Tnarat nach kurzem Schweigen hinzu, »der viel Gutes getan und viele vor Bösem bewahrt hat.«

In der Absicht, am Morgen nach Keniskun aufzubrechen, verbrachten sie die folgende Nacht in Uellen. Doch stellte sich heraus, daß Carpenter mit der halben Einwohnerschaft seiner Heimatsiedlung in Uellen eingetroffen war.

Er freue sich aufrichtig über Johns Ankunft, erklärte er, während er ihn umarmte und ihm auf die Schulter klopfte.

»Nach Keniskun fahren wir später«, sagte Carpenter. »Lassen Sie uns zwei Tage hierbleiben. In Uellen haben sich die besten Sänger und Tänzer der ganzen Küste von Enurmin bis zur Kreuzbai zu einem großen Fest versammelt. Wie zu einer richtigen Christmas! Es wird Ihnen nicht leid tun, dabeigewesen zu sein«, redete er John zu, der ihm nicht widersprach, sondern sich freute, daß er die vielgerühmten Tänze und Gesänge der Tschuktschen und Eskimos sehen und hören konnte.

Trotz aller Einwände quartierte Carpenter John in seine Schlafkammer ein, die er in der Jaranga des wohlhabenden, ortsansässigen Tschuktschen namens Gemalkot, eines Freundes und entfernten Verwandten, allein bewohnte.

Die Jaranga war stabil, wenn nicht für ein Jahrhundert, so doch für viele Jahrzehnte gebaut. Sie besaß einen geräumigen, dreiteiligen Tschottagin: den eigentlichen Tschottagin, in dem sich die Hunde wärmten, mit Fässern voll Tran und eingesäuertem Grünzeug an den Wänden und einer Feuerstelle aus flachen Steinen. Der zweite Tschottagin grenzte an die Schlafkammern. Hier wurde gegessen, Fell und Leder bearbeitet und in steinernen Mörsern Walroß- und Seehundspeck zerstampft. Im dritten Tschottagin befanden sich die unverkennbaren Beweise der Bekanntschaft des Hausherrn mit Mr. Carpenter: Feuerwaffen, winterliche Jagdausrüstungen und sogar eine kupferne Harpunenbüchse für die Walfischjagd, die wie eine winzige Kanone aussah. Carpenters Schlafkammer befand sich in diesem Gästezimmer, und der Hausherr pochte stets höflich an die kleine Eingangspforte, wenn er diesen Teil des Tschottagin betrat.

Gemalkot war ein stattlicher, selbstbewußter Mann mit einer grauen Strähne im Haar und bis auf einen Schnurrbart glattrasiert. Er sprach recht gut englisch und hatte, wie Carpenter erzählte, wiederholt die Vereinigten Staaten bis San Francisco bereist.

Gleich am ersten Abend brachte Carpenter das Gespräch auf ein Thema, das John am meisten befürchtet hatte.

»Ich habe zwar noch keine authentischen Angaben«, begann er halblaut, »aber das Gerücht geht, daß man endlich Gold auf der Tschuktschenhalbinsel gefunden hat. Erfahrene Prospektoren aus Alaska waren hier und haben diesbezüglich die hoffnungsvollsten Prognosen gestellt. Machen Sie sich ein Bild, was los ist, wenn es sich bestätigen sollte. Wir beide, John, sind die ersten! Die Russen haben im Augenblick andere Sorgen, als sich um den Norden zu kümmern. Sie sind im Krieg und haben, wenn ich recht unterrichtet bin, eine Niederlage erlitten, kein Wunder, wo die Frau des russischen Zaren eine Verwandte des deutschen Kaisers ist! Die nördlichen Gebiete werden also vermutlich Amerika oder Kanada zufallen, was im Grunde dasselbe ist. Was sagen Sie dazu, teurer Freund John?«

Carpenters Sermon erinnerte ihn irgendwie an Ilmotsch.

»Weshalb, Mr. Carpenter, fragen Sie nicht Gemalkot oder Ilmotsch?« erwiderte John. »Sie sind doch die Herren dieser Länder und haben zu entscheiden!«

»Lassen wir das, lieber John. Wir sind weder Kinder noch Delegierte eines Wohltätigkeitskongresses.«

»Noch einmal, Mr. Carpenter, ich habe mich aus freien Stücken entschlossen, mit diesem Volk zu leben«, entgegnete John, »und ich werde es mit aller Energie gegen Anschläge Fremder auf die ober- und unterirdischen Reichtümer seiner Länder schützen.«

»Niemand plant einen Anschlag auf ihre Länder oder ihre Lebensweise«, erwiderte Carpenter geduldig. »Sollen sie in Gottes Namen Rentiere hüten, Walrosse jagen und Weißfüchse fangen. Niemand will sich in ihre inneren Angelegenheiten mischen. Aber wir wären ausgemachte Dummköpfe, wenn wir zuließen, daß Dritte in den Besitz des Goldes, hören Sie, John MacLennan, des Goldes, kämen. Offen gesagt, gebührt uns Pionieren des Nordens, die seinem rauhen Klima trotzten, Freundschaft mit den Völkern schlossen und ihr Vertrauen gewannen, ein gewisses Anrecht auf eine Belohnung.«

»Wir sprechen verschiedene Sprachen, Mr. Carpenter«, versuchte John den Redestrom des Händlers zu unterbrechen, doch dieser winkte unwillig ab. »Ich kenne Ihre Ansichten und bin im Leben schon vielen Sonderlingen begegnet, beim Anblick von Gold aber verwandelten sich alle in ganz gewöhnliche Menschen. Soll ich Ihnen etwas zeigen?«

Mit einer Bewegung, mit der die Tschuktschen ihren Tabaksbeutel hervorholen, zog Carpenter einen Lederbeutel aus der Brusttasche und schüttete, nachdem er sich vergewissert hatte, daß niemand sonst zugegen war, ein Häufchen gelber Krümel, die Ilmotsch als getrockneten Säuglingskot bezeichnet hatte, auf seine Hand.

»Was sagen Sie nun?« triumphierte er und führte die Hand ans Licht.

John war selbst erstaunt, daß der Anblick des goldenen Sandes ihn so wenig beeindruckte. Er erinnerte ihn nur an längst vergangene Zeiten, als er bei den Vorbereitungen zu seiner weiten Reise davon geträumt hatte, als wohlhabender Mann nach Port Hope zurückzukehren. Als erste von vielen Möglichkeiten der Bereicherung hatte er damals an Carpenters Methode gedacht: Gold in einem Bach der Tundra zu waschen.

Spontan rief er: »Ich weiß, woher Sie es haben: aus den Bächen, die in den Ionisee münden.«

Wie von der Tarantel gestochen, fuhr der Händler herum.

»Woher wissen Sie das? Der Mann schwor mir, niemand außer ihm wüßte von den Schätzen des Ionisees«, sagte er erschreckt.

»Auch das bestgehütete Geheimnis wird einmal entschleiert«, belehrte ihn John. »Vorläufig werde ich das Ganze für mich behalten, sollten Sie sich aber einfallen lassen, großangelegte Schürfungen oder ähnliches zu betreiben, müssen Sie sich selbst die Schuld geben, wenn die Tschuktschen Sie aus dem Land verjagen.«

»Diese Sprache habe ich von Ihnen nicht erwartet«, murmelte der Händler.

An diesen klaren Frosttagen herrschte auf den Straßen von Uellen ein solches Gewimmel, daß die Hunde nicht wußten, wen sie zuerst anbellen sollten. Neben den großen Schollenbergen, die im vergangenen Sommer weder Wind noch Strömung in den Stillen Ozean tragen konnten, hatten die Angereisten einen Parkplatz für Hundegespanne eingerichtet und die Tiere an eingefrorenen Stökken festgebunden.

In allen Jarangas brannten die Feuer. Mahlzeiten wurden zubereitet und zahllose Tassen Tee getrunken. Carpenter hatte geschäftstüchtig in Gemalkots Jaranga einen kleinen Laden eröffnet, in dem er mit Ziegeltee, Zucker und Sirup handelte. Da auch Patronen, Pulver und Schrot bei den Jägern sehr gefragt waren, mußten Schlittengespanne Nachschub an Waren aus Keniskun heranschaffen.

Er sprach John gegenüber nie mehr vom Goldsand und war betont höflich und aufmerksam.

Am festgesetzten Tag versammelten sich Gäste und Gastgeber in einem Holzhaus, das die Russen vor kurzem als Schule oder Verwaltungsgebäude errichtet hatten, jetzt jedoch wegen der Kriegsereignisse leerstand und mit Erlaubnis des Gemeindevorstehers als Theater benutzt werden sollte.

Die winterliche Sonne schien durch die Fenster, es roch nach frischer Farbe, die Dielen knarrten, Türen schlugen: Alles war voller Geräusche, die John bereits ungewohnt waren und die in dieser Umgebung mit den Tschuktschen und Eskimos in ihren Pelzröcken, buntfarbigen Kamleikas und perlenbestickten Pelzstiefeln fremd wirkten. Staunend blickten die Gäste in die Runde, tippten mit dem Finger an die gestrichenen Wände und Fensterscheiben und betrachteten verwundert den Boden zu ihren Füßen, der aus Holz war wie das Deck eines Schiffes.

Tschuktschen und Eskimos ließen sich auf dem Fußboden nieder, da er noch sauber war und rot leuchtete, während sich die Sänger und Tänzer auf einem niedrigen Podest im Nebenzimmer aufstellten, das durch eine verschiebbare Sperrholzwand abgetrennt war.

Die Uellener, die als erste auftraten, sangen und zeigten Gruppentänze der Frauen. Bewegt schaute John den Darbietungen zu.

Vor wenigen Jahren noch hätte er die Tänze und Gesänge bestenfalls für Fachleute interessant gefunden. Heute aber rührten sie ihn tief, besonders die Lieder, die fast ohne Worte nur Melodie waren, klang doch aus ihnen das Brausen des Wintersturmes, das Rascheln des Tundragrases im Sommerwind, ein tosender Wasserfall, die Wolkenschatten auf dem Meer, das Klirren des Eises und vieles andere: eben das Leben in seiner ungeheuren Vielfalt und großartigen Einfachheit.

Zärtlichkeit lag in den Bewegungen der Frauen, wie sie sich fremden Blicken sonst nie zeigten. Es war, als freuten sie sich, mit ihren geschmeidigen Körpern Gefühle und geheime Wünsche auszudrücken. Schamhaft hielten sie dabei die Wimpern gesenkt.

John dachte beim Anblick der tanzenden Frauen an Pylmau, an ihre schmalen, schräggestellten Augen, ihre warme, schmeichelnde Stimme und ihre Fürsorge.

Plötzlich wußte er, daß ihn nichts mehr von diesem Land und seinen Menschen, die ihm zu Freunden und Brüdern geworden waren, fortbringen würde.

Ein Jüngling, fast noch ein Knabe – der berühmte Eskimotänzer und Schöpfer zahlreicher Lieder und Melodien, Nutetein –, tanzte nach einem Lied über eine Möwe, die der Sturm auf hoher See überrascht hatte. Es ging nicht um die Möwe, sondern um alle die, deren Leben ruhelos und voller Stürme war und die trotzdem die Hoffnung nicht aufgaben, das rettende Ufer zu erreichen. Das Lied bestand nur aus wenigen Worten, sie aber drückten das Wesentliche aus, und so war das Ganze echte, ursprüngliche Poesie. Poesie liegt in der Beschränkung auf das Notwendigste an Worten, dachte John.

Nach Nutetein betrat Atyk, ein Sänger, Tänzer, Dichter und Musiker aus Uellen, die Bühne. John war überrascht von der Schönheit des jungen Mannes – der männlichen Schönheit seines klugen, energischen Gesichts, das vor Begeisterung, Poesie und Lebensfreude strahlte.

Applaus war in diesem Saal nicht üblich, aber Carpenter konnte sich fremden Bräuchen nicht unterordnen und klatschte laut Beifall.

»Da liegt was drin, sage ich Ihnen! Das hat es in sich!« wandte er sich lauthals an John. »Da hört man diese ungekünstelten, einfachen, an Wolfsgeheul erinnernden Lieder und spürt plötzlich, wie sie einen bewegen und ans Herz greifen.«

»Das ist eben wirkliche Kunst, echte Kunst!« erwiderte John.

»Das ist wohl auch wieder übertrieben«, bemerkte Carpenter. »Allerdings bin ich mit Ihnen insofern einer Meinung, als einige Tänze Keime einer Kunst enthalten, die, bearbeitet und für unsere Musikinstrumente eingerichtet, sich sogar in den Staaten hören und sehen lassen könnten.«

»In den Staaten haben sie nichts zu suchen«, fiel John dem Händler scharf ins Wort. »Lieder und Tänze sollten hierbleiben, weil sie nur hier verstanden und nachempfunden werden.«

»Kann sein, daß Sie recht haben«, lenkte Carpenter ein, dem vor allem an einem guten Verhältnis zu John zu liegen schien. Im stillen aber war der alte Handelsmann verdrossen, weil er sich von diesem »fingerlosen Bengel« immer irgendwie beschämt fühlte.

Gegen Abend verlagerte sich das Fest auf die verschneite Weite der Uellener Lagune, wo Läufer mit eisenbeschlagenen Stöcken zu einem Wettlauf über fünfzehn Meilen starteten. Für den Sieger hatten die Rentierzüchter mehrere Rentierkalbfelle gestiftet, Carpenter aber, der

Hauptlieferant der Preise, hatte für ihn eine flache Flasche Whisky in den Schnee gesteckt.

In einer anderen Gruppe rang man um die Wette. Nackt bis an die Hüften, erhitzt und in der eisigen Luft dampfend, versuchten die Kämpfer ihre glatten, kräftigen Körper zu umschlingen.

»Gibt es in Uellen mehr solcher fröhlichen Zusammenkünfte?« erkundigte sich John bei Gemalkot.

»In ruhigen Wintern jedes Jahr«, gab der Gefragte bereitwillig Auskunft. »Aber Sie müßten im Sommer kommen, Mitte des Sommers, da sind unsere Feste am schönsten. Sogar aus Nome kommen Besucher, und natürlich auch von den Inseln der Beringstraße. Hier, an der Küste, entsteht dann ein neues Uellen . . . Kommen Sie«, wiederholte er. »Wenn sich nach der Frühjahrsjagd das Walroß auf der Suche nach einem Lagerplatz in Scharen sammelt, dann treffen wir uns hier.«

»Ich komme bestimmt«, versprach John.

Im Mondschein ging die Feier weiter. Schemenhaft tauchten die Läufer auf, glitten lautlos über den mondlichtüberfluteten Schnee und nahmen Gestalt an.

Sieger wurde ein Hirt aus der Kytrynsker Tundra, der blitzschnell die Flasche aus dem Schneehaufen zog und federnd zu seiner Jaranga ging, gefolgt von den Gastgebern und den neidischen Blicken der Zuschauer.

John und Carpenter folgten Gemalkot in seine Behausung.

»Dieses Volk hat eine gesunde und richtige Einstellung zum Leben«, sagte John, tief beeindruckt von dem Gesehenen und Gehörten. »Es braucht keine künstlichen Aufpeitschmittel.«

»Vielleicht haben Sie recht«, erwiderte Carpenter zurückhaltend. »Oft sind sie aber nicht imstande, Wertvolles von Wertlosem zu unterscheiden. Daher brauchen sie Leute wie uns, die ihnen sozusagen einen vernünftigen Kontakt zur Welt der Weißen, wie sie uns nennen, vermitteln. Wissen Sie übrigens, daß seit Eröffnung meines Ladens räuberische Überfälle von Handelsschonern auf diese Küsten aufgehört haben? Jetzt hat hier die Firma des russischen Händlers Karajew ihre Tätigkeit aufgenommen. Nach langem Überlegen bin ich zu dem Schluß gekommen, daß man mit den russischen Behörden zusammenarbeiten muß. Es ist unumgänglich, um so mehr, als sie nicht vorhaben, sich in die Geschäfte unserer Firma einzumischen.«

»Ich weiß nicht, warum Sie mir das alles erzählen«, meinte John achselzuckend.

»Entschuldigen Sie. Aber ich halte Sie für einen kultivierten, gebildeten Menschen«, erwiderte der Händler höflich. »Sie haben erklärt, Sie wollten Ihr Leben dem Wohl des Tschuktschenvolkes widmen, und ich möchte Ihnen vorschlagen, unsere diesbezüglichen Bemühungen zu vereinen.«

»Ich fürchte, ich kann Ihnen in keiner Weise von Nutzen sein«, antwortete John, »denn ich lebe wie alle Tschuktschen und Eskimos ausschließlich von der Arbeit meiner Hände. Das Meer und die Tundra ernähren und kleiden uns. Soviel ich weiß, gehen Sie weder auf Jagd, noch legen Sie Netze aus oder stellen Fallen. Ihre einzige Beschäftigung ist der Handel, mich aber unterscheidet von der einheimischen Bevölkerung nur die Hautfarbe.«

»Und Ihre Bildung«, ergänzte Carpenter.

»Weshalb bitten Sie gerade mich um Hilfe und nicht Gemalkot oder Tnarat? Ich bin nämlich genauso ein Eingeborener wie sie!« wiederholte John ablehnend.

Carpenter erwiderte nichts, doch in seinem Schweigen lag hilflose Wut.

»Na schön«, murmelte er zwischen den Zähnen. »Es stimmt schon, wir sprechen verschiedene Sprachen.«

Am Tag darauf machte sich die Schlittenkarawane aus Enmyn auf den Weg nach Keniskun, wo die Männer die notwendigen Einkäufe tätigten und zum Abschied im Thermalbad badeten. Dann traten sie die Rückreise auf abgekürztem Weg durch die Tundra mit Kurs auf die Koljutschinbucht an.

Vierzehn Tage später erreichten die vollbeladenen Gespanne Enmyn von der Ostseite, wo man sie vor jeder Jaranga erwartete.

28

»Das Jahr 1917 ist angebrochen«, schrieb John MacLennan in sein Tagebuch, »in einer hellen und klaren Nacht, im Schein des wogenden Polarlichts und dem Blinken übergroßer Sterne. Hier herrscht ein anderer Lebenszyklus und -rhythmus. In meiner Jaranga zwitschert ein neues Wesen – meine Tochter Sophie-Ankanau MacLennan. Sie wurde in der Zeit der Herbststürme geboren, worauf Pylmau die ungewöhnliche Helle ihrer Haut zurückführt.«

Im Tschottagin vernahm man ein Trampeln.

»Ich bin's«, erwiderte Tnarat auf Johns Anruf und steckte den runden, glattgeschorenen Kopf durch einen Spalt des Fellvorhangs.

Neugierig sah er John bei seinen Tagebucheintragungen zu.

»Schöne Zeichen malst du da!« meinte er beifällig.

»Weißt du auch, daß heute ein neues Jahr angefangen hat?« fragte John mit einem Anflug von Feierlichkeit.

»Was du nicht sagst!« staunte Tnarat und sah sich aufmerksam um, vielleicht war das neue Jahr so mir nichts, dir nichts in die Jaranga gekommen und hielt sich in einem Winkel verborgen.

Doch in der Schlafkammer gab es nichts Neues oder Auffälliges. In einer Ecke gab Pylmau dem Kind die Brust, gleichzeitig richtete sie die Flamme der Tranlampe unter dem tiefhängenden Teekessel. In der anderen Ecke fügten Jako und Bill-Toko auf dem Fußboden aus Walroßhaut und kleinen Seehundzähnen komplizierte Ornamente zusammen. An einem Eckpfosten hing der fettglänzende Hüter des häuslichen Herdes und am anderen das Waschgestell.

»Das Jahr 1917 ist angebrochen«, fuhr John fort, bemüht, im Kopf auszurechnen, wie oft die »Zwanzig« in eintausendneunhundert enthalten ist.

»So oft?« staunte Tnarat. »Ich habe schon davon gehört, daß die Weißen die Jahre zählen«, fügte er nachdenklich hinzu, »wie sie es aber fertigbringen, in der Polarnacht das neue Jahr kommen zu sehen, begreife ich nicht. Das ist doch bestimmt nicht leicht?«

Schon wollte ihn John über Zeitrechnung und Kalender belehren, da die Erklärungen aber Stunden in Anspruch genommen hätten, wechselte er das Thema. Im übrigen hätte er bei Tnarat kaum Verständnis für die Notwendigkeit exakter Zeitrechnung gefunden, besonders nicht an solch einem Winterabend, an dem die Zeit stillzustehen schien.

»Darf ich mal hineinschauen?« fragte Tnarat und griff nach dem Notizblock. Mit demselben konzentrierten Gesichtsausdruck wie seinerzeit Orwo betrachtete er die beschriebenen Blätter, als verstünde er, was da geschrieben stand. Er gab den Block zurück.

»Wie gern würde ich es lernen!« seufzte er, als wäre es ein langgehegter Wunsch. »Es muß ein seltsames Gefühl sein, wenn man sein Geschriebenes verstehen kann und das gesprochene Wort zurückkommen läßt, als schaue man sich nach seinen eigenen Gedanken um.«

»Aber ich schreibe nicht in der Tschuktschensprache, sondern in meiner eigenen«, bemerkte John. »Wenn eure Sprache Zeichen hätte, würdest du sie ohne weiteres zeichnen und verstehen, wie du auch Spuren im Schnee liest.«

»Es kann doch nicht so schwer sein, sich Zeichen für unsere Sprache auszudenken?«

»Sicher nicht«, stimmte John zu, »aber dazu müssen die Gelehrten eure Sprache gründlich studieren.«

»Wozu das?« meinte Tnarat. »Es genügt doch, wenn wir sie beherrschen.«

»Ich zweifle nicht daran, daß ihr eure Sprache beherrscht, das heißt sie sprechen könnt. Aber um einer Sprache Zeichen zu geben, muß man ihren Aufbau kennen. So hat zum Beispiel jeder Küstenbewohner schon mal ein Rentier gesehen, aber wie es innen aussieht, weiß nicht jeder.«

»Um das zu erfahren, muß man es töten«, meinte Tnarat. »Und die Sprache? Läßt sich die etwa töten? Dann müßte man ja erst alle die töten, die sie sprechen.«

»Man muß nicht unbedingt eine Sprache töten, um sie zu erlernen«, erwiderte John. »Ich spreche und denke in der Tschuktschensprache und kann außerdem deinen Namen in englischer Schrift schreiben.«

»Versuch's doch mal!« bat Tnarat eindringlich.

Auf ein sauberes Blatt des Notizblocks malte John groß und deutlich Tnarats Namen.

Der Tschuktsche ergriff das Papier und betrachtete

lange jeden einzelnen Buchstaben, als suche er in ihnen das Abbild der eigenen Gesichtszüge.

»Gar keine Ähnlichkeit«, meldete sich Pylmau, die Tnarat neugierig über die Schulter geguckt hatte.

»Wieso nicht?« fragte der gekränkt.

»In der Mitte wölbt sich etwas vor, in Wirklichkeit bist du aber gut gewachsen.«

»Du kannst recht haben«, stimmte Tnarat zu. »Auf den ersten Blick sieht man, daß keine Ähnlichkeit besteht. Man spürt, daß es mit fremden Buchstaben geschrieben ist«, seufzte er. »Ja, wenn es unsere Buchstaben wären ... Hier sehe ich aus, als hätte ich mich als weißer Mann verkleidet«, dabei tippte er vorsichtig gegen den Block.

Als Tnarat eines Tages mit einer scharfen Klinge die frostharte Haut eines großen Kymgyts zerteilte, um die Hunde zu füttern, betrachtete er lange sein Familienkennzeichen: die stilisierte Darstellung zweier gekreuzter Riemen.

Er unterbrach seine Arbeit, als John ebenfalls einen Kymgyt an einem kurzen Bootshaken heranschleppte, und betrachtete aufmerksam das Kennzeichen »J«.

Nachdem er genügend Futter für die eigenen und Johns Hunde zerteilt hatte, wandte er sich an John: »Könntest du mir nicht die Sprache der weißen Männer, deine Muttersprache, beibringen, Son?« Dabei blickte er wie ein ertappter kleiner Junge verlegen auf seine Füße.

»Gern«, erwiderte John erfreut. »Dann haben wir sogar eine Beschäftigung für die langen Winterabende. Du kannst sprechen, schreiben und die Zeichen gleichzeitig unterscheiden lernen.«

»Das wäre wunderbar. Ich wage nicht mal davon zu träumen.«

»Schon heute abend beginnen wir«, sagte John entschieden.

Tnarat eilte nach Hause, um sich umzuziehen. Als er etwas später zurückkam und die Pelzjacke ablegte, entfuhr Pylmau ein Ausruf des Entzückens: Tnarat hatte eine orientalische Bluse über seinen breiten Brustkasten gestreift. Sich das Lächeln verbeißend, schloß sich John den Begeisterungskundgebungen seiner Frau an.

Papier und Bleistift lagen schon bereit. Nach einigem Überlegen beschloß John, der sich noch nie als Lehrer betätigt hatte, mit den Vokabeln aus der unmittelbaren Umgebung anzufangen.

»Man!« sagte er und deutete auf Tnarat.

Tnarat erschrak, nahm sich aber zusammen und nickte bejahend.

»Woman!« rief John auf Pylmau deutend, die sich wieder ihrer Tranlampe zugewandt hatte.

»Woman«, wiederholte Tnarat; dabei stützte er sich vor Aufregung so fest auf den Bleistift, daß die Spitze abbrach. Etwas dumm sah er dem herunterrollenden Stückchen Graphit nach, schlug sich mit geballten Fäusten vor die Stirn und rief: »Was hab' ich angerichtet! Zerbrochen! Ich hab' mit meinen Tatzen ein so zartes, kleines Ding zerbrochen!«

»Reg dich nicht auf, Tnarat, wir spitzen den Bleistift wieder an«, beruhigte ihn John. Er sprach ihm die Worte möglichst laut vor, weil er annahm, sie prägten sich so besser ein. Nachdem er seinem von der geistigen Anstrengung schon schwitzenden Schüler alle in der Jaranga vorhandenen Gegenstände zugerufen hatte, fragte er die Vokabeln ab. Dabei zeigte Tnarat ein ausgezeichnetes Gedächtnis; er sprach die gelernten Wörter in fast fehlerfreiem Englisch aus.

Als John fortfahren wollte, bat Tnarat um einen Schluck Wasser.

Gierig leerte er eine große Schöpfkelle und erbat noch eine zweite. Auf seiner seidenen Bluse zeigten sich dunkle Schwitzflecke.

Danach malte John seinem Schüler ein paar Buchstaben des Alphabets vor, die Tnarat auch ziemlich deutlich, sogar mit den Mängeln in der Vorlage seines Lehrers, nachbildete.

»Ausgezeichnet!« lobte John. »Und jetzt wollen wir lernen, wie man diese Buchstaben ausspricht.«

Jako hatte sich zu Tnarat gesetzt. Aufmerksam hörte er dem Stiefvater zu und wiederholte, lautlos die Lippen bewegend, was dieser vorsprach.

»Gib dem Kind Papier und Bleistift«, setzte sich Pylmau für den Sohn ein. »Laßt ihn mitspielen. Mit euch zusammen macht es ihm mehr Spaß.«

Tnarat wurde rot; er empfand, daß er sich auf etwas völlig Nutzloses eingelassen hatte, das er nie gebrauchen würde. Sollte er mit seinen Stammesgenossen englisch sprechen? Für den Verkehr mit den Weißen aber genügten Orwos Sprachkenntnisse, außerdem hatten sie jetzt Son als besten Dolmetscher. Wozu da noch lesen und schreiben lernen? Was Pylmau sagte, stimmte: Es war nichts als Spielerei.

»Du hast recht, er soll es auch lernen«, stimmte John seiner Frau zu. »Lesen und Schreiben sind aber nicht überflüssig, wie du denkst. In der Welt, aus der ich komme, geht es ohne Lesen und Schreiben nicht.«

»Aber hier?« entgegnete Pylmau.

»Meinst du nicht, daß die Frau etwas zuviel redet?« wandte sich John an Tnarat.

»Da hast du recht«, stimmte der zu.

Ohne weitere Störung beendeten sie den Unterricht. Jako gab sich große Mühe, den Bleistift richtig zu halten. Wie John feststellte, waren seine beiden Schüler ungefähr gleich begabt, nur besaß Jako eine etwas bessere Auffassungsgabe als sein Mitschüler.

An jedem arbeitsfreien Abend, an dem die Männer frühzeitig von der Jagd heimkehrten, tat sich in Johns Jaranga die seltsame Schule eines Lehrers mit zwei Schülern zusammen.

Der Frühling kam und nach ihm ein arbeitsreicher Sommer. Im Herbst gingen sie wieder auf Walroßjagd, nachdem sie diesen Sommer ungewöhnlich viele Schoner von dem Lagerplatz hatten vertreiben müssen. Von den Weißen kam die Nachricht über eine Revolution in Rußland und eine neue Macht.

»Was bedeuten diese Gerüchte?« wollte der beunruhigte Orwo wissen.

Aber John hatte selbst nur unklare Vorstellungen vom Geschehen in Rußland. Im Leitartikel einer zwei Monate alten Zeitung, die er sich von einem vorübersegelnden Schoner der Hudson's Bay Company beschafft hatte, hieß es, der Zar sei abgesetzt und Rußland habe einen parlamentarischen Weg beschritten. Auch von einem Kampf der Parteien innerhalb des Landes und rätselhaften Bolschewiki, geführt von einem gewissen Lenin, war die Rede. Und John verstand nicht, daß das Riesenreich trotz der welterschütternden Ereignisse in seinem Innern den Krieg gegen Deutschland weiterführte.

»Sie haben den Beherrscher der Sonne abgesetzt«, erklärte John kurz.

»Er saß aber doch so fest auf seinem goldenen Thron«, meinte Orwo kopfschüttelnd. »Vor ein paar Jahren, bevor du zu uns kamst, sagte ein russischer Popenschamane, der unsere Siedlung besuchte, der russische Zar sei die höchste Macht der Erde. Er säße so fest auf seinem goldenen Thron, daß ihn niemand von dort vertreiben könne. Der Beherrscher der Sonne verkehre mit Gott selbst ...«

»Wie du siehst, mußte er trotzdem von seinem goldenen Thron herabsteigen«, erwiderte John.

»Und warum hat man ihn abgesetzt?«

»Wahrscheinlich wollten außer ihm noch andere das Reich regieren.«

»Seltsame Leute. Als ob sie nicht genug eigene Sorgen hätten«, meinte Orwo abschätzig. »Der Zar machte alles so gut und hatte außerdem große Erfahrung. Ihn abzusetzen war ein Fehler.«

»Wie kommst du darauf, der Zar habe alles gut gemacht?« fragte John.

»Wieso denn nicht? Er hat nicht darauf bestanden, daß wir seine Götter anerkennen. Im Unterschied zu unseren Nachbarn, den Jakuten, waren wir außerdem vom Jassak befreit und zahlten freiwillig, jeder, soviel er wollte. Ist das etwa schlecht?«

»In dieser Beziehung«, gab John zu, »war der Zar für die Tschuktschen tatsächlich der richtige Mann.«

Die Ironie in Johns Bemerkung entging Orwo. »Wer weiß«, sagte er, »was uns die neuen Machthaber bringen. Vielleicht wird es uns schlechtgehen.«

John hatte dem nichts entgegenzusetzen, tröstete ihn aber damit, daß viel Zeit vergehen würde, bis die neuen Machthaber ins Tschuktschenland vordrängen.

Das Gespräch führten sie zu Beginn des Winters, als das Meer von Eis bedeckt war und die Tage immer kürzer wurden, als schnitte ein Riese täglich ein Stück von der kalten Wintersonne ab. Ein neuer Winter in Johns Leben brach an. Doch er fürchtete ihn nicht, auch die Nachrichten von nahenden Unwettern, zugefrorenen Flüssen, dem Steigen des Ufereises und der sich damit immer weiter vom Kontinent entfernenden Linie des Treibeises beunruhigten ihn nicht.

Jako und Tnarat brachten bereits englische Worte zu Papier und benutzten in der Anrede und im Gespräch mit ihrem Lehrer scherzhaft die erlernten Ausdrücke, bis Tnarat eines Tages niedergeschlagen bei John erschien.

»Was hast du?« fragte John.

»Ich will es dir schon lange sagen«, begann Tnarat verlegen, »hatte aber Angst, du würdest mich nicht mehr unterrichten ... Als sie erfuhren, daß ich bei dir lerne, die Spuren menschlicher Rede auf das Papier zu bringen und zu unterscheiden, lachten sie über mich. Auch Orwo, der mich heute fragte, ob ich wirklich lesen und schreiben bei dir lerne, lachte mich aus, als ich bejahte und ihm zeigte, was ich schon gelernt habe. Er überlegte und meinte, du hättest selbst gesagt, es käme nichts dabei heraus. Lesen und schreiben sei für die Tschuktschen überflüssig und unserem Volke so fremd wie helle Haut und blondes Haar. Hast du das wirklich gesagt?«

»Ja. Aber ich meinte damals, es führt einfach zu nichts, wenn alle Tschuktschen lesen und schreiben lernen.«

»Und wie denkst du jetzt darüber?«

»Das ist immer noch meine Meinung.«

»Warum aber bringst du es mir und Jako bei?«

»Wenn ihr beide lesen und schreiben könnt, schadet das niemand.«

»Der Schaden ist schon da«, erklärte Tnarat. »Alle lachen über mich, wenden sich verächtlich ab und wittern etwas Böses hinter meinem Wunsch, die Sprache der Weißen zu erlernen.«

»Du willst also nicht weiterlernen?« fragte John.

»Das habe ich nicht gesagt.«

Tnarat befand sich in solch einer Bedrängnis, daß er wie gewohnt die Pelzmütze vom Kopf nahm und mit ihr den Schweiß von der Stirn wischte.

»Gut wäre es, wenn du allen, die es wünschen, das Lesen und Schreiben zeigen würdest«, brachte er schließlich heraus.

John überlegte. Er kannte seine Siedlungsgenossen. Eifersüchtig aufeinander, würde jeder lernen wollen, nach dem Beispiel Jakos sogar die Kinder. Folglich müßte er eine regelrechte Schule eröffnen und seine ganze Zeit der Ausbildung von Enmyns Bewohnern widmen. Wer aber sollte jagen gehen und Waren aus dem entfernten Keniskun holen? Außerdem gab es weder Papier noch Schreibmaterial, ganz zu schweigen von Lehrbüchern. All das gab er Tnarat schließlich ruhig zu bedenken.

»Überlegen wir doch mal, wozu das Ganze nutze ist«, sagte er. »Weder auf der Jagd noch bei der Hausarbeit braucht der Tschuktsche die Kunst des Lesens und Schreibens. Sie nimmt ihm nur Zeit und weckt Wünsche, die ihn beunruhigen und vom täglichen Leben ablenken.«

»Da hast du recht!« rief Tnarat fast erfreut. »Ich denke, es ist genug. Wir haben unser Vergnügen gehabt, und jetzt Schluß damit. Uff, mir ist wohler«, sagte er und öffnete den Kragen seiner Pelzjacke.

Daß Tnarat so mühelos verzichtete, stimmte John traurig. Tnarat war in einer Jaranga aufgewachsen, er mußte ständig auf der Suche nach Nahrung und Wärme sein. In ihm erkannte John Begabung und Originalität. Was er in die Hand nahm, gewann an Stärke, Schönheit und Eigenständigkeit. Bei alledem aber war Tnarat uneigennützig und genügsam. Weder legte er Vorräte an wie Armol, noch hielt er einen zweiten Schlitten und überzählige

Hunde. Alles Überflüssige, was ihm in die Hände kam, verschenkte er leichten Herzens an seine Nachbarn, vor allem an den armen, leichtsinnigen Guwat.

Eine Zeitlang beschäftigte sich John noch mit dem kleinen Jako weiter, dann stellte er den Unterricht sang- und klanglos ein. Sogar das Tagebuch geriet in Vergessenheit, bis zu dem denkwürdigen Tag, an dem Mr. Carpenter, aufgeschreckt und verwirrt, bei ihm erschien.

29

Im leuchtenden Schneegestöber kam er morgens in Johns Jaranga gestolpert. Umständlich klopfte er den Schnee von den Pelzstiefeln und der Pelzjacke und entfernte die Eiszapfen aus seinem Bart.

»Die Bolschewiki haben die Macht ergriffen!« schrie er John verzweifelt ins Gesicht.

»In Rußland haben Lenin und die Bolschewiki die Regierungsgewalt übernommen!« wiederholte er, als John verständnislos mit den Achseln zuckte. »Begreifen Sie das?«

»Das ist es eben, ich begreife gar nichts«, erwiderte John ruhig. »Kommen Sie erst mal in die Schlafkammer, Pylmau richtet Ihnen inzwischen Ihre Kammer.«

In Johns ehemaliger Kammer mühte sich Pylmau mit dem kleinen eisernen Ofen, der durch den Sturm bald erlosch, bald Funken in die Stube blies, die die ganze Behausung in Brand zu setzen drohten, bis er endlich zog und rötlich zu glühen begann.

»Mein lieber John!« fuhr Carpenter fort. »Ich hielt es für meine Pflicht, zu Ihnen zu kommen und Sie zu warnen. Die Bolschewiki rücken auch nach Norden vor. Auf

Kamtschatka gibt es schon Sowjets; in Anadyr amtieren sie ebenfalls. Warum trauen Sie mir nicht, wo ich alles stehen- und liegenließ, um zu Ihnen zu eilen? Hätte ich nicht einfach fortfahren und Sie Ihrem Schicksal überlassen können? Lieber Freund, für mich sind Sie nicht nur ein Blutsbruder, sondern auch ein außergewöhnlicher Mensch, um den es schade wäre, wenn er durch eine bolschewistische Kugel umkäme.«

»Ich begreife nicht, weshalb Sie die Bolschewiki so fürchten, wo Sie überhaupt noch keinen zu Gesicht bekommen haben«, meinte John ruhig.

»Aber bedenken Sie, was sie für grauenhafte Dinge getan haben. Sie haben die Zarenfamilie erschossen und nicht einmal die Kinder verschont!« rief Carpenter, sich an den Kopf fassend.

»In jedem Geschichtsbuch werden Sie Schlimmeres finden«, bemerkte John.

»Sie nehmen alles weg, was man besitzt, und verteilen es an die Armen«, fuhr der Händler fort, »ohne Rücksicht darauf, ob der Betreffende sein Gut durch Arbeit oder Raub erworben hat. Für sie ist der Reiche ohne Unterschied ein Blutsauger und Ausbeuter. Nein, Sie müssen unverzüglich fort! Ich biete Ihnen meine Hilfe an. Wenn Sie wollen, schicke ich Ihnen ein Gespann, gebe Ihnen Geld und was Sie sonst noch brauchen. Ehrlich gesagt, könnte ich nicht mit ansehen, wie ein so mühevoll aufgebautes Leben scheitert. Das Glück, das Sie sich in harter Arbeit errungen haben, darf doch nicht eines schönen Tages zerstört werden. Ich habe Mitleid mit Ihnen, John!« schrie er und griff sich wieder an den Kopf.

Während John Carpenters große Hände betrachtete, überlegte er, was den Händler zu so stürmischen Gefühlsäußerungen und einem Besuch mitten im Winter bewogen haben konnte. Sicher nicht, weil er ihm uneigennützige Hilfe bei der Flucht vor den Bolschewiki anbieten wollte. Diese plötzlich aufgeflammte Menschlichkeit hatte etwas Verdächtiges.

Pylmau trug das Essen auf, goß Tee ein und entfernte sich dann, um das Gespräch der Männer nicht zu stören.

Gierig, mit fetttriefenden, rötlich behaarten Fingern griff Carpenter zu. Selbst während er aß, stellte er seine Suade nicht ein: »Sie wissen doch, daß ich regelmäßig die Presse erhalte. Man kann natürlich nicht alles glauben, was in den amerikanischen Zeitungen steht, aber selbst wenn nur die Hälfte von dem stimmt, was sie über die Bolschewiki schreiben, würde man besser unter Menschenfressern leben als unter ihnen. Ein wirkliches Ungeheuer ist ihr Führer, Lenin, der nicht nur die Errichtung einer kommunistischen Regierung in Rußland, sondern in der ganzen Welt fordert und die Arbeiter aufhetzt, die Betriebe zu annektieren und ihre Besitzer zu verjagen. Rebellen und Freibeuter sind sie. Ihre Losung lautet: ›Wer nicht arbeitet, der soll auch nicht essen.‹ «

»Diese Losung hörte ich schon hier in Enmyn«, unterbrach John den Gast. »Ein Recht zu leben hat nur der Mensch, der Nahrung für sich beschaffen kann. Das kommt ungefähr auf dasselbe heraus.«

Beim Tee unterbrach Carpenter seinen Redeschwall, so daß ihm John endlich die Frage stellen konnte, die ihm die ganze Zeit auf der Zunge lag: wann er denn abzureisen gedenke.

»Sie meinen, von der Tschuktschenhalbinsel?«

»Ganz recht.«

»In der ersten Zeit wird unsere Firma noch gewisse Beziehungen zu den neuen Machthabern aufrechterhalten. Die Bolschewiki können dieses große Gebiet einfach nicht unversorgt lassen, und eigene Waren haben sie vorläufig nicht. Wahrscheinlich erhalten wir eine Handelskonzession. Man hat mich jedenfalls angewiesen hierzubleiben. Sobald die Straße eisfrei ist, werden wir alles Pelzwerk fortschaffen und nur Waren im Werte von tausend Dollar in den Lagern der Faktorei belassen. Wenn die beschlagnahmt werden, ist es nicht so schlimm.«

»Mein Eigentum stellt nicht einmal einen Wert von fünf Dollar dar.« John lächelte, und dieses Lächeln verriet dem Händler, daß man seine List durchschaut hatte. John wußte jetzt, daß er die Tschuktschenhalbinsel verlassen sollte, nicht nur, um den Händler als Herrn der Küste, sondern vor allem als Herrn über das Gold in den Bächen am Ionisee zurückzulassen.

»Wenn schon«, sagte Carpenter etwas kleinlauter, »Sie besitzen aber weder einen Paß noch die Genehmigung, auf russischem Gebiet zu leben. Sie sind ein Ausländer, der sich eigenmächtig hier angesiedelt hat.«

John lächelte nur.

»Was hält Sie bloß hier, zum Teufel!« Carpenter war außer sich. »Was haben Sie denn vom Leben in diesem öden Land? Konnten Sie keinen besseren Platz finden, wenn Sie es sich schon in den Kopf gesetzt haben, unter Wilden zu leben? Urgesellschaft gibt es auch auf tropischen Inseln. Sie wollen weder Handel treiben noch die Goldfelder des Ioni ausbeuten, Sie brauchen nichts und sind mit Ihrem Los zufrieden! Aber etwas muß der Mensch doch besitzen wollen! Er kann doch nicht einfach dahinvegetieren. Was hält Sie denn in diesem Land?«

John streckte dem Händler die mit ledernen Kappen bedeckten Stummel seiner Hände hin.

»Hier denkt keiner mehr an meine verstümmelten Hände«, sagte er, »hier bin ich ein vollwertiger Mensch, den die Familie, die Freunde und die ganze kleine Gemeinde von Enmyn brauchen. Ich fürchte die Bolschewiki nicht, wenn mich auch ihre Philosophie und die Ablehnung allen Eigentums beunruhigen. Bedenken Sie aber, Mr. Carpenter: Was besitzt ein Tschuktsche schon? Und was besitze ich? Da meine Landsleute mit wenigen Ausnahmen sehr vertrauensselig sind, halte ich es einfach für meine Pflicht hierzubleiben, gerade jetzt, wo schwierige Zeiten bevorstehen.«

Er schwieg und blickte in seine leere Tasse.

»Lieber John!« rief Carpenter emphatisch. »Ich sehe, daß Sie ein wahrhaft edler Mensch sind! Meine Hochachtung! Selbstverständlich, neben der Wahrung der Interessen meiner Firma und der Pflicht gegenüber der Hudson's Bay Company, für die ich nun schon fast zwei Jahrzehnte arbeite, spielt bei meinem Entschluß hierzubleiben auch die Sorge um das Schicksal der kleinen arktischen Völker, der Tschuktschen und Eskimos, eine Rolle.«

Carpenters Stimme bebte gefühlvoll.

»Wie immer auch unser persönliches Verhältnis sein mag, um dieser guten Sache willen müssen wir zusammenhalten als die einzigen Weißen zwischen Enmyn und Keniskun ...«

»Und die einzigen Vernunftbegabten inmitten dieser Naturkinder«, schloß John spöttisch in gleichem Ton.

»Eben!« rief Carpenter erfreut.

John verkniff sich eine bissige Bemerkung, die ihm auf der Zunge lag, denn bei Carpenter war Hopfen und Malz verloren. Von einer haushohen Überlegenheit durchdrungen, wäre ihm Johns Bekenntnis, er fühle sich in nichts über Tnarat beispielsweise erhaben, ebenso unsinnig erschienen wie die Mitteilung, daß er einäugig sei.

Carpenter holte aus seinem reich mit Ornamenten verzierten seehundledernen Sack eine angebrochene Flasche Whisky vor, schenkte die Tassen voll und sagte: »Trinken wir auf die Solidarität!«

John kippte das scharfe Getränk, das ihm in Mund und Speiseröhre brannte, wortlos hinunter. Unter der Wirkung des Alkohols war ihm, als müsse er die ganze Welt umarmen; selbst Carpenter erschien ihm jetzt als irrender, aber liebenswerter Mensch. Was konnte man ihm im Grunde vorwerfen? Das ganze Leben hatte er fern der Heimat verbracht, um Geld für ein Haus und ein unabhängiges Leben anhäufen zu können. Leicht hatte er es jedenfalls nicht gehabt.

»Wie ich hörte, haben Sie sich auch ein Grammophon zugelegt«, wechselte der Händler das Thema. »Vielleicht kenne ich Ihre Platten nicht. Gestatten Sie, daß ich es ankurbele?«

John bat Jako, den Musikkasten zu bringen, und Carpenter wählte ein melancholisches Musikstück aus. Die Augen halb geschlossen, gab er sich scheinbar seinen Gefühlen hin.

»Das ist der Zauber der Musik«, schwärmte er. »Schon bei den ersten Tönen des Grammophons überkommen mich Erinnerungen an die Kindheit, obwohl es damals diese Musikkästen noch gar nicht gab. Von einem italienischen Leierkastenmann, der auf den Höfen spielte, hörte ich die Melodien. O ferne, unwiederbringliche Zeit ... Wo sind Sie übrigens geboren, Mr. MacLennan?« unterbrach er seine Schwärmerei.

»In Port Hope, am Ufer des Ontario.«

»Eine herrliche Gegend«, sagte der Händler. »Persönlich war ich zwar nie da, habe aber viel von ihr gehört. Stille und Grün, das Plätschern der linden Gewässer, ruhige Straßen, die zum See führen ... Auf all das für immer zu verzichten ist nicht leicht. Leben übrigens Ihre Eltern noch?«

»Als ich sie verließ, lebten sie noch«, erwiderte John. Eine längst vergangene Sehnsucht beschlich ihn; die Musik und Carpenters Worte weckten Erinnerungen, die sich in den geheimsten und empfindsamsten Winkeln seines Herzens verborgen gehalten hatten.

Er stand auf, legte den Tonabnehmer zur Seite und stellte das Grammophon ab.

»Genug!« sagte er. »Zeit zum Schlafen. Wer nicht arbeitet, soll auch nicht essen. Ich muß morgen früh auf die Jagd!«

Als John von der See heimkehrte, traf er den Händler nicht mehr an. Wie aus einem in der Schlafkammer zurückgelassenen Dankbrief hervorging, wollte er nach einem Besuch in Ilmotschs Nomadenlager nach Keniskun zurückkehren. Er hatte Pylmau großzügig beschenkt und einen Vorrat an Mehl, Tee, Zucker sowie eine Kiste Patronen dagelassen.

Düstere Empfindungen beschlichen John beim Lesen der Zeilen. Was wollte Carpenter eigentlich?

Pylmau zerlegte den erbeuteten Seehund flink und geschickt und setzte das Fleisch zum Kochen auf. Die beiden Jüngsten, Bill-Toko und Sophie-Ankanau, erhielten je eins der Augen. Jako aber, der sich bereits als Mann fühlte und ein echtes Jagdmesser am Gürtel trug, verzichtete zugunsten von Bruder und Schwester auf die Leckerei.

Inzwischen hatte John seinen abgewetzten Notizblock hervorgeholt, dem er nach einigem Überlegen folgende Gedanken anvertraute:

»Mir scheint, Carpenter wird bei erster bester Gelegenheit versuchen, mich loszuwerden, meine Anwesenheit stört ihn. Eigentlich behindere ich ihn nicht. Soll er handeln und meinetwegen in aller Stille auch Gold waschen, nur wehre ich mich dagegen, daß er sich der Seelen der Menschen bemächtigt, die er ein Leben lang freundlich lächelnd bestohlen und ausgeplündert hat . . . Das mit der Revolution ist schon eine ernste Sache. Wenn sich der russische Zar auch nicht viel um die Tschuktschenhalbinsel gekümmert hat, war seine Regierung doch klug genug, Fehler, wie sie in Alaska gemacht wurden, zu vermeiden. Was aber haben wir von den Bolschewiki zu erwarten, die niemand kennt? Vielleicht fällt es ihnen ein, die Halbinsel an Kanada oder die Vereinigten Staaten zu verkaufen? Oder sind sie Menschen, die diese Breiten mit Energie erschließen werden? Mein armes Volk, ihr wirklichen Menschen! Wer weiß, ob nicht das zwanzigste Jahrhundert Tschuktschen und Eskimos vom Antlitz der Erde verschwinden lassen wird . . .«

»John, das Essen ist fertig!« rief Pylmau aus der Schlafkammer.

»Ehe, ich komme!« antwortete John und legte mitten im Satz den Block beiseite. Die Lust am Schreiben war ihm vergangen. Er war mißgestimmt. Selbst die ersten schwachen Anzeichen des nahenden langen Frühlings bewegten ihn nicht wie sonst. Werde ich alt? fragte er sich und kroch, um keine Kälte hereinzulassen, vorsichtig in die Kammer.

30

In den schlaflosen Nächten auf dem Meer, im Pulverqualm der Schüsse, mit denen die Jäger von Enmyn die Walrosse schossen, verging der Frühling schnell. Für kurze Zeit trat Ruhe ein, in der das erbeutete Fleisch in die

Siedlung geschafft und in den Vorratslagern gestapelt wurde.

Der Strand war menschenleer und öde. Auf hohen Stellagen lagerten die Baidaren, denn selbst die satten Hunde verschmähten die salzwasserdurchtränkte Walroßhaut nicht.

Eines frühen Morgens erschien die »White Caroline« vor Enmyn.

John war bereits auf den Beinen, als er draußen rufen hörte: »Ein Schiff kommt! Ein Schiff der Weißen kommt!«

Wartend standen die Männer schon am Strand; Orwos Fernglas ging von Hand zu Hand.

»Ein sehr schönes Schiff«, stellte Tnarat fest und reichte John das Glas.

Langsam näherte sich das Schiff. Ein Matrose maß am Bug mit einem Handlot die Wassertiefe. In der morgendlichen Stille hörte man schon die Stimmen der Seeleute. Der Anker polterte ins Wasser, und das Schiff stoppte.

Kaum hatte das ausgeschwenkte Rettungsboot das Wasser berührt, sprangen die Matrosen auch schon hinein. Als letzte stieg eine seltsame Gestalt ein, anscheinend eine Frau.

»Eine Frau kommt uns besuchen!« sagte Orwo überrascht und reichte John das Glas.

Durch die Okulare sah er eine dunkel gekleidete Frau mit breitrandigem Filzhut, unter dem das graue Haar hervorquoll. John war es, als versetzte ihm jemand einen Stoß vor die Brust; fast hätte er das Fernglas fallen lassen. Immer noch hoffte er, seine Vermutung sei falsch, doch mit jeder weiteren Minute wurde zur Gewißheit, daß die Frau da im Boot seine Mutter war.

Als das Fahrzeug die Brandungszone erreicht hatte, gab es keinen Zweifel mehr: Es war Mary MacLennan. John schwankte.

»Was ist dir?« fragte Tnarat und griff ihm besorgt unter die Arme.

»Meine Mutter«, flüsterte John.

Wie ein Lauffeuer verbreitete sich die Kunde unter den Wartenden. Alles starrte auf die alte Frau, die ihrerseits jetzt ihren Sohn in der Menge suchte. Das Boot setzte auf, und die Matrosen halfen ihr beim Aussteigen. Johns Füße waren wie angefroren; er fand nicht die Kraft, der Mutter auch nur einen Schritt entgegenzugehen.

Am Ufer stehend, ließ Mary MacLennan ihren Blick wortlos über die Wartenden schweifen.

»Wo ist mein Sohn?« fragte sie schließlich.

»Ich bin's«, meldete sich John, faßte sich ein Herz und ging der Mutter entgegen.

Erschrocken wich die alte Frau, die den Sohn nicht erkannte, zurück. Doch dann durchdrang ein fast unmenschliches Wehklagen die morgendliche Stille.

»O John, mein Junge! Was haben sie mit dir gemacht?« jammerte sie.

Bewegt schloß John die Mutter in die Arme; den Kopf an ihre Brust gelehnt, nahm er ihren längst vergessenen, vertrauten Duft wahr, und ein Strom von Tränen löste sich in ihm. Er brachte kein Wort hervor.

»Endlich hab' ich dich gefunden ... mein Söhnchen«, schluchzte die alte Frau. »Gott hat meine Gebete gehört. Ich glaubte schon, du wärest tot und ich würde dich nie wiedersehen. Mein lieber, lieber Junge! Acht lange Jahre hielt ich dich für verschollen ... Dein Vater hat die frohe Botschaft nicht mehr erlebt ... Komm, laß dich anschauen!«

Mary MacLennan machte sich von ihrem Sohn los und trat einen Schritt zurück.

»Was ist mit deinen Händen?« fragte sie.

»Ich habe keine Finger mehr, Mutter«, sagte John gepreßt. »Vor acht Jahren sind sie mir bei einer Sprengung abgerissen worden.«

»Was für ein Unglück!« wehklagte die Mutter. »Deine armen kleinen Hände.«

»Ich habe mich daran gewöhnt, Ma, und vermisse sie nicht mehr«, versuchte John sie zu beruhigen. »Die Menschen hier haben mich gelehrt, auch ohne sie Gewehr, Spieß und Bogen zu gebrauchen. Sogar schreiben kann ich.«

»Aber weshalb hast du nichts von dir hören lassen?«

»Verzeih, Ma«, John senkte schuldbewußt den Kopf. »Ich erkläre dir alles später«, sagte er.

Aus der Entfernung beobachteten die Enmyner und auch die Seeleute, die sich ein Stück zurückgezogen hatten, das Wiedersehen. Von der unglaublichen Neuigkeit überrascht, strömten die Jaranga-Bewohner in Scharen zum Strand, allen voran Pylmau, die kleine Sophie-Ankanau im Arm, gefolgt von Jako und Bill-Toko. Sie ging jedoch nicht zu ihrem Manne, sondern blieb bei den Einwohnern stehen und beobachtete schweigend wie sie Mutter und Sohn.

»John, mein Lieber, mach dich reisefertig«, sagte die Mutter. »Nicht eine Minute länger darfst du hierbleiben. Zu Ende sind deine Leiden, die dunkle Nacht, dein Traum. Erwache, John, jetzt, da du für mich und deine Angehörigen wiederauferstanden bist... Auch Jeannie wartet auf dich... Laß uns fahren, John! Weg von hier! Ich mag diese schmutzigen Wilden nicht mehr sehen. Was mußt du unter ihnen gelitten haben! Bestimmt haben sie sich über dich lustig gemacht und dich verhöhnt. Aber mach dir nichts draus. Alles vergißt sich und verweht in der Erinnerung wie ein böser Traum.«

Wortlos ließ John die Worte der Mutter über sich ergehen. Mitleid mit ihr und mit sich selbst preßten ihm das Herz zusammen. Er blickte auf Pylmau, die mit den Kindern bei ihren Siedlungsgenossen stand. Plötzlich fielen ihm Tokos Worte ein: »Ein Schiff wird dich in dein warmes Heimatland zurückbringen«, hatte er gesagt, »zu deinen Eltern und Verwandten. Später wird dir dann dein Leben bei uns wie ein Traum erscheinen ... ein Traum, an den man sich nur undeutlich erinnert, ein Traum im aufziehenden Nebel.«

»Ma, liebe Ma«, sagte John schluchzend, »beruhige dich und versuche, mich anzuhören und zu verstehen. Doch laß uns erst zu mir in die Jaranga gehen. Dort können wir uns in Ruhe aussprechen ... Einverstanden, Ma?«

»Nein, mein Sohn, ich mag nicht hierbleiben«, erwiderte Mary MacLennan. »Ich fürchte, dich noch einmal zu verlieren.«

»Hab keine Angst, Ma«, sagte John und lächelte wehmütig. »Ich lauf' dir nicht davon. Laß uns gehen.«

Mutter und Sohn stiegen über den gerölligen Strand den Hügel zu den Jarangas hinauf. In einigem Abstand folgten ihnen schweigend die Enmyner, allen voran Pylmau mit den Kindern.

An den Jarangas, den angebundenen Hunden und den zum Trocknen aufgehängten Walroßdärmen vorbei führte John die Mutter zu seiner Behausung.

»Das hier ist meine Jaranga, Ma. Hier lebe ich«, sagte er an ihrer Schwelle.

»Armer John!« schluchzte die Mutter auf und betrat gebückt den Tschottagin, der durch das einfallende Licht der geöffneten Tür und des Rauchabzugs spärlich beleuchtet war.

Während Mary MacLennan sich umschaute, breitete John ein Rentierfell in der Schlafkammer aus und forderte die Mutter auf, Platz zu nehmen.

An der Feuerstelle vorbei, über der ein Kessel mit kaltem Walroßfleisch hing, folgte die Mutter dem Sohn und ließ sich schwerfällig auf das Fell nieder.

»Und hier hast du die ganze Zeit, acht Jahre lang, gehaust?« fragte sie.

»Ja, Ma«, antwortete John. »Ganze acht Jahre.«

»Wie entsetzlich! Daß du das ausgehalten hast! Jetzt ist alles überstanden, mein Sohn. Alles liegt hinter dir!« Aufschluchzend zog sie den Kopf des Sohnes an sich.

Und wieder mußte John an Tokos Worte denken: »Später wird dir dein Leben bei uns wie ein Traum erscheinen.«

Ein Schatten huschte an der Tür. Als John aufblickte, sah er Pylmau. Regungslos stand sie da und blickte mit Tränen in den Augen auf ihren Mann. Sie nimmt im Geiste Abschied von mir, dachte er.

»Komm herein, Pylmau!« rief er und entzog sich der mütterlichen Umarmung.

Unschlüssig betrat Pylmau den Tschottagin, Sophie-Ankanau im Arm, gefolgt von Jako, der den kleinen Bill-Toko hinter sich herzog.

»Ma«, wandte sich John an die Mutter, »ich möchte dir meine Frau, Pylmau, vorstellen. Wir hatten ein drittes Kind zusammen, ein Mädchen, das wir dir zu Ehren Mary nannten. Doch es ist gestorben. Mach dich mit meiner Frau bekannt, Ma.«

Erschreckt und entsetzt sah die Mutter Pylmau an.

»Das ist unmöglich!« schrie sie auf. »Ich kann nicht

glauben, daß mein Sohn eine Wilde geheiratet hat! Das ist unmöglich, John, unmöglich!«

Pylmau, die verstanden hatte, wich zur Tür zurück, schob die Kinder hinaus und schlüpfte ihnen nach ins Freie.

»Wie konntest du so etwas über die Lippen bringen, Ma!« rief John und erhob sich. »Du hast meine Frau und meine Kinder beleidigt. Wie konntest du das tun? Dein Verstand, an den ich stets geglaubt habe, hätte dir sagen müssen, daß es den John, der vor zehn Jahren in Port Hope lebte, nicht mehr gibt. Ich bin ein anderer geworden, einer, der Prüfungen hinter sich hat, die durchzumachen ich meinem schlimmsten Feind nicht wünsche. Du bist ungerecht zu meinen neuen Freunden, und es ist bitter für mich, das anhören zu müssen ...«

»Lieber John, werde wieder du selbst!« unterbrach ihn die Mutter erregt. »Ich begreife, wie schwer alles für dich ist, aber es geht vorüber, es vergißt sich, und das Leben kommt wieder ins normale Gleis. Mach dich reisefertig, John, wir werden noch genügend Zeit haben, miteinander zu reden.«

»Beruhige dich, und hör mich einen Augenblick an«, redete John der Mutter zu. »Blick in dein Herz, und frage dich, ob dein Sohn Frau und Kinder im Stich lassen darf?«

»Ist sie denn deine richtige Frau, John? Vor Gott und dem Gesetz?« fragte Mary MacLennan ungerührt.

»Weder vor Gott noch dem Gesetz«, erwiderte John, »sondern vor etwas Größerem als einem unwirklichen Gott und einem heuchlerischen Gesetz. Pylmau ist meine Frau vor dem Leben selbst!«

»John, Lieber, lassen wir diese schreckliche Frau! Ich glaube, du hast Angst vor ihnen. Das brauchst du nicht. Wir kaufen dich los, geben ihnen Geld. Diese Wilden sollen alles haben, was sie wollen, damit sie dich freigeben. Komm, laß uns gehen!«

Sie erhob sich und streckte dem Sohn wie einem kleinen unvernünftigen Jungen die Hand hin.

»Nein, Ma, ich bleibe«, sagte John hart und entschieden. »Ich kann einfach nicht. Ich kann mich weder über mich selber noch über meine Kinder und das Leben, das mich wieder Mensch hat werden lassen, hinwegsetzen. Ich kann es nicht! Du mußt das verstehen, Ma!«

»O John! Es bricht mir das Herz ... Dann also, mein Lieber ... Nimm von den Deinen ... deinen Verwandten Abschied. Ich warte auf dich ... Auf dem Schiff, um dich nicht zu stören. Morgen aber komme ich dich holen ... Doch sag mir ehrlich: Werden sie dir auch nichts tun?«

»Was redest du da, Ma!«

»Gut, gut, mein Söhnchen!« beschwichtigte ihn die Mutter hastig.

John geleitete sie an den Strand. Wie eine Geißel empfand er die Blicke der Enmyner, die ihnen folgten.

»Ohne diesen guten Menschen, diesen Händler von der Beringstraße, hätte ich nie erfahren, daß du am Leben bist und wo du dich aufhältst. In einem Brief schilderte er mir, wie es dir ergangen ist. Merk dir seinen Namen: Robert Carpenter heißt er.«

»Robert Carpenter«, rief John.

»Ja, er war es, der mir geschrieben hat. Kennst du ihn?«

»Und ob!« rief John. »Wir haben uns sogar schon mehrmals gegenseitig besucht.«

»Was für ein gutes Herz er hat«, seufzte Mary MacLennan dankbar.

John half der Mutter ins Boot.

»Das wird deine letzte Nacht in dieser schrecklichen

Hütte fern von deiner Mutter sein«, flüsterte sie ihm zu, als er sie zum Abschied küßte.

In die Jaranga zurückgekehrt, fand John die Hausgenossen vollzählig vor. Pylmau fachte das Feuer an, und die Jungen spielten mit der kleinen Schwester.

Er ließ sich auf der hölzernen Kopfstütze nieder und hielt sich mit seinen ledernen Prothesen den Kopf. Der Gedanke an die Mutter ließ ihm keine Ruhe, sosehr er auch wünschte, ihm zu entfliehen, um wenigstens für kurze Zeit zu vergessen, was ihm an diesem Morgen das Herz bedrückte. Wie weit er sich von der Mutter entfernt hatte! Selbst wenn das Unwahrscheinliche eintreten würde und er nach Port Hope zurückkehrte, so könnte er das alte Leben nie wieder aufnehmen.

»Möchtest du essen?« fragte Pylmau.

John zuckte zusammen. Als er aufsah, begegnete er ihrem mitleidsvollen, traurigen Blick. Er schüttelte ablehnend den Kopf.

Pylmau setzte sich auf den nackten Boden neben ihn.

»Warum ist die Mutter gegangen?« fragte sie.

»Sie kommt wieder«, sagte John.

»Ich weiß, wie schwer es dir ums Herz ist«, sagte Pylmau zitternd. »Höre, was ich dir sagen möchte: Eine zweite Frau findet ein Mann immer, eine zweite Mutter nicht. Geh aufs Schiff. Ich danke dir für alles. Unsere Kinder, Bill-Toko und Sophie-Ankanau, werden mir die Trennung von dir erleichtern. Du kannst reinen Herzens fahren. Du hast alles getan, was ein richtiger Mensch tun kann.«

»Schweig!« rief John.

Erschreckt zuckte Pylmau zusammen, denn nie hatte John sie bisher angeschrien.

Er stürzte ins Freie.

Den ganzen Tag irrte er in der Tundra und auf dem Kap Dalny umher. Den Sonnenuntergang erlebte er auf dem Begräbnishügel, an dem schiefgeneigten Kreuz mit der in Blech gehämmerten Inschrift: Tynewirineu-Mary MacLennan.

Am nächsten Morgen hielt das Rettungsboot mit der Mutter erneut auf die Küste zu. John begleitete sie hinauf zur Siedlung, doch die Jaranga zu betreten, weigerte sie sich entschieden.

Wieder folgten Flehen und Tränen. Versteinert sah John die Mutter zu seinen Füßen liegen. Am Abend brachte das Boot sie an Bord zurück.

In der Jaranga erwarteten John Orwo, Tnarat und Armol. Sie schlürften den Tee, mit dem Pylmau sie bewirtete. John nahm an ihrer Seite Platz, und Pylmau reichte ihm wortlos seine Tasse.

Orwo nahm laut schlürfend einen weiteren Schluck, setzte die Tasse an den Rand des kurzbeinigen Tisches und ergriff das Wort:

»Son!« begann er feierlich. »Wir sind zu dir gekommen, weil wir dir etwas Wichtiges sagen, dir einen Rat geben wollen. Es tut uns weh, mit anzusehen, wie sich deine Mutter grämt und wie sie leidet. Unsere Herzen sind voll Mitleid mit dir, mit der alten Frau, mit Pylmau und den Kindern. Wir haben lange nachgedacht. Wenn es uns auch um dich und Pylmau leid tut, so wäre es doch das beste, du gingst mit deiner Mutter. Wir haben dich liebgewonnen und haben nichts gegen dich. Aber gerade weil wir dich lieben, halten wir uns für berechtigt, dir einen Rat zu geben. Wir werden dich nie vergessen und stets daran denken, daß die Tschuktschen von Enmyn einen teuren, wirklichen Bruder unter den Weißen besitzen. Fahre, Son! Und denke manchmal an uns.«

Es würgte John im Hals; er spürte nicht, wie seine Tränen flossen. »Nein! Nein! Ich werde euch nicht verlassen!« rief er. »Ich bleibe hier; es gibt nichts, was mich von euch trennen könnte!«

»Denk an deine Mutter, Son«, sagte Orwo.

»Und wer denkt an meine Kinder?«

»Um sie und Pylmau mach dir keine Sorgen«, erwiderte der Alte. »Deine Kinder werden aufwachsen, und deiner Frau wird nichts abgehen. In unserem Volk gibt es weder Elende noch Bettler. Wenn gehungert wird, hungern alle, die Nahrung aber wird geteilt.«

Drei Tage schon ankerte die »White Caroline« vor Enmyn, und jeden Morgen setzte ein Rettungsboot eine gebeugte alte Frau in dunklem Mantel und hohen Gummistiefeln an den Strand. Von Jako benachrichtigt, geleitete John die Mutter vorsichtig über den Strand zu seiner Jaranga.

Doch niemals mehr betrat Mary MacLennan die Behausung ihres Sohnes.

An den Stellagen mit den reihenweise übereinandergelagerten Baidaren und den knöchernen Walfischflossen, die die Fleischgruben verschlossen, vorbei stiegen Mutter und Sohn langsam den Strand hinauf. Aus den Jarangas lugten verstohlen Neugierige, doch niemand zeigte sich im Freien. Fürsorglich ließ John die Mutter auf einem flachen Stein Platz nehmen und setzte sich selbst zu ihren Füßen.

Es dauerte lange, bis die alte Frau wieder zu Atem kam.

»John«, begann sie, und ihre Stimme zitterte, »sag deiner Mutter noch einmal, daß du dich endgültig zum Bleiben entschlossen hast.«

Außerstande, ein Wort hervorzubringen, nickte John nur.

»Nein, sag es so, daß ich es höre«, forderte die Mutter mit Tränen in den Augen.

»Ja«, brachte John leise hervor.

Die Mutter atmete einige Male tief und sagte dann mit fester Stimme: »Ich willige ein, daß du mit den Menschen fährst, die du so hartnäckig deine Familie nennst. Wenn es dir zu schwer fällt, dich von ihnen zu trennen, dann nimm sie in Gottes Namen mit.«

Einen Augenblick lang sah John im Geist Pylmau mit Jako, Bill-Toko und der kleinen Sophie-Ankanau das Haus am Ontariosee betreten und im gepflegten städtischen Park spazierengehen.

»Du bist doch eine kluge Frau, Ma...«, sagte er lächelnd.

»O John!« schluchzte die alte Frau.

»Nicht doch, Mutter, nicht doch...«

John faßte die Mutter um und half ihr hoch.

Langsam gingen sie zum Strand hinunter, wo das kleine Rettungsboot der »White Caroline« in der Brandung schaukelte.

»Das wär's, John«, sagte die Mutter, sich die Tränen trocknend. »Leb wohl.«

Mechanisch half John der Mutter ins Boot. Innerlich war er versteinert. Erst als sich das Boot mehrere Fuß vom Ufer entfernt hatte, fiel ihm ein, daß er die Mutter zum Abschied nicht einmal geküßt hatte.

»Ma!« rief er ihr verzweifelt nach. »Leb wohl, Ma!«

Die Mutter wandte ihm ihr tränenüberströmtes Gesicht zu. Deutlich vernehmbar sprach sie die Worte, die wie mit einem dicken Pinselstrich alle widerstreitenden Gedanken und Gefühle in ihm auslöschten:

»O John! Mein Junge!« sagte sie. »Ich sähe dich lieber tot als so!«

Worterklärungen

Tschottagin – ungeheizter Teil der Jaranga
Kamleika – Leinenkittel, über der Pelzkleidung getragen
Jaranga – Rundzelt der Tschuktschen mit Felldecke und rechteckiger Innenkammer
Jarjar – Trommel
Kymgyt – Rolle aus Walroßfleisch
Kaaramkyt – Rentier-Ewenken
Enenyljyn – Schamane; wörtlich: der da zu heilen versteht
Kerker – Pelzkombination für Frauen
Sternbild der Einsamen Mädchen – Sternbild der Plejaden
Eplykytet – Gerät für die Vogeljagd
Pekul – Frauenmesser
Aiwanalinen – Eskimos
Kemygety – hohe wasserdichte Pelzstiefel
Lygorawetljan – Tschuktsche; wörtlich: echter Mensch
Repalgit – Walroßhäute
Kakomei – Ausruf des Erstaunens
Ritlju – Gabe des Meeres
Ittilgyn – Walfischhaut mit Speck, gilt als besonderer Leckerbissen
Napo – weißer Belag auf den Walfischbarten
Ate – Vater
Ii! Mytjenmyk! – Antwort auf die Begrüßung; wörtlich: Ja! Wir sind da!
Kajur – Lenker
Jettyk! Pykirtyk! – Wir sind da! Wir sind angekommen!
Menin? – Wer?
Gym – ich
Kyke wyne wai! – weiblicher Ausruf der Überraschung
Narginen – äußere, das Leben lenkende Kräfte
Wyne wai! – Welch ein Unglück!
Ankalin – Küstenbewohner
Epekei – Großmutter
Jassak – Steuer, Tribut an Pelzwerk oder Geld

Tschingis Aitmatow im Unionsverlag

Dshamilja
Im Vorwort zu dieser Neuausgabe hält Aitmatow Rückschau auf die Geschichte von Dshamilja und Danijar, die »zur schönsten Liebesgeschichte der Welt wurde.« 94 Seiten, gebunden oder als UT 1

Die Klage des Zugvogels
Frühe Erzählungen aus den Jahren 1953 bis 1965. Sie dokumentieren den Weg des Autors zum Erneuerer einer erstarrten Literatur.
240 Seiten, gebunden oder als UT 32

Der Richtplatz
Awdji Kallistratow, der ausgestoßene Priesterzögling, geht auf die Suche nach den Wurzeln der Kriminalität - eine Reise, die ihm zum Kreuzweg wird. 468 Seiten, gebunden oder als UT 13

Ein Tag länger als ein Leben
Die erweiterte Neuausgabe: »Angesichts des Wirbels von Ereignissen habe ich begriffen, daß ich den Roman heute anders schreiben würde, ohne etwas zu vereinfachen, ohne mich zu zügeln.« 504 Seiten, gebunden

Du meine Pappel im roten Kopftuch
Iljas, der Lastwagenfahrer, will das verschneite Pamirgebirge bezwingen. Dabei verspielt er die Liebe seines Lebens und verstrickt sich in den Fängen seines Stolzes. 168 Seiten, gebunden oder als UT 6

Abschied von Gülsary
Der Hirte Tanabai und sein Prachtpferd Gülsary haben ein Leben lang alles geteilt: Arbeit und Feste, Siege und Niederlagen, Sehnsucht und Enttäuschung. 216 Seiten, UT 16

Der weiße Dampfer
»Er hatte zwei Märchen. Ein eigenes, von dem niemand wußte. Und ein zweites, das der Großvater erzählte. Am Ende blieb keins übrig. Davon handelt diese Erzählung.« 160 Seiten, gebunden oder als UT 25

Tschingis Aitmatow/Daisaku Ikeda
Begegnung am Fudschijama
Ein Dialog über persönliche Erfahrungen, Erinnerungen, Hoffnungen und Ängste. In Ikeda hat Aitmatow den Partner gefunden, vor dem er Bilanz über Leben und Werk ablegen konnte. 400 Seiten, gebunden

---

Nagib Machfus im Unionsverlag

Die segensreiche Nacht
Liebevoll, sarkastisch, ironisch rückt Nagib Machfus Schwächen und Marotten, Sehnsüchten und Ängsten vor allem des kleinen Volkes zu Leibe und zeigt, daß unter Allahs weitem Mantel auch Platz für viele dunkle Leidenschaften ist. 180 Seiten, UT 36

Zwischen den Palästen
Über drei Generationen wird das Leben einer Kairoer Kaufmannsfamilie verfolgt und zu einem opulenten Gemälde ägyptischen Lebens verdichtet. 686 Seiten, gebunden

Palast der Sehnsucht
Kamal bekommt die Härten und Hürden des Erwachsenwerdens deutlich zu spüren, während sein Bruder Jasin und der Vater um die Liebe derselben jungen Lautenspielerin buhlen. Aber Zanuba, diese betörende, fordernde Frau, läßt nicht mit sich spielen. Sie will geheiratet und geachtet werden. 640 Seiten, gebunden

Die Spur
Die Suche nach dem unbekannten Vater treibt Sabir durch ganz Alexandria und Kairo. Machfus' Roman läßt sich als zeitgenössisches Gesellschaftbild wie als Kriminalroman lesen. 192 Seiten, gebunden

Miramar
Alexandria – die Stadt des Sonnenlichts, von Himmelswasser rein gewaschen, das Herz voll von Erinnerungen, voll der Süße des Honigs und der Bitternis von Tränen … In der Pension Miramar logieren die Generationen des Landes: Grandseigneurs und Playboys, abgesprungene Revolutionäre und aufsteigende Funktionäre. Alle umwerben sie die Magd Zuchra, die schöne, energische Fellachin. 240 Seiten, gebunden

Die Midaq-Gasse
Einst glänzte die Midaq-Gasse wie ein Stern in der Geschichte des mächtigen Kairo. Inzwischen sind die Arabesken am berühmten Kirscha-Kaffeehaus bröcklig und morsch geworden, aber noch immer ist die Gasse erfüllt vom Lärm ihres eigenen Lebens. 360 S., gebunden oder als UT 8

Die Kinder unseres Viertels
Das wohl umstrittenste Werk des Nobelpreisträgers; ein handlungsstarker, beziehungsreicher Roman in Anlehnung an die Menschheitsgeschichte. 576 Seiten, gebunden

---

Bestellen Sie unseren kostenlosen Verlagsprospekt:
Unionsverlag, Rieterstrasse 18, CH-8059 Zürich

Yaşar Kemal im Unionsverlag

Memed mein Falke
Memed, der schmächtige Bauernjunge, wird zum Räuber, Rebell und Rächer seines Volkes. Ein Roman, der selbst wieder zur Legende wurde.
344 Seiten, UT 2

Die Disteln brennen – Memed II
Der zweite Band der Memed-Tetralogie: Memed kehrt zurück.
400 Seiten, broschiert oder als UT 12

Das Reich der Vierzig Augen – Memed III
Kann sich Memed von den Märchen und Mythen, die sich um ihn ranken, befreien und wieder Mensch werden? 816 Seiten, gebunden

Der Wind aus der Ebene – Anatolische Trilogie I
Wenn der Wind die Disteln aufwirbelt, ist für das ganze Dorf im Taurusgebirge die Zeit gekommen, in die Ebene auf die Baumwollfelder zu ziehen. 376 Seiten, UT 7

Eisenerde, Kupferhimmel – Anatolische Trilogie II
In einem anatolischen Dorf wird ein uraltes Stück Menschheitsgeschichte Realität. Ein Heiliger entsteht. 472 Seiten, UT 17

Das Unsterblichkeitskraut – Anatolische Trilogie III
»Ich wollte zeigen, daß der Mensch nicht nur in der realen Welt lebt, sondern ebensosehr auch in seinen Träumen. Denn wenn das Leben ihn so hart an den Abgrund führt, dann muß er sich, um zu überleben, eine Welt der Mythen und Träume schaffen.«
446 Seiten, broschiert oder als UT 35

Töte die Schlange
Eine wahre Begebenheit wird zum Stoff einer Tragödie: Wie kann es soweit kommen, daß ein Sohn seine geliebte Mutter tötet?
114 Seiten, gebunden

Auch die Vögel sind fort
Kemals Istanbul ist eine brodelnde, gnadenlose Welt im Umbruch. Hier sind Spitzbuben und Tagträumer, Gestrandete und Gescheiterte die letzten Unversehrten. 128 Seiten, gebunden

---

Literatur aller Länder im Unionsverlag

Etienne van Heerden
Geisterberg
Der weiße Siedlerclan der Moolman, seit Generationen mit ihrem dunkelhäutigen, aber blauäugigen Seitenzweig verbunden, besitzt ihren Grund und Boden nicht nur, sondern ist besessen von ihm, besessen von den geheimnisvollen Kräften des Wassers, das sich tief unter der dürren Erde verbirgt, wo Traum und Wirklichkeit, Vergangenheit und Zukunft, Leben und Tod verfließen. 376 Seiten, gebunden

Mohammed Mrabet
Der große Spiegel
Rachidas Bild im Spiegel liebt die Nacht und die Farben Weiß und Rot, die Farben von Blut und Unschuld. Eine halluzinierende Erzählung aus dem schwerelosen Traumland von Liebe, Wahnsinn, Hexerei und Aberglaube. 88 Seiten, gebunden

Yüksel Pazarkaya
Rosen im Frost
Einblicke in die türkische Kultur
Ein Handbuch für alle, die sich fundiert mit der Türkei beschäftigen wollen. 280 Seiten, broschiert

Omar Rivabella
Susana – Requiem für die Seele einer Frau
Pater Antonio, der von der Kanzel aus gegen die Dikatatur in Argentinien spricht, findet ein Häufchen winziger Notizzettel – das Tagebuch, das Susana heimlich in einem politischen Gefängnis geschrieben hat.
144 Seiten, UT 24

Tayyib Salih
Die Hochzeit des Zain
Zärtlich und mit großer Lebendigkeit erzählt Tayyib Salih das Leben eines skurrilen Einzelgängers, den niemand ernst nimmt und der dennoch das aus den Fugen geratene Dorf im Innersten zusammenhält.
128 Seiten, gebunden

Unionsverlag Taschenbuch

Aitmatow, Tschingis: Dshamilja **UT 1**

Kemal, Yaşar: Memed mein Falke **UT 2**

Khalifa, Sahar: Der Feigenkaktus **UT 3**

Rifaat, Alifa: Zeit der Jasminblüte **UT 4**

Khalifa, Sahar: Die Sonnenblume **UT 5**

Aitmatow, Tschingis: Du meine Pappel im roten Kopftuch **UT 6**

Kemal, Yaşar: Der Wind aus der Ebene **UT 7**

Machfus, Nagib: Die Midaq-Gasse **UT 8**

Markandaya, Kamala: Nektar in einem Sieb **UT 9**

Bugul, Ken: Die Nacht des Baobab **UT 10**

Djebar, Assia: Die Schattenkönigin **UT 11**

Kemal, Yaşar: Die Disteln brennen – Memed II **UT 12**

Aitmatow, Tschingis: Der Richtplatz **UT 13**

Emecheta, Buchi: Zwanzig Säcke Muschelgeld **UT 14**

Alafenisch, Salim: Der Weihrauchhändler **UT 15**

Aitmatow, Tschingis: Abschied von Gülsary **UT 16**

Kemal, Yaşar: Eisenerde, Kupferhimmel **UT 17**

Anand, Mulk Raj: Der Unberührbare **UT 18**

Markandaya, Kamala: Eine Handvoll Reis **UT 19**

Anar: Der sechste Stock eines fünfstöckigen Hauses **UT 20**

Edgü, Ferit: Ein Winter in Hakkari **UT 21**

Charhadi, Driss ben Hamed: Ein Leben voller Fallgruben **UT 22**

Elçin: Das weiße Kamel **UT 23**

Rivabella, Omar: Susana. Requiem für die Seele einer Frau **UT 24**

Aitmatow, Tschingis: Der weiße Dampfer **UT 25**

Tekin, Latife: Der Honigberg **UT 26**

Machfus, Nagib: Der Dieb und die Hunde **UT 27**

Fava, Giuseppe: Ehrenwerte Leute **UT 28**

Chraibi, Driss: Die Zivilisation, Mutter! **UT 29**

Aitmatow, Tschingis: Aug in Auge **UT 30**

Unionsverlag Taschenbuch

Djebar, Assia: Fantasia **UT 31**

Aitmatow, Tschingis: Die Klage des Zugvogels **UT 32**

Anand, Mulk Raj: Gauri **UT 33**

Rytchëu, Juri: Traum im Polarnebel **UT 34**

Kemal, Yaşar: Das Unsterblichkeitskraut **UT 35**

Machfus, Nagib: Die segensreiche Nacht **UT 36**

Löwengleich und Mondenschön **UT 37**

Hoffmann, Giselher W.: Die Erstgeborenen **UT 38**

Aziz, Germaine: Geschlossene Häuser **UT 39**